Sie möchten keine Neuerscheinung verpassen?
Dann tragen Sie sich jetzt für unseren Newsletter ein!

www.ylva-verlag.de

Emily Waters

Bienen unter der Haut

Übersetzung aus dem Englischen von Julia Schwenk

Danksagung

Vielen Dank an Astrid, Lee Winter und das Ylva-Team, die sich in meine kleine Ecke des Internets verirrt und mich in ihre Mitte aufgenommen haben. Es war eine fantastische Reise mit euch. Danke an meinen Partner Jacob für die Unterstützung. Du hast mir die Zeit, den Raum, die Kraft und das Mobiliar gegeben, damit ich dieses Buch schreiben konnte. Und mein ganz besonderer Dank gilt Charity und Zowie, die mich mit einem nachdrücklichen »TU ES!« dazu ermutigt haben, dieses Buch zu veröffentlichen. Ich habe es getan.

Kapitel 1

Als Stella Carter aufwacht, greift sie direkt nach ihrem Handy. Zum ersten Mal seit Wochen hat sie das Gefühl, dass heute etwas von Bedeutung passiert. Die Sonne schickt ihre Strahlen über ihr Bett und Stella dreht sich auf die andere Seite. Ihre Haut fühlt sich unangenehm verschwitzt an. Sie hat seit Ewigkeiten Probleme beim Einschlafen und wenn sie es dann endlich tut, wacht sie erst wieder auf, wenn der Hunger sie spät am nächsten Tag aus dem Bett treibt.

Jetzt ist es beinahe Mittag und sie hat eine Nachricht von Addie.

Bis in ein paar Stunden!

Vielleicht ist man mit einundfünfzig ein bisschen alt, um sich eine Mitbewohnerin ins Haus zu holen. Aber als ihre Nichte sie drei Monate nach Rons Beerdigung angerufen und darum gebeten hat für eine Weile bei ihr wohnen zu dürfen, hat Stella sofort zugesagt. Addie will nach Kalifornien ziehen und Stella hat ein freies Gästezimmer. Außerdem ist ihr Ehemann tot und begraben und sie ist allein.

Vielleicht hatte Addie genau darauf abgezielt. Als Stella angeboten hatte, nach Nashville zu fliegen und mit ihr zusammen herzufahren, hatte sie allerdings abgelehnt. Stella bestand dann auch nicht weiter darauf, weil sie gar keine Lust auf den Trip hatte, und außerdem ist Addie dreiundzwanzig und durchaus in der Lage, die Strecke allein zurückzulegen.

Jetzt, wo ihre Nichte praktisch vor der Tür steht, schaut Stella sich mit ganz anderen Augen und zunehmender Verzweiflung in ihrem kleinen Bungalow um. Sie wohnt seit eineinhalb Monaten hier, aber es sieht aus, als wäre sie erst gestern eingezogen. Da sie nach Rons Tod nicht in der gemeinsamen Doppelhaushälfte bleiben wollte, nutzte sie das Geld aus seiner Lebensversicherung, um sich den Bungalow in ihrem alten Viertel zu kaufen. Sie hatte gehofft, vielleicht noch einmal von vorne anfangen zu können, als wäre sie gerade erst nach L.A. gezogen.

Als könnte sie die vergangenen acht Jahre ungeschehen machen.

Die letzten Monate waren furchtbar. Von einem Tag auf den anderen wurde sie von einer überaus erfolgreichen Juristin und stellvertretenden Staatsanwältin des Countys Los Angeles, die mit einem Deputy Chief des LAPD verheiratet war, zu seiner Witwe, die auf unbestimmte Zeit freigestellt war und nun durch die fünf Räume ihres neuen Zuhauses geistert.

Sie hatte das Haus für Addies Ankunft vorbereiten wollen, doch die Tage verstrichen und verschwammen ineinander, ohne dass sie aktiv wurde. Nach dem Monat, den sie sich aufgrund des Trauerfalls freigenommen hatte, entschied sie spontan, nicht zur Staatsanwaltschaft zurückzukehren. Auch ein Teil ihres Neuanfangs. Sie will die alte Stella Carter sein, eine andere Stella Carter. Die, die sie vor ihrer Ehe war, bevor sie eine vielversprechende Anwaltskarriere wegwarf und Nashville zugunsten des sonnigen Südkaliforniens verließ – alles nur, um von ihrer Familie wegzukommen.

Das war das Mutigste gewesen, was sie je getan hatte. Aber nach ihrer Ankunft in L.A. hatte man sie einem Team von Detectives der Mordermittlung zugeteilt, die ihr die schlimmsten Gesichter der Stadt zeigten: Vergewaltigungen, Morde, die zwielichtige Kehrseite der Unterhaltungsindustrie. Menschen mit Geld, die sich für unantastbar hielten.

Aber was sie eigentlich zurückhaben will, ist ihr Leben, bevor sie diese verfluchte Frau kennengelernt hat: Captain Murphy. Sie schließt die Augen und schüttelt den Kopf. Darüber wird sie jetzt nicht weiter nachdenken.

Ihr Bungalow wurde in den 1930er-Jahren gebaut und dementsprechend klein sind die Räume. Obwohl sie vor dem Umzug die meisten ihrer Habseligkeiten losgeworden ist, fühlt ihr neues Zuhause sich trotzdem vollgestopft an. Addie kommt in dem kleineren Schlafzimmer unter und während der Kaffee durch die Maschine läuft, wirft Stella einen Blick auf die aufgestapelten Kartons und Müllsäcke. Sie sollte sie auspacken, den Raum vorbereiten, aber im Moment ist ihr das alles zu viel und sie schafft es einfach nicht, das allein anzugehen.

Nichts scheint mehr wie früher zu funktionieren.

Addie trifft am frühen Nachmittag ein und trotz der vier Tage, die sie quer durchs Land gefahren ist, wirkt sie ausgeruht und entspannt. In ihren schulterlangen, blond gefärbten Haaren zeigt sich der hellbraune Ansatz ihrer natürlichen Farbe.

Stella macht einen kleinen Rundgang mit ihr und lauscht ihrem fröhlichen Geplapper. Addies Auto ist bis auf den letzten Zentimeter vollgepackt, aber sie braucht nicht einmal eine Stunde, um ihre Koffer und Kisten ins Haus zu verfrachten. Stella ist schon vom bloßen Zusehen erschöpft.

»Ich lege mich mal für eine Weile hin.«

Addie nickt. »Klar. Ich mache das hier schon.«

Innerhalb der ersten Woche schafft Addie es, Stellas Bücher – inklusive denen, die Stella noch nicht ausgepackt hatte – nach Farbe in die dafür vorgesehenen Einbauregale zu sortieren. Der Regenbogen aus Buchrücken lenkt von dem blätternden Lack des Holzes ab.

Dann fotografiert Addie ihr Werk aus verschiedenen Perspektiven. »Für Instagram«, erklärt sie.

Als wenn Stella damit etwas anfangen könnte.

Dann holt Addie einen Teil der Möbel aus der Garage ins Wohnzimmer. Innerhalb kürzester Zeit fühlt sich das Haus an, als würde tatsächlich jemand darin leben.

Innerhalb von drei Wochen hat Addie einen Job als Barkeeperin, instruiert Stella jedoch, dass sie ihren Eltern gegenüber von einem Kellnerjob sprechen soll. Stella ist es prinzipiell egal, ob Addie hinter der Bar steht – man verdient dort besser –, aber sie will auch nicht, dass ihre Nichte blauäugig in einer Kaschemme arbeitet, wo Straftaten wahrscheinlicher sind. Leute, die in solchen Läden verkehren, hat Stella jahrelang hinter Gitter gebracht.

Aber Addie versichert ihr, dass *Casey's* einfach nur ein Irish Pub ist.

»Das ist eine Cop-Bar«, sagt Stella.

»Ach ja?«, fragt Addie betont unschuldig.

Casey's befindet sich in fußläufiger Reichweite des Verwaltungsgebäudes der Polizei und der Büros der Staatsanwaltschaft. Im Laufe ihres Berufslebens hat Stella sich dort mehr als nur ein paar Gläser Wein genehmigt. Der Laden ist nicht wirklich ihr Ding, aber die Detectives vom Morddezernat, mit denen sie gearbeitet hat, mochten die Bar.

»Was soll mir schon in einer Bar voller Cops passieren?«, will Addie wissen.

Stella sieht ihr durchdringend in die Augen. »Vielleicht sollte ich da auch anfangen«, scherzt sie, doch es klingt eher bitter. Sie muss sich langsam klar werden, was sie mit ihrem Leben anfangen will. Bis jetzt wartet sie noch darauf, dass ihr etwas in den Schoß fällt oder dass jemand sie rettet.

»Lass uns shoppen gehen«, schlägt Addie vor und wechselt damit das Thema.

Shopping-Therapie. »Okay.«

Sie lässt Addie den Hybrid fahren, den sie sich ein Jahr nach ihrer Beförderung zur stellvertretenden Staatsanwältin gekauft hat. Rons neuerer SUV steht nach wie vor in der Einzelgarage.

Als sie auf den Parkplatz einbiegen, sagt Stella: »Hey, willst du Onkel Rons Auto haben?«

Addie wirft ihr einen Seitenblick zu. »Was?«

»Es ist erst ein paar Jahre alt«, meint sie. »In echt gutem Zustand. Und es steht einfach nur rum.«

»Ich habe ein Auto.«

»Du könntest deins verkaufen.« Stella starrt auf das leuchtende, rote Logo an der Vorderseite des Ladens. »Ich könnte wahrscheinlich auch Rons verkaufen, aber es wäre wohl sinnvoller, das zu behalten, das weniger Kilometer hat.« Sie schaut wieder zu Addie. »Abgesehen davon kenne ich mich mit Autos nicht aus.«

»Vielleicht. Lass mich drüber nachdenken.«

Mit einem Einkaufswagen bewaffnet folgt Stella ihrer Nichte durch das riesige Geschäft. Addie hat eine Liste auf ihrem Handy, aber es landen auch Dinge im Wagen, die wohl eher Spontankäufe sind: eine Kerze mit Piña-Colada-Duft, eine pinke Tasse, auf der in verschnörkelter, rotgoldener Schrift *Hallo, Schönheit* steht, und ein Set mit drei Schneidebrettern aus Holz. Außerdem kauft sie ein Fünfundzwanziger-Paket samtbezogener Kleiderbügel und einen Plastikwäschekorb.

Stella zieht sich im Moment immer in der Waschküche um und nutzt die Waschmaschine als Wäschekorb. Nicht besonders erbaulich, aber effizient.

Auf dem Weg zur Kasse durchqueren sie die Bekleidungsabteilung. Addie nimmt hier drei schwarze Jeans und ein paar schwarze Tanktops mit.

»Gott, wer ist denn gestorben?«, entfährt es Stella.

Sofort fühlt sie sich dumm und der Schmerz ist wieder da.

Zu Rons Beerdigung hat Addie ein dunkelgrünes Kleid getragen, was ein winziges bisschen Farbe in den ansonsten grauen Tag gebracht hat. Stella erinnert sich noch gut an das grüne Kleid, die gelben Blumen auf dem Sarg, Captain Murphys lange rotbraune Haare, die sie hochgesteckt getragen hat, weil sie in Uniform erschienen ist. Einer von Stellas Lippenstiften ist ihr in der Handtasche aufgegangen und hat Flecken auf dem Innenfutter hinterlassen, weswegen sie die Tasche wegwerfen musste. Dann hat sie angefangen, andere Sachen wegzuwerfen und sich für den Umzug entschieden.

»Das ist meine Arbeitskleidung in der Bar«, murmelt Addie. »Gehen wir.«

Zurück im Auto bestellt Stella ihnen Pizza. Nachdem sie aufgelegt hat, fragt sie: »Wie bist du eigentlich auf *Casey's* gekommen?«

»Wie kommt irgendwer auf irgendwas?«

»Ist das eine rhetorische Frage?«, entgegnet Stella schärfer.

»Ich habe den Pub im Internet gefunden«, antwortet Addie. »Ich kann mir auch woanders einen Job suchen, wenn es dich so sehr stört.«

»Es stört mich nicht. Ich hatte nur vergessen, wie klein die Welt sein kann.«

Später isst Stella ein Stück Pizza im Stehen in der Küche, während Addie in ihrem Zimmer telefoniert. In diesem Haus gibt es kaum Geheimnisse. Es ist schlecht gedämmt und außerdem hat Addie ihre Tür nicht zugemacht.

»Keine Ahnung. Ich habe noch nicht angefangen.« Addie wühlt in ihren Shopping-Tüten. Eine Pause. »Alles in Ordnung. Das Haus ist echt gemütlich und wir gewöhnen uns aneinander.«

Stella lauscht angestrengt, was ihre Schwägerin – Addies Mutter – am anderen Ende erwidert, aber natürlich hört sie nichts.

»Ja«, sagt Addie. »Ich meine, total depressiv, aber wärst du das nicht?«

Stella tunkt ihren Pizzarand in Ranch-Dressing, von dem etwas auf dem Weg zum Mund auf ihrem Shirt landet.

»Sie tut einfach gar nichts. Ich glaube, sie würde sich besser fühlen, wenn ich sie dazu bringen könnte *irgendwas* zu machen … Keine Ahnung. So lange bin ich ja noch nicht hier.«

Stella geht auf, dass Addie vermutlich über sie spricht. Ist sie depressiv?

Sie schaut auf den hellen Fleck auf ihrem Shirt, die dreckige Küche, den halb leeren Pizzakarton von heute, der auf dem leeren Pizzakarton von vor zwei Tagen steht.

Sie ist einfach nur faul. Das war sie schon immer und jetzt ist Ron nicht mehr da, um sie aus ihrem Tran zu reißen. Ron ist nicht mehr da, weil jemand ins Polizeiverwaltungsgebäude eingedrungen ist und ihn einfach so erschossen hat. Jetzt ist er tot. Mehr gibt es dazu nicht zu sagen.

Sie ist nicht depressiv. Sie ist einundfünfzig und noch genauso unorganisiert, wie sie es mit vierzig, dreiunddreißig und siebzehn war. Aber es geht ihr gut und sie kann noch mal von vorne anfangen.

Stella wischt sich mit dem Handrücken erst über den Mund und ihn dann am Saum ihres Shirts ab, bevor sie es sich auszieht und in die Waschmaschine steckt.

Sie schläft in BH und Jogginghose ein. Der Ventilator in ihrem Schlafzimmer quietscht leise.

Addie ist tagsüber viel zu Hause, schläft dann aber die meiste Zeit. Stella oft auch. Sie versucht, das Haus zumindest einmal am Tag zu verlassen, schafft aber manchmal nur einen kurzen Spaziergang um den Block oder fährt in den nächsten Drugstore, um Shampoo, Rasierklingen oder Schokolade zu besorgen. Hauptsächlich Schokolade. Die Kassierer kennen sie inzwischen schon.

Dieses Mal hat sie eine Tüte Mini-Schokoriegel und eine Avocado-Gesichtsmaske dabei. Addie steht vor der Kaffeemaschine. Sie trägt

Baumwollshorts und ein graues Tanktop. Ihre Haare hat sie zu einem unordentlichen Knoten zusammengebunden.

»Hey, Schätzchen.« Stella schiebt ihre Sonnenbrille nach oben.

»Hey.« Addie gähnt und holt sich eine Tasse aus der Spülmaschine.

»Wie war die Arbeit?«

»Nicht viel los. Ich bin immer noch an der Zapfstation. Wird wohl noch eine Weile dauern, bis ich Cocktails mixen darf.« Addie ist die neueste Mitarbeiterin, also zapft sie hauptsächlich Bier und räumt Tische ab. »Du könntest es dir ja mal anschauen.«

»Ich kenne die Bar«, meint Stella.

»Nicht, während ich dahinterstehe«, sagt Addie. »Ich habe dich auch schon auf der Arbeit besucht.«

Daran erinnert Stella sich noch gut. Mit sechzehn hat Addie eine Woche bei ihnen in Kalifornien damit verbracht, in Gerichtssälen zu sitzen oder wahlweise in Stellas Büro oder mit Ron abzuhängen, der ihr ein paar Touristenattraktionen zeigte, bevor Addie das Interesse am Sightseeing verlor. Stella hat ihre Nichte immer geliebt, aber ihr ist diese erwachsene, unabhängige Version von Addie deutlich lieber als der schmollende Teenager mit dem dick aufgetragenen, schwarzen Kajal und den unzähligen Gummiarmbändern von damals.

»Du könntest heute Abend doch mal vorbeikommen«, schlägt Addie vor. »Es ist Donnerstag, da ist es immer ziemlich ruhig.«

»Honey …« Plötzlich ist Stella unglaublich müde und will nie wieder etwas anderes tun, als in Jogginghose Süßigkeiten zu essen.

»Drinks gehen aufs Haus«, fügt Addie noch hinzu. »Wir haben diesen Wein von Markham Vineyards, den du so gerne magst.« Die Kaffeemaschine piept und Addie rührt einen Schluck Mandelmilch und ein Päckchen Süßstoff hinein, bevor sie einen Schluck trinkt. »Oh mein Gott, schmeckt das gut.«

»Ich könnte vielleicht kurz mal reinschauen«, gibt Stella nach. »Wann fängt deine Schicht an?«

»Halb fünf.«

»Gut.« Sie knabbert an der aufgerissenen Haut um ihren Daumennagel. »Vor dem Schichtwechsel. Vielleicht treffe ich dann niemanden, der mich kennt.«

»Wäre das denn so schlimm?« Addie umfasst die Tasse mit beiden Händen.

Ihr grüner Nagellack ist so dunkel, dass er beinahe schwarz aussieht, und blättert an beiden Daumen ab. Bei Stella sieht so etwas immer furchtbar aus. Bei Addie dagegen wirkt es auf natürliche Weise cool.

»Ich kann das jetzt einfach nur nicht gebrauchen«, sagt Stella.

»Na ja, es wirkt schon, als könntest du … Und würden sie das mit Onkel Ron nicht verstehen?«

»Das mit Ron?«, fragt Stella. »Natürlich. Aber ich bin keine von ihnen mehr.« Sie schüttelt den Kopf. »Ist auch egal.« Sie erwartet von ihrer jungen Nichte nicht, dass sie versteht, wie der Hase innerhalb der Strafverfolgungsbehörden läuft.

Addie trinkt ihren Kaffee und zieht sich dann für eine Joggingrunde um. Als sie zurückkommt, geht sie duschen und macht sich für die Arbeit fertig. Sie ist komplett in Schwarz gekleidet – üblicherweise Skinny-Jeans und ein schwarzes Oberteil. Heute ist ihr Shirt mit V-Ausschnitt so dünn, dass Stella die Träger ihres Sport-BHs darunter erkennt.

So jung war Stella auch mal. Hübsch und unverbraucht.

Aber in Addies Alter studierte Stella Jura und wurde von einer der größeren Kanzleien in Nashville angeworben. Nach zehn strapaziösen Jahren entschied sie schließlich, dass sie nichts mit der freien Wirtschaft anfangen konnte. Also arbeitete sie etliche Jahre für den Bundesstaat Tennessee in dem Glauben, Leuten vielleicht helfen zu können, bevor sie auf der Suche nach einem Tapetenwechsel ins Los Angeles County zog.

Im Rückblick wünscht sie sich nun, dass sie in der Kanzlei geblieben wäre.

Dann hätte sie jetzt deutlich mehr Geld und Ron nie kennengelernt. Ein Leben ohne den Schock des plötzlichen Verlusts.

Addie sitzt umgeben von Make-up-Utensilien auf dem Boden vor ihrem Ganzkörperspiegel. Stella nimmt auf der Bettkante Platz und beobachtet sie dabei, wie sie Foundation auf ihre ohnehin schon perfekte Haut tupft, dann Concealer aufträgt, gefolgt von Puder, Bronzer und Blush. Mit ein paar wenigen Handgriffen zieht sie sich zwei gleichmäßige Wing-Lidstriche mit schwarzem Eyeliner. Stella verkneift sich den Kommentar, dass Make-up unnötig ist, weil sie es selbst immer gehasst hatte, wenn Leute das früher zu ihr sagten.

»Was ziehst du an?«, fragt Addie und sucht sich ein pinkes Wimperntusche-Fläschchen aus der Make-up-Box, die neben ihrem Knie auf dem Holzfußboden steht.

»Keine Ahnung.«

»Gehst du vorher noch duschen?«, hakt Addie vorsichtig nach.

»Wahrscheinlich.«

»Und du ziehst dir was Richtiges an?«

»Okay. Wink mit dem Zaunpfahl verstanden.«

»Ich denke nur, dass es dir guttun wird, wenn du mal aus dem Haus kommst«, meint Addie. »Und mit jemand anderem als mir redest.«

»Dass ich mit Leuten reden muss, war aber nicht ausgemacht.« Eigentlich war das scherzhaft gemeint, aber es klingt eher nüchtern.

»Du schaffst das schon.« Addie tuscht ihre Wimpern und steckt den Mascara dann zurück in die Box. »Okay, ich muss los. Wir sehen uns dann da.«

Sie gibt Stella einen Kuss auf die Wange, schnappt sich dann ihren Hoodie und ihre Handtasche und ruft auf dem Weg zur Haustür noch über die Schulter: »Und vergiss nicht, dir die Haare zu kämmen!«

Stella steht unter der Dusche und schaut dem Wasser zu, das ihre Füße umspült, bevor es in den Abfluss der Keramikwanne kreiselt. Sie verliert jedes Zeitgefühl und bis sie es schafft, sich die Haare und den Rest ihres Körpers zu waschen, ist es schon fast fünf. In ein Handtuch gewickelt verbringt sie eine weitere Viertelstunde auf ihrem Bett, bevor sie sich schließlich Unterwäsche anzieht. Darüber folgt eine Jeans und ein hellrosafarbener Pullover. Das Haareföhnen spart sie sich und knetet stattdessen etwas Schaumfestiger hinein, damit ihr Haar in goldenen Wellen lufttrocknen kann. Zum Schminken fehlt ihr die Kraft, also beschränkt sie sich auf etwas Feuchtigkeitscreme.

Da ihr Auto mehr als dreckig ist, nimmt sie Rons SUV. Am Spiegel hängt noch eine polizeiliche Parkerlaubnis. Das Innere des Autos riecht noch ein wenig nach Ron, aber sie fährt trotz ihrer Tränen los. Sie ist fest entschlossen, Addie nicht zu enttäuschen, indem sie ihr etwas verspricht und es dann nicht einhält.

Als sie im Parkhaus ankommt, wirft sie einen Blick in den Rückspiegel. Ihre geröteten, geschwollenen Augen lassen sich schlicht nicht verbergen. Sie wischt sich mit dem Ärmel über die Wangen, mit dem Handrücken über die Nase und entscheidet sich dafür, dass ihr das egal ist. In der Bar ist es sowieso so dunkel, dass es keinem auffallen wird.

Es ist Jahre her, seit sie das letzte Mal dort war. Das war vor ihrer Ehe mit Ron, aber alles sieht noch genauso aus wie damals. Die Bartische sind alle besetzt, also wählt sie einen Hocker am Ende des Tresens, direkt an der Wand, hinter der sich die Toiletten befinden. Sie setzt sich mit dem Rücken zum Eingang.

»Was darf es sein?«, fragt eine Männerstimme.

»Ein Glas Merlot. Gerne den Hauswein«, antwortet sie, ohne aufzusehen.

Er mustert sie neugierig. »Sind Sie Addies Tante?«

Ihr Kopf ruckt nach oben. Er ist groß und jung, sieht gut aus. »Ja.«

Er grinst und entblößt dabei perfekte weiße Zähne. »Ich sage ihr, dass Sie da sind.«

»Woher wussten Sie das?«, fragt Stella.

»Sie sehen ihr ähnlich«, erwidert er. »Der Merlot kommt sofort.«

Addie ist noch vor dem Wein bei ihr. Sie schenkt Stella ein Lächeln, ein echtes, das sie übers ganze Gesicht strahlen lässt. Aber als sie näher kommt, verblasst es.

»Du bist da. Ich habe gerade hinten Zitronen und Limetten geschnitten. Geht's dir gut?«

»Alles okay.« Stella deutet mit dem Kopf in Richtung Gastraum. »Sieht alles aus wie früher.«

»Bist du dir sicher, dass es dir gut geht?«

»Ja, versprochen. Ich bin nur müde.«

»Möchtest du was zu essen? Die Küche hat gerade aufgemacht. Es gibt eine Auswahl zur Happy Hour.«

Der attraktive junge Barkeeper kommt zurück und stellt ein Glas Wein vor ihr auf der blank geputzten Theke ab, bevor er sich einem anderen Gast widmet.

Stella nippt an dem Wein, der wirklich gut schmeckt und definitiv kein Hauswein ist. Es gibt Schlimmeres, als in einer Bar ein ordentliches Glas Wein zu trinken und Addie sieht so hoffnungsvoll aus, dass Stella jetzt nicht einfach abhauen kann. Sie hat es schon bis hierhin geschafft und etwas zu Essen wird sicher nicht schaden. »Vielleicht ein paar Nachos.«

An Nachos ist nichts irisch, aber sie sind hier ja auch in L.A.

Addie nickt. »Die kriegst du.«

Nachdem sie wieder allein ist, sucht Stella nach ihrem Handy, bis ihr aufgeht, dass sie es im SUV gelassen hat. Ihre Handtasche ist voller zerknüllter Verpackungen und Kassenzettel.

Früher hatte sie immer ein Buch dabei, selbst wenn es nur ein billiger Heftroman war, aber diese Angewohnheit hat sie schon vor ihrem Umzug nach Los Angeles abgelegt. Vielleicht sollte sie sich einen Büchereiausweis besorgen. Mal wieder etwas lesen. Sich für eine Weile hinter den Problemen anderer Leute verstecken.

Die Bar füllt sich nach dem Schichtwechsel zunehmend. Niemand kommt hier in Uniform her, aber Stella weiß genau, wer zur Polizei gehört, und erkennt sogar ein paar der Anwesenden, auch wenn sie sich kaum an ihre Namen erinnert. Wahrscheinlich sind auch Staatsanwälte unter den Gästen, aber für gewöhnlich pflegen diese keine sozialen Kontakte zu den Einheiten, mit denen sie arbeiten.

Bis sie ihre Nachos bekommt – einen riesigen Berg davon mit Bohnen, geschmolzenem Käse, Sour Cream und Pico de gallo –, ist der Pub ziemlich voll. Abgesehen von dem Barhocker neben ihrem sind alle Plätze am Tresen belegt.

Der niedliche Barkeeper schenkt ihr nach.

Ihre Anspannung löst sich ein wenig, nachdem sie etwas gegessen hat. Der Wein hilft zusätzlich. Und sie gibt nicht gerne zu, dass Addie recht hatte, aber es fühlt sich gut an, das Haus zu verlassen und was anderes zu sehen als den Drugstore oder Supermarkt.

Addie schaut mit einer kleinen Schale Cocktailkirschen in der Hand vorbei. »Hast du Spaß?«

Es ist inzwischen lauter. Die Leute spielen Songs aus der digitalen Jukebox.

Stella muss Addies Lippen lesen, um sie zu verstehen. »Die Nachos sind lecker«, sagt sie. »Vielleicht war es wirklich eine gute Idee, mal rauszukommen.«

»Hast du schon neue Leute kennengelernt?« Addies Blick wandert durch den Gastraum in Richtung Eingang.

»Für so was bin ich zu alt.« Stella ist vollkommen klar, wie verhärmt sie aussieht. Wer findet so was attraktiv? »Bringst du mir die Rechnung?« Sie steckt sich eine süße Kirsche in den Mund. Sie mildert das Brennen der Jalapeños, die unter die Nachos gemischt waren.

»Ach komm«, meint Addie. »Du zahlst hier nichts.« Sie macht eine wegwerfende Handbewegung und sieht dann erneut zur Tür.

Stella folgt ihrem Blick über die Schulter hinweg, erkennt aber niemanden dort.

»Ich hole dir eine Schachtel für die restlichen Nachos«, bietet Addie an.

»Brauche ich nicht.«

»Du hast gerade mal die Hälfte gegessen.« Addie zieht ein kleines weißes Geschirrtuch aus ihrer Schürze und wischt damit über die Theke. »Den Rest kannst du mit nach Hause nehmen.«

»Vielleicht will ich die nachher nicht mehr.«

»Dann esse ich sie«, sagt Addie. »Warte kurz.«

In diesem Moment schlagen Stellas Instinkte an und sagen ihr, dass etwas nicht stimmt. Im Gerichtssaal war sie gnadenlos und präzise, hat Angeklagten und Zeugen eine Frage nach der anderen gestellt, bis sie die richtige erwischte, um die Lügengeschichte auffliegen zu lassen. Genau dieses Gefühl hat sie jetzt auch, das Verlangen, nach der Wahrheit zu bohren, aber sie ist aus der Übung und das Bedürfnis muss sich durch viele Schichten nach oben kämpfen. Durch das Gespinst aus Apathie und Trauer, in dem sie lebt. Sie braucht ein paar Minuten, um zu begreifen, dass Addie sie anlügt.

Sie weiß nicht, worum es dabei geht – Addie befindet sich auf der anderen Seite des Raums und holt eine To-go-Box, aber sie schaut immer wieder zur Tür.

Als sie schließlich zurückkommt, schiebt sie Stella die Schachtel über die Theke hinweg zu und sieht sich wieder um. Und dann entspannen sich ihre Schultern auf einmal.

Stella dreht sich um, um herauszufinden, auf was Addie gewartet hat. Nicht auf was – auf wen.

Hitze kriecht ihren Nacken nach oben, während sie sich ihrer Nichte wieder zuwendet. »Addison, was soll das?«, faucht sie sie wütend an.

Addie schüttelt den Kopf. »Das hier … das hier ist eine Cop-Bar.«

Stella will von ihrem Hocker rutschen und durch die Hintertür verschwinden, aber es ist zu spät. Captain Elizabeth Murphy kommt bereits auf sie zu. Sie trägt einen schwarzen Bleistiftrock, eine pfirsichfarbene Bluse und schwarze Pumps. Ihre Handtasche hängt über einer Schulter und ihre schulterlangen, rotbraunen Haare sind ordentlich nach hinten gekämmt.

Stella hat sie seit der Beerdigung nicht mehr gesehen und davor schon nicht mehr, seit Stella eine Beförderung angenommen und Captain Murphys Morddezernat verlassen hat. Aber sie erinnert sich noch sehr gut an sie. Auch ohne ihre Uniform vergisst man Elizabeth nicht so schnell. Mit ihren hohen Wangenknochen und faszinierenden grünen Augen sieht sie aus wie eine junge Greer Garson, obwohl Captain Murphy zehn Jahre älter als Stella ist.

Bei der Beerdigung hat sie Stella eine Hand auf den Arm gelegt und ihr Beileid für ihren Verlust ausgesprochen, für den Verlust, den es auch für die Truppe bedeutet. Und dann hat Lieutenant Sam Warren sie weggeführt.

Elizabeth bleibt an der Bar stehen und wirft Addie einen kurzen Blick zu. »Sie haben Ihr nicht gesagt, dass ich komme?«

»Ich dachte … ich … Sie wäre nie …«

»Addie!«, ruft jemand vom anderen Ende des Tresens.

»Tut mir leid«, entschuldigt sie sich und flitzt davon.

»Tja …«, meint Elizabeth und wendet sich Stella zu. »Wie geht es Ihnen denn?«

»Ich …« Panik überrollt sie. »Ich muss los.« Sie schnappt sich ihren Mantel und eilt in Richtung Tür. Die Nachos bleiben vergessen auf der Theke zurück, zusammen mit dem Rest ihres Weins.

»Warten Sie!«, ruft Elizabeth ihr hinterher, aber Stella ist schon durch die Tür und draußen in der kühlen Nachtluft.

Ihr ist schwindelig, als sie wieder in den SUV steigt.

Darin riecht es immer noch nach Ron und sie beginnt erneut zu weinen.

Kapitel 2

Stella hat den ganzen Weg nach Hause geweint. Und im Bad beim Zähneputzen auch. Und dann weint sie sich in den Schlaf. Als sie aufwacht, fühlt sie sich ein bisschen verkatert, taub und merkwürdig neben der Spur. Sie merkt, dass ihr Gesicht geschwollen und die Haut unter ihren Augen empfindlich ist.

Blinzelnd schaut sie in die helle Vormittagssonne – Vorhänge stehen auf ihrer Liste, insbesondere jetzt, wo der Frühling vor der Tür steht und die Tage länger werden. Draußen zwitschern Vögel und aus der Küche dringt das Klappern von Kochgeschirr und Tellern. Sie riecht Speck.

Stella schlägt die Decke zurück und schleicht sich ins Bad. Aber die Rohre sind alt und die Toilette spült laut. Der Wasserhahn quietscht, als sie ihn aufdreht, um sich die Hände zu waschen und die Zähne zu putzen.

Sie mustert ihr Spiegelbild. Ihr Gesicht ist tatsächlich geschwollen. Das, was sie früher mal als attraktiv an sich empfunden hat – helle Haut, lockige blonde Haare, dunkelbraune Augen – lässt sie nun schmal und bleich aussehen. Sie wirkt zunehmend nach außen so, wie sie sich innerlich fühlt.

In der Küche rührt Addie gerade in einem Topf auf dem Herd. Offenbar gibt es frische Biscuits und Gravy und das klassische Südstaatenfrühstück weckt Erinnerungen. Daneben steht gebratener Speck. In einer Pfanne wartet Rührei darauf, serviert zu werden. Die Carters bringen Entschuldigungen immer in Form von Essen rüber.

Addie hat sich die Haare nach hinten geklemmt und trägt Baumwollshorts und einen Kapuzenpullover. Sie sieht Stellas Bruder Thom so ähnlich, aber die Haar- und Augenfarbe hat sie von ihrer Mutter Joyce.

Ihre Nichte wirft ihr einen Blick über die Schulter zu, bevor sie sich wieder der Soße widmet. »Ich hoffe, du hast Hunger.«

Stella mustert sie und das Festessen. »Ich habe immer Hunger.« Ihre Stimme klingt heiser von den Tränen des vergangenen Abends.

Die Anspannung weicht sichtlich aus Addies Schultern.

Stella kann ja nicht ewig sauer auf sie sein. Aber sie will … eine Erklärung.

Addie hat die Post und den restlichen Kram auf dem Küchentisch beiseitegeschoben und ihn mit Tellern und Besteck gedeckt. Das Essen ist gut, aber Addie war schon immer eine gute Köchin. Eigentlich ist sie in allem gut, was sie anpackt. Alle haben sich Sorgen gemacht, als sie nach ihrem Collegeabschluss noch keinen fixen Plan für ihre berufliche Zukunft hatte, aber Stella macht sich da keine großen Gedanken. Addie wird eine gute Barkeeperin werden und falls sie sich irgendwann einen anderen Job sucht, wird sie auch den wunderbar meistern. Und wenn sie sich dafür entscheidet, zu heiraten und ein paar Kinder zu bekommen, wird sie auch zweifellos eine hervorragende Mutter.

»Hör mal …«, setzt Stella zum Sprechen an, nachdem sie fertig gegessen haben.

»Nein«, unterbricht Addie sie. »Es tut mir leid. Ich habe dir zu schnell zu viel aufgedrängt.«

Stella spielt mit ihrer Gabel in dem Rest Gravy auf ihrem Teller herum und beobachtet, wie die Zinken Furchen hineinziehen, die sich gleich wieder schließen. »Honey, du verstehst das nicht.«

»Ich meine, es war meine Idee, also übernehme ich auch die volle Verantwortung dafür. Und ich kann total nachvollziehen, dass jeder auf seine eigene Art trauert und man sich die Zeit nehmen muss, die man braucht. Ich sollte mich da raushalten.« Sie schaut auf ihre Hände, die sie im Schoß gefaltet hat. »Deswegen tut es mir wirklich leid.«

Stella schweigt einen Moment, während sie verarbeitet, was Addie gerade gesagt hat. Bis das gesackt ist, stapelt Addie schon Geschirr im Spülbecken.

»Addie«, meint sie. »Was meinst du damit, dass es deine Idee war?«

»Was?« Sie dreht sich um.

»Du hast gesagt, dass es deine Idee war. Was meinst du damit?«

»Mal aus dem Haus zu gehen«, erwidert Addie.

»Und mich mit Captain Murphy zu treffen?«

»Na ja, es ist … es ist eine Cop-Bar.« Addie verschränkt die Arme vor der Brust. »Du hättest da ja alle möglichen Leute treffen können.«

»Aber du hast die Tür im Auge behalten«, sagt Stella. »Du hast auf Elizabeth Murphy gewartet, oder?«

Addie gießt die übrig gebliebene Soße aus dem Topf in eine Plastikdose.

»Woher kennt ihr euch überhaupt?«, will Stella wissen.

»Wir haben uns auf der Beerdigung kennengelernt. Das weißt du doch.« Addie öffnet eine Schublade und wühlt darin herum. »Gibt es für das Ding auch einen Deckel?«

»Die Beerdigung ist Monate her.«

Addie wühlt weiter, schließt die Schublade dann aber wieder, um die darüber zu öffnen, der sie eine Rolle Alufolie entnimmt.

»Addie!« Stella lässt nicht locker.

Ihre Nichte reißt ein Stück Folie ab und schließt damit die Soßendose. »Wir haben auf der Beerdigung Nummern ausgetauscht. Nur für den Fall der Fälle.«

»Was für ein Fall soll das sein?«

»Keine Ahnung!«, entgegnet Addie. »Ich habe nicht groß darüber nachgedacht. Alle waren so traurig und durcheinander. Ich hatte das mit der Telefonnummer eigentlich ganz vergessen, aber als du deinen Job gekündigt hast, hat sie davon erfahren und mir eine Nachricht geschrieben, um sich nach dir zu erkundigen.«

»Oh Gott.« Stella vergräbt das Gesicht in den Händen.

»Du weißt doch, wie so was läuft. Plötzlich kommt man irgendwie ins Gespräch. Sie ist nett.«

Stella schnaubt spöttisch. »Captain Murphy ist nicht nett.«

Elizabeth Murphy ist eine ausgezeichnete Polizistin, aber auch eine regelbesessene Eiskönigin, die mehr Zeit damit verbracht hat, mit Stella zu streiten, als mit ihr zu arbeiten. Cops und Juristen müssen zusammenarbeiten, aber die Staatsanwaltschaft berücksichtigt inkompatible Persönlichkeiten bei der Zuteilung ihrer Mitarbeiter zum LAPD nicht. Stella war sich bis zum Schluss nicht sicher, ob sie und Captain Murphy nicht miteinander klarkamen, weil sie zu verschieden oder sich zu ähnlich waren. Die Frau war stur, spießig und unnachgiebig. Captain Murphy hielt Stella für manipulativ und Stella sie für unkreativ.

Der Hauptunterschied zwischen ihnen besteht – oder bestand – darin, dass Elizabeth Murphy gut innerhalb der Grenzen arbeiten kann, die das Gesetz ihr vorgibt, und Stella das Gesetz für sich arbeiten lässt. Diese fundamentalen Differenzen in ihrer Herangehensweise konnten sie nie überwinden. Also wurden sie auch nie warm miteinander, warfen sich bissige Kommentare an den Kopf und es entwickelte sich nie eine Freundschaft.

Irgendwann schafften sie es schließlich doch, miteinander zu koexistieren. Fünf Jahre nach Stellas Zuteilung zum Morddezernat gingen sie beinahe nett miteinander um – bevor Stella herausfand, dass Captain Murphy, die regeltreuste Frau, die sie kannte, mit Lieutenant Warren schlief. Das warf sie aus der Bahn und sie fühlte sich sogar ein wenig hintergangen, also bewarb sie sich um eine Beförderung, anstatt darüber nachzudenken, *warum* sie so empfand.

»Sie scheint sich echt Sorgen um dich zu machen«, meint Addie. »Auf eine sehr nette Art, wenn ich das mal so sagen darf.«

»Du kannst dich nicht mit ihr unterhalten, Addison. Das ist nicht okay.« Stella hatte so hart daran gearbeitet, ihre Familie und Karriere voneinander zu trennen. Bei ihrer Familie war sie einfach nur Tochter, Tante oder Schwester. Im Gerichtssaal galt sie bei ihren Kollegen, gegnerischen Anwälten und Richtern als hartnäckig, sogar aggressiv. Addie weiß nicht, welchen Ruf ihre Tante dort genießt und Stella würde es auch gerne dabei belassen, insbesondere da dieser Teil ihres Lebens vorbei ist. Wenn Addie und Captain Murphy miteinander Zeit verbringen, verschwimmen die Grenzen automatisch irgendwann.

»Ich verstehe nicht, was du gegen sie hast, Tante Stella.«

»Ich will nicht darüber reden.« Es wäre viel zu kompliziert, zu erklären, was sie selbst nicht versteht. Stella lässt die Ereignisse des Abends erneut Revue passieren: den Wein, das Essen, die vertraute Umgebung, die bekannten Gesichter. Das Gefühl, belogen zu werden. »*Casey's* ist eine Cop-Bar ...«

Addie beißt sich auf die Unterlippe.

»Hat sie dir den Job dort verschafft?«, fragt Stella, der plötzlich ein Licht aufgeht.

Addie nickt.

Und damit geht Stella zurück ins Bett.

Stella wünschte, sie könnte irgendwo anders schmollen – in einem Büro oder Ferienhaus –, wo ihr jemand eine Tasse heiße Schokolade macht und sie für eine Stunde jammern lässt. Die Ironie dahinter entzieht sich ihr nicht: Sie braucht Freundschaft und deswegen hat sie Addie in ihr Zuhause eingeladen. Aber Elizabeth war nie ihre Freundin. Ihre Beziehung wurde zum Ende hin weniger unterkühlt, ging aber nie über das Berufliche hinaus. So oder so kann Stella auch keine Freundschaft mit ihr aufbauen, weil die Frau etwas an sich hat, das etwas vollkommen Unbekanntes in Stella entfesselt.

In ihrer Gegenwart ist sie nicht sie selbst. Hat keine Kontrolle über ihre Gefühle. Wenn Stella ein Berg Dynamit ist, dann ist Elizabeth ein lichterloh brennendes Streichholz.

Und Stella kann es sich nicht leisten, zu explodieren.

Sie verkriecht sich den ganzen Nachmittag im Bett, starrt auf ihr Handy und döst. Sie ist ständig so müde, egal, wie viel sie schläft. Nachdem sie gehört hat, wie Addie duscht und das Haus verlässt, rafft sie sich auf und lässt sich ein Bad ein, zündet eine Kerze an und macht das Deckenlicht aus.

Sie bleibt lange im heißen Wasser liegen. Als sie den Stöpsel schließlich zieht, ist es draußen beinahe schon dunkel und die flackernde Kerze erhellt den dampfigen Raum um sie herum. Sie wickelt sich ein Handtuch um die Haare und ein zweites um den Körper, bevor sie über den Spiegel wischt, um ihr verschwommenes Spiegelbild darin zu erkennen.

Erst jetzt geht ihr auf, dass sie Elizabeth ja einfach anrufen und ihre ein paar Takte sagen könnte.

»Halten Sie sich von Addie fern«, sagt sie zum Spiegel. Dann wiederholt sie es noch einmal in dem Versuch, ernster und nachdrücklicher zu klingen. »Halten Sie sich von Addie fern!«

Sie putzt sich die Zähne und bürstet ihre Haare. Zieht sich ordentliche Kleidung an – einen BH, einen sauberen Slip und ein knielanges Kleid aus weichem altrosafarbenem Stoff mit kleinen Flügelärmeln. Der Schnitt sieht immerhin nicht wie ein Sack an ihr aus. Dann setzt sie sich an den Schminktisch in ihrem Schlafzimmer und trägt Feuchtigkeitscreme auf ihre Haut auf, tupft sich etwas Concealer unter die Augen, tuscht sich die Wimpern, entscheidet sich für einen Nude-Lippenstift und verleiht ihren Wangen mit etwas Blush eine gesündere Farbe. Sie dreht die langen Strähnen ihres Ponys ein und steckt sie nach hinten fest. Anschließend betrachtet sie ihr Werk. Seit Langem sieht sie wieder ein bisschen mehr aus wie sie selbst.

Damit fühlt sie sich bereit genug, um in der Küche ihr Handy aus der Handtasche zu holen, nur um dabei festzustellen, dass der Akku leer ist. Sie zieht dem Toaster den Stecker – offenbar brauchten die Leute in den 1930ern nicht so viele Steckdosen – und hängt ihr Handy an den Strom.

Als es schließlich wieder genug Saft hat, um sich einschalten zu lassen, scrollt sie durch die Benachrichtigungen, um zu sehen, was sie verpasst hat. Ihr ältester Bruder Brick hat ihr eine Nachricht auf der Mailbox hinterlassen, in der er mit ihr schimpft, dass sie nicht ans Telefon geht. Thom hat ihr eine Textnachricht geschickt, in der er sich nach Addies Geburtstag im Mai erkundigt und ob die Familie vielleicht nach L.A. kommen könnte? Außerdem ist da noch eine Nachricht von Addie vom Vorabend, in der sie darum bittet, dass Stella in den Pub zurückkommt.

Sie öffnet ihre Kontaktliste und sucht Elizabeths Eintrag. Ein Bild hat sie nicht eingespeichert, aber die Handynummer und sogar eine Adresse. Jemand – Warren oder Esposito – muss ihr wohl irgendwann die vollständigen Kontaktinfos geschickt haben. Die beiden kannten sie immerhin schon sehr lange.

Stella versucht immer noch, genug Mut aufzubringen, um die Nummer anzutippen, als ihr Display auf einmal blinkend Elizabeths Namen anzeigt. Hat sie draufgedrückt, ohne es zu merken? Doch dann geht ihr auf, dass Elizabeth sie gerade anruft. Was für ein merkwürdiger Zufall.

Der Anruf versetzt Stella einen regelrechten Schock und bringt sie vollkommen aus dem Konzept. Mit einem angespannten »Hallo?« nimmt sie den Anruf an.

»Stella.« Elizabeths Stimme klingt tief und leise und Stella lässt sich gegen die Arbeitsplatte sinken.

»Hi«, erwidert sie dümmlich. Wo ist ihre Wut hin? Ihre Empörung? Elizabeth hat ihr vollkommen den Wind aus den Segeln genommen, indem sie Stella zuerst anruft. Was so typisch für sie ist.

»Ich wollte mich nur kurz bei Ihnen melden«, sagt Elizabeth. »Ich hoffe, dass ich Sie gestern Abend nicht in Verlegenheit gebracht habe.«

»Tatsächlich wollte ich Sie gerade deswegen anrufen.«

»Oh?«

Das Scheinwerferlicht vom Auto ihrer Nachbarn gegenüber fällt durchs Küchenfenster, als diese in ihre Einfahrt einbiegen. »Ich verstehe nicht, warum Sie Kontakt zu meiner Nichte halten, Captain.«

»Ah.« Elizabeth schlägt ihren freundlichsten, nettesten Tonfall an, den sie normalerweise auf Opfer oder trauernde Angehörige von Ermordeten beschränkt. »Sie war nach dem Tod Ihres Manns sehr besorgt um Sie, Stella. Das waren wir alle. Ich habe nur meine Unterstützung angeboten, falls sie sie braucht.«

Stella schnaubt spöttisch und tippt mit den Nägeln auf die geflieste Anrichte. »Sie haben kein Recht, meine Nichte in Ihre Welt aus Mord, Tod und den schlimmsten Menschen der Welt zu ziehen. Sie ist noch ein Kind.«

Elizabeth zieht deutlich hörbar scharf Luft ein. »Ich verstehe, warum Sie das so sehen, aber ich will wirklich nur helfen. Ihr und Ihnen.«

»Klar«, erwidert Stella. »Natürlich.«

»Es war schön, Sie wiederzusehen.« Das ist dann wohl ein Ölzweig, den Elizabeth ihr reicht. »Vielleicht könnten wir uns ja mal zum Essen oder auf eine Tasse Kaffee treffen. Uns auf den neuesten Stand bringen.«

Stella lehnt ihre warme Stirn gegen die kühlen Fliesen. »Das halte ich für keine gute Idee, Captain.«

»Ich verstehe.«

»Ich … Seien Sie einfach vorsichtig bei Addie.«

»Stella …«

»Bis dann.« Stella beendet den Anruf. Legt das Handy weg. Öffnet die Hintertür, um den Kopf in die Nachtluft zu halten und ein paarmal tief durchzuatmen.

Diese Frau tut ihr nicht gut. Überhaupt nicht gut.

Sie träumt von Ron. Sie sind im Großraumbüro des Morddezernats. Er trägt seine LAPD-Uniform und sie ist noch Captain Murphy zugeteilt. Sie unterhalten sich, bis er sich plötzlich den Bauch hält und sie entsetzt anstarrt. Er hebt die Hände. Sie sind voller Blut.

»Warum?«, fragt er.

Sie schaut auf die Pistole, die sie in den Händen hält und ihr entfährt ein Schrei.

»Alles gut. Es ist alles gut.« Addie rüttelt sie wach.

Stella ist einen Moment lang verwirrt, weil es dunkel ist und das Zimmer nur vom Ganglicht erhellt wird, wodurch sie Addie kaum erkennt.

»Es war nur ein Albtraum.«

Stella ist verschwitzt, ihr ist schlecht und eins ihrer Beine ist in die Quilt-Decke gewickelt. Sie setzt sich ein wenig auf und streicht sich die Haare aus dem Gesicht. »Alles okay. Tut mir leid.«

Addie schüttelt den Kopf. »Möchtest du darüber reden?«

»Nein.« Stella zieht die Knie an die Brust und schlingt die Arme darum. »Ich, hm, erinnere mich an nichts.«

»Okay.«

»Wie spät ist es?«

»Drei.«

Erst jetzt merkt Stella, dass Addie noch ihren Mantel trägt und ihr Make-up verschmiert ist. Ihre Handtasche steht neben dem Bett auf dem Boden. »Bist du gerade erst nach Hause gekommen?«

»Ja. Ich habe abgeschlossen«, erwidert Addie. »Ich wollte gerade … Willst du vielleicht einen Film schauen oder so?«

»Ja«, sagt Stella. »Gern.« Alles ist besser, als wieder einzuschlafen.

Stella nimmt ihren Quilt mit auf die Couch. Addie macht salzig-süßes Popcorn in der Mikrowelle, wie Stella es mag. Sie stellen die große Schüssel zwischen sich und kuscheln sich unter den Quilt. Addie zappt durch die Fernsehkanäle, bis sie eine Romantikkomödie findet. Gerade ist Werbepause.

Stella wirft Addie einen Seitenblick zu. Im Licht des Fernsehers wirkt sie müde und erschöpft. Sie hat dunkle Ringe unter den Augen.

»Geht es dir gut?«, fragt Stella. »Gefällt es dir hier in Kalifornien?«

Addie schaut sie an. »Ja, ich bin gern hier. Es ist anders. Ich habe die Veränderung gebraucht.«

»Hast du kein Heimweh?«

»Nein. Vielleicht wenn ich alleine wäre, aber ich habe ja dich.« Addie lächelt. »Ich wünschte nur, ich könnte dir mehr helfen.«

»Ich werde einfach noch eine Weile traurig sein, glaube ich. So läuft das eben. Mir ist klar, dass das für dich nicht besonders toll ist.«

»Schon in Ordnung«, meint Addie. »Ich habe Montag frei. Vielleicht könnten wir da ja was zusammen unternehmen. An den Strand fahren oder so.«

»Machen wir.«

Addie wendet sich ein paar Minuten lang wieder dem Film zu, bevor sie wieder das Wort ergreift. »Hast du mit Elizabeth gesprochen?«

»Was?«

»Sie hat gesagt, dass sie dich anrufen und sich entschuldigen will.«

»Wir haben uns unterhalten«, sagt Stella. »Aber wir waren nie Freundinnen. Und ich brauche sie auch jetzt nicht als Freundin, nur weil mein Mann tot ist und sie mich deswegen bemitleidet.«

Addie presst die Lippen aufeinander und senkt das Kinn auf die Brust. »Ich mag Elizabeth wirklich. Und ich kenne hier sonst niemanden. Nicht so richtig.«

»Du kennst mich. Und deine Freunde von der Arbeit …«

Addie schaut Stella abrupt an. »Es ist in Ordnung, wenn du sie nicht magst, aber du hast kein Recht, für mich zu entscheiden, ob ich Zeit mit ihr verbringen darf.«

»Okay«, meint Stella. »Aber halt mich aus der Sache raus.«

Sie schauten den Film weiter, bis Addie sich ins Bett verabschiedet.

Stella bleibt vor dem Fernseher sitzen, bis die Sonne aufgeht. Dann zieht sie sich an und fährt zum *Coffee Bean*. Dort reiht sie sich in die Schlange der Leute ein, die auf dem Weg zur Arbeit einen Zwischenstopp hier einlegen, und bestellt einen klebrig süßen Kaffee, der eigentlich mehr aus Schokolade besteht. Den Großteil trinkt sie im Auto, in dem sie dann noch eine Weile durch die Gegend fährt, bis sie zu dem Restaurant kommt, in dem sie mit Ron an seinen seltenen freien Vormittagen oft frühstücken gegangen ist. Damals, als sie sich frisch kennenlernten, vor ihrer Hochzeit. Das hat sie bis eben ganz vergessen.

Mit einem Koffeinschub und dem Bauch voller French Toast ist die Bücherei ihr nächstes Ziel. Sie lügt die Frau am Tresen an und behauptet, dass die Adresse auf ihrem Führerschein aktuell ist, und bekommt für ihre Sünde auch prompt einen Büchereiausweis verliehen. Sie streift durch die Regale, stöbert durch die neuen Bücher. Dann greift sie nach einem CIA-Spionageroman, doch die Prämisse ist so albern, dass sie ihn wieder wegstellt und geht, ohne etwas auszuleihen.

Als Nächstes fährt sie zum Supermarkt und kauft Milch und Kaffeesahne, Butter, Brot und Eier. Dinge, die normale Menschen immer im Haus haben. Und sie macht weiter, bis der Einkaufswagen voll ist.

Als sie nach Hause kommt, ist Addie wach und beobachtet sie dabei, wie sie die erste Einkaufstüte hereinbringt. »Wo warst du?«

»Nur ein paar Besorgungen erledigen«, sagt Stella. »Du kannst mir mit den Tüten helfen.«

»Du warst einkaufen?« Addie klingt überrascht.

»Ja.« Verärgerung schleicht sich in Stellas Stimme, aber sie versucht, sie zu verbergen. »Ich dachte mir, dass wir wohl Lebensmittel im Haus haben sollten, wenn du schon für mich kochst.«

Addie scheint ihren Tonfall nicht zu bemerken. »Großartig.« Das klingt absolut ehrlich. Sie geht nach draußen, um zwei Tüten zu holen.

Als nur noch eine Zwölferpackung Coladosen übrig ist, schnappt Stella sie sich und schließt den Kofferraum des SUV.

Sie fährt ihn jetzt doch gelegentlich. Stella kann ihn inzwischen sogar fahren, ohne in Tränen auszubrechen. Tatsächlich schwindet der Duft nach Ron, je öfter sie das Auto benutzt. Und es gefällt ihr, höher zu sitzen – so fühlt sie sich sicher, als würde sie einen großen schwarzen Panzer fahren. Es macht es ihr etwas leichter, das Haus zu verlassen.

Früher hatte sie nie Angst, sich der Welt zu stellen.

Addie hilft ihr beim Auspacken der Einkäufe. Sie hat so viele Cornflakespackungen und Dosenfutter mitgenommen, dass sie einen der Schränke zur Behelfsspeisekammer umfunktionieren müssen.

Die schlaflose Nacht holt sie ein, also entscheidet Stella sich für ein Nickerchen. Als sie wieder aufwacht, geht die Sonne bereits unter und Addie ist weg.

Sie gießt sich ein Glas Wein ein und geht in den Garten, wo sie den Himmel beobachtet, wie er sich von Orange zu Violett färbt und dann in Dunkelheit versinkt, in die sternlose Weite, die in dieser Stadt die Nacht darstellt.

Am Montag fahren sie nach Santa Monica, essen Fisch-Tacos bei Wahoo's und gehen dann weiter zum Pier. Sie beobachten die Passanten und bummeln durch die Geschäfte, ohne etwas zu kaufen. Stella bietet eine Karussell- oder Riesenradfahrt an, doch Addie lehnt beides höflich ab.

Einem Besuch des Aquariums stimmt sie allerdings zu und Stella blecht die zehn Dollar Eintritt. Das Gebäude ist klein und ein bisschen altmodisch. Addie wirkt ziemlich gelangweilt, bis sie zu den Quallen kommen. Vor diesem Becken stehen sie lange und beobachten die Tiere. Addies hübsches Gesicht wird vom blauen Licht beschienen und sie wagt sich sogar ans Anfassbecken, was Stella lieber sein lässt. Glitschig und kalt ist nicht so ihre Kragenweite.

»Wie lange braucht man zu dem Aquarium in Monterey?«, fragt Addie, als sie wieder draußen sind. »Das soll doch das schönste hier in der Gegend sein, oder?«

Stella überlegt kurz. »Fünf oder sechs Stunden, denke ich.«

»Wirklich? Mir war wohl nicht klar, wie groß dieser Bundesstaat ist.«

»Wir könnten einen Zwei-Tages-Ausflug machen«, sagt Stella. »Kein Problem.«

Sie suchen sich einen Platz am Geländer des Piers und schauen aufs Wasser hinaus. Addie trägt Jeansshorts, einen blauen Kapuzenpullover und weiße Sneaker. Sie fröstelt ein wenig in der kühlen Brise. »Es gefällt mir hier.«

»Gut. Ich wäre traurig, wenn du wegziehen würdest.«

»Daddy meint, dass ich nächstes Jahr wieder aufs College gehen sollte.« Addie zieht an den Bändeln ihrer Kapuze und klammert sich dann praktisch daran fest. Ihre Faust ruht über ihrem Herzen. »Dann bin ich lange genug hier, damit ich keine zusätzlichen Studiengebühren für den Wechsel in einen anderen Bundesstaat mehr zahlen muss.«

»Welches Fach?«

»Ich habe keine Ahnung!« Addie verdreht die Augen. »Aber ich habe ja noch Zeit, mich zu entscheiden. Mein bisheriger Abschluss ist in Soziologie. Wenn ich irgendwann nicht mehr in der Gastronomie arbeiten will, sollte ich wohl in dieser Richtung weitermachen.«

»Was hat dich an Soziologie interessiert?«

»Ehrlich gesagt habe ich einfach irgendwelche Kurse belegt, um herauszufinden, was ich machen will, bis ich mich irgendwann für ein Hauptfach entscheiden musste.« Addie steckt ihre Haare unter die Kapuze. »Also habe ich mir die Punkte angeschaut, die ich bis dahin gesammelt hatte, und die meisten waren in Soziologie.«

Stella lacht.

»Ich habe wirklich keinen Dunst, Tante Stella. Alle erwarten von mir … Vielleicht liegt es daran, dass ich dir so ähnlich sehe, aber die Familie vergleicht mich ständig mit dir. Weil du die einzige Frau warst und ich das jetzt auch bin, aber du hast immer irgendwo großartige Dinge geleistet. Du hattest immer einen Plan. Ich hatte noch nie einen.«

»Oh, Honey«, sagt Stella. »Ich mache so vieles einfach aus dem Bauch heraus. Glaub mir.«

»Wirklich?«

»Wirklich. Und ich habe jetzt gerade auch keinen Plan, oder?«

»Das ist was anderes. Du trauerst.«

»Und ich weiß, dass das nicht ewig so weitergehen kann, aber es ist so schwer, mich daraus zu lösen.« Sie legt Addie einen Arm um die Schultern. »Wir werden wohl einander helfen müssen.«

»Ja«, stimmt Addie ihr zu. »Ein Neuanfang. Deswegen bin ich hergekommen. Um ganz neu anzufangen.«

Dafür kommen die Leute nach Los Angeles, denkt Stella, und sie fragt sich, was für Addie so schlimm war, dass sie es unbedingt hinter sich lassen will.

Der Wind frischt merklich auf und es wird kälter. Gänsehaut breitet sich auf Addies nackten Beinen aus.

»Besorgen wir uns was Warmes zu trinken«, schlägt Stella vor. »Ich glaube, ich habe da hinten irgendwo ein Café gesehen.«

Nach dem Ausflug nach Santa Monica versinkt Stella wieder in ihrer Trauer und verschläft den Tag. Am Abend stopft sie in der Küche einen Rest Nudeln, kalte Pizza und eine halbe Schachtel Käsecracker in sich hinein. Sie schnüffelt an einem Karton mit Resten von chinesischem Lieferessen und isst den Inhalt dann, ohne ihn vorher aufzuwärmen, direkt am Spülbecken.

Sie betrachtet ihr jämmerliches Abbild, das sich im Glas des alten Fensters verzerrt widerspiegelt. Die Maklerin hat das Haus als historisches Juwel bezeichnet und ihr die Dielenböden, den Stuck an der Decke, die gepflasterte Terrasse und den Garten hinterm Haus angepriesen.

Aber Historie hat nicht umsonst einen vergleichsweise niedrigen Kaufpreis. Die Fenster mussten ausgetauscht werden. Das Dach ist an mehreren Stellen geflickt. Die Elektrik läuft noch auf einem einzigen Schaltkreis. Das Abwasser wird noch in eine Grube geleitet. Sie hat das Haus trotzdem gekauft, weil sie so sehr in das Viertel zurückwollte, in dem sie vor ihrer Hochzeit gewohnt hat. Als könnte sie damit in der Zeit zurückreisen. Als könnte eine Adressänderung ihren Schmerz lindern.

Vier Tage verbringt sie so niedergeschlagen, bis sie plötzlich um ein Uhr morgens das Bedürfnis verspürt, rausgehen zu müssen. Sie zieht sich eine dreckige Jogginghose und Addies schwarzen Hoodie über. Schlüpft in Flipflops und schnappt sich ihre Schlüssel.

Sie fährt zwei Blocks und parkt vor ihrem alten Haus. Dort betrachtet sie den weißen Hyundai und den alten, verbeulten Toyota, die in der Einfahrt stehen.

Wem sie das Haus verkauft haben, weiß sie nicht mehr, und außerdem könnten da jetzt inzwischen auch ganz andere Leute wohnen. Um solche Sachen hat Ron sich gekümmert. Sie war immer zu beschäftigt, wurde oft bei Gericht aufgehalten und wollte ihren Terminkalender nicht für etwas Banales wie den Verkauf einer Immobilie umplanen.

Sie schließt die Augen und versucht, sich das Innere ihres Hauses vorzustellen, wie es damals war. Geht im Geiste durch die Räume. Das

Haus war perfekt für zwei Leute, aber für Ron war es immer ihrs, nicht ihr gemeinsames, also überredete er sie dazu, es zu verkaufen. Dann brach der Immobilienmarkt zusammen und sie landeten in einer kleinen Doppelhaushälfte, wo sie für ein Jahr die Füße stillhalten und abwarten wollten, ob die Lage sich wieder beruhigte. Daraus wurden zwei Jahre, dann, tja, dann starb Ron.

Sie fährt ziellos weiter durch die Straßen, schaut sich Häuser an, von denen einige im Dunkeln liegen, in anderen brennt Licht und hinter einigen Fenstern erkennt sie das Flackern eines Fernsehers. Als sie schließlich zu ihrem Ausgangspunkt zurückkommt, geht Stella auf, dass sie seit über einer Stunde wie ein Psycho im Auto ihres toten Manns durch ihr eigenes Viertel schleicht.

Sie parkt in der Einfahrt ihres Bungalows, bleibt aber sitzen und lauscht dem Ticken des Motors.

Sie sollte reingehen, bevor Addie nach Hause kommt, aber sie kann sich noch nicht bewegen.

Noch immer sitzt sie wie in Trance da, als plötzlich ein Auto, das wie ein Zivilfahrzeug des LAPD aussieht – klotzig, unauffällig, voller Antennen – am Bordstein hält. Stella schaut in den Rückspiegel. Die Scheinwerfer gehen aus und der Motor wird abgestellt.

Addie steigt auf der Beifahrerseite aus.

Mit einem Ruck öffnet Stella ihre Tür und verlässt den Wagen. »Addie?«

Ihre Nichte zuckt erschrocken zusammen. »Gott! Was machst du denn hier draußen?«

»Wo ist dein Auto?«, fragt Stella.

»Liz hat mich nach Hause gefahren.« Addie versagt die Stimme, als würde sie weinen.

»Warum hast du mich nicht angerufen?«

»*Habe* ich«, zischt Addie und stürmt dann an ihr vorbei ins Haus, wo sie die Tür hinter sich zuknallt.

Stella will nach ihrem Handy greifen, aber die Jogginghose hat keine Taschen. Sie versucht, sich daran zu erinnern, wo sie es hingelegt oder das letzte Mal gesehen hat. *Shit.*

Elizabeth kommt auf Stella zu, bleibt aber mit etwas Abstand stehen. »Es gab eine Schlägerei bei *Casey's*. Jemand hat Schüsse abgefeuert und dabei die Lampen über der Bar getroffen. Das Personal hinter der Theke hat Glassplitter abbekommen.«

»Was?«, fragt Stella fassungslos.

»Addie geht es gut, aber sie hat einen ordentlichen Schreck bekommen. Alle haben den Tag freibekommen, damit der Schaden repariert werden kann.« Elizabeth versucht sich an einem Lächeln. »Sie kommt drüber weg, Stella.«

»Warum waren Sie um zwei Uhr morgens vor Ort?«

Elizabeth wirkt einen Moment lang perplex. »Addie hat mich angerufen, als Sie nicht ans Telefon gegangen sind«, erwidert sie ruhig. »Ich habe nicht an dem Fall … Es war kein Mord. Zu einer Barschlägerei werde ich nicht gerufen.«

Stella nickt verlegen und ihre Wangen werden heiß. »Natürlich. Ja, das weiß ich, Captain.«

»Es ist schon spät«, fährt Elizabeth in dem gleichen ruhigen Tonfall fort. »Ich sehe morgen noch mal nach Ihnen beiden, okay?«

Sie formuliert es als Frage, aber Stella hat nicht das Gefühl, Mitspracherecht zu besitzen.

»Ich habe Sie noch nie in Jeans gesehen«, bringt sie hervor, obwohl das überhaupt nichts mit dem bisherigen Thema zu tun hat.

»Was haben Sie hier draußen in der Einfahrt gemacht, Stella?«, fragt Elizabeth und zu ihrer Ruhe gesellt sich nun Besorgnis.

»Ich wollte nur …« Stella schaut zu dem SUV hinüber, weiß aber keine Antwort. »Ich sollte nach Addie sehen.«

Elizabeth wartet, bis Stella im Haus ist. Stella späht durchs Fenster und wartet, bis das Auto angelassen wird, die Scheinwerfer aufleuchten und das Geräusch des Motors in der Nacht verhallt.

Addies Schlafzimmertür ist geschlossen und der Spalt zwischen Tür und Boden dunkel.

Als Stella nachts zur Toilette geht, findet sie drei Glasscherben auf dem Rand des Waschbeckens, in denen sich das Mondlicht spiegelt.

Kapitel 3

Elizabeth sitzt mit Addie am Küchentisch, als Stella angezogen vom Kaffeeduft den Gang hinunterschlurft. Addie macht immer gleich eine ganze Kanne voll.

Auch so eine Carter-Sache. Bei ihnen gab es keine leeren oder kalten Kaffeekannen.

Stella trägt noch die gleiche Kleidung wie in der Nacht zuvor, jedoch keinen BH und ihre Haare hat sie zu einem mehr als unordentlichen Dutt zusammengebunden.

Addie und Elizabeth sehen auf, als sie den Raum betritt.

Stella macht direkt auf dem Absatz wieder kehrt.

Als sie das zweite Mal in die Küche kommt, hat sie ein frisches T-Shirt, saubere Unterwäsche und eine schwarze Yogahose an. Ihre Haare sind, wie sie sind. Damit müssen sie nun alle leben. Sie lächelt halbherzig. »Na, ihr zwei gebt aber ein hübsches Bild ab.«

»Konnten Sie sich etwas ausruhen?«, fragt Elizabeth.

Stella geht schweigend zur Kaffeemaschine. Sie weiß, dass die beiden sie beobachten und als sie sich mit ihrer Tasse in den Händen wieder umdreht, starrt Addie sie mit zusammengepressten Lippen an. Elizabeth wirkt dagegen eher nachdenklich.

»Setz dich«, sagt Addie.

Stella gehorcht und hat nun Elizabeth auf der einen und Addie auf der anderen Seite. Sie nimmt einen Schluck von ihrem Kaffee, bevor sie ihre Tasse abstellt. Die Tasse – blau mit goldener Verzierung an Rand und Henkel – passt zu denen der anderen, weil Addie sie als Viererset gekauft hat.

»Ich gebe den Job nicht auf«, verkündet Addie.

»Niemand verlangt das von dir«, sagt Stella. »Ich ganz bestimmt nicht.«

Addie neigt den Kopf zur Seite. »Oh, echt?«

»Willst du denn aufhören?«

»Nein.«

»Na dann, Fall abgeschlossen. Du bist eine erwachsene Frau und ich nicht deine Mutter.«

Elizabeth lehnt sich auf ihrem Stuhl zurück und nippt an ihrem Kaffee.

»Menschen begehen ständig irgendwelche Straftaten.« Sie macht eine Geste zu Elizabeth. »Das weiß sie auch. Immerhin warst du in einem Laden, wo schnell Hilfe zur Stelle war.«

»Der Kerl mit der Knarre war betrunken«, erklärt Addie. »Ich habe ihm schon nichts mehr ausgeschenkt.«

»Wurde er verhaftet?«, fragt Stella Elizabeth, die nickt.

Addie entspannt sich sichtlich und umfasst ihre Tasse mit beiden Händen. »Irgendwie bin ich davon ausgegangen, dass du willst, dass ich kündige.«

»Ich vertraue darauf, dass du die richtigen Entscheidungen triffst«, erwidert Stella.

»Euch beiden geht es nun offenbar deutlich besser.« Elizabeth lächelt sie an und schiebt dann ihre Tasse von sich. »Ich würde gerne noch bleiben, aber ich muss zur Arbeit.«

»Steht unser Abendessen morgen noch?«, fragt Addie.

Elizabeth nickt. »Sie sind auch eingeladen, Stella. Josh ist gerade aus Santa Cruz hier. Er würde Sie sicher gerne wiedersehen.« Elizabeth hat drei Kinder, alle erwachsen. Josh ist das jüngste und zudem das einzige, das Stella persönlich kennt.

Sie antwortet nicht.

Nachdem Elizabeth gegangen ist, wäscht Addie ihre Tasse ab. »Ich würde mich freuen, wenn du mitkommst. Du verbringst zu viel Zeit allein.«

Stella will ihr klarmachen, dass sie sich eigene Freunde suchen kann, aber das war noch nie so. Alle Freundschaften waren immer von den anderen Leuten ausgegangen. Also seufzt sie nur. »Okay.«

Sie versucht, sich noch aus der Sache rauszuwinden, doch Addie schickt sie unter die Dusche und sucht ihr ein mit winzigen Blumen gemustertes Kleid und Knöpfen an der Vorderseite heraus. Danach dirigiert sie Stella auf einen Küchenstuhl und verbringt zwanzig Minuten damit, ihre langen blonden Haare zu bürsten, sie zu flechten und dann als Milchmädchen-Zöpfe um ihren Kopf herum festzustecken. Stella bewundert das Ergebnis, auch wenn die Frisur vielleicht ein bisschen zu jugendlich für sie ist.

Als Addie ihr anbietet, ihr auch beim Schminken zu helfen, schüttelt sie jedoch den Kopf und verschränkt die Arme vor der Brust. Darum kann sie sich nun wirklich selbst kümmern. Sie trägt unter Addies wachsamem Blick Wimperntusche und Lipgloss auf und pudert ihre Wangen mit ein wenig Blush.

»Fertig?«, fragt Addie.

»Ja. Auf in die Höhle der Löwin.«

»Oh mein Gott, krieg dich wieder ein.« Addie schüttelt den Kopf. »Elizabeth ist nett und so langsam kriege ich das Gefühl, dass du der Grund dafür warst, dass ihr nicht miteinander ausgekommen seid.«

Das versetzt ihr einen ziemlich heftigen Stich, also erwidert Stella nichts darauf.

Das Problem ist, dass Stella manche Sachen so gut kann, dass die Leute nicht nachvollziehen können, dass sie nicht *alles* gut kann. Als würden Erfolg im Gerichtssaal und das Schließen neuer Freundschaften die gleichen Fähigkeiten erfordern. Als wäre nicht genau das, was sie Kriminelle so geschickt in die Enge treiben lässt, genau der Grund dafür, dass sie in persönlichen Beziehungen ein Totalausfall ist.

Addie fährt. Offenbar war sie schon mal bei Elizabeth zu Hause. Für Stella ist es das erste Mal, sie hatte bislang keinen Anlass. Bevor sie das Morddezernat verlassen hat, war Elizabeth auch nur ein einziges Mal in ihrer Doppelhaushälfte: Als Stella einen Mörder namens Arthur Sullivan in Notwehr erschießen musste. Sein Fall war einer der wenigen gewesen, den Stella verloren hatte und trotz der Entscheidung der Jury war sie von seiner Schuld überzeugt – und er überaus nachtragend. Eines Abends war er bewaffnet bei ihr zu Hause aufgetaucht und sie hatte sich mit Rons privater Pistole verteidigt.

Elizabeth hatte ihre Einheit zum Tatort begleitet. Stella war froh, sie zu sehen und ehrlich gesagt auch dankbar. Der Schock saß tief und Elizabeths Präsenz vertraut und beruhigend.

Stella hatte noch nie jemanden getötet und der Staatsanwalt hatte ein psychologisches Gutachten verlangt, bevor sie ihre Arbeit wieder aufnehmen durfte, aber sie hatte ja keinen unschuldigen Fußgänger mit dem Auto überfahren. Sie hatte einen rachsüchtigen Mörder erschossen, der ihr etwas antun wollte und damit konnte sie ziemlich gut leben. Lieutenant Esposito merkte an, dass sie Polizistin und nicht Juristin hätte werden sollen.

»Tante Stella?«

Sie schaut zu Addie und merkt, dass sie sich in einem Wohngebiet befinden. »Sind wir da?«

»Wo warst du denn gerade mit den Gedanken?«

»Tut mir leid, ich war nur … Die Fahrt hat ja nicht lange gedauert.« Stella öffnet die Autotür.

Elizabeth wohnt im zehnten Stock eines Gebäudes, in dem sich nur Eigentumswohnungen befinden. Addie kündigt sie über die Gegensprechanlage an, woraufhin der Türsummer ertönt. Solche Wohnhäuser sind nicht Stellas Ding, aber sie kann die Vorteile nachvollziehen: Sicherheit, ein Pool, ein Fitnessraum.

Im Aufzug wird Stella zunehmend schlecht und sie versucht, sich zu beruhigen und ihre Gefühle beiseitezuschieben. Als sie schließlich vor Elizabeths Tür stehen, empfindet sie gar nichts mehr. Es ist, als würde sie sich selbst dabei beobachten, wie sie die schöne Wohnung betritt, Josh die Hand schüttelt, Elizabeth begrüßt und das Angebot ablehnt, ihre Strickjacke aufzuhängen. Die behält sie für den Moment gerne noch an, vielen Dank.

Zum Abendessen wurde ein Taco-Buffet aufgebaut, das aus verschiedenen Toppings auf der Küchenanrichte besteht. Sie stellen sich ihre Tacos selbst zusammen und nehmen ihre Teller dann mit zum Esstisch. Addie und Josh kennen sich bereits und unterhalten sich angeregt miteinander. Stella isst ihre beiden Tacos – einen mit Rind, einen mit Huhn – und antwortet, wenn man sie direkt etwas fragt. Ansonsten lauscht sie den Gesprächen und beobachtet, wie Elizabeth ihren Sohn dazu ermutigt, mehr von sich zu erzählen. Er macht gerade seinen Abschluss in Wissenschaftskommunikation, was Stella irgendwann als Journalismus identifiziert. Oder das, wozu Journalismus in Zeiten von Direktnachrichten und Social Media geworden ist.

Addie fragt Josh über das College UC Santa Cruz aus. Wie ist es da so? Wie weit ist das von hier? Gefällt ihm der Campus? Warum wollte er dorthin?

»Mir wäre die UCLA hier vor Ort ja lieber gewesen«, wirft Elizabeth ein. »Aber ich wurde überstimmt.«

»Ich habe mein ganzes Leben in L.A. verbracht«, meint Josh. »Ich wollte mal woanders wohnen.«

»In einer anderen Küstenstadt in Kalifornien«, sagt Stella, bevor sie sich davon abhalten kann.

Josh schaut sie nur wortlos an, während Addie den Blick auf ihren Teller senkt. Um der Situation zu entgehen, steht Stella auf und bringt ihren Teller in die Küche. Elizabeth folgt ihr mit weiterem Geschirr.

»Kann ich Ihnen beim Aufräumen helfen?«, fragt Stella.

»Gerne.« Elizabeth öffnet einen Schrank, in dem sich sauber aufgestapelte Vorratsdosen mit den passenden Deckeln befinden. Welten von Stellas unordentlicher Schublade mit wiederverwendeten Frischkäsebehältern und leeren Joghurteimern entfernt.

Zusammen verpacken sie die Reste, bevor Stella das Geschirr vorspült und Elizabeth es in die Spülmaschine räumt.

»Ich freue mich, dass Sie heute Abend mitgekommen sind«, meint Elizabeth, schließt die Klappe und hängt das Geschirrtuch an seinen Haken.

Stella nickt und betrachtet dann den Kühlschrank: Da hängt ein Foto von Josh aus seinem letzten Highschool-Jahr, der Abriss einer Kinokarte für einen Marvel-Film, ein paar Extramagnete. An Stellas Kühlschrank hängt nichts. Sie weiß nicht mal, wo ihre alten Magnete sind. Vielleicht hat sie sie im Zuge der großen Aufräumaktion weggeworfen.

Elizabeth berührt sie am Arm und Stella bleibt vor Schreck beinahe das Herz stehen.

»Was?« Sie reibt sich die Stelle, an der Elizabeth sie angefasst hat.

»Ich habe gefragt, ob Sie Nachtisch möchten.« Elizabeth runzelt die Stirn, was die kleine Falte hinter dem Nasensteg ihrer Brille ein wenig vertieft. »Ich wollte sie nicht erschrecken.«

»Nachtisch. Gerne. Dürfte ich eben Ihre Toilette benutzen?«

»Den Gang runter.« Elizabeth deutet mit dem Kopf in die entsprechende Richtung.

Als Stella das geschmackvoll gestaltete Bad – weiße Fliesen, Ablagen aus Marmor, beige Handtücher und eine vollkommen Fremde im Spiegel – wieder verlässt, hört sie, wie sich die jungen Leute im Wohnzimmer unterhalten. Sie bleibt stehen, wo niemand sie sieht, und atmet ein paarmal tief durch, muss jedoch damit aufhören, als ihr schwindelig wird. Elizabeth wartet in der Küche auf sie.

»Es gibt Peach Pie«, sagt Elizabeth.

Pfirsiche haben gerade keine Saison, aber der Pie ist auch nicht selbst gebacken. Auf der Anrichte steht eine schicke Schachtel. Saison oder nicht, er schmeckt trotzdem gut.

Im Wohnzimmer unterhalten sich die Jungen über Musik – Josh hat eine Gitarre, kann aber nicht spielen und Addie kann spielen, hat ihre Gitarre aber in Tennessee gelassen. Daraufhin holt Josh das Instrument, das Addie stimmt, während Elizabeth das Geschirr vom Nachtisch abräumt und Stella durch den Wohnbereich schlendert. Tischlampen, Decken auf dem Sofa, eine staubige Plastikzimmerpflanze … Offenbar das Einzige, was hier relativ viel Staub ansetzen kann. Sie nimmt die Kunst an der dunkelroten Akzentwand genauer unter die Lupe, die dem Thema Ballett gewidmet ist, und lauscht Addie, die inzwischen Seiten zupft und dabei eine Melodie summt.

Elizabeth tritt zu ihr. »Das war gar nicht so schlimm«, meint sie.

»Nein.«

»Die Sozialleistungen Ihres Manns erlauben es Ihnen, eine Trauerberatung in Anspruch zu nehmen«, sagt Elizabeth nüchtern, ohne den Blick von einem Retro-Print zu nehmen, auf dem Ballettschuhe zu sehen sind. Sie wendet sich Stella zu, die sie verblüfft anschaut. »Ich denke, das Angebot sollten Sie wahrnehmen.«

»Ich bin nicht … Es ist nur …«

»Ich maße mir kein Urteil an.« Elizabeth streckt die Hand aus, belässt es aber dabei. »Ich bin selbst ein großer Fan von Therapie, sei es nun für traumatische Einzelfälle oder dauerhaftere Zustände.«

Stella hält die Arme hinterm Rücken und bewundert weiter die Kunst an der Wand. Dann verschränkt sie die Arme vor der Brust und umarmt sich selbst fest.

»Ich weiß, dass es gerade mal ein halbes Jahr her ist.« Elizabeth klingt jetzt behutsamer. »Sie haben das Recht, sich so viel Zeit zu nehmen, wie sie brauchen. Aber wenn das LAPD schon mal bereit ist, für etwas zu bezahlen, sollten Sie das nutzen. Sehen Sie es einfach als Gelegenheit, dem Polizeichef jeden Cent aus der Tasche ziehen zu können, den er lieber geizig für sich behalten will.«

Gutes Verkaufsargument. Stella nickt.

»Sie haben den entsprechenden Papierkram vermutlich schon, aber ich schicke Ihnen noch mal alles zu, okay?«

»Okay.«

»Ich veranlasse das zügig«, verspricht Elizabeth. »Ich glaube, der Abend war lange genug für Sie. Wenn Sie also gehen möchten, nehme ich es nicht persönlich.«

»Möchten Sie uns loswerden?« Stella ist gleichermaßen erleichtert wie empört. »Sie sind so subtil wie Schüsse aus einem vorbeifahrenden Auto, Elizabeth.«

»Nein, meinetwegen können Sie bleiben, solange Sie wollen. Aber ich gebe Ihnen einen Ausweg.« Elizabeth zwinkert ihr zu und ruft dann über die Schulter: »Addie, ich glaube, deine Tante wird müde.«

»Ja, wir sollten langsam los.« Addie steht auf und legt die Gitarre vorsichtig aufs Sofa. »Danke. Das war ein schöner Abend.«

»Wir wiederholen das«, versichert Elizabeth ihr und umarmt Addie.

Im Auto fragt Stella: »Denkst du, dass ich eine Therapie brauche?«

Addie macht die Musik leiser. Ein langes schwarzes Kabel verbindet ihr Handy mit dem Autoradio. »Aber so was von. Vor allem, wenn sie dich nichts kostet.«

»Red bitte Klartext mit mir.«

»Findest du, dass du gut mit der Sache umgehst?«, fragt Addie. »Du schläfst den ganzen Tag, isst nur Mist und arbeitest nicht.«

Addie hat recht, aber ihre Worte treffen Stella wie ein Hammerschlag. Sie bringt keine Antwort hervor, zu sehr damit beschäftigt, den Schmerz zu ertragen, der die harte Wahrheit begleitet.

»Seit ich denken kann, warst du ein Workaholic.« Addie schlägt einen versöhnlicheren Tonfall an. »Und jetzt hast du auf einmal kein Interesse mehr an etwas, das mal ein riesiger Teil deines Lebens war.«

»Ich habe die Staatsanwaltschaft gehasst«, erwidert Stella ruppig. Das stimmt zwar nicht, aber sie fühlt sich entblößt, verletzlich, wie ein frischer Bluterguss. In dieses Leben wird sie nicht mehr zurückkehren, sie wird nie mehr die skrupellose Juristin sein. Nie mehr die Frau, die die Anwaltsprüfung in zwei Staaten beim ersten Versuch bestanden hat, die Frau, die jeden im Zeugenstand dazu bringen konnte, mit der Wahrheit herauszurücken.

»Okay. Dann mach was anderes«, entgegnet Addie.

»Und was? Was soll ich denn machen?«

»Weißt du, wer dir super dabei helfen könnte, das herauszufinden?«

»Sag jetzt nicht Elizabeth.«

»Elizabeth«, tut Addie genau das. »Die Frau, die seit gut sechs Jahren versucht, sich mit dir anzufreunden.«

»Warum?«, will Stella wissen. »Was hat sie davon?«

Addie schüttelt den Kopf. »Darum geht es nicht.«

»Als wir uns kennengelernt haben …«

»Als ihr euch kennengelernt habt, hat sie sicher auf die Art reagiert, wie *du* mit *ihr* umgesprungen bist«, sagt Addie. »Lass es gut sein. Lern sie jetzt richtig kennen.«

Stella sinkt tiefer in ihren Sitz und murmelt mehr zu sich selbst: »Wer hat dich denn zur Vorsitzendes ihres Fanclubs gemacht?«

Addie dreht die Musik lauter.

Stella weiß, dass sie Hilfe braucht, um diese kindische Phase hinter sich zu lassen, also öffnet sie den großen weißen Umschlag vom LAPD, als er mit der Post kommt, und sieht rasch den Inhalt durch. Eigentlich sucht sie nach einer Nachricht von Elizabeth, findet aber nur ein Formular, ein Schreiben über die rechtlichen Rahmenbedingungen und eine Hochglanzbroschüre.

Sie füllt das Formular und die Versicherungspapiere aus, aber dort anzurufen und einen ersten Termin auszumachen ist zu beängstigend und groß. Also schleicht sie noch drei Tage um die Sache herum, bis sie schließlich genug Mut dafür zusammenkratzt. Sie sitzt auf dem Teppich in der Sonne und beobachtet, wie die Zeiger der Uhr immer weiter Richtung fünf Uhr nachmittags wandern. Um 16:56 Uhr ruft sie an. Ihr Herz rast und ihre Hände sind kalt und schwitzig. Als sich jemand am anderen Ende der Leitung meldet, nennt sie ihren Namen und bittet um einen Termin für eine Trauerberatung.

Die Empfangsmitarbeiterin ist freundlich und sehr nett. Stella notiert sich auf der Rückseite des Umschlags, was sie mitbringen muss. Sie vereinbaren einen Termin in zwei Wochen, was sich wie eine Ewigkeit und zugleich viel zu bald anfühlt. Nachdem sie aufgelegt hat, legt sie sich auf den Teppich und atmet tief durch.

Sie schaut aus dem Fenster ins schwächer werdende Sonnenlicht. Und aus dieser Perspektive bemerkt sie auch die Unterseite der Fensterbank. Wer auch immer die zuletzt gestrichen hat, hat sich nicht die Mühe gemacht, auch die Unterseite zu bedenken. Die Sockelleisten weisen auch etliche Macken auf und der Boden ist dreckig. Vielleicht kann sie ja Leute engagieren, die hier sauber machen und streichen, wenn die Therapie sie wie von Zauberhand geheilt und sie wieder einen Job hat.

»Ha«, sagt sie in den leeren Raum hinein.

Sie bleibt auf dem Teppich liegen, bis sich ein schmerzhaftes Ziehen in ihren Hüften bemerkbar macht und die Sonne so tief sinkt, dass der warme Lichtfleck verschwindet. Sie steht mit protestierenden Gelenken auf und geht sich ein Bad einlassen.

Sie hätte sich zu ihrem Termin für ihre alte Arbeitskleidung entschieden, wenn sie nicht ihre kompletten Hosenanzüge entsorgt hätte – was auch immer die bringen sollten. Vielleicht, dass sie gar nicht trauert oder dass sie nicht zu viel oder falsch trauert. Dass sie funktioniert. Immerhin hat sie etwas Sauberes an, auch wenn es Addie gehört, weil die ihre Wäsche öfter erledigt.

Sie sitzt auf dem Parkplatz vor dem Gebäude und ihr wird immer heißer und übler. Sie weint. Ihr wird klar, dass sie nicht hineingehen kann.

Sie ruft Addie an, landet jedoch auf der Mailbox, also versucht sie es in Ermangelung an Freunden und Familie, die ihre Situation auch nur im Ansatz nachvollziehen könnten, bei dem einzigen anderen Menschen, der ihr einfällt.

Elizabeth hebt sofort ab. »Stella?« Sie klingt besorgt.

»I-i-ich kann nicht.« Sie weint so heftig, dass sie kaum noch Luft bekommt.

»Was ist los? Was ist passiert?«

»Ich sch-schaffe es nicht«, bringt sie erstickt hervor. »Ich kann da nicht reingehen. Es geht nicht.«

»Wo reingehen?«

Stella drückt sich den Handballen gegen ihr linkes Auge. Als sie die Hand wieder senkt, ist ihre Haut feucht und voller Mascara.

»Schaffen Sie es nicht, zur Trauerberatung zu gehen?«, fragt Elizabeth nach einer kurzen Pause.

Stella nickt, doch dann geht ihr auf, dass Elizabeth die Kopfbewegung nicht sieht. »Ich bin noch nicht so weit.«

»Ich glaube nicht, dass man dafür bereit sein kann. Es ist immer schwer. Es ist in Ordnung, Angst zu haben.«

»Sie verstehen nicht. Ich kann mich nicht bewegen.«

»Okay«, sagt Elizabeth. »Wo sind Sie?«

»Was?«

»In welcher Praxis? Welcher Arzt?«

»Elizabeth …«

»Raus damit, wer ist es?«

»Veronica Barrett.«

»Ich bin in zehn Minuten da.«

»Ich werde zu spät kommen.«

»Dann komme ich eben mit Blaulicht. Bleiben Sie, wo Sie sind. Es wird alles gut. Ich bin auf dem Weg.«

»Okay.« Stella fühlt sich klein und dumm und hilflos.

Als Elizabeth tatsächlich ein paar Minuten später eintrifft, weint Stella immer noch, jetzt aber wegen der Angst, sich zum Termin zu verspäten und außerdem hat sie ein schlechtes Gewissen Elizabeth gegenüber. Sie fühlt sich albern, weil sie offenbar nichts mehr alleine auf die Reihe bekommt.

Jemand muss Elizabeth gefahren haben, weil das Blaulicht ausgeht, als der Wagen auf den Parkplatz einbiegt und sie auf der Beifahrerseite aussteigt, bevor das Fahrzeug richtig zum Stehen gekommen ist. Es sieht aus, als wäre die Fahrerin eine Frau, aber Stella kann das durch den Tränenschleier nicht mit Sicherheit sagen. Nicht, dass sie sie erkennen würde; sie arbeitet schon so lange nicht mehr im Morddezernat, dass sie vermutlich die meisten in der Abteilung nicht mehr kennt und auch das gibt ihr ein merkwürdiges Gefühl und macht sie traurig.

Elizabeth öffnet die Beifahrertür des SUV und steigt ein, wobei sie Stellas Handtasche in den Fußraum stellt. »Hi«, sagt sie und fügt dann hinzu: »Oje.«

»Ich bin so dumm.« Stella vergräbt erneut das Gesicht in den Händen. Ihr Make-up ist inzwischen ohnehin total verschmiert.

»Sind Sie nicht. Sosehr es mich auch auf die Palme bringt, aber Sie sind einer der intelligentesten Menschen, die ich kenne.«

»Ich bekomme nicht mal … diese eine Sache hin«, stammelt Stella zwischen Schluchzern.

»Doch, Sie schaffen das«, sagt Elizabeth. »Der schwerste Teil ist das Reingehen, also machen wir das zusammen.«

»Sie müssen nicht …«

»Ich werde mit Ihnen reingehen, ich werde auf Sie warten und wenn Sie wollen, begleite ich Sie sogar in die Sitzung.« Elizabeth legt ihr eine Hand auf den Arm. »Sie sind nicht allein.«

»Okay«, erwidert Stella. »Okay. Okay.« Sie zieht den Schlüssel mit zittrigen Fingern aus der Zündung.

»Gehen wir.« Elizabeth schnappt sich Stellas Handtasche und legt sich den Riemen über die Schulter, bevor sie das Auto umrundet und Stellas Tür öffnet.

Die Polizistin, die Elizabeth hergebracht hat, sucht sich einen Parkplatz und stellt den Motor ab.

Stella kommt sich immer noch lächerlich vor, aber Elizabeths Anwesenheit gibt ihr seltsamerweise Kraft. Die Empfangsmitarbeiterin sieht auf und lächelt, als sie die Praxis betreten.

Die kühle Luft trocknet Stellas feuchte Wangen. »Ich bin viel zu spät«, murmelt Stella leise.

»Das ist nicht schlimm«, versichert ihr die Empfangsmitarbeiterin.

Elizabeth schiebt Stella mit einer Hand auf ihrem Rücken sanft zum Tresen.

»Ich bin Stella Carter.«

»Ich brauche nur Ihre Versicherungskarte.« Die Frau schiebt ihr ein Klemmbrett durch den Spalt in der Glasscheibe zu.

Während Stella danach sucht, setzt Elizabeth sich mit dem Klemmbrett in der Hand und beginnt, das Formular für sie auszufüllen. Bis Stella neben ihr Platz nimmt, ist sie schon halb fertig.

»Fühlen Sie sich besser?« Elizabeth wirft ihr einen Seitenblick zu.

»Hm …«

Elizabeth schiebt ihre Brille nach oben in ihre Haare und mustert Stella wie eine Mutter, die abschätzt, ob ihr Kind Fieber hat. »Ihr Gesicht ist nicht mehr so rot und Sie atmen leichter.«

Stella sinkt auf ihrem Stuhl etwas tiefer. Wenn sie Elizabeth in einem Verhörraum gegenübersitzen und ihrem durchdringenden Blick ausgeliefert wäre, was würde sie dann gestehen? »Geht schon«, antwortet sie schließlich.

Elizabeth reicht ihr das Klemmbrett. Nur die Lücke für ihre Sozialversicherungsnummer und ein paar andere Fragen sind noch leer. Ihre Adresse und sogar ihr Geburtsdatum hat Elizabeth korrekt ausgefüllt. Stella hat keinen blassen Dunst, wann Elizabeth Geburtstag hat.

Sie nimmt den Kugelschreiber, gibt ihre Sozialversicherungsnummer an und kneift dann die Augen zusammen, um die Fragen zu entziffern.

»Wo ist Ihre Brille?«, fragt Elizabeth.

»Weiß ich nicht«, gibt Stella zu. »Ich konnte sie heute Morgen nicht finden.«

Elizabeth schaut sie über das Klemmbrett hinweg an. »Nummer eins: Haben Sie das Gefühl, dass die Trauer Ihr Leben beeinträchtigt?«

Stella schnauft leise und schreibt *Ja*.

»Fühlen Sie sich von anderen Menschen abgeschottet?«

Bei dieser Frage winkt Stella nur ab.

Elizabeth fährt mit der dritten fort. »Gibt es Dinge, die Sie früher gerne gemacht haben, jetzt aber vermeiden?«

»Das ist doch dämlich.« Stella schreibt *TOTER EHEMANN* quer über die beiden letzten Fragen und reicht Elizabeth das Klemmbrett zurück, die nur grinst und es der Empfangsmitarbeiterin bringt.

Die Tür zu einem Raum innerhalb der Praxis wird geöffnet. »Stella?«

»Möchten Sie, dass ich mitkomme?«, fragt Elizabeth.

»Nein.« Auch wenn ein kleiner Teil von Stella sich genau das wünscht. Es ist besser, wenn sie das alleine macht. In Elizabeths Gegenwart würde sie nicht ehrlich antworten. Sie würde versuchen, die Frau zu beeindrucken oder zu sagen, was sie vielleicht hören will. So oder so war der Weg hierher tatsächlich das Schwerste, und jetzt, wo sie hier ist, weiß sie gar nicht mehr so richtig, warum sie eigentlich Panik bekommen hat. »Sie sollten wieder an die Arbeit gehen. Ich meine, vielen Dank, aber Sie haben … mehr als genug getan. Gott, ich kann nicht fassen, dass ich Sie angerufen habe.«

Elizabeth sieht sie mit hochgezogener Augenbraue an, erwidert aber: »Gern geschehen.«

Stella steht auf und folgt der Therapeutin in den Nebenraum. Sie setzen sich einander gegenüber in bequeme Sessel.

Dr. Barrett sieht den Papierkram durch. »Hier steht, dass Sie vor Kurzem Ihren Ehemann verloren haben«, beginnt sie das Gespräch.

»Vor sechs Monaten. Na ja … jetzt sind es wohl schon fast sieben«, sagt Stella. »Er war Polizist. Ist im Dienst gestorben.«

»Ich verstehe.«

»Er wurde ermordet. Mitten im Gebäude der Hauptverwaltung.«

»Das muss furchtbar gewesen sein. Ihr Verlust tut mir sehr leid.« Dr. Barrett klingt mitfühlend und schreibt etwas auf ihren Notizblock.

»Ich habe lange mit der Polizei zusammengearbeitet, also waren mir die Risiken des Jobs klar. Das dachte ich zumindest.« Stella zuckt mit den Schultern.

Dann erzählt sie von Addie, wie sie ihren Job gekündigt hat, von dem kleinen Haus und dass sie inzwischen kaum noch vor die Tür kommt. Dass sie keine Hobbys, Ziele oder Freunde mehr hat.

»Wer saß denn bei Ihnen im Wartezimmer?«, fragt Dr. Barrett.

»Elizabeth?«, fragt Stella. »Oh, wir sind keine Freundinnen.«

»Nicht?«

»Nein. Wir haben früher mal zusammen gearbeitet.« Stella rutscht unruhig in ihrem Sessel herum und schiebt die Finger unter ihre Oberschenkel, als würden ihre Hände verraten, wie unwohl sie sich gerade fühlt. »Unsere berufliche Beziehung war zu Beginn ziemlich angespannt und bis sich das endlich gebessert hat, habe ich die Abteilung verlassen.«

»Was hindert Sie dann jetzt daran, mit ihr befreundet zu sein?«, erkundigt sich Dr. Barrett. »Sie arbeiten beide für die Strafverfolgungsbehörden und sind im gleichen Alter. Das sind doch recht gute Voraussetzungen für eine Freundschaft.«

»Sie hat sich mit Addie angefreundet.« Stella kann die Abneigung in ihrer Stimme nur schlecht verbergen.

»Ihre Nichte?«

»Ja. Sie haben sich auf der Beerdigung kennengelernt. Seltsam, oder?«

Dr. Barrett denkt einen Moment lang darüber nach. »Ungewöhnlich vielleicht, aber nicht seltsam. Aber gut, wenn Sie nicht befreundet sind, warum hat sie Sie dann heute begleitet? War sie in offizieller Funktion hier?«

»Nein«, antwortet Stella. »Ich … ich wusste nicht, wen ich anrufen sollte und hatte … ein paar Schwierigkeiten auf dem Parkplatz.«

»Inwiefern Schwierigkeiten?«

»Ins Gebäude zu gehen, kam mir unmöglich vor. Im Moment fällt mir alles so unglaublich schwer.«

Dr. Barrett notiert erneut etwas. »Also haben Sie Elizabeth angerufen, die definitiv nicht Ihre Freundin ist, und sie hat auf der Arbeit alles stehen und liegen gelassen?«

»Ich erwarte nicht, dass Sie das verstehen.«

Dr. Barrett lächelt. »Ich würde mich freuen, wenn Sie weiter zu mir kommen würden, Stella. Wenn Sie das möchten. Kathy gibt Ihnen einen neuen Termin, bevor Sie gehen.«

»Klar. Okay.« Es fühlt sich an, als hätten sie eigentlich über nichts geredet, Ron kam quasi gar nicht zur Sprache, aber die Uhr an der Wand zeigt, dass eine Dreiviertelstunde vergangen ist.

Sie verlässt den Raum durch eine andere Tür und findet sich auf der gegenüberliegenden Seite des Empfangstresens wieder. Kathy sieht lächelnd auf.

»Dr. Barrett möchte, dass ich einen weiteren Termin vereinbare.«

»Wunderbar! Welcher Tag und welche Uhrzeit passen Ihnen denn? Wann haben Sie Zeit?«

»Wortwörtlich immer.« Stella entweicht ein selbstironisches Lachen.

Sie wirft einen Blick ins Wartezimmer, entdeckt Elizabeth jedoch nirgends. Gut. Sie sollte sich hier nicht wegen Stella den Hintern platt sitzen.

Nachdem der neue Termin vereinbart ist, geht sie zurück zum Parkplatz. Die Sonne ist strahlend hell und Stella kneift die Augen zusammen und schirmt sie mit einer Hand ab.

»Wie ist es gelaufen?«, fragt eine Stimme wie aus dem Nichts und lässt Stella erschrocken zusammenzucken.

Elizabeth sitzt auf der kleinen Stützmauer neben dem Eingang. Sie steht auf und klopft sich den Hosenboden ab, bevor sie sich die Haare über eine Schulter nach hinten streicht.

»Ich dachte, sie wären gegangen«, erwidert Stella verärgert. Ihr Puls rast immer noch.

»Ich hatte doch gesagt, dass ich bleibe«, erwidert Elizabeth gelassen. »Und ich habe Maria wieder aufs Revier geschickt, also brauche ich jetzt eine Mitfahrgelegenheit.«

Stella legt sich den Riemen ihrer Handtasche über eine Schulter. Sie fühlt sich unwohl, obwohl sie doch diejenige gewesen ist, die Elizabeth angerufen hat. Zu dem Zeitpunkt war ihr das nur vernünftig vorgekommen, jetzt dagegen erscheint es ihr albern.

»Möchten Sie darüber reden?«, fragt Elizabeth auf dem Weg zum SUV.

»Ich komme in zwei Wochen noch mal her«, sagt Stella. »Es war also okay, denke ich.«

»Mögen Sie sie? Therapie ist keine Einbahnstraße. Sie müssen auch mit ihr klarkommen.«

Stella zuckt mit den Schultern. »Ich fühle eigentlich überhaupt nichts mehr.« Sie wirft Elizabeth einen Seitenblick zu. »Wenn ich nicht gerade eine Panikattacke habe.«

»Natürlich«, erwidert Elizabeth trocken. Sie schaut auf ihre Uhr. »Machen wir einen Abstecher zu Starbucks.«

»Ich habe Sie schon viel zu lange von der Arbeit abgehalten.«

»Ich bin der Boss«, sagt Elizabeth. »Was sollen sie denn machen? Mich feuern?«

Stella schnaubt leise. »Ich dachte, dass Sie gerne beim Morddezernat sind. Dass Sie dort hinpassen. Wie lange ist das jetzt her? Sieben Jahre?«

»Ich mag meine Abteilung. Dem LAPD an sich gegenüber bin ich weniger positiv eingestellt.«

Gleich die Straße runter ist ein Starbucks. Sie entscheiden sich für den Drive-in und Stella lässt sich von Elizabeth einladen.

»Danke.« Sie halten gerade vor dem Verwaltungsgebäude an einer Ampel. »Sie hätten mir nicht helfen müssen.«

»Stella«, entgegnet Elizabeth. »Wenn ich heute an die Jahre unserer Zusammenarbeit zurückdenke, sehe ich so vieles, was ich hätte anders machen sollen. Ich habe das Gefühl, als hätten wir gerade begonnen uns anzunähern, als Sie den neuen Job angenommen haben und danach sind wir uns nicht mehr über den Weg gelaufen. Man bekommt nicht immer eine zweite Chance, aber ich fände es schön, wenn wir Freundinnen werden. Josh ist aus dem Haus und ich arbeite quasi rund um die Uhr. Für mich ist es auch schwer, erträgliche Leute kennenzulernen, die mit dem Schichtdienst klarkommen und …«

»Oh Mann, Elizabeth. Na schön! Sie haben gewonnen!«

Die Ampel schaltet auf Grün und Stella überquert die Kreuzung.

»Addie mag mich«, fährt Elizabeth leise fort. »Ist das nichts wert?«

»Doch.« Addies Meinung bedeutet ihr viel und Elizabeth war bisher durchweg liebenswürdig. Es gibt keinen guten Grund für Stella, sie weiterhin auf Abstand zu halten. »Schon gut. Werden wir Freundinnen. Beste Freundinnen.«

Elizabeth schnaubt spöttisch und sie müssen beide lachen.

Das fühlt sich eigentlich ganz gut an. Lachen.

Stella hält am Borstein.

Elizabeth öffnet die Tür, dreht sich dann noch mal um. »Ich ruf dich an.«

Dann verschwindet sie in dem Gebäude, in dem Stella früher so viele ihrer Arbeitstage verbracht hat. Ein Gebäude, in dem sie jetzt nichts mehr zu suchen hat.

Sie fährt nach Hause.

Kapitel 4

Dr. Barrett hat Stella gebeten, sich jeden Tag etwas vorzunehmen, nur eine Sache. Das Geschirr spülen. Sich daran erinnern, die Mülltonnen an den Straßenrand zu stellen. Einkaufen oder ins Kino gehen.

Heute entscheidet sie sich für die Bücherei. Die am nächsten gelegene ist ihr mit den zwei Stockwerken noch zu viel. Aber es gibt eine kleinere Zweigstelle, direkt an der Ausfahrt zu Rons alter Wohnung. Sie prüft extra zweimal, ob sie ihren Ausleihausweis in der Handtasche hat.

Zehn Minuten vor Öffnung kommt sie an der Bücherei an. Sie stellt das Auto ab und fischt dann ihr Handy aus der Handtasche, um den Chat mit Elizabeth aufzurufen. Stella weiß immer noch nicht, wie sie Zeit mit ihr verbringen soll, ohne von ihren Haaren, der eleganten Kleidung oder ihrer perfekten Haut abgelenkt zu werden.

Schon seltsam, dass sie Ron vermisst und trotzdem nicht aufhören kann, an die Gefühle zu denken, die Elizabeth schon seit ihrem ersten Aufeinandertreffen in ihr auslöst. Wenn sie in ihrer Nähe ist, kribbelt Stellas Haut. Erst hat sie das für Verärgerung gehalten und die hat sicher auch mit hineingespielt. Verärgerung und Unsicherheit und Abneigung.

Das ist inzwischen verblasst, das Kribbeln jedoch noch da. Diese Hitze, als hätten sich wütende Bienen in ihren Knochen breitgemacht. Das lässt ihre Hände jucken, sie schwitzt und ihre Sicht verschwimmt ein wenig.

Stella will Elizabeths Freundin sein, doch immer, wenn sie sich in der Vergangenheit so etwas gewünscht hat, ist sie damit spektakulär auf die Nase gefallen. Sie wollte von ihren Eltern weg, also hat sie direkt nach der Highschool geheiratet, ein alberner, kurzlebiger erster Eheversuch.

Sie wollte aus der Anwaltskanzlei weg, also hat sie die geringere Bezahlung für einen Job in Kauf genommen, der sie mehr erfüllte, musste dann aber feststellen, dass sie trotzdem nicht zur Ruhe kam, die

Herausforderung ausblieb und sie sich nach wie vor langweilte. Dann war sie in Los Angeles gelandet, weil ein Ex-Freund aus der Studienzeit sie für den Posten als stellvertretende Staatsanwältin vorgeschlagen hat. Sie wollte L.A. zu ihrer Heimat machen, also hat sie Ron geheiratet, obwohl das ihr Berufsleben nur noch komplizierter gemacht hat. Und auch wenn sie ihn sehr gemocht hat, hatte sie doch immer das Gefühl gehabt, als würde etwas fehlen, etwas nicht stimmen.

Sie ist fest entschlossen, sich nicht mehr einfach nur treiben zu lassen. Ron war im guten wie im schlechten Sinn ihr Anker. Seit fast neun Jahren ist sie nun in L.A. Sie hat ein Haus, ein Auto zu viel, Addie und nun auch eine Freundin.

Sie fragt Elizabeth in einer Nachricht, ob sie eine Buchempfehlung für jemanden hat, der seit zehn Jahren keinen Roman mehr angefasst hat.

Elizabeth antwortet umgehend.

Glaubst du, dass ich Zeit zum Lesen habe?

Das überrascht Stella nicht, aber sie weiß, dass Elizabeth Murphy die einzige Person ist, die einem Tag mehr Stunden abverlangen könnte, als er hat.

Als die Doppeltür der Bücherei sich öffnet, geht Stella zusammen mit einer Gruppe weiterer Besucher hinein. Die Hälfte von ihnen geht direkt zu den Computern. Frauen mit Kinderwagen schlagen die entgegengesetzte Richtung zu einem großen Nebenraum ein. Stella schaut sich um und fühlt sich jetzt schon überfordert.

Ihre Aufgabe ist es, etwas zu tun und die hat sie theoretisch hiermit erfüllt. Niemand hat gesagt, dass sie tatsächlich ein Buch ausleihen muss.

Dann fällt ihr ein grell orangefarbenes Schild ins Auge.

Neuerscheinungen.

Die Auswahl ist wesentlich kleiner als in der Bücherei, in der sie neulich war, und damit kann sie besser umgehen. Sie sucht sich etwas aus, das weder zu kitschig noch zu blutig aussieht. Ein Historienroman. Na schön.

Die Maschinen, an denen man Bücher selbstständig ausleihen kann, sehen ziemlich kompliziert aus, also entscheidet sie sich für menschliche

Hilfe und steuert die junge Frau in Addies Alter an, die hinter dem Tresen konzentriert auf einen Computerbildschirm schaut.

Sie sieht auf und fragt: »Möchten Sie etwas ausleihen?«

»Ja.« Stella schiebt ihr das Buch zu.

Auf dem Namensschild der jungen Frau steht *Julia.* Sie tippt etwas in ihren Computer ein und schaut Stella dann erwartungsvoll an.

»Oh! Sie wollen vermutlich meinen Ausweis.«

»Das hilft enorm bei der Ausleihe«, meint Julia lächelnd.

Stella stellt ihre Tasche ab, um die Karte herauszuholen. Julia scannt sie ab, wirft einen Blick auf den Bildschirm und nimmt dann das Buch, um es über ein dunkles Viereck auf dem Tresen zu ziehen. Eine Quittung wird gedruckt.

»Die Rückgabe ist in drei Wochen, also am Vierzehnten fällig«, sagt Julia. »Und Sie können es auch in einer Filiale zurückgeben, die näher an Ihrem Wohnort liegt, wenn Sie möchten.«

Stella lächelt, immer noch nervös. »Ich war seit Jahren nicht mehr in einer öffentlichen Bücherei.«

»Alles gut. Willkommen zurück.«

Stella entspannt sich ein bisschen und tritt mit ihrem Buch hinaus ins helle Sonnenlicht. Selbst wenn sie es nicht liest, hat sie doch das Gefühl, etwas Gutes getan zu haben.

Sie hat mit einem echten Menschen gesprochen. Das Haus verlassen. Hat nicht aufgegeben, nicht im Auto geheult.

Zurück im SUV macht sie ein Foto vom Buch und schickt es Elizabeth.

Als Elizabeth nicht direkt antwortet, fährt Stella nach Hause.

Addie hat ein Date mit einem Freund ihrer Arbeitskollegen. »Keine große Sache.«

»Ich finde es toll.« Stella schenkt ihrer Nichte ein Lächeln. Addie ist jung und hübsch und sie sollte ausgehen und Spaß haben.

»Ich kann absagen.« Addies Daumen schwebt bereits über dem Handydisplay.

»Wag es ja nicht«, sagt Stella. »Es geht mir gut und du hast nur gearbeitet und dich um mich gekümmert, seit du hier bist. Du verdienst einen schönen Abend. Was habt ihr vor?«

»Kino, denke ich.« Addie zuckt mit den Schultern. »Und wahrscheinlich auch was essen.«

Stella vermutet, dass Addie sich mehr darauf freut, als sie zugibt, und dass sie es runterspielt, um Stellas Gefühle zu schonen, aber Addies Glück ist ihr wichtig und Stella will nicht, dass sie irgendwann die Nase voll hat von L.A.

Addie trägt das Kleid, das Stella beim Besuch bei Elizabeth anhatte – sie tauschen inzwischen ständig Kleidung miteinander. In der Waschmaschine fliegt ohnehin alles zusammen und sie bedienen sich nach Bedarf aus dem Korb mit sauberer Wäsche, der zwischen ihren Zimmern auf dem Flur steht. Tatsächlich sind sie mehr wie Schwestern als Tante und Nichte. Oder wie Mutter und Tochter, nur dass Stella nicht die Mutter ist.

»Sag mir kurz Bescheid, wenn es sehr viel später wird«, bittet Stella noch, als Addie geht, weil man das wohl so sagt.

»Okay.«

»Und … du weißt schon. Benutzt Kondome.«

Addie verzieht das Gesicht. »Oh Mann. Lass das.«

Sie ist nicht mal eine Viertelstunde aus dem Haus, als Elizabeth anruft. »Wenn ich Schokoladenkuchen mitbringe, darf ich dann vorbeikommen? Wo wir doch jetzt Freundinnen sind.«

Stella weiß, dass das ein Scherz ist, und klammert sich an ihr Handy. »Addie ist nicht da.«

»Ich weiß.«

Sie sieht sich um. In ihrem Haus herrschen keine Zustände, die Elizabeths Vorstellungen von Sauberkeit entsprechen. Nicht einmal Stellas Vorstellung von Sauberkeit und das will ja schon was heißen. »Nur wenn du mir keine Vorwürfe machst. Über den Zustand meines Hauses.«

»Das würde ich nie tun«, erwidert Elizabeth ernst.

»Ja. Okay, dann komm.« Stella legt auf.

Sie trägt noch immer Jogginghose und T-Shirt, also zieht sie sich rasch eine Jeans mit leichtem Stretch und ein anderes, sauberes Shirt über. Dann geht sie durch die Räume und sammelt Müll ein. Post, Essensverpackungen, benutzte Taschentücher und zusammengeknüllte Kassenzettel. Sie zündet eine Kerze an, die Addie auf den Couchtisch gestellt hat. Die, die nach Strand riecht.

Sie steht gerade in der Küche und betrachtet das verbliebene Chaos, als Elizabeth klopft und dann hereinkommt, als wäre das selbstverständlich für sie.

Freundinnen, ermahnt Stella sich und versucht, nicht aggressiv darauf zu reagieren. Ihre Mutter hatte auch solche Freundinnen. Frauen, die einfach mal mit einem Pie vorbeikamen, insbesondere wenn ihr Vater gerade mal wieder im Auslandseinsatz war.

Stella mustert sie von oben bis unten und ihr Blick fällt auf die pinke Schachtel, die sie in der Hand hält. Dann tut sie, was ihre Mutter früher gemacht hatte: Sie nimmt das süße Geschenk an und setzt eine Kanne dünnen Kaffee auf.

Jetzt, wo Elizabeth da ist, weiß Stella irgendwie nicht weiter. Es ist noch zu früh für Kuchen – Stella hatte noch kein Abendbrot –, aber sie schneidet trotzdem zwei große Stücke ab und legt sie auf Teller. Dann schenkt sie ihnen Kaffee ein und sie setzen sich an den Küchentisch.

»Wie geht es den anderen aus der Abteilung?«, fragt Stella, um irgendetwas zu sagen.

»Gut«, antwortet Elizabeth. »Ich … Wir müssen nicht über Arbeit sprechen.«

Stella nickt und schiebt sich eine große Gabel voll Kuchen in den Mund. Er ist pappsüß und Balsam für ihre Nerven.

Nicht über die Arbeit zu reden, ist eine Erleichterung. Allein die Vorstellung, wieder einen Job anzutreten, lässt Panik in Stella aufsteigen. Sie weiß nicht, ob sie es erträgt, über das zu sprechen, was sie früher einmal hatte.

»Addie hat erzählt, dass du renovieren willst«, meint Elizabeth und schaut sich um.

Stella zuckt mit den Schultern. »Irgendwann.«

Elizabeth fährt mit der Gabel durch den Schokoguss auf ihrem Teller. »Stella.« Ihre sonst so ruhige, gelassene Stimme zittert ein wenig.

»Was?«

»Ich muss dir etwas sagen, bevor wir mehr Zeit miteinander verbringen«, sagt Elizabeth. »Das ändert die Sache für dich vielleicht und wenn du dich dafür entscheidest, dass du mich nicht wiedersehen willst, ist das natürlich deine Entscheidung, aber es fühlt sich unehrlich an, es dir nicht zu erzählen.« Elizabeth hält den Blick auf ihre Hände gesenkt.

Die Bienen summen erneut unter Stellas Haut und sie fragt sich, ob Elizabeth wohl auch Bienen hat. Ob sie vielleicht schon immer Bienen hatte und ob diese merkwürdige Anziehung möglicherweise doch nicht aus dem Nichts kommt und so einseitig ist wie gedacht. Ist Elizabeth auch verwirrt und frustriert und fühlt sich überfordert? Wenn Stella diese Emotion nur benennen, ihr eine Bezeichnung geben und sie in der richtigen Schachtel unter ihrem Bett verstauen könnte, um sich wieder damit zu beschäftigen, wenn die Trauer nicht mehr ihr ständiger Begleiter ist. Etwas hält sie davon ab, sich darüber klar zu werden, sich selbst zu verstehen. Oder vielleicht ist sie einfach zu ... traurig.

»Okay«, sagt sie schließlich.

»Stella ...« Elizabeth betont jedes Wort sehr bewusst. »Ich habe gesehen, wie dein Mann gestorben ist.«

Die Worte lassen Stella seltsam kalt. Als würde sie sich selbst von außen betrachten. Sie berührt Elizabeth am Arm. »Das muss furchtbar für dich gewesen sein.«

Elizabeth sieht überrascht auf; ihre Augen sind feucht.

»Das hättest du mir nicht sagen brauchen«, versichert Stella ihr. Ihre Stimme klingt, als käme sie von weit weg. »Ich bin nicht wütend. Und ich wäre auch nicht wütend gewesen, wenn ich es selbst herausgefunden hätte.«

Elizabeth nickt und schluckt schwer. »Okay.«

»Wenn überhaupt sollte ich auf ... keine Ahnung ... mich selbst wütend sein? Auf ihn? Den Schützen?«

»Gott?«, schlägt Elizabeth vor.

»Ja«, sagt Stella. »Der Kerl kann mich mal.«

Elizabeth entfährt ein perplexes Lachen, was Stella eine gewisse Genugtuung verschafft.

»Was passiert ist, war furchtbar ungerecht.« Elizabeth tupft sich mit einer Serviette über die Augen. »Du und Chief Halligan, ihr hattet eine beneidenswerte Ehe.«

Stellas Erinnerungen sind ja gerne mal ein bisschen verzerrt, aber sie kann nicht so tun, als wäre in ihrer Ehe alles eitel Sonnenschein gewesen. »Hatten wir nicht«, gibt sie zu. »Es war eine Ehe. Die war schwierig.« Sie schüttelt den Kopf. »Ich war selbst in den guten Zeiten anstrengend.«

Elizabeth berührt sie sacht an der Hand.

Stella fährt erschrocken zusammen und fegt dabei ihre Gabel vom Teller auf den Tisch. »Wie viele Leute hast du schon sterben sehen?«, fragt Stella. Aus irgendeinem Grund ist ihr die Antwort wichtig.

»Oh«, antwortet Elizabeth leise. »Mehr als einen.«

»Elizabeth«, sagt Stella nach einem langen Moment des Schweigens.

»Hmm?«

»Ich bin nicht so … Ich weiß nicht, was ich tun soll. Wie der nächste Schritt für mich aussieht.«

Elizabeth nickt. »Ich weiß, Honey.«

Danach fällt es ihr schwer, Elizabeth etwas nachzutragen, also hört sie damit auf. Sie nicht zu mögen, ist genauso schwer, also tut sie es einfach. Ihr die Freundschaft mit Addie übel zu nehmen, fällt ihr schwer, also unterstützt sie sie.

»Lad Elizabeth gerne ein, wenn du möchtest«, sagt Stella, als Addie ihr einen Mädelsabend mit Filmgucken und Essenbestellen vorschlägt.

»Wirklich?«

»Ja. Warum nicht?«

»Na ja …« Addie zögert. »Es ist Donnerstag. Vielleicht muss sie arbeiten.«

»Könnte sein«, stimmt Stella ihr zu. »Aber fragen kostet nichts.«

»Okay.« Addie zieht ihr Handy aus der hinteren Hosentasche, um die Bestellung aufzugeben. Stella will einen Burrito, Addie hat Lust auf Ramen.

»Liz sagt, dass sie schon gegessen hat, nachher aber vorbeikommt. Wir sollen mit dem Film schon mal ohne sie anfangen.« Addie zögert erneut. »Ich glaube, dass ihr ein Fall gerade ziemlich zusetzt.«

»Das tun sie alle, wenn man den Job erst mal eine Weile macht. Einige Morddezernate tauschen die Detectives regelmäßig aus, bevor die Arbeit sie ausbrennt.«

»Findest du das eine bessere Lösung?«

»Nein«, erwidert Stella wie aus der Pistole geschossen, schiebt dann aber noch eine Erklärung hinterher. »Daraus resultiert, dass niemand sich spezialisiert. An jedem Fall arbeiten Neulinge. Für die Cops ist es besser, für die Allgemeinheit aber nicht.«

»Wie entscheidet man, ob die Allgemeinheit oder die eigenen Angestellten wichtiger sind?«

»Man wählt immer die Allgemeinheit«, sagt Stella. »Wenn man es nicht tut, bekommt man irgendwann die Quittung.«

»Aber was, wenn der Job dich krank macht?« Addie dreht die brennende Kerze auf dem Couchtisch so, dass das Etikett parallel zur Tischkante ist. Die raue Unterseite der Keramikschale, in der die Kerze steht, kratzt über das Holz.

»Man geht. Oder sie zwingen einen dazu.«

Sie essen und bringen die erste Dreiviertelstunde eines Superheldenfilms hinter sich, bei dem Stella nicht traurig wäre, wenn sie ihn nicht zu Ende schauen. Sie kann der Handlung nicht folgen, weil sie die vier Filme nicht gesehen hat, auf denen die fadenscheinige Prämisse aufbaut. Addie hat versucht, ihr Hintergrundinfos zu geben, aber Stella winkt irgendwann ab und enthebt sie dieser Verantwortung.

Sie geht in die Küche, macht sich eine Flasche Wein auf und setzt sich an den Tisch, um dort allein ein Glas zu trinken, während sie auf die geöffnete Tür des Trockners in der Waschküche starrt. Sie holen sich ihre Unterwäsche schon die ganze Woche lang direkt da raus. Unterwäsche ist am einfachsten aufzuräumen. Man kann sie komplett auf einmal mitnehmen und einfach in die Schublade befördern, ohne sie vorher falten zu müssen. Und trotzdem hatten sie genau das nicht getan und die restliche Wäsche stapelt sich immer mehr. Dann steht sie auf und zieht das Knäuel aus Slips und BHs aus dem Trockner.

Und natürlich kommt genau in diesem Moment Elizabeth nach einem kurzen Höflichkeitsklopfen herein. Sie wirft Addie einen Blick zu, die noch immer vor dem Fernseher sitzt, und wendet sich dann Stella zu, die mit einem Arm voller Unterwäsche in der Waschküche steht.

Stella weiß nicht recht, ob ihr das peinlich ist oder nicht. Der Moment existiert einfach.

»Hi.« Elizabeth zieht eine Augenbraue nach oben, kommentiert die Situation aber nicht weiter.

Stella stopft die saubere Wäsche zurück in den Trockner und schüttelt den Kopf ein wenig über das sensationell schlechte Timing. Elizabeth zieht sich die Jacke aus und hängt sie über die Rückenlehne eines freien Stuhls. Dann stellt sie ihre Handtasche auf die Sitzfläche. Sie trägt einen hellbraunen Bleistiftrock, eine weiß gestreifte Bluse und dunkelblaue Pumps. Sie schiebt sich die Brille nach oben in die Haare und ein paar Locken aus dem Gesicht, bevor sie sich die Nasenwurzel massiert und sich am anderen Ende auf die Couch sinken lässt und die Augen schließt.

Als Stella ihr folgt, um sie anständig zu begrüßen, schaut Elizabeth zu ihr rüber. »Kriege ich was von dem Wein?« Dann schließt sie die Augen wieder.

»Klar.« Stella füllt ein stielloses Glas zur Hälfte und stellt es auf den Couchtisch. Als sie hört, wie es das Holz berührt, öffnet Elizabeth die Augen.

Stella setzt sich in den Sessel gegenüber der Couch. »Hast du Hunger?«

»Nein«, antwortet Elizabeth. »Danke.« Sie nippt an dem Wein und streift sich dann vorsichtig die Schuhe von den Füßen.

»Wir können gerne was anderes schauen.« Addie pausiert den Film. »Stella hat der sowieso nicht besonders gut gefallen, glaube ich.«

»Nein, tut mir leid«, sagt Stella.

»Worauf hast du denn Lust?«, fragt Addie Elizabeth.

Sie schüttelt den Kopf. »Mir egal, Liebes.«

Stella fühlt sich ein bisschen überfordert, schlägt aber vor: »Ich kann den Fernseher nicht mehr sehen. Hängen wir doch dein Handy an die Lautsprecher und machen ein bisschen Musik an. Wir könnten ja was spielen.«

Addie und Elizabeth schauen sie überrascht an.

»Hast du Spiele im Haus?« Elizabeth klingt skeptisch.

»In der Garage steht ein Karton mit Spielen, glaube ich. Ron hatte ein Domino-Set, das ich behalten habe. Und Spielkarten und Pokerchips. Solche Sachen.«

»Ich schau mal nach«, bietet Addie an und verschwindet durch die Haustür nach draußen.

»Alles okay?«, fragt Stella, nachdem sie die Tür geschlossen hat.

»Ich bin nur …« Elizabeth schüttelt den Kopf. »Wir hatten vor ein paar Monaten diesen Fall. Der Chief kannte den Kerl und ist wahrscheinlich auch davon ausgegangen, dass er schuldig ist. Der Rest von uns *wusste*, dass er es getan hat und darüber hatte ich eine ziemlich heftige Auseinandersetzung mit dem Chief. Wir können seine Kumpel nicht bevorzugen. So funktioniert das mit der Gerechtigkeit nicht.«

»Oh, ja. Dieselben Diskussionen habe ich schon mit etlichen Männern aus verschiedenen Zweigen der Strafverfolgungsbehörden geführt.«

»Jetzt hat sich dieser Kerl gute Anwälte besorgt und der Chief hängt sich ständig bei der Staatsanwaltschaft rein. Die hinterfragen permanent, ob *mein* Fall vor Gericht Bestand hat, weil mein schmieriger Boss sie unter Druck setzt. Das lässt mich schlecht dastehen, meine Abteilung auch und das LAPD macht einen katastrophalen Eindruck, der ehrlich gesagt auch voll und ganz den Tatsachen entspricht.«

»Wenn der Polizeichef einen Haufen fragwürdiger Freunde hat, hinter denen er ständig aufräumen muss, kann das wirklich an die Substanz gehen«, meint Stella.

»Und ich wünschte, du wärst noch da, weil ich weiß, dass du ein Machtwort für uns gesprochen hättest und nichts davon passiert wäre.«

Stella ist überrascht, dass Elizabeth eine so hohe Meinung von ihr hat. Während der gemeinsamen Jahre hatten sie sich ständig angegiftet und Komplimente waren rar gesät. Zum ersten Mal fragt sich Stella, was wohl der Grund für die Spannungen zwischen ihnen gewesen war und ob Elizabeth sich vielleicht wirklich Mühe gegeben hatte, sich mit ihr anzufreunden, bis sie irgendwann die Nase voll davon hatte, ständig gegen eine Wand zu laufen.

»Wenn es nur die Arbeit wäre, die Morde und die Familien und das … das Grauen, dann wäre das eine Sache. Aber dieser Mist ist das, was einen mürbe macht.« Elizabeth schnappt sich erneut ihr Weinglas und leert es in einem Zug.

»Du hättest nicht kommen müssen. Wenn du müde bist, kannst du gerne gehen, ich erkläre es Addie.«

Elizabeth schaut zu ihr hoch. »Ich bin gerne hier, Stella. Es ist eine angenehme Atempause.«

»Oh«, erwidert sie. »Okay.«

»Ich weiß, dass du das verstehst.« Elizabeth schiebt ihre Brille nach unten und die Haare hinter die Ohren. »Das hier tut wirklich gut.«

Addie kommt wieder rein und präsentiert ihnen ein schwarzes Lederkästchen.

»Domino!«, verkündet sie. »Alles andere in dem Karton sah aus, als wäre es für professionelles Glücksspiel gedacht.«

»Dann spielen wie Domino«, sagt Elizabeth.

Addie stellt eine Schüssel mit Salzbrezeln auf den Küchentisch und kramt eine Weile in den Schubladen nach Papier und Stift, um die Spielstände festzuhalten. Sie müssen verschiedene Varianten googeln, weil jede von anderen Regeln ausgeht. Schließlich entscheiden sie sich für die Version Mexican Train und schauen sich dann nach etwas um, das sie als Züge benutzen können. Elizabeth öffnet den rotgoldenen Reißverschluss ihrer cremefarbenen Michael-Kors-Handtasche und holt ihren Geldbeutel heraus, dem sie drei 1-Cent-Münzen entnimmt.

Stella schnaubt amüsiert. »Hast du keine Viertel-Dollar-Münzen dabei, Elizabeth? Dollars mit Spezialprägung? Golddublonen?«

»Die kriege ich nachher wieder«, meint Elizabeth, zwinkert Addie dann zu und steckt den Geldbeutel wieder in ihre Handtasche.

Addies Musikauswahl entspricht nicht unbedingt Stellas Geschmack – sie kennt kein einziges der Lieder –, aber sie ist nicht aufdringlich und erfüllt das kleine Haus. Für eine Weile ist alles okay. Gemütlich und warm. Addie gewinnt im Domino und das ist eigentlich auch in Ordnung.

Stella sitzt im T-Shirt und Slip auf ihrem Bett und fragt sich, was sie zu ihrer Therapiesitzung anziehen soll. Als sie gerade mit dem Gedanken spielt, den Termin einfach sausen zu lassen, hört sie ein vertrautes Klopfen. Dann wird die Hintertür geöffnet.

»Ihr solltet wirklich dran denken, eure Tür abzuschließen!«, ruft Elizabeth.

»Was machst du denn hier?«, gibt Stella genauso laut zurück. »Ich bin nicht angezogen.«

»Ich fahre dich zu deinem Termin. Ist mit Addie abgesprochen.«

»Addie ist nicht meine Sekretärin. Du kannst auch mit mir direkt reden.« Sie schaut sich im Schlafzimmer um, weiß aber immer noch nicht, was sie anziehen soll.

»Hättest du denn Ja gesagt?«, fragt Elizabeth.

Wahrscheinlich nicht. Es war schon beim ersten Mal peinlich genug.

Als Stella nicht antwortet, geht Elizabeth den Gang entlang und streckt den Kopf ins Zimmer. »Wir kommen zu spät. Warum bist du nicht angezogen?«

»Ja, komm gerne rein«, meint Stella sarkastisch. »Keine Ahnung. Alles sitzt irgendwie komisch.«

»Na ja, du isst schon ziemlich viel Mist«, entgegnet Elizabeth. »Und du gehst nie aus dem Haus.«

»Wow. Danke.«

»Das ist nicht gesund, mehr will ich damit nicht sagen.«

»Ja, habe ich verstanden.«

Elizabeth seufzt, verlässt Stellas Schlafzimmer und kommt einen Moment später mit einer gefalteten Jeans zurück. Addies Jeans – helle Waschung, Risse an den Knien.

»Ich weiß nicht …«

»Zieh sie an. Es ist nur ein Termin. Du musst niemanden beeindrucken.« Elizabeth wirft die Hose aufs Bett und wartet mit verschränkten Armen. Ihre hübsche Handtasche hängt an einem Arm und ihre Haare trägt sie heute nach hinten gesteckt.

»Du siehst wie eine wandelnde Modewerbung für Banana Republic aus.«

»Danke«, erwidert Elizabeth.

Stella schüttelt die Jeans aus und steigt in die Hosenbeine. Der Stoff sitzt eng, aber das muss wohl so sein. Sie bleibt mit einem Zeh in dem

Riss am Knie hängen und verliert kurz die Balance. Es bleibt ihr kaum Zeit, sich Schuhe anzuziehen und ihre Handtasche einzusammeln, als Elizabeth sie auch schon zur Tür hinaus und ins Auto scheucht.

»Warum machst du das?«, fragt Stella, als sie unterwegs sind.

»Weil ich es will. Das ist kein großes Problem für meinen Terminkalender und falls ich zu einem Tatort gerufen werde, finden wir schon eine Lösung. Aber du weißt ja, dass ich gerne delegiere.« Elizabeth wirft einen Blick in den Seitenspiegel und wechselt die Fahrspur.

»Das beantwortet meine Frage nicht«, entgegnet Stella.

»Ich fühle mich damit besser.«

»Weil du Ron hast sterben sehen.«

»Weil ich weiß, wie schwer das alles für dich ist und weil wir Freundinnen sind und ja, weil ich mich ein bisschen verantwortlich fühle«, gibt Elizabeth zu.

»Du bist *nicht* verantwortlich«, sagt Stella. »Gott, vielleicht solltest *du* mal zur Therapie gehen.«

»Das mache ich schon, Stella.«

»Was?«

»Ich habe einen stressigen, gefährlichen Job, der mir emotional an die Substanz geht, drei Kinder, die mit dem Trauma meines alkoholkranken Ex-Manns leben müssen und ich habe vor Kurzem mitansehen müssen, wie ein Kollege ermordet wurde. Ich gehe regelmäßig zur Therapie.« Sie wirft Stella einen Seitenblick zu. »Du hast als Staatsanwältin sieben Jahre lang Kriminelle hinter Gitter gebracht und warst nie bei einem Psychologen? Kein einziges Mal?«

Sogar deutlich länger als sieben Jahre, aber darauf geht sie nicht ein. »Ich mache es ja jetzt, oder?«

»Das ist ja schon mal was.«

Stella und Dr. Barrett besprechen ihre Hausaufgabe, dann redet sie wieder über Elizabeth. Wie sie sie erst auf den Tod nicht ausstehen konnte, sie dann irgendwann akzeptiert, schließlich irgendwie gebraucht hat und jetzt tatsächlich gerne in ihrer Nähe ist.

»Freundinnen.« Dr. Barrett lächelt. »Sie sind befreundet.«

»Ja, offensichtlich.« Stella fragt sich, ob Freundschaft sich wohl so anfühlt. Sie ist mit ihren Gedanken ständig bei Elizabeth und das kann doch nicht normal sein. »Sie fährt mich zu den Terminen hier, weil sie ein schlechtes Gewissen hat, dass sie beim Tod meines Manns dabei war und ich nicht.«

»Warum sollte sie wollen, dass Sie Ihren Ehemann sterben sehen?«

»Nicht deswegen. Sie fühlt sich schlecht, weil sie drin war«, sagt Stella. »Das ist alles. Und ich war draußen.«

»Sie sind befördert worden.« Dr. Barretts Argument klingt vernünftig. »Sie haben sich größeren Dingen zugewendet, was vollkommen normal ist. Ist das das Gleiche, wie draußen zu sein?«

»Man ist entweder mit im Raum und am Fall dran oder nicht.« Stella verschränkt die Arme und drückt die Fingernägel in ihre Haut. »Ich habe den Raum verlassen.«

Als Stella mit der Sitzung fertig ist, wartet Elizabeth wieder auf der Stützmauer. Dieses Mal schon mit Starbucks-Bechern für sie beide. Stellas Kaffee schmeckt nach Schokolade und hat ein Sahnehäubchen mit Karamell-Soße.

Eigentlich ist da quasi kein Kaffee drin.

»Danke«, sagt sie.

»Gern geschehen.«

Elizabeth tippt ihren Plastikbecher gegen Stellas und dann gehen sie gemeinsam zurück zum Auto.

Kapitel 5

Addie bekommt an ihrem Geburtstag nicht frei, also lädt Stella sie zu einem frühen Abendessen ein und Elizabeth und Josh stoßen zum Nachtisch zu ihnen. Dabei verkündet Addie ihren Plan, ihre Eltern in Nashville für eine Woche zu besuchen. Sie überlegen, ob es nicht sinnvoller wäre, wenn Thom und Joyce nach Los Angeles kommen, aber Addie meint: »Vielleicht ist das nicht der richtige Zeitpunkt für Gäste.«

Das versetzt Stella einen Stich, auch wenn ihre Nichte damit recht hat. Es geht ihr zwar besser, aber sie steckt immer noch bis zum Hals in ihrer Trauer. Monate sind vergangen, die Distanz zwischen sie und Rons Tod gebracht haben. Sie ist in Therapie und sie hat sogar eine neue Freundschaft geknüpft. Oder wieder aufgenommen.

Oder eine Bekanntschaft zu etwas anderem gemacht.

Was auch immer davon auf Elizabeth zutrifft.

Aber sie hat immer noch schlechte Tage. Tage, an denen sie nicht aus dem Bett kommt, an denen sie zwischendurch abdriftet und es nicht einmal schafft, sich die Zähne zu putzen oder die Haare zu kämmen, ohne loszuheulen. Normal fühlt sie sich auf keinen Fall wieder.

Der Besuch bei ihren Eltern wird Addie guttun und vielleicht ist es für Stella auch gut, wenn sie mal das Haus wieder etwas für sich allein hat.

Sie fährt Addie zum Flughafen. Setzt sie am Eingang zur Abflughalle mit ihrem Rollkoffer und ihrem Rucksack ab. Versichert ihr, sie nach dem Urlaub abzuholen.

»Ich schreibe dir«, sagt Addie. »Ruf mich an, wenn du mich brauchst.«

»Ich komme schon klar«, wiederholt Stella. »Es ist nur eine Woche. Mach dir keine Sorgen um mich.«

Das Haus kommt ihr still und leer und dunkel vor, dabei ist es erst später Vormittag. Sie holt ihr Handy aus der Handtasche, um zu sehen, welcher Wochentag heute ist. Donnerstag. Nicht, dass das eine Rolle spielt. Ihre Mutter hat immer gesagt: »Jeder Tag ist Samstag, wenn man in Rente ist.«

Vielleicht könnte sie sich diese Woche mal ernsthaft mit ihren Finanzen auseinandersetzen. Sich Gedanken darüber machen, wie Geld ins Haus kommen könnte. Und wer sie nach alldem noch einstellen würde. Ob es in dieser Stadt überhaupt noch eine Zukunft für sie gibt.

Aber gerade hat sie Kopfschmerzen, also verschiebt sie das um einen weiteren Tag und geht ins Bett.

Am nächsten Tag ruft Elizabeth an. Stella hat sich mit ihrem Mittagessen in den Garten gesetzt. Ihre Therapeutin meint, dass sie nicht mehr den ganzen Tag im Haus bleiben darf, also setzt sie sich manchmal nach draußen, damit sie beim nächsten Termin mit einem ehrlichen Ja auf die Frage antworten kann, ob sie das Haus verlassen hat.

»Ein Tag«, meldet sie sich ohne Begrüßung.

»Hm?«

»Addie ist gerade mal einen Tag weg. Glaubst du wirklich, dass ich es nicht mal einen Tag lang allein schaffe?«

»Hör mal, ich habe da gerade keine Zeit für«, erwidert Elizabeth. »Willst du immer noch dein Auto verkaufen?«

»Oh.« Sie ist fast ein bisschen beleidigt, dass Elizabeth nicht nur anruft, um sich nach ihr zu erkundigen. »Ja. Muss ich wohl.«

»Welches? Den SUV oder den Hybrid?«

»Keine Ahnung.« Sie massiert sich die Schläfe. Die Sonne, die sie bis jetzt genossen hat, fühlt sich plötzlich zu warm an und des Putensandwich liegt ihr wie Blei im Magen. Sie schiebt ihren Teller ein Stück von sich weg. »Das habe ich noch nicht entschieden.«

»Was würdest du davon halten, eins von beiden an Detective Ramirez zu verkaufen?«, fragt Elizabeth.

Marco Ramirez war Stellas Liebling in Elizabeths kleiner Schar von Polizisten. Er ist ein ruhiger Mann, nicht gerade eine Frohnatur, aber extrem aufmerksam und scharfsinnig in seinen Schlussfolgerungen. Außerdem macht er sich exzellent im Zeugenstand. Die meisten Anwälte beißen sich an ihm die Zähne aus.

»Marco will mein Auto kaufen?«, hakt Stella nach.

»Er braucht eins und ich weiß, dass du eins verkaufen willst. Also habe ich mir gedacht, dass ich euch vielleicht zusammenbringen kann.«

»Welches wäre ihm denn lieber?«

»Ich gehe davon aus, dass ihm beide recht wären, wenn ihm das einen Besuch beim Autohändler oder das Durchforsten von Kleinanzeigen erspart. Wäre es für dich okay, wenn ich nach der Arbeit mit ihm vorbeikomme?«

»Heute?«

»Ja.«

Stella hört Stimmen im Hintergrund. Jemand sagt etwas zu Elizabeth. Es klingt nach der tiefen, rauen Stimme von Esposito.

»Okay«, sagt Stella. »Klar. Warum nicht.«

»Toll. Dann sehen wir uns nachher. Bis dann.«

Und damit legt Elizabeth auf. Stella lässt das Handy sinken und sieht ihren Namen gerade noch auf dem Display, bevor er verschwindet.

Sie lässt den Rest ihres Mittagessens stehen und umrundet das Haus, geht durch das Tor und in die Garage. Viele ihrer Nachbarn haben noch Garagentore, die man mit einem Schlüssel öffnen und dann hochziehen muss, doch Stella hat sich eine Erneuerung geleistet. Sie tippt den Code ein.

Der Hybrid steht jetzt in der Garage, der SUV in der Einfahrt.

Addie parkt auf der Straße. Für den Hybrid ist gerade genug Platz in der Garage, aber jedes Mal, wenn sie etwas suchen, müssen sie sich drumherumquetschen. Man schafft es auch nur gerade so eben, sich auf den Fahrersitz zu schlängeln. Wahrscheinlich wäre es sinnvoller, den SUV auf die Straße zu stellen und den Hybrid rauszufahren, aber ist ein ziemlich großer Aufwand, vor allem da Elizabeth und Marco erst in ein paar Stunden hier sein werden. Stattdessen macht sie das Deckenlicht an und begutachtet das Innere des Fahrzeugs.

Sie entfernt die Handyhalterung und kratzt so lange an einer Ecke des amtlichen Parkausweises, bis sie ihn von der Scheibe ziehen kann. Im Seitenfach der Tür findet sie ein paar Schokoriegelverpackungen, die sie einsteckt, um sie später wegzuwerfen.

Den SUV, dieses letzte Stück von Ron, kann sie noch nicht verkaufen. Der Hybrid ist zwar günstiger im Unterhalt, aber sie fühlt sich darin weniger sicher. Wenn Marco ein Auto will, dann nur das.

Sie macht sich einen mentalen Vermerk, Dr. Barrett bei ihrem nächsten Termin zu erzählen, dass sie eine richtige Entscheidung getroffen hat. Vielleicht nicht die beste, aber eine endgültige.

War das nichts wert?

Als Stella aufwacht, kauert Elizabeth neben der Couch. Sie hat ihr eine Hand auf die Schulter gelegt und mustert sie besorgt mit gerunzelter Stirn. Vielleicht liegt es daran, dass sie Stella aus dem Tiefschlaf geweckt hat, aber irgendwie sieht sie mit ihren grünen Augen und der perfekten Haut seltsam aus, als wäre sie nicht von dieser Welt.

»Alles okay?«, fragt Elizabeth.

»Elizabeth?«

»Komm, setz dich mal auf.« Sie fühlt kurz Stellas Stirn mit dem Handrücken. In der anderen Hand hält sie ihren leise klimpernden Schlüsselbund. »Du bist ziemlich warm. Bekommst du Fieber? Ich hol dir ein Glas Wasser.«

»Mir geht's gut. Mir geht's gut.« Stella setzt sich auf und stellt die Füße auf den Boden. Erst da merkt sie, dass sich noch jemand mit ihnen im Wohnzimmer befindet. Marco steht an der Tür und sieht aus, als wäre er lieber ganz woanders. »Shit. Das Auto.«

»Hallo«, sagt er. »Tut mir leid, dass … Tut mir leid.«

»Ich habe die Zeit aus den Augen verloren.«

Elizabeth ist in die Küche gegangen, so selbstverständlich, als wäre sie schon hundertmal hier gewesen. Sie kommt mit einem Glas Wasser und einer Packung Schmerztabletten zurück. »Warum hast du mir nicht gesagt, dass es dir nicht gut geht?«

Stella ignoriert die Frage. Aber in diesem Moment geht ihr auf, warum Elizabeth so anders aussieht. Sie trägt keine Brille.

Sie nimmt eine Tablette aus der Packung und spült sie mit einem Schluck Wasser hinunter, bevor sie sich die Hände an ihrer Jogginghose abwischt. Und ihr aufgeht, dass sie noch die Kleidung anhat, in der sie letzte Nacht geschlafen hat.

»Ich, hm, ich ziehe mich nur schnell um und dann … Setzt euch ruhig.« Eilig verschwindet sie den Gang hinunter zu ihrem Schlafzimmer.

Sie zieht sich einen sauberen Slip und einen BH an. Eine lilafarbene Leggings und ein schwarzes T-Shirt. Geduscht hat sie seit zwei oder drei Tagen nicht mehr, also sprüht sie sich rasch unter dem Shirt mit Deo ein. Dann macht sie noch einen Abstecher ins Bad und wirft einen Blick in den Spiegel.

Ihre Haare sind trocken und stehen ihr wirr vom Kopf ab, aber daran lässt sich nichts ändern. Und sie ist ein bisschen rot im Gesicht. Schwer zu sagen, ob sie tatsächlich etwas ausbrütet oder sich schlecht fühlt, weil sie sich immer schlecht fühlt. Sie kann nicht immer unterscheiden, was davon emotional und was körperlich ist.

Sie putzt sich die Zähne, spritzt sich Wasser ins Gesicht und bindet sich die ungewaschenen Haare zusammen. Wenn die beiden wieder weg sind, steht Duschen auf dem Plan.

Elizabeth hat Kaffee gekocht und sie und Marco sitzen mit ihren Tassen am Küchentisch.

»Schön, Sie zu sehen, Marco«, meint Stella, als sie zurückkommt. »Wie geht's Ihnen?«

»Ganz gut, Ma'am.«

»Oh, ich bin … jetzt nur noch Stella.« Sie lächelt ihn an, auch wenn es ihr schwerfällt.

»Hast du Hunger?«, fragt Elizabeth. »Sollen wir was bestellen? Wir könnten was essen und dann das mit dem Auto erledigen.«

Stella schüttelt den Kopf. »Hör auf, mich zu betüddeln.«

»Okay.«

»Ich weiß nicht, ob Captain Murphy es Ihnen schon erzählt hat, Marco, aber ich kann mich noch nicht von Rons Auto trennen, also …«

»Oh, das geht klar«, entgegnet er nervös. »Ich würde auch nicht … Ich will nicht …«

»Ist ein Hybrid für Sie okay?«

»Ja, ich würde ihn mir gerne ansehen.« Er sieht müde aus. Seine Krawatte sitzt ein bisschen schief und er hat sich sicher seit ein paar Tagen nicht mehr rasiert. Auch Elizabeth wirkt gestresst. Unwillkürlich fragt Stella sich, um wie viele Fälle die beiden sich wohl kümmern müssen.

Elizabeth holt eine Mappe aus ihrer Handtasche. »Ich habe mir die Freiheit genommen, die Verkaufswerte für beide Fahrzeuge zu ermitteln, Stella.« Sie öffnet die Mappe, entnimmt ihr ein paar Ausdrucke und legt sie Stella und Marco hin. »Hier sind die Durchschnittszahlen, ein paar Schätzungen für verschiedene Kilometerstände und ich habe die meiner Meinung nach fairen Preise notiert, wenn Marco dir die Summe auf einmal in bar gibt oder es monatlich abstottert.«

»Wenn Ratenzahlung denn für Sie okay ist«, fügt Marco hinzu.

»Ja, das ist in Ordnung«, sagt Stella. »Wollen Sie ihn sich erst mal anschauen? Vielleicht gefällt er Ihnen ja gar nicht.«

»Gerne.«

Elizabeth wirft Marco einen Seitenblick zu und zieht dann eine Schulter nach oben.

»Die Schlüssel sind da drüben.« Alle ihre Schlüssel liegen auf der Küchenablage. Addies auch. »Ich fahre den SUV raus, dann können wir den Hybrid aus der Garage holen, okay?«

»Komm.« Elizabeth greift nach dem Schlüsselbund. »Ich mach das.«

Stella ist durchaus in der Lage, Autos wegzufahren, aber es ist so viel leichter, das Elizabeth machen zu lassen. Sie verlassen das Haus und Marco und sie bleiben auf der Veranda stehen, während Elizabeth den SUV rückwärts aus der Einfahrt lenkt. Ihr eigenes Auto steht vor dem Haus hinter Addies, also wendet sie mit dem SUV an der nächsten Kreuzung und parkt ihn dann auf der gegenüberliegenden Straßenseite.

»Mach die Garage auf, Stella«, sagt sie, als sie zurückkommt.

»Ja klar.« Stella sollte die Schlüssel nehmen und das Auto selbst rausfahren, aber Elizabeth marschiert in die Garage, bevor sie auch nur ein Wort sagen kann. Der Hybrid rollt lautlos in die Einfahrt.

»Er ist grau«, kommentiert Marco.

»Ja.«

»Ich hatte nur irgendwie … was anderes erwartet.« Er grinst sie an. »Pink oder so.«

Stella stößt ihn mit dem Ellenbogen an. »Das wäre selbst für mich ein bisschen viel.«

Elizabeth steigt aus, lässt die Schlüssel aber im Getränkehalter liegen.

»Möchten Sie eine Runde damit drehen?«, fragt Stella.

»Wie wäre es, wenn ich uns zum Essen fahre?«, fragt er. »Ich kenne einen Laden, der super Chimichanga macht.«

»Ah ja?«

»Haben Sie Lust, Ma'am?«, fragt Marco Elizabeth. »Abendessen? Geht auf mich.«

»Natürlich.«

Stella geht ins Haus, um sich Schuhe anzuziehen. Und eine graue Kapuzenjacke. Zum Schminken bleibt keine Zeit, aber wen soll sie schon beeindrucken?

Sie setzt sich hinter Elizabeth. Marco kommentiert, dass ihm gefällt, wie leise das Auto ist. Es hat noch nicht viele Kilometer auf dem Tacho, weil Stella es noch nicht so lange hat und im letzten Jahr kaum gefahren ist.

»Wie geht es Ihrer Mutter, Marco?«, fragt sie.

Marco schweigt, bis Elizabeth schließlich antwortet: »Marco hat seine Mutter vor einem Monat verloren, Stella.«

»Oh«, sagt sie. »Das tut mir so leid.«

»Danke«, erwidert er leise.

Damit ist das Gespräch beendet, doch Elizabeth greift nach hinten und tätschelt Stella das Knie.

Marco kauft das Auto. Sie einigen sich auf Ratenzahlung innerhalb eines Jahres und er stellt Stella den ersten Scheck aus, bevor er geht. Sie fädelt den Schlüssel von ihrem Bund und reicht ihn Marco.

Elizabeth packt ihren Papierkram langsam wieder zusammen und schiebt die Mappe in ihre Tasche, steht aber nicht auf.

»Du musst noch nicht gehen«, sagt Stella, als ihr klar wird, dass Elizabeth offenbar nicht nach Hause will. »Du kommst ja doch nur in eine leere Wohnung.«

»Das macht dir nichts aus?«

»Nein. Ich dachte nur, du wärst müde.«

»Ich bin auch müde.« Elizabeth lässt sich nach hinten in die Sofapolster sinken. »Aber ich kann auch hier müde sein.«

»Ich glaube, es ist noch Eis da.« Stella öffnet das Gefrierfach. Darin liegt eine Packung Hähnchenschenkel, die sicher nicht mehr essbar sind, und ein paar leere Eiswürfelformen. »Oder auch nicht. Vielleicht habe ich es aufgegessen.«

»Ich bin sowieso noch voll vom Abendessen.«

»Möchtest du dir was Bequemeres anziehen?«, bietet Stella ihr an.

Elizabeth schaut an sich runter. Sie trägt ein Etuikleid mit passendem Blazer, schwarze Pumps und eine Feinstrumpfhose.

»Wir könnten den Fernseher anmachen. Uns auf der Couch entspannen«, fügt Stella hinzu. »Lassen wir es krachen und zünden dazu noch eine Kerze an.«

Elizabeth lächelt und Stella spürt ein leises Flattern in ihrer Brust.

»Gerne«, sagt sie.

Jetzt muss sie etwas Sauberes zum Anziehen für Elizabeth finden. Sie wühlt in der Kommode, bis sie einen Schlafanzug findet, den ihre Mutter ihr vor Jahren zum Geburtstag geschenkt hat. Das pinke Oberteil mit Blumenmuster hat Knöpfe an der Vorderseite und kurze Ärmel und die Hose ist aus weichem Material. Stella trägt ihn nicht oft, weil er dafür zu gut ist. Aber zu gut ist für Elizabeth gerade richtig.

Sie nimmt den Schlafanzug mit zu Elizabeth, die gerade dabei ist, das schmutzige Geschirr aus dem Spülbecken in die Spülmaschine zu räumen.

»Oh«, meint Elizabeth, als sie den Schlafanzug sieht. »Der ist ja hübsch.«

»Ich muss duschen. Ist das okay für dich?«

»Natürlich.«

»Mach's dir bequem«, sagt Stella. »Ich brauche nicht lange.«

Duschen kommt ihr richtig vor, auch wenn Elizabeth deswegen auf sie warten muss. Sie müffelt und ihre Haare sind fettig.

Als Erstes wäscht sie sich also die Haare und rasiert sich, während die Spülung einwirkt. Sie benutzt Addies Duschgel, das nach Apfel riecht, anstatt ihrer eigenen unspektakulären Seife. Irgendwie hat sie das Gefühl, nach mehr als nur sauber riechen zu müssen, wenn sie neben Elizabeth auf der Couch sitzt.

Nachdem sie das Wasser abgedreht hat, bleibt sie noch einen Moment tropfend in der Dusche stehen, bevor sie den Vorhang zurückzieht und nach ihrem Handtuch greift. Es riecht ein bisschen muffig, als müsste es mal wieder gewaschen werden. Draußen hört sie leises Gemurmel, als würde Elizabeth telefonieren. Stella trocknet sich rasch ab, wickelt sich dann das Handtuch um den Körper und ein weiteres um die Haare, bevor sie über den Gang in ihr Schlafzimmer huscht.

Eine kurze Suche in der Kommode fördert blaue Shorts mit weißen Punkten und ein weißes Tanktop zutage. Darüber zieht sie einen dicken Pullover und geht dann zurück ins Bad, um ihre Haare zu bändigen. Sie verbringt eine ganze Weile damit, ihre Locken zu entwirren, und verteilt dann etwas Creme darin, damit sie beim Trocknen nicht wieder komplett außer Kontrolle geraten.

Elizabeth ist noch am Telefon, als sie zurück ins Wohnzimmer kommt.

»Da ist sie.« Sie hält Stella ihr eigenes Handy hin. »Es ist Addie. Ich bin rangegangen.«

Stella nimmt es entgegen. »Hi, Schätzchen.«

»Hi«, sagt Addie. »Machst du mit Elizabeth einen Mädelsabend?«

»Sieht so aus. Wie geht's dir? Und deinen Eltern?«

»Hier ist alles gut. Es ist schön, wieder zu Hause zu sein, aber ich kann es auch nicht erwarten, wieder zu gehen.«

Stella lacht leise. »Ja, so wird das ab jetzt wohl immer sein.«

»Elizabeth hat erzählt, dass du das Auto verkauft hast.«

»Ja, den Hybrid.«

»Das ist super. Wir brauchen wirklich keine drei Autos.«

»Denkst du, ich hätte lieber das große loswerden sollen?«

»Nicht, wenn du das lieber magst.«

»Mir war überhaupt nicht klar, dass ich es mag«, gab Stella zu. »Ron hat es mich nie fahren lassen.« Sie redet außerhalb der Therapiesitzungen inzwischen kaum noch über Ron und es fühlt sich komisch an, seinen Namen auszusprechen.

Addie geht darüber hinweg. »Damit haben wir mehr Platz in der Garage. Vielleicht können wir ja mal sortieren, was da rumsteht, wenn ich wieder da bin.«

»Sicher, Liebes. Hab noch viel Spaß und mach dir keine Sorgen um mich, okay?«

»Okay«, sagt Addie. »Hab dich lieb.«

»Ich dich auch. Bei dir ist es schon spät. Geh ins Bett.«

Stella setzt sich zu Elizabeth auf die Couch. »Also, was willst du schauen? Wir haben Netflix, das Ding von Amazon und Hulu, glaube ich. Und Kabelfernsehen.«

»Hast du Lust auf *The Great British Bake Off*? Den gibt's auf Netflix.«

»Was ist das?«

»Briten, die in einem Zelt auf einer Wiese Zeug backen, das dann höflich beurteilt wird. Klingt langweilig, ist aber tatsächlich irgendwie nett.« Sie nimmt Stella die Fernbedienung ab. »Wir fangen einfach mal an.«

»Weißt du, was Addie gerne schaut?«, fragt Stella. »Leute auf YouTube, die sich schminken.«

»Das ist ziemlich beliebt. Damit verdienen manche sogar Geld.«

»Man wird da reingesogen«, gibt Stella zu. »Im Prinzip ist es ja nur Werbung für teure Produkte, aber irgendwie verstehe ich die Faszination auch.«

Stella hat ihre Zweifel, wie viel Spaß es macht, Leuten beim Backen zuzuschauen, wird aber schnell von der Kameraführung, der fröhlichen Musik und dem pastellfarbenen Zelt voller nervöser, aber netter Teilnehmer in den Bann gezogen.

»Hey«, meint Elizabeth nach ein paar Minuten. »Soll ich dir die Haare flechten?«

Stella sieht sie perplex an. »Wie bitte? Wird das hier eine Teenager-Übernachtungsparty?«

»Wow. Ein einfaches Nein hätte auch gereicht.« Elizabeth wendet sich wieder dem Fernseher zu.

»Es … tut mir leid. Ich wollte dir keins reinwürgen. Mir ist nur nicht klar, warum du das anbietest.«

Elizabeth grinst. »Ah. Wir wollen doch nie anderen eins reinwürgen, oder?« Sie hält den Blick auf den Fernsehschirm gerichtet. »Mach dir keine Gedanken. Ich bin nur davon ausgegangen, dass du dir die Haare immer zu diesem struppigen Dutt zusammenbindest, weil sie dir zu viel Arbeit sind. Ein ordentlicher Flechtzopf kann auch mal drei Tage halten.«

»Oh.«

»Willst du noch mal drüber nachdenken?« Elizabeth zupft sich einen imaginären Fussel von ihrer geliehenen Schlafanzughose. »Das könnten wir erledigen, bevor deine Haare komplett trocken sind.«

»Okay.« Sie sollte beim Nein bleiben. Sie und ihr struppiger Dutt haben schon viel zusammen durchgemacht. Außerdem hat sie bisher immer die seltsamen Gefühle unterdrückt, die Elizabeth in ihr auslöst, und jetzt, wo sie so oft hier ist, bringt allein der Gedanke an Elizabeths Finger in ihren Haaren die Bienen wieder zum Summen.

Plötzlich schleicht sich ein verräterischer Gedanke in ihren Kopf. *Hat Elizabeth schon mal mit einer Frau geschlafen?*

Wahrscheinlich nicht, aber Stella hat trotzdem das dringende Bedürfnis, sie danach zu fragen. Und damit sind es schon zwei Dinge, die sie unbedingt unterdrücken muss.

Dabei kennt sie die Antwort doch schon. Elizabeth war lange mit ihrem Ex-Mann verheiratet und hat nach der Scheidung eine lockere Affäre mit Sam Warren angefangen. Und sie ist katholisch, nicht der Typ Frau, der mit anderen Frauen schläft, nicht einmal wenn sie es wollte.

Stella holt ihre Haarbürste und zwei Gummis aus dem Körbchen auf dem Toilettenkasten. Dabei nimmt sie sich die Zeit, zwei zueinander passende zu finden. Zurück im Wohnzimmer reicht sie Elizabeth ihre Beute.

Elizabeth hat währenddessen den Couchtisch weggeschoben und eins der großen Sofakissen zwischen ihre Füße auf den Boden gelegt, auf das Stella sich setzen kann. Sie streift sich die beiden lilafarbenen Gummis übers Handgelenk und Stella lässt sich vor ihr nieder.

»Wer hätte gedacht, dass du eine verkappte Friseurin bist?«, meint Stella und greift nach der Fernbedienung, um den *Bake Off* wieder anzumachen.

»Meine Tochter tanzt Ballett«, erklärt Elizabeth. »Da habe ich ganz schnell ziemlich gut flechten gelernt.«

Stella kennt Elizabeths ältere Kinder nicht. Eigentlich weiß sie allgemein wenig über ihre neue Freundin, obwohl sie im Lauf der Jahre so viel Zeit miteinander verbracht haben.

Aber Elizabeth scheint alles über Stella zu wissen.

Während Elizabeth ihr die Haare bürstet, hält Stella den Blick fest auf den Fernseher gerichtet. Es fühlt sich schön an, dass sich jemand um sie kümmert, und noch schöner, dass es sich dabei um Elizabeth handelt. Sie riecht Elizabeths Parfum – oder vielleicht ist es auch nur ihr Duschgel.

»Du solltest mal wieder zum Friseur. Deine Spitzen sind eine Katastrophe.« Elizabeth teilt ihre Haare in Partien.

»Oh, das glaube ich gerne«, sagt Stella. »Aber Locken verzeihen einen Haufen Sünden.«

»Bis man ihnen zu nahe kommt.«

»Du bist die Einzige, die ihnen zu nahe kommt«, entgegnet Stella, spürt dann aber sofort, wie ihr Hitze in die Wangen steigt. Schnippische Kommentare an sich sind kein Problem, aber wenn man sie zu oft ablässt, entsteht daraus eine Brotkrumenspur, die direkt zur Wahrheit führt.

Elizabeth schiebt ihr die Hälfte der Haare über die Schulter nach vorn und fängt an, die andere Seite zu flechten. Stella kann sich nicht erinnern, wann sie das letzte Mal von jemandem außer Addie berührt worden ist, und Elizabeths Finger fühlen sich angenehm an. Aber das Zupfen und Ziehen tut auch ein bisschen weh, weil sie den Zopf sehr fest flechtet. Doch das ist ein guter Schmerz.

Sie lässt sich gegen eins von Elizbeths Knien sinken.

Elizabeth bindet das Ende des ersten Zopfs zusammen. Positioniert sich etwas anders, um an die andere Seite heranzukommen.

Stella reagiert, indem sie sich gegen ihr anderes Knie lehnt.

Im Fernsehen geht das Backwerk eines Kandidaten schief, doch die anderen Teilnehmer packen mit an und helfen dem zum Scheitern Verurteilten.

»Die Leute bei diesem Wettbewerb sind alle so nett«, sagt Stella. »Und jetzt will ich Kuchen.«

»Ja, das ist leider eine Nebenwirkung dieser Sendung.« Elizabeth streicht über Stellas Schläfe, um ein paar Strähnen einzusammeln, die sich dort bereits wild kringeln.

Stella lehnt sich automatisch in die Berührung, erstarrt dann jedoch, als sie merkt, was sie da tut.

»Habe ich dir wehgetan?« Elizabeth hält mitten in der Bewegung inne.

»Nur ein kurzes Ziepen.« Das ist eine Ausflucht.

»Du hast kaum graue Haare. Das ist echt beeindruckend.«

»Man sieht sie nur zwischen den blonden nicht so«, erwidert Stella.

Elizabeth seufzt. »Meine sind schon komplett grau.«

»Wirklich?« Sie hat gewusst, dass das dunkle Rotbraun nicht natürlich ist, weil die Farbe gerne mal in der Helligkeit variiert, aber komplett grau kann sie sich bei Elizabeth nur schwer vorstellen und sie ist überrascht, dass sie es zugibt. Ihr Make-up und ihre Frisur sitzen immer perfekt, ihre Kleidung ist immer professionell und schmeichelt ihr.

»Tja, irgendwann werde ich wohl mit dem Färben aufhören müssen. Ab wann macht man sich damit eigentlich lächerlich und sieht aus, als hätte man den Absprung verpasst?«

»Deine Haare sind wunderschön. Und du siehst auch nicht aus, als hättest du irgendwas verpasst.«

»Okay. Danke.«

Stella spürt Elizabeths Finger wieder an ihrem Hals, wo sie den ersten Zopf etwas zurechtrückt, bevor sie die andere Seite flechtet und zusammenbindet.

»Dreh dich um«, fordert Elizabeth sie auf.

Stella wendet sich von den farbenfrohen Leckereien im Fernseher ab und dreht sich auf dem Kissen zu Elizabeth um. Sie kniet noch immer zwischen ihren Beinen, aber das scheint Elizabeth nicht zu stören. Sie begutachtet nur ihr Werk und zupft vorsichtig ein paar Haare mit der Bürste aus der Frisur, um zwei kleine Strähnen zu formen, die Stellas Gesicht einrahmen.

»Perfekt«, sagt Elizabeth. »Jetzt musst du sie tagsüber nur noch hochstecken, damit sich der Frizz in Grenzen hält, aber ich würde sie nachts nicht festmachen. Das ist bequemer.«

»Ja, Ma'am.« Stella grinst und wendet sich dann wieder dem Fernseher zu.

»Moment noch. Kann ich dich was fragen?«

»Sicher.« Stellas Herz hämmert plötzlich wie wild, weil sie sich die Frage erhofft, die sie schon die ganze Zeit befürchtet.

»Wäre es für dich in Ordnung, wenn ich über Nacht bleibe?« Elizabeths Miene ist unlesbar, vollkommen neutral.

»Du willst bleiben?«, wiederholt Stella, gleichermaßen verwirrt wie entzückt.

»Über Nacht. Ich kann auf der Couch schlafen. Ich will nur ... Ich möchte nicht in meine leere Wohnung zurück.«

»Oh! Ja, natürlich. Kein Problem. Du kannst in Addies Bett schlafen oder bei ... Ich meine, du musst nicht auf der Couch schlafen.«

Elizabeth seufzt, als wäre sie erleichtert, diese Antwort auf eine für sie schwierige Frage zu bekommen. »Vielen Dank.«

»Eigentlich tust du mir einen Gefallen«, gesteht Stella. »Ich bin auch nicht gerne allein.«

Sie stemmt sich vom Boden hoch und ihre Knie knacken beim Aufstehen. Dann wirft sie das Kissen zurück auf die Couch. »Heiße Schokolade?« Sie braucht jetzt was Süßes.

»Gerne«, sagt Elizabeth. »Soll ich Pause machen?«

»Nein, lass nur. Ich sehe den Fernseher von der Küche aus.«

Sie gießt Milch in einen Topf und legt Schokolade hinein, um die Mischung dann umzurühren, während sie langsam dickflüssiger wird. So hat ihre Mutter es früher immer gemacht. Als sie fertig ist, füllt sie die heiße Flüssigkeit in zwei Tassen, hält dann jedoch mit dem schmutzigen Topf in der Hand am Spülbecken inne und betrachtet ihre verzerrte Reflexion in der Glasscheibe des Hängeschranks. Die französischen Zöpfe lassen sie mehr wie Addie als wie sie selbst aussehen. Vorsichtig zupft sie am Ende von einem.

»Gefallen sie dir?« Elizabeth hat sich auf der Couch herumgedreht, um sie zu beobachten.

Stella nickt ihrem Spiegelbild zu. »Ja.«

Kapitel 6

Sie schlafen vor dem Fernseher ein. Der *Bake Off* ist aus und Netflix fragt, ob noch jemand weiterschauen will. Stella setzt sich auf und sieht sich um. Ihr tut der Rücken weh. Die Kerze auf dem Tisch flackert und ist ein gutes Stück weiter runtergebrannt.

Sie schaut zur Küchenuhr und fährt erschrocken zusammen, als ihr Blick dabei auf Elizabeth fällt, die sich am anderen Ende der Couch zusammengerollt hat. Im nächsten Moment erinnert sie sich daran, dass Elizabeth ja hier übernachtet.

Stella fasst sich ans Ende eines Zopfs. Wo ist denn Elizabeths Brille abgeblieben? Die hatte sie heute Abend noch gar nicht auf. Nicht einmal als sie den SUV rausgefahren oder beim Abendessen mit Marco mit zusammengekniffenen Augen die Speisekarte studiert hat.

Stella bringt die leeren Tassen in die Küche und stellt sie in die Spüle. Die Uhr an der Mikrowelle zeigt 1:36 an.

Sie schaut in Addies Zimmer und tastet an der Wand nach dem Lichtschalter. Nur eine weiße Lichterkette an der Decke spendet ein wenig Helligkeit, aber das Licht reicht aus. Das Bett ist nicht gemacht, also schlägt sie die Tagesdecke zurück, fischt das Laken darunter hervor und zieht es gerade. Frisch gewaschen sind die Laken nicht, aber sauber genug. Neben dem Spiegel liegen ein paar Schminkutensilien auf dem Boden. Stella sammelt sie auf und legt sie in die Plastikbox, die ebenfalls auf dem Boden steht. Ihr Rücken beschwert sich etwas, als sie sich wieder aufrichtet und sie reibt sich über die protestierenden Muskeln.

Sie geht zu einem der Wandschränke im Gang. In dem neben dem Bad lagern sie Abschminkpads und Wattestäbchen, Tamponschachteln und Slipeinlagen, Haarprodukte, Lockenstäbe und Glätteisen. Ganz hinten findet sie eine unbenutzte Zahnbürste. Sie trennt Plastik und Karton der Verpackung voneinander und fummelt eine Zahnbürste mit blau-weißem Griff heraus, die sie auf den Rand des Waschbeckens legt.

Dann kehrt sie ins Wohnzimmer zurück. Elizabeth schläft noch. Stella versucht, sie zum Aufwachen zu bewegen, indem sie intensiv an sie denkt, aber es funktioniert nicht. Sie macht den Fernseher aus und lässt die Fernbedienung mit Absicht auf den Couchtisch fallen, doch Elizabeth rührt sich immer noch nicht.

Also streckt Stella die Hand aus und tippt Elizabeth an der Hüfte an.

Elizabeth blinzelt, streicht sich die Haare aus dem Gesicht und blinzelt Stella an. »Wie spät ist es?«

»Nach eins«, antwortet Stella. »Schlafenszeit.«

Elizabeth setzt sich ächzend auf.

»Wo ist deine Brille?«

»Kaputtgegangen. Ich warte auf die neue.«

»Siehst du ohne denn was? Genug, um klarzukommen?«

»Lesen ist schwierig. Nachts Autofahren auch.«

Stella setzt sich auf die Armlehne des anderen Couchendes. Der Magen sackt ihr in die Kniekehlen. »Deswegen wolltest du über Nacht bleiben.«

Elizabeth seufzt. »Nein, nicht deswegen.«

»Warum dann?« Stella lässt nicht locker.

»Ich habe es für eine gute Idee gehalten, weil wir heute Abend beide allein waren.« Sie neigt den Kopf zur Seite. »Ich kann gehen, wenn ich die Situation falsch eingeschätzt habe.«

Das lässt Stella zurückrudern. »Natürlich nicht. Ich bin nur …«

»Misstrauisch bei allem, was ich tue. Ich weiß.« Elizabeth fährt sich mit den Händen durch die Haare.

Das zu leugnen, wäre zwecklos, weil sie recht hat, aber es ärgert Stella trotzdem. »Das mache ich nicht bewusst«, erwidert sie schließlich. »Ich arbeite daran.«

»Ich weiß«, sagt Elizabeth leise.

»Ich habe dir eine Zahnbürste rausgelegt. Du kannst unseren Make-up-Entferner benutzen, wenn du möchtest.«

»Danke.«

»Steht alles bereit. Geh ruhig ins Bad.« Stella deutet auf die entsprechende Tür. Sie ist müde und will ins Bett, davor aber sichergehen, dass Elizabeth alles hat, was sie braucht. Sie pustet die Kerze aus und beobachtet, wie der Rauch in kleinen Kringeln aufsteigt und sich auflöst. Dann schließt sie die Türen ab, weil sie Elizabeths Warnung noch im Ohr hat.

Nachdem sie das Licht im Wohnzimmer, in der Küche und Waschküche ausgemacht hat, bleiben nur noch die Lichterkette in Addies Zimmer, die Nachttischlampe in Stellas und der helle Streifen unter der Badezimmertür.

Sie lehnt sich im halbdunklen Gang mit dem Rücken gegen die Wand und atmet tief durch, dann noch mal. In ihrer Kehle bildet sich ein Kloß und ihre Augen füllen sich mit Tränen. Die überwältigen sie jedes Mal, wenn sie zu viel von irgendetwas fühlt. Angst, Zufriedenheit, Trauer, Langeweile, Vorfreude, Hoffnung, egal was.

Als Elizabeth das Bad verlässt, hat sie sich die Haare zusammengebunden, ist abgeschminkt und findet Stella vor, die das Gesicht in den Händen vergraben hat.

»Komm«, sagt Elizabeth leise. »Gehen wir ins Bett.«

Stella erlaubt sich, sich ins Schlafzimmer bringen zu lassen. Elizabeth schlägt die Tagesdecke zurück und hilft Stella ins Bett, bevor sie das Licht ausschaltet.

»Ich bin am anderen Ende des Flurs, wenn du mich brauchst.« Sie streicht über einen von Stellas Zöpfen, zupft sanft daran und lässt beim Rausgehen die Tür hinter sich offen.

Stella schließt die Augen erst, als das Licht in Addies Zimmer ausgeht.

Als Stella spät am nächsten Vormittag aufwacht, ist Elizabeth schon weg. Die Kaffeemaschine ist befüllt und bereit. Stella muss nur noch auf den Knopf drücken.

Auf der Rückseite eines alten Kassenbons steht eine Nachricht.

Danke für alles. Ruf mich an.
Liz

Stella wird sie nicht anrufen. Vielleicht schickt sie ihr eine Textnachricht. Und außerdem wird Elizabeth sie doch sowieso zu ihrer nächsten

Therapiesitzung begleiten, oder? Sie wird erzählen müssen, dass Elizabeth hier übernachtet und dass sie selbst im Flur geweint hat.

Im Bad entdeckt sie die blau-weiße Zahnbürste im Becher neben ihrer eigenen pink-weißen.

Am Tag bevor Addie nach Hause kommt, ruft Elizabeth an. »Kann ich zum Abholen mitkommen?«

»Du willst mit mir zum Flughafen fahren?« Stella klemmt sich das Handy zwischen Schulter und Ohr, während sie die Einkäufe auspackt.

»Ja«, sagt Elizabeth. »Ich hole wirklich gern Leute vom Flughafen ab. Ich freue mich jedes Mal, wenn jemand, den man gerne hat, nach Hause kommt.«

Stella steckt sich eine Traube in den Mund. »Was immer dich glücklich macht.«

»Wann willst du los?«

»Ihr Flieger landet Viertel vor acht. Ist dir das nicht zu spät?«, fragt Stella.

»Nein.«

»Ich muss gegen sieben hier weg. Man weiß ja nie, wie schlimm der Verkehr wird.«

»Okay. Dann komme ich direkt nach der Arbeit zu dir«, sagt Elizabeth. »Bis dann.«

Elizabeth bietet ihr an, den SUV zu fahren. Ihre neue Brille sieht fast genauso aus wie die alte, nur der Rahmen ist ein bisschen breiter und dunkler. Damit sieht sie noch professioneller und intelligenter aus als zuvor.

Sie haben kaum das Haus verlassen, als Stella fragt: »Bist du gerade in einer Beziehung?«

Vielleicht liegt es an Elizabeths neuer Brille, dass das so aus ihr herausgeplatzt ist. Oder am Duft ihres Parfums, der das Auto erfüllt. Vielleicht ist es auch die Tatsache, dass Elizabeth unter ihrem grauen Rock keine Feinstrumpfhose trägt und Stella ihre nackten Beine sieht. Oder vielleicht ist es die elegante Frisur, zu der sie ihre Haare hochgesteckt hat.

Es sieht immer aus, als würde Elizabeth viel Mühe darauf verwenden, hübsch auszusehen. Aber schöne Menschen müssen sich keine Mühe geben, um schön auszusehen, also projiziert Stella da möglicherweise nur ihr eigenes Empfinden.

»Nein«, sagt Elizabeth. »Im Moment nicht. Warum fragst du?«

»Reine Neugierde. Tut mir leid. Das geht mich nichts an.«

»Schon in Ordnung.« Elizabeth klammert sich so fest ans Lenkrad, dass ihre Fingerknöchel weiß hervortreten. »Du weißt, dass ich eine Weile mit Lieutenant Warren zusammen war.«

»Das habe ich mitbekommen, ja.«

»Mir ist klar geworden, dass ich immer wieder zum gleichen Typ Mann zurückkehre und … auch obwohl Sam trocken ist und ich mich wirklich bemüht habe, beißt mich mein schlechter Männergeschmack jedes Mal irgendwann in den Hintern. Ich bin einfach nicht mehr in Stimmung für Männer.«

»Männer?«

»Genau.« Sie setzt den Blinker, wechselt die Fahrbahn und tritt rechtzeitig aufs Gas, um die Auffahrt zum Freeway zu nehmen. Bis sie sich dort eingefädelt hat, konzentriert sie sich voll aufs Fahren. »Denkst du drüber nach, dich mit jemandem zu verabreden?«

»Oh …« Stella ist sich nicht sicher, ob die ständigen Gedanken an Elizabeth darunter fallen. »Manchmal«, lügt sie.

»Ich finde das gut.«

»Aber ich stimme dir zu. Männer. Igitt.«

Elizabeth grinst. »Ich bin an einem Punkt in meinem Leben, an dem ich keine Beziehung brauche, um zufrieden zu sein«, fährt sie fort. »Wenn mir jemand über den Weg läuft, okay, aber wenn nicht, ist das auch in Ordnung.« Sie macht eine wegwerfende Geste, als wäre es ihr wirklich egal, aber es klingt eher, als müsste sie sich selbst davon überzeugen.

Stella senkt den Blick auf ihre Hände. Ihr Ringe glänzen im Abendlicht. »Keine Ahnung, warum ich die immer noch trage. Ich bin nicht mehr verheiratet.«

»Trauer ist oft merkwürdig und man kann den Prozess nicht beschleunigen. Wenn du noch nicht bereit bist, sie abzulegen, bist du noch nicht bereit.«

»Manchmal vermisse ich ihn nicht mal«, gibt Stella zu. »Ich bin nur traurig darüber, wie es passiert ist. An anderen Tagen weiß ich gar nicht, warum ich eigentlich traurig bin. Es ist einfach mein Grundzustand geworden.«

Sie dreht die Ringe an ihren Fingern und zieht sie dann ab, was über die Knöchel ein wenig Mühe macht. Sie lässt sie auf der offenen Handfläche ruhen. An ihrem Ringfinger ist eine Vertiefung und die Haut ist minimal heller.

»Wie fühlt sich das an?«, fragt Elizabeth.

»Ganz gut, glaube ich.« Und dieses Mal ist es keine Lüge. »Was mache ich jetzt damit?«

»Leg sie zu deinem restlichen Schmuck. Schau sie dir an, wenn dir danach ist, oder lass es, wenn du nicht willst.«

»Hast du deine Eheringe noch?«

»Ich hatte einen einfachen aus Gold, den ich zusammen mit ein paar anderen Sachen verkauft habe, nachdem Paul das Geld für die Miete verspielt hat. Er hat versprochen, mir einen neuen zu kaufen, ist aber abgehauen, bevor es dazu kam«, sagt Elizabeth.

»Du hast wirklich einen schlechten Männergeschmack.«

»Hmhm.«

»Der Stein ist hübsch«, meint Stella und betrachtet das Ringset auf ihrer Hand erneut. »Ich könnte ihn rausnehmen und irgendwo anders einsetzen lassen. Oder ich könnte ihn Addie schenken, wenn sie heiratet.« Stella stellt die Handtasche auf ihren Schoß, zieht den Reißverschluss der Innentasche auf, lässt die Ringe hineingleiten und macht den Reißverschluss wieder zu. »Wieder etwas, über das ich mit Dr. Barrett reden kann.« Ihr entfährt ein nervöses Lachen.

»Wie läuft es denn?«

»Okay.« Über die Therapie zu reden ist nur wenig angenehmer als hinzugehen. »Ich habe das Gefühl, als würden wir über nichts reden, aber dann ist die Stunde plötzlich um und ich bin total erschöpft.«

»Klingt, als wäre die Frau gut in ihrem Job.«

»Ich rede über dich.« Warum sie das gesagt hat, weiß Stella nicht. »Ich meine, ich habe von dir erzählt.«

»Mir?«

»Nur, dass wir mal zusammen gearbeitet haben, aber nicht befreundet waren, es jetzt aber vielleicht sind und du und Addie ... Na ja, du bist ständig bei mir zu Hause.« Stella zuckt mit den Schultern. »Sie sagt, dass wir Freundinnen sind.«

»Das sind wir«, bestätigt Elizabeth und fragt dann: »Möchtest du, dass ich nicht mehr so oft vorbeikomme?«

»Nein! Zuerst schon, aber jetzt ... Ich mag das.« Sie schaut aus dem Fenster. Auf dem Freeway herrscht jetzt mehr Verkehr und sie fahren langsamer. »Ich bin nicht gut in Freundschaften. War ich noch nie.«

»Du schlägst dich ganz gut«, erwidert Elizabeth. »Aber sei bitte ehrlich. Wie geht es dir damit, dass ich vorbeikomme?«

Sie öffnet den Mund, um zu antworten, doch in dem Moment schneidet ein anderes Fahrzeug sie.

Elizabeth tritt mit voller Kraft auf die Bremse, um ihm nicht aufzufahren, und hupt kräftig. »Arschloch«, murmelt sie leise.

Also erzählt Stella ihr nicht, wie es ihr mit den Besuchen geht, und das ist vermutlich auch besser so. Vielleicht hat Gott ihr ja das Arschloch im BMW geschickt, um sie vor sich selbst zu retten.

Addie wartet vor der Ankunftshalle, als sie dort eintreffen.

Stella springt aus dem Auto und umarmt sie. »Tut mir leid, dass wir zu spät kommen. Der Verkehr.«

»Natürlich«, meint Addie. »Ich warte auch noch nicht lange.«

Elizabeth öffnet den Kofferraum und Addie wuchtet ihren Koffer hinein.

»Möchtest du vorne sitzen?«

»Nein, nein. Hinten ist vollkommen okay.«

Als sie im Auto sitzen, dreht Elizabeth sich lächelnd zu Addie um. »Willkommen zu Hause. Wie war der Flug?«

»Lang. Könnte ich bitte zeitnah was Richtiges zu essen bekommen?«

»Das lässt sich einrichten«, meint Elizabeth und fährt los.

»Wie geht's Thom und Joyce?«, fragt Stella.

»Gut. Sie lassen dich lieb grüßen.«

»Hast du Onkel Brick besucht?«

»Ja, ich habe so ziemlich die ganze Familie gesehen. Wir haben eine Grillparty veranstaltet, zu der alle eingeladen waren. Sie haben nach dir gefragt. Ich habe ihnen erzählt, dass du klarkommst.«

»Das war eine nette Lüge«, murmelt Stella.

Elizabeth wirft ihr einen Seitenblick zu.

»Irgendwie ... Es ist ziemlich komisch, jetzt wo Grandma und Grandpa nicht mehr da sind. Und ihr Haus auch nicht.«

»Ich weiß«, sagt Stella. »Finde ich auch.«

Sie hatten das Haus nach dem Tod von Stellas Vater verkauft. Niemand konnte sich den Unterhalt leisten und keiner ihrer Brüder wollte das Haus übernehmen, also war es sinnvoller, es nicht zu behalten. Stella hat ein bisschen Geld aus dem Verkauf bekommen, aber ihrem Vater ging es gesundheitlich zuletzt so schlecht, dass ein Großteil des Erbes für die Pflegekraft draufging, die sich täglich um ihn gekümmert hat, und nachdem sie alle Rechnungen und die Beerdigung bezahlt hatten, blieb nicht mehr viel übrig, um es unter den drei Geschwistern aufzuteilen.

Elizabeth schlägt Hamburger vor. Sie fahren zur Burger Lounge in Santa Monica und parken auf einem der öffentlichen Parkplätze in der Nähe. Der Andrang ist ziemlich groß, also hat Addie ein Auge auf die Sitzecke einer Familie und schnappt sie sich, als die Leute gehen. Ihre Bestellung schickt sie Stella via Textnachricht.

Stella will bezahlen, doch Elizabeth hindert sie daran. »Du hast die Parkgebühr übernommen.«

Eigentlich hat Addie das mit der Park-App auf ihrem Handy, aber Stella weiß inzwischen, dass sie gegen Elizabeth nur schwer ankommt.

Burger sind nicht gerade Stellas Lieblingsessen, aber Elizabeth und Addie scheint es zu schmecken. Addie sieht todmüde aus, hält das Gespräch aber mit Erzählungen über Nashville am Laufen. Sie überlegen gerade, ob sie noch irgendwo Nachtisch mitnehmen sollen, als Elizabeths Handy klingelt. Stella kann einen Blick aufs Display werfen. Es ist Lieutenant Esposito.

»Oh.« Elizabeth klingt ein bisschen traurig.

»Mach schon. Du musst da rangehen«, sagt Stella.

Elizabeth wischt übers Display und hält sich das Handy ans Ohr. »Captain Murphy.« Sie hält sich das andere Ohr mit einem Finger zu und kneift die Augen zusammen, als könnte sie dadurch besser hören. »Hmhm. Okay. Ich muss die Carters vorher nach Hause fahren, aber ich bin in etwa vierzig Minuten da.«

Addie räumt bereits den Tisch ab. »Sollen wir uns ein Lyft rufen?«, flüstert sie Stella zu.

»Die Toten sind schon tot«, antwortet sie. »Zwanzig Minuten mehr machen den Kohl auch nicht fett.«

Elizabeth legt auf. »Tut mir leid.«

»Alles gut«, versichert Stella ihr.

»Lieutenant Esposito lässt euch beide grüßen«, fügt Elizabeth hinzu.

Auf dem Weg zum Auto bedankt Addie sich fürs Essen.

»Ja, vielen Dank«, sagt Stella. »Schade, dass aus dem Nachtisch nichts wird.«

»Ich bin sowieso nicht so scharf drauf«, meint Elizabeth. »Aber es ist schön, dass wir ein bisschen Zeit zusammen verbringen konnten.«

Addie hakt sich bei Elizabeth unter.

Stella folgt den beiden, eifersüchtig und nervös und sie hat auch ein bisschen Angst.

Stella nippt an ihrem lauwarmen Kaffee und löst das Kreuzworträtsel des Tages. Es ist kurz vor Mittag und Addie ist gerade erst aufgestanden. Stella hat sie ausschlafen lassen. Addie muss heute Abend arbeiten und die lange Reise vom Vortag steckt ihr vermutlich noch in den Knochen.

»Kann ich dich mal was fragen?«

»Sicher, Darling«, antwortet Stella.

»Hat Elizabeth in meinem Bett geschlafen?«

»Oh, verflixt, ich hätte dich vorher fragen sollen, oder? Oder zumindest das Bett danach frisch beziehen. Tut mir leid.«

»Nein, kein Problem. Ich bin nur überrascht, dass sie über Nacht geblieben ist.«

»Das war keine große Sache. Wir sind beim Netflix-Schauen auf der Couch eingeschlafen und ich habe ihr angeboten zu bleiben.« Das stimmt zwar so nicht ganz, aber Stella bringt es nicht über sich, Addie zu sagen, dass Elizabeth von sich aus übernachten wollte. Dass Stella die halbe Nacht wach gelegen hat, während ihre Schläfen von den festen Zöpfen gepocht haben und ihre Gedanken Achterbahn gefahren sind. Weil Elizabeth Murphy nur ein Zimmer von ihr entfernt war.

»Woran hast du es gemerkt?«, fragt Stella.

»Mein Kissen riecht nach ihr«, sagt Addie. »Das war sogar irgendwie schön.«

Das Summen unter Stellas Haut macht sich nachdrücklicher bemerkbar.

»Hör mal, Addie. Es tut mir wirklich leid, dass ich mich am Anfang wegen Elizabeth so angestellt habe. Ich glaube, sie tut mir wirklich gut.«

»Das denke ich auch. Ich verstehe immer noch nicht, warum du sie nicht leiden konntest.«

»Es ist kompliziert.«

Addie zögert, als wollte sie nachhaken, geht dann aber zum Herd, wo sie Bacon und Hash Browns macht und in einem Topf Wasser für pochierte Eier erhitzt. Frühstück zum Mittagessen.

Stella könnte nicht mal erfolgreich ein Ei pochieren, wenn ihr Leben davon abhinge, aber Addie schafft das sogar mit zwei Eiern, während sie gleichzeitig ein Auge auf drei andere Sachen hat. Und als sie das Ganze dann auf Teller verteilt, sieht es so appetitlich aus und es schmeckt *gut*.

Stella pikt das Ei seitlich mit der Gabel an, wodurch das Eigelb über den Hash Browns ausläuft.

»Genevieve, eine Freundin aus der Bar, arbeitet in der Wood Ranch im Grove-Zentrum«, meint Addie.

»Was ist das?«

»Eine Barbeque-Restaurantkette. Sie hat erzählt, dass sie da noch Personal suchen und könnte ein gutes Wort für mich einlegen.«

»Du möchtest in der Bar aufhören?«, fragt Stella.

»Für einen besseren Job, ja.«

Stella spießt ein Stück Bacon auf. »Machst du dir Sorgen ums Geld?«

»Ich könnte schon mehr beitragen, vor allem, da du nicht arbeiten gehst.«

»Ich gehe bald wieder arbeiten.« Stella geht automatisch in die Defensive.

»Das weiß ich. Niemand hetzt dich«, sagt Addie. »Aber ich muss ja was tun, bis ich wieder aufs College gehe. Also kann ich mir auch ein finanzielles Polster zulegen, oder?«

»Wenn du das willst, dann mach.«

»Weißt du schon, was du machen willst, wenn du so weit bist? Willst du zurück zur Staatsanwaltschaft?«

»Nein. Ich weiß noch nicht was, aber das nicht.«

»Vielleicht kann Elizabeth dir ja helfen.« Addie nippt an ihrem Kaffee.

»Elizabeth hat schon genug für mich getan.« Stella bringt ihren Teller zum Spülbecken. Je weiter sie Elizabeth in ihr Leben lässt, desto weniger kann sie sich ein Leben ohne Elizabeth vorstellen und das bringt sie in eine potenziell schmerzhafte Situation. »Ich kann nicht von ihr verlangen, dass sie aus Mitleid mein Leben für mich auf die Reihe bringt.«

»Das empfindet sie nicht so.« Addie lehnt sich auf ihrem Stuhl zurück.

»Ach nein? Wie denn dann?«

»Das solltest du doch besser wissen als jeder andere«, meint Addie. »Sie arbeitet ständig, sie hat nicht viele Freunde, ihre Kinder sind alle ausgezogen. Sie hat mit ihrem Freund Schluss gemacht. Vielleicht braucht sie uns genauso sehr, wie wir sie brauchen.«

»Ihr Job macht einsam«, gibt Stella zu und kehrt zum Tisch zurück. »Und man kann sein Team wirklich gernhaben, aber es ist schwer, gleichzeitig Chefin und Freundin zu sein.«

»Ihr beide habt so viel gemeinsam. Und wenn ich diesen Job annehme, bin ich noch weniger zu Hause.«

Stella zieht ihre halb leere Kaffeetasse zu sich. »Glaubst du, dass ich nicht merke, wie du immer für mich kochst, wenn du mir was Wichtiges zu sagen hast?«

Addie grinst. »Das habe ich von meiner Mutter gelernt.«

»Deine Mutter ist eine weise Frau«, sagt Stella. »Okay, ich rufe Elizabeth an und mache den nächsten Zug in diesem Freundschaftsding. Zufrieden?«

»Jep«, antwortet Addie.

Vielleicht hat Stella zu schnell nachgegeben, aber Addies Zufriedenheit macht es das wert.

Stella wartet bis Dienstag, an dem Elizabeth sie zur Therapie fährt. »Möchtest du was trinken gehen?«, fragt sie ohne Überleitung.

Elizabeth wirft ihr einen Seitenblick zu. »Jetzt? Honey, ich muss danach direkt wieder zur Arbeit.«

»Nein, nicht jetzt«, antwortet Stella. »Natürlich nicht jetzt. Ich meine irgendwann. Was außerhalb von meinem Haus unternehmen. Richtige Kleidung anziehen. Wein trinken oder so.«

»Oh. Ja, das wäre schön. Wie wäre es mit morgen? Sofern wir keinen neuen Fall reinbekommen.«

»Okay. Gut.«

Mitten in der Therapiesitzung, während sie gerade erzählt, wie sehr ihre Eltern Ron gemocht haben, geht Stella auf einmal etwas auf: Jemanden auf einen Drink einzuladen, ist wie die Person um ein Date zu bitten. Sie verstummt mitten im Satz.

»Stella? Alles in Ordnung?«, fragt Dr. Barrett.

»Ja«, erwidert sie, fügt dann jedoch hinzu: »Ich bin mir nicht sicher.«

Dr. Barrett runzelt die Stirn und kritzelt etwas auf ihren Notizblock.

Kapitel 7

Stella findet einen weiteren Scheck von Marco in ihrem Briefkasten. Er steckt in einem Umschlag ohne Briefmarke, auf dem nur ihr Name steht. Also muss er ihn persönlich eingeworfen haben.

Das zusätzliche Geld lässt sie ein bisschen leichtsinnig werden und sie beschließt, sich ein neues Kleid für den Abend mit Elizabeth zu kaufen. Nicht um sie zu beeindrucken – Elizabeth hat sie jetzt monatelang in schmutzigen Schlafanzügen und uralten Jogginghosen gesehen. Aber Stella besitzt nichts Hübsches mehr zum Anziehen. Sie hat den Großteil ihrer Arbeitskluften während des Anfalls von Ausmistwahn entsorgt, die alten Blazer, aufgetragenen Röcke und ausgetretenen Schuhe. Ein paar Basics hat sie behalten – schwarze und graue Etuikleider, ein paar Hosenanzüge, die ihr nicht mehr passen, ein paar gemusterte Kleider –, aber nichts passt so recht zum Wetter Ende Juni. Alles, was gefüttert ist, wird zu warm, aber Sommerkleidung ist nicht schick genug.

Sie duscht, nimmt sich die Zeit, sich die Beine, unter den Armen und sogar die Bikinizone zu rasieren, was dem Rasierer den Rest gibt, der zugegebenermaßen davor auch schon nicht mehr besonders scharf war. Sie cremt sich gründlich mit Bodylotion ein – Beine, Arme, Schultern und den Rest des Oberkörpers. Sie knetet sich etwas Schaum in die Haare und föhnt sie trocken. Wickelt sie in einzelnen Partien um eine Rundbürste und formt Locken in die Teile, die sie glatt geföhnt hat. Früher hat sie sich ständig für die Arbeit zurechtgemacht. Wo hat sie die Energie dafür hergenommen?

Es ist noch früh am Tag – Elizabeth wird sie erst sehr viel später abholen. Sie hat vorgeschlagen, sich direkt in einem Restaurant zu treffen, doch als Stella eingestanden hat, dass sie nicht weiß, wie sie dort hinkommt, hat Elizabeth angeboten, sie abzuholen.

Sie fährt zu einem Laden in South Figueroa, in dem sie sicher etwas Hübsches finden wird, das ihr Budget nicht sprengt. Alleine shoppen zu gehen, überfordert sie ein wenig. Ron hatte ein Händchen dafür, passende Kleidung für sie zu finden, wie Vintage-Kleider, die zwar schlicht genug für die Arbeit waren, aber dennoch Charakter besaßen.

Sie stöbert durch die Kleiderständer, bis ihr etwas in einem dunklen Rot ins Auge fällt. Es ist ein Wickelkleid aus Samt, das vorne kürzer als hinten ist. Sie reibt den weichen Stoff zwischen Zeigefinger und Daumen. Für Drinks mit einer Freundin ist es ein bisschen zu schick, aber es sieht wirklich toll aus. Sie holt sich die passende Größe vom Ständer.

Sie probiert es an. Es kaufen zu müssen, wirft sie dann aber plötzlich komplett aus der Bahn. Sie muss so schnell wie möglich aus dem vollen, viel zu hellen Laden. Eilig geht sie zur Kasse und hastet dann zurück zu ihrem Auto.

Auf dem Heimweg hält sie am Drugstore – in den sie inzwischen seltener geht.

Den Mann an der Kasse kennt sie nicht. Dieses Mal ist sie auch nicht für Schokolade hier. Sie geht in die Kosmetikabteilung. Ihr Make-up war so alt, dass Addie es durchsortiert und alles weggeworfen hat, was abgelaufen war.

Die breite Auswahl schreckt sie ab. Sie versucht sich an die Schminkvideos zu erinnern, die sie sich zusammen mit Addie angeschaut hat. Da war diese eine blonde Frau, die viele Produkte aus dem Drugstore benutzt hat, also lässt Stella den Blick über die Regale schweifen, bis sie die Foundation aus dem Video findet.

Von da aus hangelt sie sich weiter zum Bronzer, neuen Schminkpinseln und flüssigem Eyeliner in Stiftform mit Filzspitze. Dazu kauft sie noch zwei Wimperntuschen, weil Addie ihre alten unter Würgegeräuschen weggeschmissen hat. Fast fünfundsiebzig Dollar kostet sie der Spaß.

Als sie wieder zu Hause ist, trägt sie die Foundation auf ihr Gesicht auf, deckt ihre dunklen Augenringe ab, benutzt Lidschatten und Blush und rundet das Ganze mit Lippenstift ab. Es fühlt sich gut an, sich mal wieder um sich selbst zu kümmern. Sie hat sich erlaubt, sich auf ihrer Bequemlichkeit auszuruhen. Als sie das Dr. Barrett gegenüber zugegeben hat, hat ihr die Therapeutin versichert, dass das in Ordnung ist und man manchmal diese Form von Selbstberuhigung braucht, um überwältigende Trauer durchzustehen.

Aber in der hat sich Stella nun neun Monate lang gesuhlt und es fühlt sich an, als würden sie die Dinge, die ihr bislang Trost gespendet haben, nun davon abhalten, weiterzukommen.

Sie zieht das Wickelkleid an und ist beim Blick in den Spiegel überrascht über die Frau, die ihr daraus entgegenblickt.

Als Addie nach Hause kommt, findet sie dort die neue Stella vor, die sich mit Aufräumen beschäftigt, während sie auf Elizabeth wartet.

»Wow«, sagt sie. »Du siehst fantastisch aus!«

»Ach, übertreib nicht«, erwidert Stella, doch ihr kleines Lächeln straft die Bescheidenheit Lügen.

Addie trägt noch ihre Arbeitskleidung: schwarze Hose, weißes Hemd. Die Krawatte hängt ihr offen um den Hals. Sie sieht müde aus. Das tut sie immer, egal, wann Stella sie zu Gesicht bekommt, aber Addie ist wild entschlossen, so viel wie möglich zu arbeiten, um das Geld anzusparen, das sie später mal braucht.

»Du siehst wirklich gut aus«, wiederholt sie, während sie sich die Krawatte unterm Kragen rauszieht und sich das Hemd über den Kopf streift. Sie wirft es in Richtung Waschmaschine, doch es landet vor der Waschküche auf dem Boden.

»Elizabeth und ich gehen … keine Ahnung. Was trinken.« Es fühlt sich an, als würde sie Pläne für ein Date beschreiben, auch wenn es das nicht ist. Und sie ist für ein Date angezogen, auch wenn es das nicht ist. »Da dachte ich mir, dass ich wenigstens versuchen könnte, mich ihrem Level anzunähern.«

»Gefällt mir.« Addie geht an Stella vorbei in ihr Zimmer. »Du hast sie überholt.« Einen Moment später kommt sie im Tanktop und mit nackten Füßen wieder heraus.

»Ich weiß nicht, welche Schuhe ich dazu tragen soll«, gibt Stella zu.

»Lass mich mal schauen, ob ich welche habe.« Addie verschwindet erneut in ihrem Zimmer und kommt mit einem Paar Armeestiefeln zurück, die Stella jedoch ablehnt. Für diesen Look ist sie zu alt.

Als Nächstes stehen Römersandalen zur Auswahl, aber die wirken mit dem Kleid zu überladen. Bleiben noch etwas ramponierte, schwarze Plattformpumps mit schmalem Absatz. »Die hatte ich auf einem Junggesellinnenabschied an«, meint Addie und reibt mit einem Finger über einen Kratzer. »Wurde ein bisschen wild. Aber das kann man gut wegpolieren.«

Stella probiert einen Schuh an. Er ist unbequem – ist schon eine Weile her, dass sie höhere Absätze getragen hat –, sieht aber zu dem Kleid von allen am besten aus. Sie deutet auf den anderen Schuh. »Gib den mal her. Ich muss üben.«

Sie wackelt immer noch durchs Haus, als ihr Handy klingelt. Es ist Elizabeth.

»Hallo?« Etwas außer Atem wird sie die Schuhe los, damit ihre Füße den lautstarken Protest einstellen. Der kühle Küchenfußboden fühlt sich himmlisch unter ihren nackten Sohlen an.

»Stella, hi«, sagt Elizabeth. »Hör mal ...«

Stella weiß schon, was jetzt kommt. Ein neuer Fall ist reingekommen oder es gab eine neue Entwicklung in einem alten und alle Pläne sind damit auf Eis gelegt. Elizabeth verspricht, sie später anzurufen, und entschuldigt sich noch einmal, bevor sie auflegt. Und obwohl Stella weiß, wie das ist und wie der Job manchmal läuft, ist sie enttäuscht.

Nun steht sie da, herausgeputzt und es geht nirgendwohin. Selbst schuld. Was musste sie sich auch zwei Stunden früher für etwas fertig machen, bei dem eine gute Chance bestand, dass es nicht stattfindet. Sie starrt noch lange auf ihr Handy. Für nichts und wieder nichts hat sie sich schick gemacht und einen ganzen Nachmittag darauf verschwendet.

Addie kommt aus ihrem Zimmer. Sie trägt nun einen schwarzen Pullover über ihrem Tanktop und hat ihre Handtasche dabei. »Ich gehe noch was trinken mit ... Was ist los?«

»Nichts«, lügt Stella. Sie kann auf keinen Fall zugeben, dass ihre Pläne vom Tisch sind und sie deswegen enttäuscht ist. Noch mehr mitfühlende Kommentare erträgt sie nicht. »Hab viel Spaß mit deinen Freunden.«

»Bist du sicher?«

Stella nickt.

»Viel Spaß mit Liz«, sagt Addie. »Ich komme erst spät wieder.«

Stella sieht ihr hinterher. Sie weigert sich, zu weinen, und schluckt die Tränen runter. Es ist nicht Elizabeths Schuld. Stella hätte es besser wissen müssen und sich keine Hoffnungen machen dürfen. Das Leben findet immer einen Weg, um ihr das Glück und den Boden unter den Füßen wegzuziehen.

Um halb zwölf meldet Elizabeth sich wieder. Stella trägt immer noch das Wickelkleid und lungert auf der Couch herum. Beinahe geht sie nicht ran. Es ist schon spät und sie könnte Elizabeth denken lassen, dass sie schon schläft. Aber dann wischt sie doch noch übers Display, bevor der Anruf auf die Mailbox geht.

»Hallo?« Sie versucht, distanziert zu klingen.

»Kannst du mich abholen?« Elizabeth klingt zu Tode erschöpft.

»Wo bist du?«

»Im Good-Samaritarian-Krankenhaus.«

»Geht's dir gut?« Stella hat nicht richtig zugehört, als Elizabeth ihr abgesagt hat und keinen Gedanken daran verschwendet, ob der neue Fall gefährlich werden könnte. Stattdessen hat sie im Selbstmitleid gebadet und war wütend auf sich selbst und das Universum, weil es sie enttäuscht hat.

»Sam ist angeschossen worden«, sagt Elizabeth. »Es geht ihm gut, aber er muss ein paar Tage hierbleiben.«

»Shit.« Stella rappelt sich von der Couch auf und eilt ins Schlafzimmer. »Ich bin auf dem Weg.«

Sie zieht ihr Unglückskleid aus und lässt es auf dem Boden liegen. In Jeans und Tanktop wirft sie sich noch rasch eine Strickjacke über und schnappt sich ihre Handtasche. Sie ist schon auf halbem Weg zum Krankenhaus, als ihr plötzlich aufgeht, dass sie dort zum letzten Mal war, als Ron gestorben ist. Diesen Gedanken schiebt sie jedoch rasch wieder von sich. Darum kann sie sich ein andermal kümmern. Verdrängung würde Dr. Barrett das nennen. Bei ihr klingt das immer, als wäre es nicht gut, aber im Moment ist es durchaus nützlich.

Stella fährt in das Parkhaus neben dem Krankenhaus und dreht Runde um Runde, das kleine Papierticket zwischen die Zähne geklemmt. Das Parkhaus ist brechend voll und als Stella endlich eine schmale Lücke findet, manövriert sie sich vorsichtig rückwärts hinein.

Das Klatschen ihrer Flipflops hallt laut im Treppenhaus wider, als sie nach unten hastet. Dann steht sie in der kühlen Nachtluft vor dem Krankenhaus und zögert, weil sie nicht weiß, wo sie hinmuss. Schließlich geht sie in die Notaufnahme und wünscht sich dabei, eine Marke vorzeigen zu können, mit der sie sich einfach Zutritt dorthin verschaffen kann, wo Elizabeth wartet. Doch sie war schon immer sehr überzeugend. Vielleicht braucht sie gar keine Marke.

Sie muss hinter vier anderen Leuten warten, bis sie endlich an das Fenster am Empfang kommt. »Ich möchte zu einem Patienten, der heute Abend mit einer Schusswunde eingeliefert wurde. Samuel Warren. Er ist Polizist beim LAPD.«

»Die Besuchszeit ist vorbei.« Die Frau hinter der Scheibe schaut nicht einmal auf.

»Das verstehe ich, aber die Kollegin, die ihn begleitet hat, hat mich gebeten, sie hier abzuholen. Sie wartet noch auf seine Testergebnisse, bevor ich sie nach Hause fahre, und sie wird nicht gehen, bevor sie weiß, dass es ihm gut geht. Ich soll die beiden also in dieser Situation nicht unterstützen?«

Jetzt schaut die Frau endlich hoch und sieht Stella mit einer Mischung aus Langeweile und Ungeduld an. »Okay, Ma'am. Wie war der Name?«

»Warren«, wiederholt Stella. »Samuel.«

Die Frau tippt und schaut dann eine ganze Weile auf ihren Computerbildschirm. Stella merkt, wie die Leute hinter ihr langsam unruhig werden.

Endlich sagt die Frau: »Wir warten tatsächlich noch auf einige Testergebnisse.« Sie tippt noch etwas ein und sieht dann wieder auf. »Ich brauche ein Ausweisdokument mit Bild.«

Lieutenant Warren wurde schon in ein normales Zimmer verlegt. Stella schiebt rasch ihren Ausweis zurück in ihren Geldbeutel und betritt das Hauptgebäude des Krankenhauses. Die nächsten Minuten verbringt sie mit der Suche nach dem Aufzug, der sie auf die richtige Station bringt.

Entlang der breiten Gänge stehen medizinische Geräte. Stella schlängelt sich vorsichtig hindurch, um nirgendwo anzustoßen, bis sie schließlich Warrens Zimmer findet. Die Tür ist offen. Das erste Bett ist leer. Um das Bett daneben ist der Vorhang zugezogen. Sie betritt den

Raum zögerlich, weil sie nicht weiß, ob sie den richtigen erwischt hat, bis sie ein paar vertraute schwarze Pumps sieht, die unter dem Vorhang herausschauen. Leise kommt sie näher und bleibt unter dem Fernseher an der Wand stehen.

Elizabeth sitzt in einem Sessel neben dem Bett und schaut auf ihr Handy. Warren schläft, seine Schulter ist dick einbandagiert.

»Hey«, macht Stella sich leise bemerkbar.

Elizabeth zuckt heftig zusammen und schlägt sich eine Hand auf die Brust. »Du hast mich erschreckt.«

»Tut mir leid. Das war nicht meine Absicht.« Stella deutet mit dem Kopf auf Warren. »Wie geht's ihm?«

»Er ist sediert«, antwortet Elizabeth leise. »Sie haben die Wunde versorgt. Die Kugel hat ihn an der Schulter getroffen und ist glatt durchgegangen.«

»Habt ihr den Kerl wenigstens gekriegt?« Stella hängt sich ihre Tasche in die Ellenbeuge, um ihre Schulter zu entlasten.

Elizabeth zögert, als müsste sie entscheiden, wie viel sie darüber sagen will. »Es war … Er war noch ein Kind. Dreizehn, vielleicht vierzehn. Ist mit der Pistole seines Vaters zum Tatort zurückgekommen. Ich glaube, er wollte uns nur Angst einjagen. Seine Hände haben gezittert. Castillo hat Verstärkung angefordert, was … Keine Ahnung. Das war vielleicht nicht die richtige Entscheidung.«

»Sie haben den Jungen erschossen.« Das ist eine nüchterne Feststellung.

Elizabeth nickt. »Das war vollkommen unnötig.«

Stella hat sie noch nie so müde gesehen. Sie trägt noch Make-up, aber der Schimmer ist weg. Ihre Kleidung ist zerknittert und ihre Haare platt.

»Ich kann dir was zu essen bringen. Oder frische Kleidung, wenn du bleiben willst. Oder ich fahre dich heim. Was immer du brauchst.«

»Nach Hause«, erwidert Elizabeth fest. »Er wird die Nacht durchschlafen und Esposito kommt gleich morgen früh her.« Sie lehnt sich über Warren und flüstert ihm etwas zu. Dann gibt sie ihm einen Kuss auf die Stirn.

Stella mochte manche Arbeitskollegen, wollte sie sogar beschützen und hat für sie gekämpft, wenn es sein musste, aber sie war ihnen gegenüber nie mütterlich, nie warmherzig. Und sie hatte auch keine romantischen Beziehungen mit ihnen.

Sie folgt Elizabeth über den Gang zurück zum Aufzug. Schweigend fahren sie nach unten. Elizabeth entspannt sich erst, als sie im SUV sitzt und den Kopf mit geschlossenen Augen nach hinten gegen die Kopfstütze lehnt.

»Alles okay?«, fragt Stella, auch wenn das dämlich ist, aber ihr fällt nichts anderes ein.

»Den Tag hatte ich mir irgendwie anders vorgestellt.« Elizabeth dreht den Kopf, um Stella anzusehen. »Ich habe mich wirklich darauf gefreut, mit dir was trinken zu gehen.«

»Ich mich auch«, sagt Stella. »Manchmal vermisse ich es, Mordfälle zu verhandeln, aber nicht in solchen Situationen wie dieser.«

»Stella, meinst du, ich kann mit zu dir nach Hause?«

»Ja«, erwidert Stella. »Wenn du das möchtest.«

»Ich … ich kann das heute Abend einfach nicht.« Elizabeth führt nicht aus, was sie mit »das« meint. Vielleicht eine einsame Wohnung oder etwas anderes, das sie verfolgt.

»Musst du auch nicht«, versichert Stella ihr.

Es ist beinahe ein Uhr morgens, als sie schließlich bei Stellas Haus ankommen. Addie ist noch nicht wieder da. Stella gibt Elizabeth denselben Schlafanzug wie beim letzten Mal und Elizabeth geht als Erstes duschen. Ihre geliehene Zahnbürste steht noch im Becher.

Stella gießt gerade frisch gekochten Kakao in zwei Tassen, als sie hört, wie die Badezimmertür geöffnet wird. Einen Moment später kommt Elizabeth mit feuchten Haaren auf nackten Füßen im Schlafanzug in die Küche.

Sie nehmen ihre Tassen mit ins Wohnzimmer. Elizabeth schläft ein, bevor sie ihre Tasse geleert hat. Ihre Füße liegen auf Stellas Schoß.

Stella ist noch wach, als Addie hereinkommt. »Dann ist das Date also gut gelaufen.«

»Nicht wirklich«, erwidert Stella. Hitze kriecht kribbelnd ihren Nacken hinauf, weil Addie es ein Date genannt hat. »Ein Fall ist schiefgegangen. Lieutenant Warren hat eine Kugel in die Schulter abbekommen.«

»Oh, verdammt.« Addie stellt ihre Handtasche auf dem Beistelltisch neben der Tür ab. »Geht es ihm gut?«

»Er wird wieder«, sagt Stella. »Sie wollte lieber herkommen.«

»Sie kann wieder in meinem Bett schlafen«, bietet Addie an. »Und ich bei dir.«

»Ich glaube, wir bleiben wohl einfach hier.« Stella legt sanft eine Hand auf Elizabeths Fuß. Er zuckt leicht unter der Berührung, doch Elizabeth wacht nicht auf.

»Okay.« Addie tätschelt Stella die Schulter, als sie hinter der Couch vorbeigeht.

Stella überlegt, sich den Fernseher oder Musik anzumachen, aber stattdessen sitzt sie einfach im nur vom Kerzenschein erhellten Wohnzimmer und lässt Elizabeth schlafen.

Kapitel 8

Nach einer Schießerei, die eine komplette Abteilung betrifft, erwartet niemand, dass man am nächsten Morgen früh auf der Matte steht, aber Elizabeth rüttelt Stella trotzdem gegen fünf wach.

»Du hast vergessen, dich abzuschminken«, sagt sie.

Stella ist im Sitzen auf der Couch eingeschlafen, die Füße auf den Tisch gelegt. Ihr linkes Knie knackt, als sie die Füße wieder auf den Boden stellt. Sie geht ins Bad, um sich das Gesicht zu waschen, weil sie Elizabeth nach Hause fahren will.

Elizabeth hat bereits ihre Kleidung vom Vortag wieder angezogen. Den Schlafanzug hat sie ordentlich gefaltet auf die Waschmaschine gelegt. Am Saum von Elizabeths Ärmel klebt getrocknetes Blut.

»Ich kann dir was zum Anziehen leihen«, bietet Stella an. »Du musst das nicht wieder anziehen.«

»Schon in Ordnung. Die Fahrt ist ja nicht lang.«

Sie sind schon fast bei Elizabeth zu Hause, als diese plötzlich sagt: »Moment mal. Lass uns kurz nachdenken. Mein Auto steht noch am Revier. Wir hätten erst da hinfahren sollen.«

»Ich kann dich nach Hause bringen und dich dann zur Arbeit fahren, wenn du fertig bist.«

»Bist du dir sicher?«, fragt Elizabeth zögernd. »Ich habe dir schon so viel abverlangt.«

»Nein, hast du nicht«, versichert Stella ihr. »Ich mache das gern.«

Sie wirft Elizabeth einen Seitenblick zu und sieht, wie diese sich über die Stirn reibt. Spannungskopfschmerzen, ganz bestimmt. Vielleicht noch ein Überbleibsel der vergangenen Nacht. Die Schlafposition auf dem Sofa war ziemlich unbequem. Stella ist zu alt für so was, also wird es Elizabeth, die noch älter ist, sicher auch so ergehen.

Elizabeths Wohnung ist dunkel und es riecht ein bisschen muffig. Sie bleibt im Flur stehen, um einen Knopf auf dem Thermostat zu drücken und das Licht anzumachen.

»Ich kann uns Kaffee kochen«, bietet Stella an.

»Das wäre toll«, sagt Elizabeth. »Ich gehe nur schnell unter die Dusche. Dauert nicht lang.«

»Lass dir so viel Zeit, wie du brauchst.« Stella muss nirgendwohin.

Elizabeths Küche ist aufgeräumt und ihre Schränke gut gefüllt. Tassen findet Stella im Schrank direkt über der Kaffeemaschine. Zu Hause würde sie einfach Kaffee in den Filter kippen und auf das Beste hoffen, aber hier zählt sie die Messlöffel an Kaffeebohnen mit, während sie sie in die Mühle schaufelt, und misst auch das Wasser für die Kaffeemaschine ab.

Die Kaffeemühle ist leise und effizient. Wie Elizabeth.

Während der Kaffee brüht, setzt Stella sich auf einen der Barhocker am Küchentresen und schaut aus dem Fenster. Der Himmel ist bedeckt und so früh am Morgen gibt es auch vom zwölften Stock aus nicht viel zu sehen außer ein paar sich wiegende Palmkronen und Gebäude in der Ferne.

Als die Maschine piept, nimmt sie zwei zueinander passende Tassen aus dem Schrank und gießt Kaffee hinein. Im Kühlschrank steht Mandelmilch und im Schrank findet sie ein paar Zuckerpäckchen. Sie kennen sich seit Jahren, haben Nachtschichten zusammen geschoben und waren schon frühmorgens gemeinsam im Büro, aber Stella war so darauf bedacht, auf Abstand zu bleiben, dass sie nicht viel über Elizabeth weiß. Nicht mal, wie sie ihren Kaffee trinkt, also bleibt sie bei schwarz.

Sie klopft leise an Elizabeths geschlossene Schlafzimmertür und öffnet sie dann langsam, als sie keine Antwort bekommt. Hinter der geschlossenen Badezimmertür hört sie die Dusche rauschen. Sie lässt die Tasse auf der Kommode stehen, wo sie nicht zu übersehen ist, und geht dann in die Küche zurück, um dort zu warten.

Als Elizabeth in einem schwarzen Hosenanzug mit offenen Haaren aus dem Schlafzimmer kommt, hält sie die Tasse in der Hand. Sie sieht hübsch aus, obwohl sie furchtbar müde sein muss. »Tut mir leid«, entschuldigt sie sich noch einmal.

Stella schüttelt den Kopf. »Muss es nicht.«

Sie setzt Elizabeth vor dem Hauptgebäude ab.

»Ruf mich an, wenn du irgendwas brauchst.« Doch sie wissen beide, dass Elizabeth das nicht tun wird.

Das Dezernat hat sicher zu viel damit zu tun, den Fall abzuschließen, um großartig Zeit mit Sam Warren zu verbringen, also informiert Stella sich mithilfe ihres Handys über die Besuchszeiten, geht dann duschen, zieht sich frische Kleidung an, richtet ihre Haare und schminkt sich ein wenig.

Warren wird gerade irgendwo weiteren Tests unterzogen, als sie in seinem Zimmer ankommt. Eine Viertelstunde später wird er im Rollstuhl zurückgebracht und sieht ziemlich benommen aus. Seine Schulter ist noch immer dick verbunden, doch er lächelt, als er sie sieht.

»Hallo, Frau Staatsanwältin.«

»Jetzt nur noch Stella«, erwidert sie. »Wie geht's Ihnen?«

»Als hätte jemand auf mich geschossen.«

Stella erwidert das Grinsen. »Freut mich, dass Sie es überstehen.«

»Mich auch. Aber ich werde zu alt für den Scheiß.«

Sie lacht. »Glaube ich sofort.«

Sie machen ein bisschen Small Talk, bis er wegzudösen droht. »Sie müssen noch nicht wieder los, oder?«, fragt er.

»Ich kann noch ein Weile bei Ihnen bleiben«, sagt Stella. »Ruhen Sie sich aus.«

Eine knappe Stunde später taucht Detective Aaron Morris auf. In den Händen hält er zwei Tassen Kaffee. Er sieht todmüde und so viel älter aus als der frisch gebackene Detective mit der schier endlosen Energie eines Welpen, der er in Stellas Erinnerung war.

»Carter!« Er wirkt überrascht, sie zu sehen. Natürlich würde Elizabeth bei der Arbeit nie über Stella sprechen. Aus irgendeinem Grund stört Stella das.

»Ich habe nur Sam etwas Gesellschaft geleistet.«

»Der Captain stellt unten noch das Auto ab.«

Stella nickt. »Wie läuft der Fall?«

Er zuckt mit den Schultern. »Ziemlich deprimierend.«

Stella wartet noch, bis Elizabeth da ist, weil alles andere unhöflich wäre, aber sie überlässt Aaron den Sessel. Sie steckt ihr Handy in die Hosentasche und hängt sich die Handtasche über die Schulter, sodass es aussieht, als würde sie gerade gehen, als Elizabeth hereinkommt. Sie hat ihre Haare mit einer Plastikspange am Hinterkopf zusammengefasst und ihr Lippenstift müsste aufgefrischt werden.

»Oh!« Elizabeth lächelt erfreut, als sie Stella entdeckt. »Was machst du denn hier?«

»Nur Warren ein bisschen Gesellschaft geleistet«, sagt Stella. »Aber jetzt bist du ja da und er hat ordentlich Schmerzmittel bekommen, also mache ich mich mal vom Acker.«

»Oh.« Elizabeth klingt enttäuscht. »Natürlich.«

Stella winkt Aaron zu. »Bis dann, Morris.« Sie wendet sich noch einmal an Elizabeth. »Wir sehen uns?«

Elizabeth nickt.

Stella ist schon halb durch den Flur, als sie hört, wie Elizabeth ihr hinterhereilt. »Was ist los?«, fragt sie und dreht sich zu ihr um.

»Nichts. Ich wollte mich nur bedanken.«

»Wofür?«

»Für gestern Nacht. Dafür, dass du mich zur Arbeit gefahren hast und jetzt hier bist.«

»Gern geschehen.«

»Kann ich … nach der Arbeit vorbeikommen?«, fragt Elizabeth.

»Natürlich, aber du bist doch sicher todmüde.«

»Dann komm zu mir«, sagt Elizabeth. »Wenn du Zeit hast.«

»Okay«, stimmt Stella zu. »Schreib mir, wenn du auf dem Heimweg bist.«

Elizabeth schenkt ihr ein Lächeln. »Bis nachher.«

Stella fühlt sich auf dem Weg zurück zu ihrem Auto ein bisschen benebelt. Sie kann Menschen normalerweise gut einschätzen, aber bei Elizabeth Murphy hatte sie schon immer Schwierigkeiten damit und ihre Freundschaft macht das nicht gerade einfacher.

Stella malt sich den ganzen Nachmittag über aus, warum Elizabeth sie am Abend wiedersehen will. So sehr, dass diese sogar einen Krankenhausgang praktisch entlanggerannt ist, obwohl sie sich schon verabschiedet hatten. Nachdem sie sowohl den Morgen als auch die vergangene Nacht miteinander verbracht haben. Und den Tag davor auch. Heißt dass, dass sie Stella auf die gleiche Art will, wie Stella sie?

Und was für eine Art ist das überhaupt? Wenn Elizabeth eingesteht, dass sie ebenfalls Gefühle für Stella hat, was kommt dann als Nächstes?

Als Elizabeth sich schließlich meldet, ist es schon fast sieben. Addie ist arbeiten und Stella streift schon seit einer Weile durchs Haus und nimmt sich jedes Mal eine Handvoll Schokodrops, wenn sie in der Küche vorbeikommt.

Stella bietet an, unterwegs irgendwo Abendessen mitzunehmen, was Elizabeth allerdings ablehnt, weil sie ja zusammen kochen können. »Zusammen«, wie in Stella und Elizabeth. Oder noch besser: Stella kann auf einem der Barhocker sitzen und Elizabeth beim Kochen zusehen.

Auf dem Weg nach draußen nimmt sie noch eine Flasche Wein mit. Vielleicht kommen sie ja doch noch dazu, zusammen einen zu trinken.

Elizabeth öffnet ihr lächelnd die Tür. Sie trägt Leggings und ein zu großes Hemd. Im Hintergrund spielt leise Musik, die von einem lauten Piepen unterbrochen wird.

»Das ist der Ofen«, meint Elizabeth und verschwindet eilig, lässt aber die Tür offen.

»Auch hallo.« Stella folgt ihr in die Küche und stellt die Weinflasche mit einem Klonk auf der Anrichte ab.

Bei dem Geräusch dreht Elizabeth sich um. »Ist der für mich?«

»Du kannst auch gerne mittrinken.« Stella setzt sich an den Tresen und stellt ihre Handtasche neben ihrem Hocker auf den Boden. »Was wird das denn?«, fragt sie und deutet auf das Gemüse, aus dem offenbar ein Salat wird, ein rohes Hühnchen auf einem Brett und ein Baguette auf einem Blech.

»Ich improvisiere was zusammen«, antwortet Elizabeth. »Nichts Aufwendiges.«

Elizabeth widmet sich wieder dem Hühnchen, das sie in kleinere Stücke zerteilt. Diese würzt sie dann, bedeckt sie mit Alufolie und schiebt das Ganze in den Ofen. »Das wird ein spätes Abendessen. Tut mir leid.«

»Ich snacke schon den ganzen Tag. Alles gut.« Sie beobachtet, wie sich Elizabeth mit geübten Handgriffen in der Küche bewegt. »Bist du nicht zu müde für das hier?«

»Ich habe heute so viel Kaffee getrunken, dass ich noch ziemlich aufgedreht bin.«

»Das wird sich rächen«, warnt Stella sie. »Wahrscheinlich wenn du es am wenigsten erwartest.«

»Ich weiß.« Sie mischt Salat, gewürfelte Tomaten und Gurkenscheiben in einer großen Schüssel miteinander und zögert ganz kurz, bevor sie eine Birne in lange, schmale Streifen schneidet. »Du bist ständig allein in deinem Haus und ich hier allein in meiner Wohnung, also dachte ich …« Sie zuckt die Schultern.

»Ich habe das Gefühl, als würde ich Addie gar nicht mehr sehen«, wechselt Stella das Thema. »Ich mache mir ein bisschen Sorgen um sie.«

»Die Collegepause macht sie rastlos und sie hat Langeweile, denke ich. Arbeiten hilft, die Wartezeit zu überbrücken.«

»Mit Rastlosigkeit und Langeweile kenne ich mich aus.«

Elizabeth schiebt die Birnenstreifen mit der Rückseite ihres Messers in die Salatschüssel. »Hast du schon darüber nachgedacht, wie du weitermachen willst?«

Eigentlich denkt Stella hauptsächlich über Elizabeth nach. Sie weiß, dass sie sich einen Job suchen muss, aber sie hat es geschafft, diesen Teil ihrer Sorgen nicht an sich heranzulassen.

»Ja«, sagt sie. »Ein bisschen. Ich weiß nicht recht. Wahrscheinlich würde mich sowieso niemand einstellen. Nicht so, wie ich jetzt bin.«

»Das sehe ich anders.«

»So gerne ich das auch höre, ich fürchte, deine Meinung zählt hier nicht so viel.«

Elizabeth deckt den Salat mit Klarsichtfolie ab, stellt dann die Schüssel in den Kühlschrank und holt zum Schluss einen Korkenzieher aus einer Schublade. Sie greift nach Stellas mitgebrachter Flasche, entfernt den Korken mit geübten Handgriffen und gießt ihnen je ein Glas ein. Sie lassen den Wein ein wenig atmen, bevor sie den ersten Schluck trinken.

Dann sagt Elizabeth: »Stella, mir ist da eine Idee gekommen, wohin du dich beruflich orientieren könntest, aber ich will die Grenzen unserer

Freundschaft nicht ausreizen, wenn du mich da lieber raushalten möchtest.«

Stellas Magen sackt ihr in die Kniekehlen. Jetzt weiß sie, warum Elizabeth sie heute Abend eingeladen hat. Sie will ausloten, was sie tun kann, um ihrer erbärmlichen Freundin zurück ins Arbeitsleben zu helfen. Stella würde am liebsten behaupten, dass sie Elizabeths Hilfe nicht braucht und schon gar nicht ihr Ofenhähnchen oder ihren Salat mit Obst.

Aber Stella braucht Hilfe. Dr. Barrett hat ihr schon mehrfach eingeschärft, dass es nicht schlimm ist, wenn man um Unterstützung bittet, und dass es einen nicht schwach macht, wenn man diese annimmt. Doch dahinter hört sie auch Rons Stimme, die sie anschreit, dass sie manipulativ ist und ihn nur geheiratet hat, um die Vorteile zu genießen, die ein Deputy Chief des LAPD einer stellvertretenden Staatsanwältin verschaffen kann. Dass sie eine Egoistin ist, die andere ausnutzt und damit auch nie aufhören wird.

»Kommt drauf an«, erwidert sie schließlich.

Elizabeth neigt den Kopf zur Seite. »Auf mich oder den Job?«

»Auf den Job.« Stella ist plötzlich furchtbar warm und ihre Hände fühlen sich schwitzig an.

»Ich habe da eine Freundin«, meint Elizabeth. »Wobei, eigentlich eher eine Bekannte. Die arbeitet als Beraterin, vor allem für die Colleges in Kalifornien. Hauptsächlich für die UCLA, aber sie fährt manchmal auch zu den anderen Campussen.«

»Beraterin«, wiederholt Stella zögernd.

»Gastvorlesungen, Konferenzen, solche Sachen. Manchmal beauftragen Anwaltskanzleien sie, um als Sachverständige vor Gericht auszusagen. Neulich hat sie mir erzählt, dass sie sich vor Aufträgen nicht retten kann und überlegt, noch jemanden einzustellen, der ihr Arbeit abnimmt.« Elizbeth fixiert Stella mit einem bedeutungsvollen Blick.

Und in diesem Moment sieht Stella nur noch diese grünen Augen hinter der Brille. Der Rest von ihr verblasst, als wäre er Teil eines Traums. »Hmhm«, bringt sie erstickt hervor.

»Soll ich ihr mal deine Kontaktdaten geben?«

»Ich?«

»Ja, du«, entgegnet Elizabeth lachend. »Außer dir kenne ich niemanden, der für so was geeignet wäre. Du könntest erst mal nur Teilzeit arbeiten, um es auszuprobieren, und dich dann steigern, wenn es dir gefällt. Addie hat erzählt, dass du nicht zur Staatsanwaltschaft zurückwillst und die freie Wirtschaft dich auch nicht interessiert.«

Stella braucht mehr Infos darüber, nickt aber trotzdem. »Okay.«

Das muss die richtige Antwort gewesen sein, denn sie entlockt Elizabeth ein Lächeln. »Toll. Sehr gut.«

Stella entschuldigt sich kurz und geht ins Bad, wo sie die Tür hinter sich abschließt. Sie klammert sich mit beiden Händen an die Kante des Waschtischs und starrt ihr Spiegelbild an. Das könnte irgendwer sein, nur seltsamerweise blinzelt die fremde Frau jedes Mal, wenn sie selbst es tut.

Sie fühlt, wie sie wieder in die Verzweiflung abrutscht. Die scheint sie immer an einem Fuß gepackt zu halten, egal, welche Fortschritte sie glaubt zu machen oder wie sehr sie sich anstrengt. Sie kann sich davon einfach nicht befreien. Man kann sie einfach nicht um ihrer selbst willen lieben. Elizabeths Freundschaft basiert auf Mitleid und Stella benutzt sie, wie sie andere Menschen immer benutzt. Ron hatte die ganze Zeit recht.

Elizabeth klopft und fragt durch die geschlossene Tür: »Alles in Ordnung?«

Stella öffnet sie und zwingt sich zu einem Lächeln. »Tut mir leid. Ja. Alles okay.«

Sie weiß nicht, wie lange sie da drin war, und kann sich nicht erklären, wohin die Zeit verschwunden ist, also versucht sie es gar nicht erst.

In ihrer nächsten Sitzung mit Dr. Barrett fragt Stella: »Wie fühlt sich eine Panikattacke an?« Sie spricht das Thema nur äußerst ungern an, weil sie sich nicht in die Karten schauen lassen oder zu viel verraten will.

Dr. Barrett scheint die Frage zu überraschen. »Haben Sie das Gefühl, Panikattacken zu erleben?«

»Ich bin mir nicht sicher«, sagt Stella. »Wie äußern die sich denn?«

»Das empfindet jeder Mensch anders«, antwortet Dr. Barrett. »Die meisten berichten von Herzrasen. Sie fühlen sich eingesperrt oder haben Angst. Schwindelgefühle. Manche bekommen nicht mehr richtig Luft.«

Stella schüttelt den Kopf. »So was kenne ich, aber das hier fühlt sich nicht so an. Ich dachte, dass … Kann es vielleicht eine andere Form davon sein?«

»Warum erzählen Sie mir nicht, wie Sie sich fühlen, wenn Sie so eine Episode erleben?«, schlägt Dr. Barrett vor.

»Na ja, es ist keine *Episode*«, wehrt Stella sofort ab. »Ich fühle nur mehr, hm, mehr nichts.«

»Mehr nichts«, wiederholt Dr. Barrett.

»Haben Sie schon mal in den Spiegel geschaut und sich selbst nicht erkannt? Sie wissen, dass Sie das sind, aber wenn jemand vorbeikommen und Ihnen sagen würde, dass Sie jemand anders sind, würden Sie sich denken: Ah ja, kann durchaus sein?«

»Was Sie beschreiben, klingt mehr nach Dissoziation. Sie verlieren den Bezug zu sich selbst. Dinge erscheinen Ihnen nicht mehr real. Vielleicht haben Sie auch Gedächtnislücken.«

Stella nickt. »Genau das. Das passiert manchmal.«

»Dissoziation ist eine Form, wie Ihr Gehirn mit Dingen umgeht, die es überfordern. Es ist ein Schutzmechanismus, bei dem Sie sich selbst vor Situationen bewahren, die Sie unter Stress setzen. Das passiert manchen Menschen, die ein Trauma durchlebt haben. Es ist ein kurzzeitiger Überlebensmechanismus.«

»Das ergibt Sinn«, sagt Stella.

»Es ist jedoch keine gute langfristige Lösung. Wir können uns nicht jedes Mal Situationen entziehen, wenn sie unangenehm werden.«

»Spielverderberin.«

Dr. Barrett schmunzelt. »Ich gebe Ihnen ein bisschen Lesestoff über dissoziative Störungen und ein paar Tipps mit, was Sie tun können, wenn das passiert. Wir können auch an Bewältigungsstrategien arbeiten.« Sie legt ihren Notizblock weg und dreht sich mit ihrem Stuhl um, um etwas auf der Tastatur einzutippen, bevor sie sich Stella wieder zuwendet. »Wann haben Sie das das letzte Mal gemacht?«

Seit Wochen reden sie in Bezug auf Elizabeth um den heißen Brei herum. Stella kehrt hin und wieder zu dieser Freundschaft zurück, zu den Gefühlen, mit denen sie seit Jahren hadert. Aber sie hat die Karten bislang nie auf den Tisch gelegt und Dr. Barrett erzählt, wie anziehend sie Elizabeth findet.

Aber das hat ja auch gar nichts mit dem Tod ihres Manns zu tun. Warum sollte sie diese einseitigen Gefühle also eingestehen?

»Ich war beim Abendessen«, sagt Stella. »Ich bin auf die Toilette gegangen und habe mich im Spiegel angeschaut. Und mich selbst nicht erkannt.«

»Waren Sie davor mit Addie zusammen?«

»Nein.«

Dr. Barrett wartet, bis Stella einknickt.

»Ich war bei Elizabeth«, sagt sie, als sie das Schweigen nicht mehr aushält. »Sie will, dass ich … Ich meine, sie hat mir *angeboten*, mich mit jemandem zusammenzubringen, der vielleicht einen Job für mich hat.« Sie formuliert es so, dass Dr. Barrett davon ausgehen wird, dass ihre Angst vom Wiedereintritt ins Berufsleben kommt, auch wenn sie selbst nicht davon ausgeht, dass das der Grund für das Badezimmer-Intermezzo war.

»So ein Angebot haben Sie von Ihr nicht erwartet?«, fragt Dr. Barrett. »Sie fährt Sie zu Ihren Terminen. Sie sind jetzt befreundet. Ihre Nichte und sie stehen sich nahe. Warum sollte sie Ihnen keine Unterstützung bei der Jobsuche anbieten?«

»Sie haben recht. Das passt zu ihr.«

Dr. Barrett legt ihren Stift und den Notizblock auf den Beistelltisch. »Wir haben noch eine Sitzung auf Kosten des LAPD zur Verfügung, Stella. Ich würde deswegen beim nächsten Mal gerne mit Ihnen über Elizabeth sprechen.«

Auf einmal rauscht Stella das Blut in den Ohren.

»Ich weiß, dass Ihnen das unangenehm ist«, fährt Dr. Barrett fort. »Aber ich glaube, das ist ein wichtiges Element zu Ihrer Genesung. Ich sage es Ihnen jetzt, damit Sie sich darauf vorbereiten können.«

»Ich habe Sie nicht angelogen«, erwidert Stella eilig.

»Davon bin ich auch nicht ausgegangen«, versichert Dr. Barrett ihr. »Und Sie müssen auch über nichts sprechen, was Ihnen Angst macht.

Aber ich möchte Ihnen ein paar Fragen zu Elizabeth stellen und ich hoffe, dass Sie auch weiterhin ehrlich zu mir sein werden.«

Stella nickt. Ihre Wangen fühlen sich heiß und ihre Brust eng an. Sie tastet nach dem Schulterriemen ihrer Handtasche.

»Machen Sie auf dem Weg nach draußen einen Abstecher zu Kathy. Sie gibt Ihnen die Unterlagen zum Lesen mit, über die wir gesprochen haben.«

Innerlich kochend marschiert Stella zum Empfangstresen.

Kathy steht am Drucker. »Kleinen Moment.«

Stella schaut ins Wartezimmer, wo Elizabeth durch eine Zeitschrift blättert.

»Hier, bitte sehr.« Kathy hält ihr einen kleinen Stapel Papier hin.

Stella nimmt ihn entgegen und stopft ihn mit einem gemurmelten Dank in ihre Handtasche. Das Papier raschelt laut.

Elizabeth schaut auf, legt die Zeitschrift auf den niedrigen Tisch und steht auf. »Fertig?«

»Warum wartest du hier drin?«, will Stella ruppig wissen.

Elizabeth schaut sie einen Moment lang wortlos an und antwortet dann langsam: »Draußen sind es fast vierzig Grad.«

Stella trägt Jeansshorts und eins von Addies T-Shirts mit dem Aufdruck eines skateboardfahrenden Skeletts. Elizabeth hat ein Etuikleid an und die Haare zu einem französischen Knoten gebunden, um sich in der Juni-Hitze etwas Erleichterung zu verschaffen, die Los Angeles wie eine Welle überrollt hat.

»Wie war die Sitzung?«, fragt Elizabeth.

Stella zuckt mit den Schultern. Ihre Tasche fühlt sich schwer an. »Ich weiß nicht, ob ich noch mit Dr. Barrett klarkomme. Vielleicht lasse ich die letzte Sitzung sausen.«

Elizabeth presst die Lippen aufeinander.

»Eine mehr oder weniger macht wohl auch keinen Unterschied«, fährt Stella fort.

»Dann willst du also mit der Therapie ganz aufhören, sobald die vom LAPD bezahlten Sitzungen aufgebraucht sind?«, fragt Elizabeth.

»Ja.«

»Ich könnte doch mal mit …«

»Hör auf, mir zu helfen! Du musst mich nicht jedes Mal retten, wenn ich was verkacke!«, platzt es aus Stella heraus, doch sie bereut den Ausbruch sofort wieder.

Elizabeth erwidert nichts darauf. Sie holt den Autoschlüssel aus ihrer Handtasche und schließt den Wagen auf. Eine Weile fahren sie schweigend. Stella kann es kaum erwarten, sich zu Hause im Bett zu verkriechen, wo das Summen der Lüftung sie in den Schlaf lullt.

Angesichts von Elizabeths eisigem Schweigen sollte Stella sich wohl noch schlechter fühlen, aber ihre Gefühle sind bereits am Anschlag.

»Dir ist schon klar, dass ich auch Dinge versaue«, sagt Elizabeth schließlich.

Stella schnaubt spöttisch.

»Ich hatte den Eindruck, dass die Sitzungen dir helfen. Ich wollte dir nicht das Gefühl vermitteln, dass du hingehen musst. Ich wollte dich nicht bedrängen.«

Stella nickt, kann sich aber nicht entschuldigen oder zugeben, dass sie sich selbst bedrängt. Stattdessen schmollt sie und bestraft Elizabeth und sich selbst für den Rest der Fahrt mit Schweigen.

Als Stella am nächsten Morgen aufwacht, sitzt Addie auf ihrer Bettkante. »Was war gestern los?«

»Hm?«, fragt Stella verschlafen. Sie ist immer noch so müde, todmüde, obwohl sie um zehn ins Bett gegangen ist und beinahe zwölf Stunden geschlafen hat.

»Was ist zwischen dir und Elizabeth passiert?«

»Was? Nichts. Sie hat mich zur Therapie gefahren.«

»Und dann warst du gemein zu ihr? Weil du nach der Therapie immer gemein bist?«, fragt Addie.

»Ich war nicht gemein.« Sie reibt sich über die Augen.

»Elizabeth hat mich angerufen und gesagt, dass ich jederzeit bei ihr zu Hause willkommen bin, dass sie aber wahrscheinlich nicht mehr vorbeikommen wird. Also musst du *irgendwas* getan haben.«

»Okay. Ja, ich hab's mal wieder verkackt. Bist du jetzt zufrieden? Ich habe es versaut«, fährt Stella sie an. »Ich habe sie vergrault.«

»Stella.« Addie seufzt tief. Es ist ungewöhnlich, dass sie sie nicht Tante Stella nennt, was mehr sagt, als alles andere. »Ich bin mir sicher, dass wir …«

»Hör mal, wenn du mir ihr zusammen sein willst, mach das. Ist mir egal. Ich brauche gerade keine Freunde.« Stella dreht sich mit dem Gesicht zur Wand. Wenn Addie sie in Ruhe lässt, kann sie noch eine Runde schlafen.

»Mit ihr zusammen sein?«, fragt Addie. »Warum sollte ich … oh.«

Stella verspannt sich, weil sie nicht einschätzen kann, zu welcher Erkenntnis Addie gerade gekommen ist. Also versucht sie, Schadensbegrenzung zu betreiben. »Freundschaften funktionieren eben nicht immer«, sagt sie. »Wir haben es versucht. Besuch sie, wenn du möchtest. Ich habe wirklich nichts dagegen.«

»Okay. Wir reden darüber, wenn es dir besser geht.«

Die Matratze bewegt sich, als Addie aufsteht und Stella hört ihre Schritte, als sie zur Tür geht.

Sie werden nicht darüber sprechen. Weil Stella nach neun Therapiesitzungen nun weiß, dass ihr nicht mehr zu helfen ist.

Kapitel 9

Stella schwänzt ihren letzten Therapietermin. Ihr Handy klingelt fünf Minuten, nachdem sie eigentlich in der Praxis hätte auftauchen sollen, und sie beobachtet die Nummer auf dem Display, bis der Anruf auf die Mailbox weitergeleitet wird. Sie tippt auf *Löschen*, hört aber noch den Anfang der Nachricht.

»Hi, Stella. Hier spricht Kathy aus der Praxis von Dr. Barrett …«

Elizabeth ist nicht aufgetaucht, um Stella zum Termin zu fahren. Sie haben seit dem letzten vor zwei Wochen nicht mehr miteinander gesprochen. Obwohl sie wusste, dass Elizabeth nicht kommen wird, hat ein kleiner Teil in Stella darauf gehofft, dass sie trotzdem vor ihrem kleinen Haus parkt, an die Tür klopft und sie fragt, ob sie fertig zur Abfahrt ist.

Als Addie von ihrer Mittagsschicht nach Hause kommt, setzt sie sich zu Stella an den Küchentisch, wo diese sich mit einer Tasse Kaffee beschäftigt. Addie hat dunkle Ringe unter den Augen.

»Ist alles okay?«, fragt Stella.

»Wood Ranch hat mir mehr Stunden angeboten.« Sie trommelt mit den Fingern auf der Tischplatte herum. »Ich könnte mir einen zusätzlichen Tag freinehmen, aber dafür muss ich noch eine Doppelschicht schieben. Aber wir hätten mehr Zeit füreinander.«

Stella stützt das Kinn auf eine Hand. »Möchtest du das denn?«

»Ich glaube, das würde uns beiden guttun.«

»Finde ich auch«, stimmt Stella ihr zu. »Wir brauchen einen Wellnesstag.«

»Ich überlege, mir eine neue Frisur schneiden zu lassen«, meint Addie. »Irgendwas anderes.«

Stella lacht leise. »Ich habe mir immer einen neuen Schnitt verpassen lassen, wenn jemand mit mir Schluss gemacht hat. Als würde das mein gebrochenes Herz heilen.«

Mit einem Mal sieht Addie noch erschöpfter aus und sie bricht in Tränen aus.

Erst eine Riesenpackung Eis und eine Flasche Wein später fühlt Addie sich langsam besser, aber je weiter der Abend fortschreitet, desto mieser geht es Stella. Sie war so egozentrisch und blind. Addie lebt ein Leben außerhalb dieses Bungalows und Stella weiß überhaupt nichts darüber, weil ihr Tellerrand gerade eine Suppenschüssel ist. Und am meisten schmerzt sie, dass Elizabeth wahrscheinlich in allen Einzelheiten über Addies Liebesleben Bescheid weiß.

Stella erfährt endlich ein bisschen mehr über die Hintergründe von Addies Liebeskummer – ein junger Mann und Arbeitskollege, der erst toll war und dann von jetzt auf gleich nicht mehr. Ein junger Mann, der charmant war, aber zu viel trinkt. Der betrunken gefahren ist und Addie dabei beinahe auf dem Highway umgebracht hätte. Der große Entschuldigungen aufgefahren hat, die er jedoch in keiner Weise halten konnte.

Stella versucht, ihr verständlich zu machen, dass Addie mehr mit ihr reden und ihr ihre Geheimnisse anvertrauen kann, aber Addie will ihr nicht zur Last fallen, während Stella diese schwierige Phase durchmacht.

»Es ist ja nicht so, als wäre mein Mann gestorben. Ich habe einfach nur einen Loser erwischt«, sagt sie.

Stella ist froh, dass Addie wieder mehr Zeit mit ihr verbringt, aber sie geht trotzdem mit dem Gefühl ins Bett, den Dreck unter Addies Schuhen nicht wert zu sein. Gegen drei Uhr morgens steht sie wieder auf, nachdem sie sich stundenlang im Bett herumgewälzt hat, und nimmt ihre Tagesdecke mit auf die Couch.

Sie schaltet Addies YouTube-Account auf dem Fernseher an. Im ersten Video schminkt sich eine attraktive junge Frau. Wahrscheinlich wohnt sie gar nicht weit von Stella entfernt. Stella lässt sich vom Selbstbewusstsein und der Schönheit einlullen und döst mit halb geschlossenen Augen einem weiteren Morgen entgegen.

Für ihren ersten gemeinsamen Wellnesstag und den ersten gemeinsamen Tag seit Langem bucht Addie ihnen einen Friseurtermin. Stella hat seit ihrer Kindheit lange Haare, doch die Spitzen sind furchtbar kaputt – sie brechen bei jeder Gelegenheit ab – und ihr Ansatz ist deutlich mit einer Mischung aus aschblond und grau sichtbar. Jetzt, wo der Termin steht, merkt sie auch selbst, wie furchtbar das aussieht.

Der gemeinsame Tag ist schön, aber die Stimmung bleibt etwas gedrückt. Stella lässt sich unauffällige Strähnchen färben, um die grauen Haare zu verstecken, verliert zehn Zentimeter Haarlänge und gönnt sich eine Föhnfrisur. Addie hat sich für komplett blond entschieden und ihre Farbe muss länger einwirken, weswegen Stella ihnen einen Kaffee aus dem nächsten Starbucks holen geht.

Unweit der Tür sitzen zwei uniformierte Polizisten, die sie zunächst gar nicht wahrnimmt. Sie wartet in der Schlange, bestellt die Kaffees und schlendert dann zum Abholtresen. Erst da sieht sie die beiden, einen Mann und eine Frau, die sie anstarren.

Vielleicht liegt es ja an ihrer hübschen Frisur, die gerade perfekt gestylt wurde. Sie schiebt sich ein paar Strähnen hinters Ohr und tut so, als hätte sie die beiden nicht bemerkt. Dann steht der Mann jedoch auf und kommt zu ihr rüber.

»Mrs Halligan?«, fragt er.

Und das versetzt ihr einen Schock bis ins Mark. Stella hat Rons Nachnamen bei der Hochzeit nicht angenommen, weil das zu viel Papierkram, zu viele Termine und zu viel Zeit in Anspruch genommen hätte und es ihr nicht wichtig genug dafür war. Und jetzt ist sie seine Witwe, verheiratet und doch nicht. Das Fegefeuer der Ehe.

»Oh«, erwidert sie schließlich. »Nicht … Ja, das bin ich wohl.«

»Ich bin Officer Damaris Lopez«, sagt er. »Ich war ein Kollege des verstorbenen Chief Halligan.«

Sie zwingt sich zum Lächeln. Schüttelt ihm die große, warme Hand.

»Ich wollte Ihnen nur unser aller Beileid für Ihren Verlust aussprechen.«

»Vielen Dank, Officer Lopez. Danke.«

»Wenn Sie irgendwas brauchen …« Er holt seinen Geldbeutel aus der Hosentasche und reicht ihr eine Visitenkarte. »Zögern Sie bitte nicht, mich anzurufen.«

Jetzt kommt die Frau auch noch zu ihnen. Sie ist etwa so groß wie Stella, aber nur halb so alt. »Viele der Kollegen vom LAPD sind nicht glücklich darüber, wie man mit der Sache umgegangen ist. Man hätte diesen Kerl nie ins Gebäude lassen dürfen. Er hätte nie so nah an Chief Halligan herankommen dürfen.«

»Stella!«, ruft der Barista.

»Dazu kann ich nichts sagen, aber vielen Dank. Das … das ist mein Kaffee«, sagt Stella.

»War schön, Sie zu sehen, Ma'am«, verabschiedet sich Officer Lopez und die beiden gehen.

Stella bringt die Kaffees wie in Trance mit zurück zum Friseursalon. Ihr erster Impuls ist es, Elizabeth anzurufen und das merkwürdige Gespräch mit ihr zu besprechen, aber das geht natürlich nicht. Addie ist der Meinung, dass Stella sich entschuldigen muss, aber so weit ist sie noch nicht.

Addie wird gerade geföhnt, als Stella zurückkommt. Ihre neue Haarfarbe ist hell mit perfekt gesetzten Strähnchen, die in starkem Kontrast zu ihrer gebräunten Haut steht. Stella setzt sich auf den leeren Stuhl neben ihrem.

Am liebsten würde sie Addie von der seltsamen Szene im Starbucks erzählen, aber das geht nicht. Die Sache war zu bizarr und sie müsste zu viel erklären. Wo sollte sie da überhaupt anfangen? So oder so würde es nur eine weitere Predigt über Elizabeth nach sich ziehen. Und mit Dr. Barrett kann sie auch nicht darüber sprechen, weil sie die Therapie beendet hat.

Also muss sie wohl einfach eine Weile damit leben, dass sie jemand Mrs Halligan genannt hat. Den Namen von allen Seiten betrachten und abwarten, ob er sie zerstört oder ihr zu einem Durchbruch verhilft.

Am Montagmorgen klingelt Stellas Handy um kurz nach neun. Sie erkennt die angezeigte Nummer nicht, also lässt sie den Anruf auf die Mailbox gehen. Sie bleibt im Bett liegen, döst immer wieder ein und spielt dazwischen auf ihrem Handy herum. In ihren wachen Momenten überlegt sie, ob sie aufstehen soll.

Sie starrt auf das dreckige Geschirr im Spülbecken, als sie sich plötzlich an die Nachricht auf ihrer Mailbox erinnert.

»Hi, Stella. Hier spricht Mallory Anderson. Ich rufe an, weil Elizabeth Murphy Sie als potenzielle Beraterin für mein Unternehmen empfohlen hat. Ich bin gerade auf der Suche nach jemandem, der mir bei meinen Fällen hilft und Ihr Erfahrungsschatz wäre perfekt für den Job. Wenn Sie Interesse haben, würde ich Ihnen gerne mehr darüber erzählen. Rufen Sie mich doch bitte unter dieser Nummer zurück oder schicken mir eine Textnachricht, wenn Ihnen das besser passt, dann machen wir einen Termin für ein Treffen aus. Vielen Dank, bis dann.«

Das überrascht Stella – nach ihrem Ausbruch ist sie davon ausgegangen, dass Elizabeth ihr nicht mehr helfen wird. Doch Elizabeth ist vieles, aber nicht gemein.

Stella beschließt, der Frau später eine Nachricht zu schicken.

Sie nimmt ihren Kaffee mit in den Garten. Als sie nach draußen geht, fällt ihr auf, dass Addies Fenster offen steht. Wenn sie sich doch nur durch das Fliegengitter unterhalten könnten, sich Geheimnisse zuflüstern, wie bei einer Beichte. Das wäre leichter, als es von Angesicht zu Angesicht zu tun. Aber natürlich schläft Addie noch. Stella trinkt ihren Kaffee und geht dann wieder ins Haus.

Sie schickt Mallory Anderson eine Nachricht, bevor sie der Mut verlässt. Die Frau muss ein gutes Stück jünger als Stella sein, weil es ihr selbst nie einfallen würde, so etwas über einen Chat zu klären, obwohl ihr nur ein Handy zur Kommunikation zur Verfügung stand.

Ron und sie hatten Festnetz, aber nach dem Umzug hatte sie sich die Mühe einer Anmeldung hier gespart.

Hi, Mallory, hier ist Stella. Ich würde mich sehr gerne mit Ihnen treffen. Sagen Sie mir einfach, wann und wo es Ihnen passt.

Eine Stunde später ist Addie auf. Sie sieht müde und erschöpft aus, aber auch schön, wie man es nur Anfang zwanzig sein kann – jugendliche

Haut verkraftet den Stress besser, unter dem sie gerade steht. Das Blond steht ihr. Jetzt sieht sie aus wie eine waschechte Kalifornierin.

»Gefällt es dir hier immer noch, Addie?«, fragt Stella.

»Hm?« In einer Hand hält sie eine Tasse Kaffee, in der anderen ihr Handy.

Stella steht am Herd und rührt in einem Topf mit Porridge. Da kann man ordentlich Zucker reinmachen und trotzdem so tun, als wäre es ein gesundes Frühstück.

»In Kalifornien.«

Addie denkt einen Moment darüber nach. »Ja. Zumindest teilweise.«

»Willst du manchmal zurück nach Hause?«

Addie zuckt mit den Schultern. »Nein. Das würde sich wie ein Rückschritt anfühlen. Da gibt es auch nicht mehr viel für mich. Und die Warterei, während ich mich entscheide, ob ich weiter aufs College gehen will, langweilt mich ziemlich. Außerdem wohne ich gerne mit dir zusammen und der Job im Restaurant ist echt okay. Und das Wetter ist herrlich.«

Da stimmt Stella ihr zu. Sie schaut aus dem Küchenfenster und blinzelt in den grellen Sonnenschein. Ende Juni ist es hier schon richtig heiß, insbesondere am späten Vormittag.

»Was hast du am Feiertag vor? Der 4. Juli ist ja bald. Irgendwelche Pläne?«

Addie tritt unruhig von einem Bein aufs andere und Stella merkt, dass sie ein schlechtes Gewissen hat. Aber das kann sie aussitzen. Sie hat jahrelange Beobachtungserfahrung von Verhören.

»Josh hat mich gefragt, ob ich mit ihm zum Feuerwerk gehen will«, sagt Addie schließlich.

Stellas Handy zeigt ihr mit einem Pingen eine neue Nachricht an. »Josh und Elizabeth.«

»Ja«, gibt Addie zu. »Und du bist auch eingeladen.«

Stella schnaubt spöttisch.

»Ist so. Liz hat es explizit gesagt.«

»Sie will mich nicht sehen und das ist okay. Aber du solltest hingehen.«

»Das ist alles so albern«, erwidert Addie und klingt dabei hilflos.

Stella greift nach ihrem Handy und öffnet die Nachricht.

Schön, dass Sie sich melden! Wie wäre es am 30. Juni im Starbucks im Westwood Village in der Nähe der UCLA. Sagen Sie mir kurz Bescheid, ob Ihnen ein Uhr passt.

Stella antwortet sofort: *Super. Ich freue mich darauf.*

»Hör mal«, meint Addie, als Stella ihr Handy wieder weglegt. »Das war ein hartes Jahr für uns. Für dich, für mich, für Elizabeth. Aber wegen eines Streits gibt man noch nicht gleich die ganze Freundschaft auf.«

»Wir waren ja kaum Freundinnen.«

»Das stimmt nicht. Komm schon, Tante Stella. Komm mit. Du kannst dir das Feuerwerk der Hollywood Bowl von Elizabeths Wohnung aus ansehen. Wir müssen auch nicht lange bleiben.«

»Ich weiß nicht. Vielleicht.« Stella weiß, dass sie sich trotzig verhält, schafft es aber irgendwie nicht, das abzulegen. Und *vielleicht* heißt natürlich nein. Sie wird sich schon irgendwie rauswinden können, wenn der zunehmende Druck sie dazu zwingt, kreativ zu werden. Aber ein großer Teil von ihr will Elizabeth wiedersehen und vermisst das, was sie miteinander geteilt haben. Sie vermisst Elizabeths leise Stimme, ihre entspannte, ruhige Präsenz. Aber was sie nicht vermisst, ist sich wie eine Last zu fühlen, die Elizabeth schultern muss.

Und das hält Stella auch davon ab, sich bei ihr zu entschuldigen – das Gefühl, bemitleidenswert und armselig zu sein. Und wenn sie das Haus verlässt, läuft sie außerdem Gefahr, dass sie wieder jemand Mrs Halligan nennt.

»Von wem war denn die Nachricht?«, fragt Addie. Sie hat Stellas Porridge vom Herd gerettet und füllt nun zwei Schalen damit.

»Eine Frau, die vielleicht Unterstützung in ihrem Beratungsunternehmen braucht.«

»Moment, als bezahlter Job?«

»Möglicherweise.«

»Beratung für was?«

Stella greift nach der normalen Zuckerdose und streut einen gehäuften Löffel über ihren Porridge und angelt sich dann noch den braunen Zucker. »Strafrechtssachen. Aussagen als Sachverständige vor Gericht. Vielleicht Kurse an der Uni halten. Ich weiß noch nicht genau.«

»Das klingt ja fantastisch! Perfekt für dich.«

»Es wäre schön, in Teilzeit zu arbeiten, während ich … na ja, mein Leben auf die Reihe bekomme.« Sie öffnet den Kühlschrank und holt eine fast leere Flasche Ahornsirup heraus, von dem sie etwas über ihren Porridge gibt.

Addie wirft einen bedeutungsvollen Blick auf Stellas Schale. »Irgendwann sind die Haferflocken nur noch ein Alibi.«

»Ach, sei still.« Stella rührt die Mischung um und probiert. Das Zeug ist so süß, dass ihre Zähne sich schmerzhaft bemerkbar machen.

»Wie bist du auf die Frau gekommen?«, fragt Addie. Sie streut eine Handvoll getrockneter Cranberrys über ihren Porridge.

»Ach, wie man halt Leute findet. Im Internet«, lügt Stella.

Es gab mal eine Zeit, als Stella nur in einem blauen oder schwarzen Hosenanzug zu einem Vorstellungsgespräch gegangen wäre – maximal noch in einem grauen –, aber es ist zu heiß für so einen Aufzug und ihre kleidungstechnischen Möglichkeiten sind begrenzt. Sie entscheidet sich für ein pink-schwarz gemustertes Wickelkleid mit kurzen Ärmeln, in dem ihr nicht zu warm wird. Und es passt sogar noch, obwohl das Alter dafür sorgt, dass sie ein wenig auseinandergeht – so nennt sie ihre furchtbaren Essgewohnheiten jetzt.

Sie duscht, wäscht sich die Haare, schminkt sich und zieht sich an. Dann gibt sie die Adresse des Starbucks in ihr Navi ein. Sie fährt früh los, weil sie Angst hat, zu spät zu kommen. Als sie da ist, schreibt sie Mallory eine Nachricht, bestellt sich einen Venti Mocha mit extra Sahne und setzt sich an einen kleinen Tisch am Fenster.

Eine Viertelstunde später kommt jemand auf sie zu.

»Stella?« Mallory lächelt sie freundlich an. Sie ist etwa Anfang vierzig und durch ihre Größe und die breiten Schultern eher attraktiv als schön. In ihrem anthrazitfarbenen Hosenanzug wirkt sie sehr androgyn. Ihre dunklen Haare sind zu einem Bob geschnitten und ihre blauen Augen fallen einem sofort auf.

»Ja, genau«, antwortet Stella und steht auf, um ihr die Hand zu schütteln.

»Da draußen ist es brütend heiß.« Mallory stellt ihre Handtasche auf einen leeren Stuhl und legt ihr Jackett ab, was den Blick auf ihre nackten Arme freigibt. »Ich hole mir noch eben etwas zu trinken, wenn das für Sie in Ordnung ist.«

»Natürlich, machen Sie nur.«

Während Mallory an der Theke steht, geht Stella auf, dass sie vollkommen unvorbereitet ist. Sie hat ihren Lebenslauf nicht auf den neuesten Stand gebracht – den hat sie nicht mal mehr in der Hand gehabt, seit sie den Job bei der Staatsanwaltschaft angenommen hat. Sie hat kein Arbeitszeugnis. Und keine Ahnung, was Mallory von ihr wissen will oder ob ihre Antworten die Frau zufriedenstellen.

Als Mallory mit einem Eiskaffee in der Hand zurückkommt, ist Stella fast schon im Panikmodus.

»Erst mal vielen Dank, dass Sie sich heute mit mir treffen«, meint Mallory.

»I-ich bin mir nicht sicher, was genau Sie von mir erwarten«, gesteht Stella.

»Ich bin jetzt seit sechs Jahren ein Ein-Frau-Unternehmen«, erklärt Mallory. »Ich lebe gerne nach meinem eigenen Zeitplan. Und ich entscheide gerne, wie viel ich arbeiten will.«

»Wer nicht?«

»Aber in letzter Zeit bekomme ich so viele Aufträge, dass ich nicht mehr hinterherkomme. Ich habe Stammkunden, denen ich nicht absagen will, und potenzielle Neukunden, mit denen ich gerne zusammenarbeiten würde. Ehrlich gesagt brauche ich dringend Verstärkung. Elizabeth Murphy hat Sie in höchsten Tönen gelobt und sie ist wirklich nicht leicht zu beeindrucken. Und da sind wir nun.«

»Da sind wir«, wiederholt Stella und zwingt sich zum Lächeln. Schuldgefühle machen sich in ihr breit, dass sie nicht so ist, wie Elizabeth von ihr erwartet.

»Am besten erzähle ich Ihnen einfach mal, wie ich mir die Sache vorstelle.« Mallory nimmt einen Schluck aus ihrem Becher und lehnt sich ein wenig nach vorn. »Ich habe einige regelmäßige Termine, die ich nicht abgeben kann. Zum Beispiel Professoren der UCLA, USC und der Loyola Marymount, die Sachverständige als Gastredner für ihre Studenten einladen. Dann gibt es noch die Aufträge, bei denen ich als Sachverständige vor Gericht aussage – und von Elizabeth weiß ich, dass Sie dafür vermutlich qualifizierter sind als ich. Sie wissen ja, wie schwierig es ist, Gerichtstermine zu planen. Wenn Sie das übernehmen würden, könnte ich meinen Zeitplan berechenbarer gestalten.«

In diesem Moment geht Stella auf, dass das hier überhaupt kein Vorstellungsgespräch ist, dass Elizabeths Wort Mallory Anderson ausreicht, um Stella vom Fleck weg einzustellen.

»Das klingt alles sehr gut. Ich habe mir die letzten neun Monate eine Art Auszeit genommen, was eigentlich gar nicht so lang ist, aber ich fühle mich nicht mehr ganz up to date.«

»Ich habe mitbekommen, was Ihrem Mann zugestoßen ist.« Auf Mallorys Gesicht spiegelt sich die inzwischen vertraute Mischung aus Mitgefühl und Erleichterung, dass es nicht einen ihr nahestehenden Menschen getroffen hat, wider. »Mein herzliches Beileid dafür.«

»Danke. Ich bin langsam wieder bereit, einen Neuanfang zu machen.«

»Dann lassen Sie es uns doch versuchen. Das Herbstsemester startet im August. In der Kriminologie suchen sie ständig Prozessjuristen, die sich mit den Studenten unterhalten. Wenn die Jobs aufschlagen, leite ich sie an Sie weiter.«

Stella nickt.

»Ich habe hier ein paar Zahlen zusammengestellt.« Mallory holt eine Mappe aus ihrer Tasche und schiebt Stella ein Stück Papier zu. »Das sind die durchschnittlichen Honorarsätze für Aufträge in dem Business und da ist das, was ich verlange.«

Dreihundert Dollar pro Stunde als Gastredner, vierhundertfünfzig als Sachverständige bei Gerichtsprozessen und vierhundert, wenn die Anwälte nur eine Beratung wollen.

»Das klingt vernünftig«, sagt Stella.

»Wir können es gerne langsam angehen lassen und Sie … Na ja, wenn das gut klappt und Sie gerne mehr arbeiten würden, lassen Sie es mich einfach wissen.« Mallory neigt den Kopf zur Seite. »Möchten Sie Bedenkzeit?«

Stella setzt sich aufrechter hin. »Nein. Nein, ich bin dabei.«

Mallory grinst. »Super! Wenn die Anfragen für Gastrednerstunden kommen, sage ich Ihnen Bescheid. Leider muss ich gleich los, ich habe noch einen Termin. Es war schön, Sie kennenzulernen.« Und dann ist sie auch schon wieder weg und lässt Stella allein in dem Coffeeshop zurück.

Am Anfang ihrs Berufslebens war die Konkurrenz um Jobs groß und Stella musste durch unzählige Reifen springen. Selbst wenn man sie für eine neue Stelle angeworben hat, gab es Background-Checks und psychologische Gutachten. Jetzt bekam sie zum ersten Mal Arbeit, ohne an Bedingungen gebunden zu sein.

Immer noch ein bisschen perplex, wie schnell das Blatt sich für sie gewendet hat, schnappt Stella sich ihren Kaffee und geht nach Hause.

Addie drängt sie weiter, sie zu Elizabeth zu begleiten, um sich das Feuerwerk von dort aus anzuschauen, aber Stella will erst reinen Tisch machen. Und das bedeutet, dass sie sich *entschuldigen* muss – nichts hasst sie mehr als das.

Dieser ganze Streit ist schrecklich albern. Eigentlich ist es ja nicht einmal ein Streit. Stella macht es anderen nur wie immer schwer, sie zu mögen. Elizabeth hat nichts getan, außer so hübsch zu sein, dass Stella bei jeder Kleinigkeit aus der Haut fährt.

Der Nationalfeiertag am 4. Juli fällt auf einen Dienstag. Als Stella am Sonntag davor aufwacht, fasst sie einen Entschluss. Addie ist noch im Bett und wird sicher noch ein paar Stunden schlafen. Stella zieht sich eine schwarze Yogahose, ihren lila Pullover, der langsam an den Säumen der Ärmel ausfranst, und Flipflops an. Dann fährt sie zu Elizabeths Wohnhaus, marschiert zum Eingang und drückt kräftig auf den Klingelknopf, bevor der Mut sie verlässt. Allerdings muss sie sich in den vier Sekunden, bevor die Gegensprechanlage ertönt, davon abhalten, zum Auto zurückzurennen.

Dann hört sie Elizabeths Stimme. »Hallo?«

»Ich bin's. Stella.« Sie klingt kleinlauter als beabsichtigt.

»Oh.« Elizabeth öffnet ihr die Sicherheitstür.

Stella zieht die Tür auf und fährt dann mit dem Aufzug die zwölf Stockwerke nach oben. Erst geht sie in die falsche Richtung, dreht dann um, als sie es merkt, und schlägt die entgegengesetzte ein. Sie klopft an Elizabeths Tür. Jetzt ist es zu spät, um sich vom Acker zu machen.

Elizabeth öffnet die Tür. Sie trägt ein Kleid, Schmuck und Make-up und es trifft Stella erneut wie ein Schlag, wie schön sie ist.

»Hi«, begrüßt Elizabeth sie neutral. »Was machst du denn hier?«

»Ich wollte dir nur sagen, dass … na ja … ich …« Sie räuspert sich. »Es tut mir leid, dass ich so furchtbar zu dir war. Das hast du nicht verdient.«

»Es tut dir leid?«

»Ja.«

»Danke. Ich nehme die Entschuldigung an.«

»Einfach so?«

»Ja. Möchtest du reinkommen?« Elizabeth tritt zur Seite und macht die Tür weiter auf.

Das ist schon mehr, als Stella erwartet hatte und sie folgt der Aufforderung leicht verdattert. »Hast du noch was vor?«

»Ja, aber ich habe noch ein bisschen Zeit«, erwidert Elizabeth. »Möchtest du einen Kaffee? Ich habe noch welchen in der Kanne.«

»Wo gehst du denn an einem Sonntagmorgen hin?«

»Zum Gottesdienst.« Elizabeth macht ihr eine Tasse Kaffee, so wie Stella ihn am liebsten trinkt. »Kommst du zum Feuerwerk? Ich habe Addie extra gesagt, dass sie die Einladung an dich weitergeben soll.«

»Hm, ich weiß nicht.« Natürlich will Stella herkommen. »Ich will dir keine Umstände machen.«

Elizabeth zieht eine Augenbraue nach oben. »Tust du nicht.«

Stella trinkt ihren Kaffee langsam. Sie will Elizabeth von dem Treffen mit Mallory erzählen und von dem Job, den sie jetzt hat. Sie will sich für die Vergangenheit entschuldigen und für die Zukunft bedanken, aber ihr fehlen die Worte.

»Möchtest du mitkommen?«

»Hm?«

»In die Kirche«, erklärt Elizabeth. »Möchtest du mitkommen?«

Stella hat seit der Highschool keinen Fuß mehr in eine Kirche gesetzt. Sie ist mit den unterschiedlichsten Ausprägungen protestantischer

Religion aufgewachsen: Baptisten, Lutheraner, Methodisten, Presbyterianer. Durch den Job ihres Vaters beim Militär mussten sie häufig umziehen und ihre Mutter wählte die Kirche immer nach dem schönsten Gebäude aus.

Schon komisch, dass sie nie in einer katholischen Gemeinde gelandet waren, aber manche Grenzen überschritt man einfach nicht und die zwischen Katholiken und Protestanten war eine davon.

Stella hat keine große Lust, in die Kirche zu gehen, aber eine Stunde lang neben Elizabeth zu sitzen, steht auf einem ganz anderen Blatt.

»Ja«, antwortet sie und überrascht sich damit selbst. »Das klingt nett.«

Kapitel 10

Irgendwie findet sie sich in Elizabeths Schlafzimmer wieder, während Elizabeth nach etwas sucht, das zu ihren Sandalen passt, wie sie Stellas Schuhe höflich nennt. Wenigstens sind die Flipflops schwarz, womit sie halbwegs zu dem dunkelgrünen Kleid passen, das Elizabeth aus ihrem Schrank zutage fördert.

Die Farbe steht Elizabeth deutlich besser, aber der Stoff und der A-Linien-Schnitt werden bei Stellas Figur nicht zu sehr auftragen.

»Bist du dir sicher?«, fragt Stella, nimmt das Kleider aber entgegen.

Elizabeth deutet auf die Tür zum Bad. Überraschenderweise herrscht hier ein bisschen Unordnung. Im Waschbecken kleben dunkle Haare, auf der Ablage liegt ein Lippenstift und die Handtücher sind zerknittert und feucht.

Es beruhigt Stella, dass Elizabeth auch nur ein Mensch wie alle anderen ist.

Als sie aus dem Bad kommt, sieht sie aus wie eine Frau, die sich von einer anderen ein Kleid geliehen hat. Die Schuhe passen nicht dazu, ihre Haare sind nicht frisiert und bis auf ein bisschen Concealer, um ihre Tränensäcke zu kaschieren, trägt sie kein Make-up.

»Das sieht hübsch aus«, kommentiert Elizabeth. »Komm, wir müssen los.«

Sie nehmen den SUV – Stella kann ihn nicht ewig auf dem Besucherparkplatz stehen lassen –, aber Elizabeth fährt. Und damit fühlt Stella sich genötigt, für Unterhaltung zu sorgen, aber ihr Kopf ist wie leergefegt. Elizabeth dagegen summt beim Fahren die Musik aus dem Radio mit.

Zum Glück ist es nicht weit bis zur Kirche.

»Warst du schon mal bei einem katholischen Gottesdienst?«, fragt Elizabeth, als sie das Auto abstellt.

»Nur aus beruflichen Gründen«, antwortet Stella.

Elizabeth lacht. »Na ja, das sollten wir heute vielleicht lieber vermeiden, okay? Und fühl dich nicht genötigt, irgendetwas zu tun, das du nicht willst. Es ist in Ordnung, wenn du dich nur dazusetzt.«

Stella folgt ihr todesmutig. Elizabeth grüßt ein paar der Anwesenden und stellt Stella als Freundin vor. Stella bereut die ganze Sache sofort. Sie könnte jetzt zu Hause sein, im Bett liegen oder Cracker essen oder im Garten sitzen oder irgendwas anderes tun, anstatt hier Fremde matt anzulächeln.

Sie suchen sich einen Platz auf einer Kirchenbank im vorderen Bereich. Elizabeth lehnt sich zu ihr und erzählt, dass sie mit ihren Kindern oft hergekommen ist. Dann gab es eine Pause, bis sie schließlich vor ein paar Jahren wieder den Weg hierher gefunden hat.

Sie nimmt nicht regelmäßig am Gottesdienst teil und manchmal muss sie mittendrin gehen, aber die Leute wissen, dass sie bei der Mordkommission arbeitet, und stellen deswegen keine Fragen.

Im Verlauf des Gottesdiensts stehen die Anwesenden immer wieder gemeinsam auf oder knien sich hin. Sie singen ein paar Kirchenlieder, die ganz anders klingen als in den Gemeinden, in denen Stella aufgewachsen ist. Als Elizabeth zur heiligen Kommunion aufsteht, bleibt Stella sitzen, weil sie nicht weiß, was dabei erwartet wird. Als die Reihe sich langsam leert, bemerkt sie, dass sie nicht die Einzige ist, die nicht nach vorne geht. Auf der anderen Seite der Bank sitzt eine alte Frau. Neben ihr auf dem Gang steht ihr Rollator.

Die Frau schenkt ihr ein breites Lächeln. Stella zögert, erwidert es dann aber. Dann bedeutet die Frau ihr, sich neben sie zu setzen. Ihre Finger sind gekrümmt, die Gelenke durch Arthritis knotig. Stella rutscht zu ihr rüber.

»Ich kannte Elizabeth Murphy schon, da war sie noch verheiratet«, meint die Frau.

»Ach ja?«, fragt Stella höflich.

»Sie hat noch nie eine *Freundin* mitgebracht.« Die Frau zwinkert ihr zu.

»Oh! Das ist … schön zu hören. Vielen Dank.« Stella will wieder auf ihren Platz rutschen, doch die Frau redet einfach weiter.

»Zu meiner Zeit musste man das verstecken, wissen Sie? Das konnte einem das Leben zerstören. Ich bin so froh, dass ich lange genug gelebt habe, um mitzubekommen, dass … es besser wird. Nicht perfekt, aber besser. Jetzt muss man es nicht mehr geheim halten.« Sie reckt die Faust auf Schulterhöhe in die Luft und schüttelt sie kraftlos.

»Ich bin auch froh darüber, Ma'am«, erwidert Stella, aber sie schämt sich und fühlt sich allein.

Dieses Geheimnis trägt sie immer noch mit sich herum. Nicht einmal Elizabeth weiß davon, obwohl Stella es nur schwer schafft, ihr Verlangen zu verbergen. Die Zeiten sind vielleicht andere und vielleicht sind sie beide auch zu alt, als dass ihnen so etwas das Leben zerstört, aber es könnte immer noch alles verändern.

Sie beobachtet, wie Elizabeth zu ihrer Bank zurückkommt. Ihr Herz klopft wie wild und sie hat panische Angst, dass die Frau irgendetwas zu Elizabeth sagt, das aufdeckt, was Stella vor ihr verbirgt.

Doch Elizabeth lächelt die alte Dame nur herzlich an und nimmt dann neben Stella Platz. »Die Farbe steht dir übrigens«, flüstert sie ihr zu. »Sieht gut aus.«

»Das Kleid gehört dir. Wäre schlecht, wenn es dir nicht gefällt«, bringt Stella mühsam hervor.

»Trotzdem.«

Entweder hat Elizabeth den schnippischen Unterton in ihrer Erwiderung nicht wahrgenommen oder sie ignoriert ihn einfach. Sie streicht sich die Haare aus dem Gesicht und senkt den Kopf. Und für einen kurzen Moment überlegt Stella, ob sie nicht auch ein Gebet nach oben schicken soll.

Addie fährt sie beide am 4. Juli zu Elizabeth. Stella mochte den Feiertag nie besonders, aber jetzt, wo sich die Situation zwischen ihnen dank ihrer armseligen Entschuldigung und Elizabeths Nachsichtigkeit etwas entspannt, freut sie sich darauf, an der kleinen Feier teilzunehmen.

Als sie mit ihrem Obstsalat eintreffen – ihr Essensbeitrag –, öffnet Josh ihnen die Tür. Marco schaut sich mit einem Bier in der Hand das Dodgers-Spiel an. Er schaut auf und lächelt, als er Stella entdeckt.

Elizabeth nimmt ihr den Obstsalat ab. »Maria und ihr Mann kommen nachher kurz vorbei.« Die Kollegin, die sie zu Stellas erstem Therapietermin gebracht hat. »Ich glaube, sie müssen vorher noch zu einer Grillparty.«

Addie und Josh sind mittlerweile gut befreundet und Marco klebt praktisch am Fernseher, also folgt Stella Elizabeth in die Küche. Viel zu tun gibt es nicht – die Snacks sind bereits vorbereitet –, aber Elizabeth räumt ständig noch etwas um und wischt über die schon sauberen Arbeitsflächen.

»Du brauchst was zu trinken«, sagt sie, als sie Stellas leere Hände bemerkt. »Ich kann dir Bier, Cola oder Weißwein anbieten … oder ich kann dir was anderes mixen.« Sie öffnet einen Schrank neben dem Kühlschrank. »Ich habe Wodka, Rum …«

»Überrasch mich«, erwidert Stella. »Nur kein Weißwein.«

»Ich könnte auch einen Cocktail brauchen.« Elizabeth holt eine Flasche Wodka und einen Metallshaker aus dem Schrank, den sie mit Eis füllt. Dann misst sie Wodka ab und schneidet eine Limette klein. Aus dem Kühlschrank nimmt sie eine Flasche Cranberrysaft. Das Ergebnis ist ein pinker Drink in einem Glas mit dünnem Stil, das mit einer Limettenspalte garniert wird. Sie stoßen miteinander an.

»Ich habe mich mit Mallory Anderson getroffen«, meint Stella, nachdem sie ihren Cocktail probiert hat.

Elizabeth zieht die Augenbrauen nach oben, obwohl sie das wohl kaum überraschen kann. »Ach ja? Wie ist es gelaufen?«

Stella kauft ihr die Nummer nicht ab, antwortet aber trotzdem. »Gut. Wir probieren ab nächstem Monat ein paar Sachen aus.«

»Ich freue mich wirklich für dich, dass das klappt.«

»Vielleicht klappt. Wir werden sehen.« Stella nimmt noch einen Schluck von ihrem Cocktail, der sich einen Weg ihre Kehle hinunterbrennt. Wer auch immer Elizabeth das Mixen beigebracht hat – entweder ihre irisch-katholischen Eltern oder ihr alkoholkranker Ex-Mann –, hat keine halben Sachen gemacht.

Sie nehmen ihre Drinks mit ins Wohnzimmer. Stella folgt Elizabeths Blick zum Fenster. Die Sonne versinkt gerade hinterm Horizont. »Möchtest du hoch aufs Dach und dir den Sonnenuntergang ansehen?«, fragt Elizabeth. »Von da aus hat man auch den besten Blick aufs Feuerwerk.«

»Was ist mit Maria und ihrem Mann?«

»Wir bleiben hier«, wirft Addie ein. »Oder, Josh?« Sie stößt ihn mit dem Ellenbogen an.«

»Ja klar, kein Problem«, sagt Josh.

»Wir halten euch Plätze frei«, verspricht Elizabeth. Sie reicht Stella ihr Glas. »Halt das mal eben, ich hole noch schnell eine Decke, falls es kühl wird.« Elizabeth holt eine aus dem Wandschrank und dann fahren sie mit dem Aufzug zum Dach.

Sie treten in einen Windfang und Elizabeth schließt eine Glastür auf, die auf eine mit Holz ausgelegte Dachterrasse führt. Der kleine mit Gras bewachsene Bereich entpuppt sich als Kunstrasen. Es gibt ein paar Picknicktische, Liegestühle und Blumenkübel.

»Schön hier«, meint Stella.

Sie setzen sich nebeneinander an einen der Tische und betrachten den Himmel. Die untergehende Sonne ist noch hell genug, dass Stella sich eine Sonnenbrille oder einen Hut wünscht, sich aber damit begnügt, die Augen mit einer Hand abzuschirmen.

»Danke, dass du gekommen bist«, sagt Elizabeth.

»Freut mich, dass ich eingeladen wurde.«

»Ich hatte schon Angst, dass ich … dass ich alles kaputtgemacht habe.« Elizabeth nimmt einen Schluck von ihrem Cocktail.

»Ich habe immer Angst, dass ich alles kaputtmache.« Das sollte scherzhaft klingen, ist aber die Wahrheit. »Du hast nichts falsch gemacht. Ich bin die wandelnde Katastrophe.«

»Du bist keine Katastrophe …«

»Okay. Dann bin ich eben ein schwieriger Mensch«, unterbricht Stella sie. »Und undankbar.«

»Und bemitleidest dich selbst?«

Stella prostet ihr zu. »Auch das.«

»Stur? Blind? Vollkommen unausstehlich?«

»Ja, okay. Ich hab's verstanden«, murmelt Stella grummelig.

»Ich glaube eher, dass dir so viele Leute eingeredet haben, dass du ein schwieriger Mensch bist, dass du das nicht nur inzwischen selbst glaubst, sondern auch kräftig daran arbeitest, es wahr zu machen.«

»Dr. Barrett hat mir versichert, dass unsere Sitzungen vertraulich sind«, beschwert Stella sich.

»Addie hat erzählt, dass du nicht mehr zur Therapie gehst.«

»Der Himmel ist wirklich schön.«

Elizabeth ignoriert den Ablenkungsversuch. »Auf mich hat es gewirkt, als würde die Therapie dir helfen.«

»Das weiß ich bis jetzt nicht so genau.« Stella hält den Blick fest auf ihr fast leeres Glas gerichtet. »Ganz ehrlich.«

Elizabeth lässt es auf sich beruhen. Sie kippt den Rest ihres Cocktails hinunter und stellt das leere Glas auf den Tisch. Dann schaut sie zum Himmel. »Möchtest du nächsten Sonntag wieder mit zum Gottesdienst kommen?«

»Oh.« Das überrascht Stella. »Willst du das denn?«

»Es ist schön, jemanden dabeizuhaben. Aber wenn ein Fall dazwischenkommt …«

»Ja. Ich weiß.« Sie sieht erneut zum Himmel, der sich inzwischen zunehmend orange und violett färbt. »Gern. Ich komme mit.«

Ihre gemeinsame Zeit endet, als Addie und Josh aufs Dach kommen. Ihnen folgen Maria, ihr Ehemann und der gemeinsame, schlaksige Teenagersohn. Marco ist ihnen mit einer Ladung Bierflaschen im Arm dicht auf den Fersen.

»Amerika! Wu-hu!«, jubelt Josh, nimmt Marco eine Flasche ab und reckt sie in die Luft.

Elizabeth verdreht die Augen und drückt Stellas Knie unterm Tisch sanft, bevor sie aufsteht, um die Neuankömmlinge zu begrüßen.

Als sie wieder zu Hause sind, geht Addie direkt ins Bett, doch Stella bleibt noch auf. Sie schaltet ihren Laptop ein und sucht nach einem Wikipedia-Artikel über die katholische Kirche, um sich ein paar Hintergrundinfos zu verschaffen, doch nachdem sie sich eine halbe Stunde durch die Geschichte der Institution gewühlt hat, gibt sie auf.

Sie selbst würde sich sicher nicht entscheiden, Katholikin zu werden, aber andererseits würde sie auch jede andere religiöse Option ablehnen, die man ihr serviert. Für Elizabeth gehört der katholische Glaube jedoch so sehr zu ihrer Identität wie die Tatsache, dass sie aus Kalifornien stammt, Mutter und rothaarig ist. Einige Dinge sind einfach gegeben.

Im Fernsehen laufen alte Folgen von *Cagney & Lacey.* Stella hat jede Folge geschaut, als die Serie rauskam, also lässt sie sich einfach leise davon berieseln. Sie schaut ein paar Folgen, aber die Serie ist klischeehafter, als sie sie in Erinnerung hat und sie ärgert sich zunehmend darüber.

Als sie den Fernseher schließlich ausmacht, ist es beinahe vier Uhr morgens – sie wird langsam zur Nachteule. Sie hat Dr. Barretts Stimme im Ohr. *Geben Sie dem Kind einen Namen, Stella.*

Okay. Ihre Depression macht sie nachtaktiv.

Sie könnte ins Bett gehen und auf den Schlaf warten. Vielleicht würde sie sogar ein bisschen dösen, aber nach dem Feuerwerk findet sie so schnell wohl keine Ruhe. Es war zu laut, zu hell und hat sie mehr an Schüsse als an Freiheit erinnert. Jeder Knall hat sie zusammenzucken lassen. Einen zweiten Drink hat sie abgelehnt, was auch gut so war, weil sie eine angetrunkene Addie heimfahren musste.

Als sie nach dem Feuerwerk gegangen sind, hat Elizabeth Addie umarmt, ihr die blonden Haare aus dem Gesicht gestrichen und ihr einen Kuss auf die Stirn gegeben. Stella hat das rasend eifersüchtig beobachtet, doch es schien niemandem aufzufallen, am wenigsten Addie. Sie hat auf dem Heimweg laut vor sich hin geplappert und ist dann voll bekleidet, und ohne sich abzuschminken, ins Bett gefallen.

Kurz wünscht Stella sich, irgendwo zu leben, wo sie sich auf eine Veranda setzen kann. Kalifornien hat viel zu bieten, aber überdachte Außenbereiche gehören nicht dazu. Zumindest nicht in dieser Stadt.

Sie zieht ihre Schuhe an. Der nächstgelegene Drugstore macht erst um sieben auf, aber zwei Meilen die Straße runter gibt es einen, der rund um die Uhr geöffnet hat. Sie geht ins Bad, um dort in den Spiegel zu schauen. Erklärt ihrem Spiegelbild, dass es sie mal kann und schnappt sich ihre Handtasche. Das ist nicht das erste Mal, dass sie im Schlafanzug und in Flipflops durch einen Drugstore schlurft und es wird auch nicht das letzte Mal sein.

Der Parkplatz ist fast leer. Sie kneift die Augen zusammen, weil das Neonlicht zu grell ist, und wirft ein paar Tafeln Schokolade in ihren Einkaufskorb. Im Gang mit den Glückwunschkarten bleibt sie stehen. Rons Geburtstag steht vor der Tür. Am 21. Juli, dem Übergang zwischen Krebs und Löwe. Sie hat nie groß an Astrologie geglaubt, aber ihre Mitbewohnerin auf dem College war darin ziemlich bewandert und Stella hat genug aufgeschnappt, um zu wissen, dass Rons nette Züge dem Krebs und seine cholerischen dem Löwen zu verdanken waren.

»Wie albern«, murmelt sie und lässt den Blick über die Geburtstagskarten wandern. Sie hat es kaum geschafft, ihm eine Karte zu besorgen, als er noch am Leben war, und sie hat sich selten die Zeit genommen und die Mühe gemacht, ihm ein Geschenk zu kaufen. Er hatte sowieso schon alles, was er wollte. Meistens wollte er zu besonderen Anlässen ausgehen, aber sie hat ständig gearbeitet.

Sie lässt die Karten, wo sie sind. Bislang hat sie es aktiv vermieden, über das nachzudenken, was Dr. Barrett als Jahr der ersten Male bezeichnet. Der erste Geburtstag ohne ihn. Sein erster Todestag.

»Sie werden sie kalt erwischen«, hat sie Stella gewarnt. »Das erste Mal, dass Sie einen Ort besuchen, an dem sie mit ihm waren. Der erste Tag, den sie überstehen, ohne zu weinen. Wenn sie das erste Mal wieder Sex haben.«

Ihre letzte Sitzung liegt Wochen zurück und jetzt steht sie um fünf Uhr morgens in einem Drugstore und denkt über Dr. Barretts Worte nach.

Der Jahrestag seiner Ermordung ist schon in zwei Monaten.

Im Kosmetikgang nimmt Stella ein paar Sachen mit und geht dann noch zu den Süßigkeiten, bevor sie die Kasse ansteuert.

»Möchten Sie eine Tüte für zehn Cent dazu?«, fragt der Kassierer.

»Gerne.« Stella vergisst jedes Mal, Taschen aus dem Auto mitzubringen. Ron wollte nie Tüten kaufen, also hat er Stella jedes Mal zum Auto gehen und im Kofferraum nach etwas Brauchbarem suchen lassen. Lieber schleppte er alles auf den Armen raus, bevor er nachgab und eine Tüte kaufte.

»Einen schönen Abend noch.« Der Kassierer wirft einen Blick in Richtung Glastür. »Oder Tag.«

»Ihnen auch.« Stella schleppt sich nach draußen.

Sie sitzt im Auto, die Tüte neben ihr auf dem Sitz und ihre Augen fangen an zu brennen, als würde sie gleich weinen. Sie schluckt, weil ihr die Kehle eng wird, doch als nach ein paar Minuten immer noch nichts passiert ist, fährt sie wieder nach Hause.

Elizabeth holt sie am Sonntagmorgen ab. Stella trägt ein Kleid, hat sich geschminkt und frisiert. Sie hat sogar richtige Schuhe an. Dieses Mal wird sie bei den Katholiken von Los Angeles einen besseren Eindruck hinterlassen.

»Können wir uns wieder zu der alten Dame setzen?« Stella will sich ihrer Angst stellen, gesehen und verstanden werden. »Die Frau, die letzte Woche auf unserer Bank gesessen hat. Ich weiß nicht, wie sie heißt, aber sie hatte einen Rollator dabei und kannte dich schon, als du noch verheiratet warst.«

»Das ist Dot Northcott«, sagt Elizabeth. »Sie kommt selten in letzter Zeit. Es geht ihr gesundheitlich nicht besonders gut.«

»Oh.« Das nimmt ihr ein bisschen den Wind aus den Segeln. Sie war so fest entschlossen, mutig zu sein und jetzt wird nur Gott sie so sehen, wie sie wirklich ist.

»Kann ich mit dir über einen hypothetischen Fall sprechen?«, fragt Elizabeth, als sie ein paar Minuten unterwegs sind.

Stella ist vollkommen klar, dass es um den Fall geht, an dem Elizabeth gerade arbeitet. »Wenn nicht mit mir, mit wem dann?«

Elizabeth umreißt den Mord in groben Zügen, die Verdächtigen und die Schritte, die bis jetzt unternommen wurden. »Wenn es dein Fall wäre, wie würdest du vorgehen?«

»Genauso«, antwortet Stella, doch Elizabeth wirft ihr einen Seitenblick zu, als wüsste sie, dass Stella ihr nicht die volle Wahrheit sagt. »Vielleicht hätte ich den Chef ein bisschen mehr in die Mangel genommen, aber ihr seid dem Geld gefolgt. Ihr habt alle Fakten, die ihr braucht.«

»Aber kein Geständnis.«

»Die meisten Leute gestehen nicht«, erinnert Stella sie. »Rein statistisch betrachtet.«

»Und wenn du da gewesen wärst, um ihn in den Zeugenstand zu rufen?«

»Jeder hat andere Fähigkeiten, Elizabeth. Du kannst andere Menschen um ihre beneiden, aber denk immer daran, dass die gerne deine hätten. Ich bin vielleicht gut darin, die Wahrheit rauszufinden und Lügen aufzudecken, aber sonst kann ich nicht viel. Und diese Fähigkeit ist ebenso ein Fluch wie ein Segen.« Stella ist schon immer sehr schnell in den Abwehrmodus gewechselt, sobald es um ihren Job geht. Es gab immer Leute, vor allem Männer, die eifersüchtig auf ihr Können waren und versuchten, sie zu sabotieren.

»Okay, ganz ruhig.« Elizabeth schaut kurz zu ihr rüber und lächelt. »Dein Akzent wird deutlicher, wenn du dich für etwas einsetzt, das dir wichtig ist.«

»Das mal beiseite: Ich könnte mich nie so mit dem Papierkram auseinandersetzen wie du.« Stella versucht die Spannung mit Humor zu lösen.

»Oh, fantastisch. Bürokratie ist also meine Begabung.«

»Und du hast tolle Haare.«

Elizabeth verdreht die Augen. »Danke.«

In der Kirche angekommen sucht Stella direkt nach der alten Frau, aber sie ist nicht da. Sie setzen sich auf die gleiche Bank wie in der Woche zuvor. Dieses Mal fühlt Stella sich ein bisschen weniger überfordert. Sie versteht immer noch nicht ganz, wie das hier funktioniert und ein paar Dingen, die der Priester in seiner Predigt von sich gibt, stimmt sie nicht zu, aber das Ritual ist schön und sie ist gerne beschäftigt.

Und sie ist gerne mit Elizabeth zusammen.

»Wollen wir noch Mittagessen gehen?«, fragt Elizabeth nach dem Gottesdienst.

»Wir könnten zu dem Restaurant fahren, in dem Addie arbeitet«, schlägt Stella vor, auch wenn sie dafür extra zum Grove fahren, dort Parkgebühr bezahlen und sich durch die Massen an Wochenend-Shoppern kämpfen müssen. Am liebsten würde sie die Worte sofort wieder zurücknehmen und nach Hause fahren.

»Das ist eine tolle Idee.«

Elizabeth und Addie treffen sich immer noch auch ohne Stella. Sie mögen sich einfach, nichts weiter. Elizabeth ist eine kompetente Mutterfigur für Addie und Addie ist ein kleiner Ersatz für Elizabeths Tochter, die am anderen Ende des Lands wohnt und sich selten meldet.

Für Stella wäre es viel einfacher, wenn sie die Freundschaft zu Elizabeth so nehmen könnte, wie sie ist, und sich nicht nach etwas sehnen würde, was sie selbst nicht versteht. Aber wenn Elizabeth morgen zu ihr sagen würde: »Ich finde dich attraktiv. Lass uns das mal weiterverfolgen«, würde Stella vermutlich Panik bekommen und davor weglaufen.

Sie betrachtet Elizabeths wunderschönes Gesicht, ihre Hände, ihre Haare, ihren Schoß.

Elizabeth muss das bemerken, denn sie fragt: »Was ist?«

In einer perfekten Welt würde Stella ihr die Wahrheit sagen, ihr gestehen, dass sie ihr Blut zum Summen und ihre Haut zum Kribbeln bringt und nur die Berührung von Elizabeths Händen sie beruhigen kann.

Stattdessen sagt sie: »Nichts.«

Das Restaurant ist sehr gut besucht, weswegen sie warten müssen, um in Addies Bereich einen Platz zu bekommen. Stella erklärt, dass sie Addies Tante ist und keine Stalkerin.

»Verstehe«, sagt die Platzanweiserin. »Sie sehen ihr wirklich ähnlich.«

Als sie schließlich in einer Sitzecke platziert werden, kommt Addie zu ihnen rüber. »Willkommen im Wood Ranch Grill. Ich bin Addison. Darf ich Ihnen schon etwas zu trinken bringen?«, fragt sie, ohne aufzusehen. Sie sucht in ihrer Schürze nach ihrem Notizblock und Stift.

»Zwei Tequila, bitte«, antwortet Stella.

Addies Kopf ruckt nach oben. »Oh mein Gott! Hi!«, ruft sie. »Ihr seid zum Mittagessen zu mir gekommen! Und sitzt in meinem Bereich.«

»Tun wir«, sagt Elizabeth.

»Wir hatten Zeit«, meint Stella. »Es war Elizabeths Idee.«

»Nein, es wa…«

Stella wirft Elizabeth einen warnenden Blick zu.

»Okay.« Addie stemmt eine Hand in die Hüfte. »Ist das nicht schön? Was darf ich euch bringen? Das mit dem Tequila war ein Witz, oder?«

Stella zuckt mit den Schultern. Sie könnte schon einen vertragen.

»Wasser, bitte«, antwortet Elizabeth.

»Ja, für mich auch«, sagt Stella. »Halt, nein. Eine Cola.«

»Kommt sofort.«

Elizabeth öffnet die Speisekarte und hält sie etwas weiter weg. Dann schiebt sie sich die Brille in die Haare und holt die Karte dichter an ihr Gesicht heran.

»Du brauchst eine Gleitsichtbrille.«

»Die habe ich«, murmelt Elizabeth.

»Dann brauchst du eine neue.« Stella wühlt in ihrer Handtasche nach ihrer eigenen Brille, die irgendwo ganz unten darin herumdümpelt. Sie könnte auch mal wieder eine neue brauchen. »Wir könnten uns was teilen.«

»Ein Salat klingt gut.«

»Igitt. Dann lieber nicht.«

»Wir können uns ein Sandwich teilen und ich bestelle mit einen Beilagensalat dazu.«

»Du solltest bestellen, was du haben willst«, meint Stella.

»Ich will mit dir teilen. Wonach dir ist.«

»Warum bist du so nett?«

Elizabeth presst die Lippen zu einer schmalen Linie zusammen. »Weil ich dich mag, obwohl du meine Geduld gerade wirklich auf die Probe stellst.«

Stella senkt den Blick wieder auf die Speisekarte. »Okay, ist ein Argument.«

»Warst du inzwischen noch mal bei Dr. Barrett?«, fragt Elizabeth, ohne die Speisekarte zu senken.

»Seit wir uns vor drei Tagen das letzte Mal gesehen haben? Nein.«

»Hmm«, sagt Elizabeth. »Scheint, als hättest du noch einiges mit ihr zu besprechen.«

Stella klatscht die Speisekarte auf den Tisch. »Was soll das denn heißen?«

»Es heißt, dass du mir immer noch nicht vertraust! Ich verhalte mich vollkommen normal und du witterst schon wieder irgendwelche Hintergedanken, weil ich nett zu dir bin.«

»Ich hatte genug andere Sachen zu besprechen«, erwidert Stella. »Um dich ging es in der Therapie nicht.«

»Vielleicht sollte es das.«

»Soll ich dir mal was sagen? Genau deswegen habe ich die Therapie beendet. Warum sind alle nur so versessen darauf, dass ich über dich sprechen soll?« Hitze kriecht ihren Rücken und Nacken hinauf bis in ihre Wangen.

Addie kommt mit einem Tablett zurück. Sie stellt ihnen zwei Gläser Wasser und Stellas Cola auf den Tisch und klemmt sich das Tablett dann unter den Arm. »Wisst ihr schon, was ihr essen wollt?«

»Noch nicht«, sagt Elizabeth. »Gibst du uns noch ein paar Minuten?«

»Aber klar. Soll ich euch was empfehlen? Die Burger sind lecker, die Pasta nicht und die Sandwiches sind okay, wenn man den süßen Senf weglässt ...«

»Danke für die Getränke, Liebes«, unterbricht Elizabeth sie. »Wir sind dann gleich so weit.«

»Okay.« Addie geht, um die Bestellung an einem anderen Tisch aufzunehmen.

Stella greift wieder nach der Speisekarte und versteckt sich dahinter.

»Stella.«

Sie tut, als wäre sie vollkommen auf die Sandwich-Auswahl konzentriert. Pute-Avocado mit Provolone-Käse und Basilikum-Aioli klingt gut.

»Stella Anne Carter.« Dieses Mal lässt Elizabeth nicht locker. »Warum zum Henker hast du die Therapie abgebrochen, nur weil du über mich sprechen solltest?«

Stella lässt die Karte sinken. »Sprichst du denn in der Therapie über mich?«

»Ja.«

»Oh.« Das überrascht sie wirklich. »Was erzählst du denn?«

»Tja, es geht dich *eigentlich* nichts an, aber ich habe über dich gesprochen, als du die Beförderung angenommen hast und dann ausführlich, nachdem … nachdem dein Mann gestorben ist. Und jetzt spreche ich darüber, wie ich dich dazu bringe, mir wieder zu vertrauen.«

»Ich verstehe.« Stella wendet sich wieder der Karte zu. »Pute-Avocado. Schmeckt dir das?«

Elizabeth schenkt ihr einen finsteren Blick. Sie zieht sich die Brille aus den Haaren und wirft sie auf den Tisch. Selbst im gedämpften Licht des mit dunklem Holz eingerichteten Restaurants sind ihre jadegrünen Augen faszinierend.

»Hör mal«, sagt Stella. »Ich vertraue dir. Wirklich. Ich platz quasi vor Vertrauen. Können wir bitte über was anderes als Dr. Barrett reden?«

»Soll ich mitkommen? Das würde ich sofort.«

»Ich kann inzwischen alleine Auto fahren.«

»Ich meine: Soll ich mit dir zu einer Sitzung gehen. Würde dir das helfen?«

»Oh Gott, auf keinen Fall.«

Elizabeth lässt sich nach hinten sinken. »Ich verstehe.«

Stella zögert. »Weißt du, du bist eine normale Frau, die ein normales Leben lebt. Ich dagegen habe einen Haufen unvernünftiger Sachen gemacht und lebe gerade alles andere als normal. Einige Dinge lässt man besser unausgesprochen, okay? Okay. Gutes Gespräch.« Sie winkt Addie zu. »Juu-huu! Wir sind so weit.«

Addie kommt mit Notizblock und Stift in der Hand zu ihnen rüber. »Alles klar, was darf's sein, Tante Stella?«

»Das Pute-Avocado-Sandwich und einen Beilagensalat. Wir teilen.« Sie schaut Elizabeth fragend an, doch dieses Mal kann Stella – die Menschen normalerweise mühelos einschätzt – ihren Gesichtsausdruck nicht deuten. »Oder?«

»Ja«, sagt Elizabeth. »Wir teilen.«

»Okay.« Addie notiert die Bestellung und eilt dann davon.

Offenbar sind ihr weder Stella rote Wangen noch Elizabeths steinerne Miene aufgefallen.

Kapitel 11

»Also … Mittagessen, hm?«, fragt Addie, als sie am Abend spät nach ihrer Doppelschicht nach Hause kommt.

Stella sitzt mit ihrem Handy in der Hand auf dem Sofa. Auf dem Couchtisch brennt eine Kerze. Der Fernseher ist nicht an, weil sie ihn ausgemacht hat, als sie Addies Scheinwerfer gesehen hat. Sie will nicht, dass Addie denkt, sie hätte die letzten acht Stunden ferngesehen, auch wenn das der Fall war. Immerhin hat sie es geschafft, die Spülmaschine auszuräumen und ihr Bettzeug und den Matratzenschoner zu waschen, aber auch nur, weil sie heute Morgen Kaffee darauf verschüttet hat.

»Hat ausgesehen, als hättet ihr ein schwieriges Thema besprochen.« Addie lässt sich neben ihr auf die Couch fallen. »Ist alles okay?«

Stella legt ihr Handy weg. »Wir sind zum Gottesdienst und dann zusammen Mittagessen gegangen, bevor sie mich wieder nach Hause gefahren hat. Keine große Sache.«

»Hmhm. Hmhm«, sagt Addie. »Das ist interessant. Sehr interessant sogar.«

»Warum?«

»Weil ich in meiner Pause mit Elizabeth gesprochen habe und sie erzählt hat, dass ihr euch wieder über die Therapie gestritten habt.«

»Verdammt, Addie. Müsst ich euch immer gegen mich zusammentun?«

»Hey, ich bin die Schweiz.« Addie hebt die Hände. »Ich kann doch nichts dafür, dass ich zwischen den Stühlen sitze.«

»Du kannst Elizabeth sagen, dass ich nicht mehr zu Dr. Barrett gehen werde.«

Addie tritt sich die Schuhe von den Füßen, legt diese auf den Couchtisch und lehnt sich auf dem Sofa zurück. »Können wir uns mal über Elizabeth unterhalten?«

»Nope.«

»Tante Stella, ich weiß, dass du sie magst.«

Stellas Wangen werden heiß.

»Es ist alles in Ordnung. Du brauchst keine Angst haben.«

»Ich habe keine Angst.« Die Stimme klingt, als würde sie nicht ihr gehören, zu hoch und fremd.

»Es ist okay, Gefühle für sie zu haben, selbst wenn du so was noch nie empfunden hast.« Addie schlägt einen sanften Tonfall an.

Stella steht auf. »Darüber spreche ich nicht.«

Addie setzt sich aufrechter hin und fasst sie am Arm, um sie am Gehen zu hindern. »Entweder mit mir oder mit deiner Therapeutin. Weil dir das langsam dein Leben kaputtmacht.«

»Mein Leben ist …« Sie will *in Ordnung* sagen – spürt die Worte praktisch schon auf der Zunge –, aber ihr Leben ist nicht in Ordnung und es klingt realitätsfern, wenn sie das ausspricht. Also entscheidet sie sich für etwas anderes. »Jetzt ist es zu spät, um noch irgendwas zu ändern.«

»Es ist *nicht* zu spät.«

Stella schüttelt den Kopf. »Ich will nicht darüber reden.«

»Liegt es an Dr. Barrett? Wir können auch jemand anderen für dich suchen.«

Ja und nein. In fast jeder Sitzung sind sie um das Thema Elizabeth herumgeschlichen, sind ihm immer näher gekommen, aber jedes Mal, wenn sie der Wahrheit zu dicht kamen, hat Stella abgebrochen. Dr. Barrett ist keine schlechte Therapeutin oder eine unsympathische Frau. Stella wollte einfach nur nicht über Elizabeth sprechen. Sie will, dass sie eines Tages aufwacht und ihre Gefühle für Elizabeth verschwunden sind. Durch Zauberei oder eine Lobotomie.

»Dr. Barrett war in Ordnung. Ich hatte nur nichts mehr zu besprechen.«

»Wie fühlt es sich an, wenn man sich selbst so krass was vormacht?«, fragt Addie.

»Nicht so unangenehm, wie man glauben möchte.« Der Trockner gibt einen lauten Summton von sich. »Ich muss mein Bett beziehen.«

»Okay.« Addie lässt sie los. »Wir verschieben das.«

»Oder auch nicht!«, ruft Stella über ihre Schulter.

Mallory mailt ihr drei Jobangebote für August. Eine Anfrage von der UCLA, eine von der UC in Irvine und eine als Sonderberaterin für die Staatsanwaltschaft im L.A. County.

Ich weiß, dass es nicht ganz das ist, was wir besprochen haben und Sie dort vielleicht auch nicht mehr hinwollen, aber ich glaube, dass Sie nützlich für die Leute dort wären.

Stella antwortet ihr, dass sie alle annimmt, auch den Auftrag der Staatsanwaltschaft. Sie kann es sich nicht leisten, wählerisch zu sein. Also druckt sie die Termine und Uhrzeiten zusammen mit ihren Ansprechpartnern vor Ort aus, fügt dem noch Lagepläne der Campusse hinzu und markiert die Gebäude, in denen die Kurse stattfinden, mit einem Sternchen.

Die zwei Wochen vor ihrem ersten Auftrag verbringt sie damit, sich so gut wie möglich vorzubereiten, als wären die zwanzig Jahre Erfahrung in der Strafverfolgung nicht Qualifikation genug für diesen Job. Als würde ihr früheres Leben zu einer anderen Person gehören. Als hätte sie all die Tage ihrer Vergangenheit nur geträumt, die sie früh aufstand, eine Kanne Kaffee aufsetzte, hektisch ihre Schuhe und ihre Tasche und ihren Pullover suchte, während Ron sie zum hundersten Mal dran erinnerte, dass sie doch einfach nur abends die Kaffeemaschine vorprogrammieren musste, oder sich Kleidung rauslegen und ihre Handtasche packen …

Stella konnte ihm nie begreiflich machen, dass sie kein Mach-das-am-Vorabend-Mensch ist.

Jetzt hofft sie, dass sie sich noch an genug aus diesem Leben erinnert, dass sie eine Antwort auf die Fragen hat, die man ihr stellen wird. Hofft, dass sie nicht die Schwindlerin ist, für die sie sich allmählich hält.

Als es am späten Nachmittag an der Tür klingelt, ist sie allein zu Hause. Elizabeth steht auf der Veranda.

»Hi.« Stella ist überrascht, sie zu sehen.

Ihre Beziehung ist nicht mehr so angespannt wie in den Wochen der Funkstille, doch der Streit im Restaurant hat sie ein ganzes Stück zurückgeworfen. Elizabeth ist schon eine Weile lang nicht mehr unangekündigt vorbeigekommen und betritt das Haus auch nicht mehr einfach so nach einem kurzen Klopfen. Und sie hat seit einer Ewigkeit nicht mehr hier übernachtet.

»Sam ist seit heute wieder im Dienst.« Elizabeth hält sich nicht mit Höflichkeiten auf.

»Ah ja? Wie geht's seiner Schulter?«

»Gut. Sauber verheilt.« Elizabeth stellt ihre Handtasche neben der Tür ab, genau da, wo Addie das sonst macht. »Er hat mir gesagt, dass er mich noch liebt und wieder mit mir zusammen sein will.«

Stella macht einen Schritt zur Seite. »Komm doch erst mal rein.« Sie wünscht sich, Addie wäre hier, weil die viel besser in diesen Sachen ist. Mit Gefühlen. Und Elizabeth.

»Tut mir leid, dass ich einfach so reinschneie.« Elizabeth zieht ihre Jacke aus und legt sie über die Rückenlehne der Couch. »Hast du Wein da?«

»Natürlich habe ich Wein.«

Auf der Küchenanrichte steht noch eine halbe Flasche Rotwein vom Vorabend. Sie zieht den Korken raus und gießt ihnen großzügig ein. Dann bringt sie die Gläser ins Wohnzimmer.

Elizabeth nimmt ihres entgegen, stellt es dann aber nur auf ihrem Schoß ab.

Stella setzt sich ans andere Ende der Couch und schlägt ein Bein unter, damit sie Elizabeth direkt ansehen kann. »Also, hm, willst du denn wieder was mit Sam anfangen?«

Elizabeth starrt sie vollkommen entsetzt an. »Nein!«

Die Bienen in Stellas Bauch beginnen zu summen und sie lässt den Atem entweichen, von dem sie gar nicht gemerkt hat, dass sie ihn angehalten hat. »Was ist denn dann das Problem?« Sie stellt ihr Weinglas auf den Tisch. Ihre Hand zittert, aber das scheint Elizabeth nicht zu bemerken.

»Ich habe dankend abgelehnt. Aber es wird …«

»Oh.« Jetzt versteht Stella. »Das wird in deiner Abteilung für Probleme sorgen.«

Elizabeth nickt. »Ich mag diesen Job meistens wirklich gern und ich will keine Veränderungen.«

Stella zuckt mit den Schultern. »Ich bin nicht gerade dafür bekannt, gut mit Veränderungen umzugehen …« Elizabeth gibt ein leises Schnauben von sich, doch Stella ignoriert sie. »Aber manchmal verändern sich Dinge, weil sie sich verändern müssen. Weil es der richtige Zeitpunkt dafür ist.«

Elizabeth verengt die Augen zu Schlitzen. »Wer bist du?«

Stella lehnt sich zu ihr und flüstert: »Ich bin der Klon.«

Elizabeth umfasst Stellas Handgelenk. Ihre Finger sind kalt.

»Hey. Es wird alles gut. Möchtest du über Nacht bleiben?«, fragt Stella.

Elizabeth nickt. Ihre Augen füllen sich mit Tränen und ihre Selbstbeherrschung bricht in sich zusammen. Stella nimmt ihr das Glas ab und stellt es neben ihr eigenes. Dann rutscht sie vorsichtig näher zu Elizabeth und breitet die Arme aus.

Elizabeth wirft sich praktisch hinein und vergräbt das Gesicht an ihrem Hals.

»Oh, Schatz. Es wird alles gut.« Sie hält Elizabeth fest und streichelt ihr über den Rücken, während sie weint. Stella fragt sich, wer Elizabeth wohl als Letztes umarmt hat. Ihre Kinder leben weit weg und sie ist Single. Stella hat Addie, die sie ab und zu umarmt. Vielleicht macht ihre Nichte das auch bei Elizabeth, aber Addie ist jung und Elizabeth ist mehr eine Mutterfigur für sie, also wird sie sich wohl nicht bei Addie ausweinen.

Elizabeth murmelt etwas an Stellas Hals.

»Hm?«

»Tut mir leid.«

»Nicht doch.« Stella streicht ihr über den Kopf.

Kurz darauf kommt Addie nach Hause und findet sie immer noch in der Umarmung vor. Stella lässt die Finger in Elizabeths Haaren.

Addie lässt die Champagnerflasche sinken, die sie in der Hand hält, und bleibt wie angewurzelt stehen. »Was hast du angestellt, Tante Stella?«

Der Champagner war eigentlich gedacht, um Addies Beförderung zur Teamleitung zu feiern. Elizabeth weint zwar nicht mehr, entschuldigt sich aber immer noch ständig, bis Addie beschließt, ihr ein Bad einzulassen, weil Elizabeth erschöpft aussieht. Außerdem bestimmt sie, dass Elizabeth hier übernachtet.

Während Elizabeth in der Wanne liegt, kocht Addie und Stella sucht türkisfarbene Baumwollshorts und ein schwarzes Tanktop raus. Es ist eins von Addies Sportoberteilen, auf dem in großen goldenen Buchstaben steht: *Ich gebe nicht auf, aber ich fluche die ganze Zeit dabei.* Stella hofft, dass es Elizabeth ein Lächeln entlockt. Sie legt die Kleidung sauber gefaltet auf Addies Bett.

In der Küche stellt sie sich hinter Addie, die am Herd steht und in einem Topf mit Nudeln rührt, und legt das Kinn auf ihre Schulter. »Sie ist ohne Vorwarnung hier aufgetaucht und hat angefangen zu weinen.« Das kommt der Wahrheit nahe genug. Addie muss nichts über die problematischen Hintergründe von Elizabeths Arbeit oder ihr Liebesleben erfahren.

»Sie hat einen stressigen Job«, sagt Addie. »Und ich glaube, sie ist oft einsam.«

»Sie stammt aus Los Angeles. Wieso sind wir ihre einzigen Freunde hier?«

»Vielleicht sind wir einfach die einzigen Menschen, die sie gerade mag.«

Stella löst sich von ihr und wirft einen Blick in den Topf. »Was wird das?«

»Nur ein paar Nudeln. Ich glaube, wir haben noch ein Glas Béchamelsoße im Schrank.«

Addie ist gut darin, aus nichts etwas zu machen und als Elizabeth schließlich wieder aus Addies Zimmer kommt, stehen eine Schüssel mit Pasta in cremiger Soße, Salat und Knoblauchbrot aus einem Rest Sauerteigbrot auf dem Tisch.

Elizabeth trägt die Kleidung, die Stella für sie rausgelegt hat, und eine von Addies Kapuzenjacken. Die Shorts bringen ihre langen Beine zur Geltung. Ihre feuchten Haare hat sie nach hinten gekämmt und das Make-up ist Geschichte. Ohne Wimperntusche sehen ihre Augen hinter den Brillengläsern nicht mehr ganz so groß aus.

»Das sieht so gut aus«, sagt sie. »Danke sehr.«

Sie setzen sich, füllen ihre Teller und essen.

Irgendwann bricht Stella das Schweigen. »Addie wurde im Restaurant zur Teamleiterin befördert.«

»Oh, Liebes, das ist wundervoll. Herzlichen Glückwunsch.«

»Es ist … hm … keine große Sache. Mehr Verantwortung, aber nicht viel mehr Geld.«

»Das heißt aber, dass sie dich mögen«, sagt Stella.

»Das heißt, dass ich nicht total dumm bin«, hält Addie dagegen.

»Hast du dir schon Gedanken ums College gemacht?« Elizabeth steckt sich eine weitere Gabel voll Nudeln in den Mund.

»Ich habe mir schon ein paar Seiten im Internet angeschaut. Bewerben kann ich mich sowieso erst in einem halben Jahr.« Addie schiebt ein paar Nudeln auf ihrem Teller herum. »Tante Stella arbeitet ab nächster Woche wieder.«

Elizabeth schaut Stella überrascht an. »Ach ja?«

»Nur eine Diskussionsrunde an der UCLA«, antwortet Stella. »Und zwei andere Aufträge. Ich lasse es langsam angehen.«

»Um was geht es bei der Diskussionsrunde?«

»Ich setze mich mit ein paar Experten aus der Strafverfolgung zusammen. Wir gehen zu Beginn des Semesters zusammen mit dem Kurs einige Fälle durch und machen dann am Schluss eine Nachbesprechung. Reden mit den Studierenden darüber, wie sich ihr Blickwinkel geändert hat. Denke ich. Ich weiß noch nicht so genau.«

»Das passt hervorragend zu dir.« Kleine Fältchen bilden sich um ihre Augenwinkel, als Elizabeth lächelt.

»Das könntest du auch machen. Wenn du in Rente gehst, könntest du sofort als Beraterin tätig werden.«

»Ja, vielleicht. Aber so weit bin ich wohl noch nicht.«

»Ich wollte damit nur sagen, dass dir andere Wege offenstehen.«

»Warum solltest du beim LAPD aufhören? Du liebst deinen Job doch«, sagt Addie.

»Möchte ich auch nicht«, erwidert Elizabeth. »Noch nicht.«

Stella wechselt das Thema. Über die Arbeit zu reden macht sie nervös. »Was war dein schlimmster Gast heute?«, fragt sie Addie. Das bringt sie immer in Fahrt, weil die Menschheit furchtbar ist und hier in Los Angeles noch schlimmer. Addies Klientel ist eine Mischung aus Touristen und reichen Shoppern mit ein paar Angestellten von umliegenden Geschäften dazwischen.

»Oh mein Gott, da war dieser eine Kerl …« Und los geht's. Sie schafft es sogar, Elizabeth ein- oder zweimal zum Lachen zu bringen, insbesondere als sie zu dem Teil der Geschichte kommt, in dem sie einem erwachsenen Mann erklären musste, dass das Dressing mit Blauschimmelkäse nicht einfach nur zerbröselter Käse in Ranch-Dressing ist. Dass es eine komplett andere Salatsoße ist und der Mann ihr nicht geglaubt hat. Letztendlich musste sie ihm das bringen, was er für richtig hielt, bevor er Ruhe gab.

»Ein erwachsener Mann!«, empört sich Addie. »Und er hatte einen Ehering am Finger. Jemand hat den *geheiratet*!«

Elizabeth lacht leise. »Männer sind so dumm.«

»Sind sie«, stimmt Stella ihr zu. »Selbst die guten.«

»Welche guten?«, fragt Addie. »Nenn mir einen.«

»Du bist zu jung für so viel Zynismus.« Elizabeth legt sich dramatisch eine Hand auf die Brust.

»Ich bin weise für mein Alter.« Addie steht auf und fängt an, den Tisch abzuräumen.

Stella macht eine scheuchende Handbewegung. »Ich mach das. Du hast gekocht.«

»Ich beziehe mein Bett neu«, sagt Addie zu Elizabeth.

»Oh nein«, protestiert diese. »Ich muss unglaublich früh aufstehen. Ich schlafe auf der Couch.«

»Nein!«, sagt Stella. »Die Couch ist furchtbar.«

»Addie arbeitet so viel. Sie braucht ihren Schlaf.«

»Das ist schon …«

»Ich sollte sowieso lieber nach Hause.« Elizabeth rutscht vom Tisch weg.

»Nein!« Addie hält sie auf. »Du musst hierbleiben und Zeit mit uns verbringen.«

»Das ist wirklich nett, aber …« Elizabeth erhebt sich, zögert aber, als bräuchte sie noch einen kleinen Schubs.

»Du kannst bei mir schlafen«, platzt es aus Stella heraus.

Addie starrt sie ungläubig an.

»Oh, das geht nicht …«

»Das ist eine gute Idee. Tante Stella muss zu keiner bestimmten Uhrzeit aufstehen«, fällt Addie ihr ins Wort.

»Was ist mit deinem neuen Job?«

»Ich fange erst nächste Woche an«, erinnert Stella sie.

»Außerdem ist dein Bett größer.« Die Begeisterung ist Addie deutlich anzumerken. »Und so könnt ihr noch ein bisschen Zeit miteinander verbringen.«

Elizabeth zieht die Augenbrauen nach oben. »Ich weiß, dass du nicht … Also wenn dir das unangenehm ist …«

»Es war meine Idee. Du bist meine Freundin.«

»Ja. Bin ich.« Elizabeth klingt jedoch etwas unsicher.

Stella räumt die Küche auf, während Addie und Elizabeth sich im Wohnzimmer weiter unterhalten. Sie sind jedoch zu leise, um sie zu verstehen.

Um ihnen etwas Zeit zu geben und sich selbst abzulenken, konzentriert Stella sich auf ihre Aufgabe. Sie stellt das Geschirr in die Spülmaschine und macht sie an. Dann leert sie das Abtropfgestell und wäscht die Töpfe ab. Sie steckt gerade bis zu den Ellenbogen in schaumigem Wasser, als sie Addies Hand auf der Schulter spürt.

»Elizabeth putzt sich die Zähne. Ich gehe ins Bett, ich bin müde.«

»Okay, Schätzchen.« Stella wischt sich mit dem Unterarm über die Stirn.

»Alles okay?«

»Ja, natürlich«, lügt Stella.

»Mach bitte nichts Dummes. Überlass ihr das Reden.«

»Ich mache sicher nichts Dummes!«, zischt Stella, aber der Rest ist ein guter Rat. Sie wird einfach im Dunkeln liegen und zuhören, bis Elizabeth einschläft. Das sollte nicht lange dauern. So ein Weinkrampf macht müde.

Als sie ins Schlafzimmer kommt, sitzt Elizabeth auf der Kante von Stellas Bett. Plötzlich wird Stella bewusst, wie schrecklich dieser Raum aussieht. Ihr Bett ist einfach nur ein Boxspringkasten mit Matratze. Kein Rahmen. Es steht an der Wand in einer Ecke wie ein Kinderbett. Überall auf dem Boden liegt Kleidung. Ihr Make-up ist kreuz und quer verstreut, obwohl sie es so selten benutzt – wenn sie nicht gerade versucht, Elizabeth zu beeindrucken.

»Ich kann immer noch gehen«, bietet Elizabeth an.

»Warum solltest du?«

»Ich bin zu alt, um spontan bei Freunden zu übernachten.«

»Sagt wer?« Stella setzt sich neben sie aufs Bett. »Viele Leute würden sich weniger einsam fühlen, wenn sie öfter bei Freunden übernachten.« Das ist zwar eher der Versuch, ihnen beiden das einzureden, aber eigentlich ist es auch kein so schlechter Gedanke.

Elizabeth neigt den Kopf zur Seite und lächelt. »Solange du mich nicht für armselig hältst.«

»Nicht mehr als mich selbst«, verspricht Stella. »Bist du nicht müde?«

»Eher angespannt. Ich schlafe in letzter Zeit nicht gut und jetzt mache ich mir auch noch Sorgen, ob meine Abteilung überlebt.«

»Du leitest ein herausragendes Dezernat mit einer soliden Verurteilungsquote. Mit euch kann der Polizeichef angeben. Die Akteure ändern sich vielleicht, aber die Abteilung selbst bleibt, wo sie ist.«

»Ich frage mich oft: ›Was würde Stella tun?‹ Aber die Antwort darauf lautet, dass du nie was mit einem Arbeitskollegen angefangen hättest.«

»Elizabeth, ich war mit einer ganzen Reihe von Losern zusammen, habe mich Knall auf Fall scheiden lassen und dann einen Cop geheiratet, im vollen Bewusstsein, wie gefährlich sein Job ist. Nicht besonders klug.«

»Das ist nicht das Gleiche. Ich weiß es besser – oder hätte es besser wissen müssen.«

»Tun wir das nicht alle im Rückblick? Komm schon. Ab ins Bett.«

Sie schlägt die Decken zurück und wartet, bis Elizabeth zur Wandseite durchgerutscht ist. Ihre dunklen Haare bilden einen starken Kontrast zum hellen Stoff von Stellas Bettlaken. Elizabeth nimmt ihre Brille ab und reicht sie Stella, die sie auf den Nachttisch legt.

»Ich muss mir noch die Zähne putzen.« Stella macht das Licht aus, was den Raum in weiche Dunkelheit taucht, die nur von der Deckenlampe im Gang erhellt wird.

Die Badezimmerbeleuchtung ist nachts ziemlich unvorteilhaft. Vielleicht liegt es am kalten Licht der Energiesparlampen auf strahlend weißen Wänden. Sie könnte die Birnen gegen wärmere austauschen, aber die sind teuer und brennen schnell durch. Oder sie könnte die Wände blau oder in einer anderen dunklen Farbe streichen, irgendwas, das Licht schluckt.

Oder sie kann rumstehen und ans Waschbecken gelehnt ihre Haut im Spiegel inspizieren. Die Falten stören sie eigentlich gar nicht so sehr, eher die feinen Linien. Die Vorstufe der Falten. Die Haut, die noch nicht gealtert ist, aber im Begriff dazu ist. Ihre Haut im Prozess des Verfalls.

Sie drückt Zahnpasta auf ihre Zahnbürste und schiebt sie sich mit einem Ruck in den Mund. Das alles fühlt sich wie ein Schauspiel an, das sie für Elizabeth aufführt. Tatsächlich dreht sich vielleicht ihr ganzes Leben nur noch darum, Elizabeth zu beeindrucken, den einen Menschen, dessen Nähe sie so sehr sucht, die ihr jedoch gleichzeitig eine unglaubliche Angst macht.

Im Schlafzimmer hat sich Elizabeth derweil mit dem Gesicht zur Tür auf die Seite gedreht, ist aber noch wach. Stella genießt den Anblick einen Moment, bevor sie an der Wand nach dem Lichtschalter tastet, mit dem sie die Flurbeleuchtung ausschaltet.

Es ist lange her, dass jemand außer ihrer Nichte neben ihr im Bett liegt. Sie und Ron hatten zum Schluss die Hälfte der Nächte getrennt geschlafen. Sein Schnarchen hat sie genervt und ihn, dass sie sich Arbeit mit ins Bett genommen hat.

Elizabeth riecht sauber und feminin. Stella krabbelt ins Bett und legt sich auf den Rücken, um in der Dunkelheit an die Decke zu starren.

»Ich höre dich denken«, murmelt Elizabeth schläfrig.

»Ach ja? Was hörst du denn?«

»Wer ist diese Bettbesetzerin?«

»Eigentlich finde ich es schön, mal wieder nicht allein im Bett zu liegen.« Stella dreht sich zu Elizabeth um. »Und irgendwas sagt mir, dass du nicht wie ein Holzfäller schnarchst.«

»Und wenn doch?«

»Damit kann ich leben«, verspricht Stella. »Oder ich ersticke dich einfach irgendwann mit meinem Kissen.«

»Ziemlich konträre Optionen.« Elizabeth gähnt. »Leben oder Tod.«

Stella betrachtet Elizabeth im Zwielicht. Die dunklen Haare fallen ihr wie ein Schatten übers Gesicht. Vorsichtig schiebt Stella ihr die Strähnen hinters Ohr.

Elizabeth schmiegt das Gesicht an ihre Hand. »Ich bin so froh, dass ich dich wiedergefunden habe. Ich habe dich vermisst, nachdem du die Abteilung verlassen hast. Ich war so wütend, als du gegangen bist.«

»Schsch.« Stella lässt die Hand an Elizabeths Wange ruhen. »Ich gehe nirgendwohin.«

Sie will die Hand zurückziehen, doch Elizabeth greift danach und hält sie beim Einschlafen fest.

Kapitel 12

Als Stella aufwacht, ist es draußen noch dunkel, aber Licht scheint durch ihr Fenster und Elizabeth wimmert leise. Stella ist einen langen Moment desorientiert, bis sie erkennt, dass sie in ihrem eigenen Bett liegt, in ihrem eigenen Schlafzimmer, in ihrem eigenen Haus. Und Elizabeth schläft hier. Neben ihr.

Der Bewegungsmelder auf der hinteren Veranda – wahrscheinlich ausgelöst von einer Katze oder einem Opossum – wirft Licht auf sie. Sie hat sich ganz klein zusammengerollt.

Erneut wimmert sie leise und gibt dann einen noch ängstlicheren Laut von sich. Sie murmelt etwas Unverständliches und sagt dann sehr klar: »Nein!«

Stella legt Elizabeth eine Hand auf die nackte Schulter. Mit sanftem Druck lässt sie die Finger ihren Arm hinuntergleiten. Sie wiederholt die Bewegung zweimal, bis Elizabeth sich wieder beruhigt. Kurz darauf geht das Verandalicht wieder aus und der Raum liegt erneut im Dunkeln.

Stella hat das Gefühl, dass sie das, was gerade passiert ist, nicht hätte mitbekommen sollen und ihr geht auf, dass Elizabeth sich vielleicht nur um Stellas willen so stark gibt. Sie weiß nur zu gut um die schrecklichen Dinge, die Elizabeth im Rahmen ihrer Arbeit jeden Tag zu Gesicht bekommt. Sie weiß, dass Elizabeths Ex-Mann seine Familie im Stich gelassen hat. Und sie weiß auch, dass Elizabeth vor nicht allzu langer Zeit mitansehen musste, wie ein Freund und Kollege kaltblütig erschossen wurde.

Vorsichtig greift sie nach Elizabeths Handgelenk. Sie stellt sich vor, wie sie Elizabeth an sich zieht, bis sie sich der Länge nach an Stella schmiegt. Weiter erlaubt sie ihrer Libido nicht zu gehen, auch wenn die Bienen schon wieder unter ihrer Haut summen. Mehr erscheint ihr unmöglich.

Elizabeth ist verstummt, atmet jetzt aber schwer. Ihre Finger zucken und Stella umfasst ihre Hand, um sie sanft festzuhalten.

Gerade fühlt sie sich wie eine Teenagerin, die zum ersten Mal Händchen hält. Ihr Herz hämmert, als wäre sie ein paarmal um den Block gerannt. Ihr ist heiß und sie schwitzt, die Bienen in ihr fangen an zu schwärmen.

Elizabeth scheint sich zu beruhigen, aber jetzt kann Stella kaum noch atmen. Die Hand, mit der sie Elizabeths festhält, ist kalt und feucht und ihr ist schwindelig. Sie zieht die Hand weg und rollt sich hastig aus dem Bett. Dabei stößt sie gegen den Nachttisch und alles darauf klappert. Sie findet die Tür nicht.

»Schon okay. Alles ist gut. Atme tief durch. Setz dich«, ertönt Elizabeths ruhige Stimme, die Stella zurück ins Bett lockt.

Stella setzt sich und lehnt sich nach vorn, um das Gesicht zwischen die Knie zu drücken. Sie war mal der Fels in der Brandung, nichts konnte sie erschüttern. Einmal hat ein Mann versucht, sie umzubringen, was sie einfach beiseitegewischt hat, um direkt wieder an die Arbeit zu gehen. Jetzt ist sie ständig angespannt, ständig kurz davor, zu weinen, in Panik zu verfallen, nie wieder das Haus zu verlassen. Selbst Elizabeths Hand zu halten, löst einen Nervenzusammenbruch aus und die Vorstellung von Elizabeths Körper an ihrem überfordert sie vollkommen.

Alles läuft wieder auf Schmerz hinaus, wie Wasser, das in einem Wirbel in den Abfluss läuft. Trauer, Zorn, Lust, all dass führt zum gleichen beschissenen Ergebnis.

Elizabeth streichelt ihr über den Rücken, krault ihr den Nacken.

Stella versucht zu atmen.

»Ich habe auch schlecht geträumt.« Elizabeth klingt verschlafen.

Stella verrät ihr nicht, dass sie kaum ein Auge zugemacht hat. »Meine Ehe war nicht besonders gut.« Das Geständnis ist raus, bevor sie es verhindern kann. »Wir waren nicht glücklich. Ich verstehe nicht, warum das trotzdem so wehtut.«

Elizabeth hält einen Moment lang in der Bewegung inne, bevor sie weiter Stellas Rücken krault. »Es war ein Schock. Für dich und mich war das so ein massiver Schock.«

Stella setzt sich langsam wieder auf. Sie krallt die Hände in den Schoß.

Elizabeth richtet sich neben ihr auf.

Ihre Hüften berühren sich.

»Heute ging es doch eigentlich um deine Heulerei.« Stella schnieft.

Elizabeth schüttelt den Kopf. »Wird es durch mich für dich schlimmer?«

»Nein.«

»Ich sollte nach Hause gehen.«

»Nein«, wiederholt Stella nachdrücklich. »Bleib bitte. Ich schlafe auf der Couch.«

»Nein, das mache ich.«

»Das ist mein Haus, Elizabeth!«

»Okay, aber ... Habe ich irgendwas falsch gemacht?«

»Nein. Nein, es liegt an mir. Mit mir stimmt was nicht. Ich sollte dich in dieser Sache mit Sam unterstützen, aber ich mache alles nur noch schlimmer.«

»Sam ist mir egal. Aber mir ist nicht egal, dass ... Ich meine, ich liebe Sam nicht. Und ich bin hergekommen, weil ich dich sehen wollte.« Sie nimmt Stellas Hände in ihre.

»Du zitterst«, flüstert Stella.

Elizabeth nickt und lehnt sich langsam nach vorn, um die Stirn gegen Stellas Schulter zu drücken. »Ich bin einfach so müde. Bitte, bleib bei mir.«

»Mache ich.« Das Flehen in Elizabeths Stimme kann sie auf keinen Fall ignorieren. »Ich bleibe hier. Vielleicht solltest du ausnahmsweise mal ein paar Stunden später zur Arbeit.«

Elizabeth nickt gähnend. »Okay.«

Sie legen sich wieder hin, aber dieses Mal kuschelt Elizabeth sich an sie, schmiegt das Gesicht an ihre Schulter und legt einen Arm über Stellas Hüfte. Stella spürt, wie sie atmet.

Mehr als Dösen ist für Stella nicht drin. Sie wacht jede Stunde auf, beobachtet durchs Fenster, wie das Licht sich verändert und passt auf Elizabeth auf, die den Rest der Nacht friedlich schläft.

Das ist wenigstens etwas.

Stella hört Addie unter der Dusche summen. Die Rohre quietschen, als sie das Wasser abdreht. Elizabeth kuschelt sich noch immer an sie. Stella löst sich vorsichtig von ihr, um sie nicht zu wecken. Sie schläft vermutlich nicht so oft aus.

Leise schließt sie die Schlafzimmertür hinter sich und geht dann in die Küche, um eine Kanne Kaffee aufzusetzen.

Ein paar Minuten später kommt Addie in ihrem Bademantel mit einem Handtuch um die Haare herein. »Guten Morgen«, begrüßt sie Stella. »Du siehst … müde aus.«

»Konnte nicht schlafen.«

»Zu viel Sex?«

Stella erstarrt.

»Zu früh für diesen Witz. Ups.« Addie löst das Handtuch von ihrem Kopf und beginnt, die Enden ihrer Haare zu trocken. »Was war los?«

Stella holt drei der größten Tassen aus dem Schrank. »Nichts. Nichts ist passiert. Na ja, Elizabeth hatte einen Albtraum.«

»Schon wieder?«

»Hat sie die oft?«

Addie zuckt die Schultern. »Oft genug, um sie zu erwähnen. Sie hat es gerade auf der Arbeit nicht leicht.«

»Sie redet mit mir nicht wie mit dir«, murmelt Stella.

»Hast du es denn mal versucht?«

Stella antwortet nicht. Statt für Elizabeth da zu sein, suhlt sie sich in Selbstmitleid. »Sie schläft noch. Wir sollten sie noch eine Weile lassen.«

»Tante Stella, du solltest in Bezug auf Elizabeth wirklich ein bisschen lockerer werden.«

»Ich bin total locker.«

»Wenn wir über sie reden, ziehst du die Schultern praktisch bis zu den Ohren hoch. Ihr wollt beide das Gleiche. Ihr wollt Freundschaft. Ihr wollt Nähe.«

Die Kaffeemaschine piept. Stella nimmt rasch die Kanne heraus und ein paar Tropfen verdampfen zischend auf der Wärmeplatte. Sie gießt Addie und sich selbst eine Tasse voll ein und schiebt die Kanne dann mit einem Ruck zurück in die Maschine. Für Elizabeth ist noch mehr als genug übrig.

Stella rührt Sahne und Honig in ihren Kaffee. Was hat Elizabeth wohl vor, wenn sie aufwacht? Will sie den Tag hier verbringen? Gestern

Nacht schien sie Stella unbedingt bei sich haben zu wollen, aber wenn sie aufwacht, kommt sie sich bestimmt albern vor und will so schnell wie möglich verschwinden.

»Musst du heute arbeiten?«, fragt Stella, obwohl sie das schon weiß.

»Ja und ich muss auch gleich los.« Addie schnappt sich ihre Tasse. »Setz dich zu mir, während ich mich schminke.«

Stella folgt Addie in ihr Zimmer, stellt die Tasse auf den Nachttisch und kriecht unter die Bettdecke. Addie nimmt vor dem Spiegel auf dem Boden Platz. Ihr Bett riecht nach ihrem Parfum und die leise Musik aus Addies Handy und das Klappern der Kosmetikartikel in der Plastikbox lullen Stella innerhalb kürzester Zeit ein.

Irgendwann dringen Stimmen zu ihr durch. Sie öffnet träge ein Auge. Addie und Elizabeth stehen im Türrahmen. Elizabeth in dem geliehenen Schlafanzug, die rotbraunen Haare zerzaust vom Schlaf. Stella schließt das Auge wieder und lauscht.

»Ich weiß nicht, ob ich das weiter schaffe«, sagt Elizabeth.

»Du kannst das. Du musst«, erwidert Addie.

»Es ist zu viel.«

»Vertrau mir. Sie akzeptiert es langsam.«

»Ich bin so eine …«

»Nein, bist du nicht.«

»Ich muss nach Hause und mich für die Arbeit umziehen. Lass sie schlafen. Ihre Schlafstörungen sind wirklich furchtbar.«

Stella will nicht, dass Elizabeth geht. Sie will, dass sie bleibt, selbst wenn sie nur zusammen auf dem Sofa sitzen oder durch die Gegend fahren und alltägliche Besorgungen machen. Aber Elizabeth ist offensichtlich wegen irgendetwas aufgewühlt, etwas, das Addie weiß, Stella aber nicht. Und sie weiß nicht, wie sie Elizabeth helfen soll. Also tut Stella weiter so, als würde sie schlafen. Elizabeth geht und Addie kurz darauf auch. Erst dann rafft Stella sich auf und stellt sich dem Tag.

Allein, vollkommen allein.

Am Sonntag fährt Stella zu Elizabeth, um mit ihr zum Gottesdienst zu gehen. Sie findet die Predigt immer noch langweilig, findet aber dennoch Trost im ritualisierten Ablauf. Jedes Mal, wenn sie hier ist, hält sie nach Dot Northcott Ausschau, der alten Frau, der sie beim ersten Besuch begegnet ist. Letzte Woche hat sie sie auf der anderen Seite des Altarraums in einem Rollstuhl gesehen, an dem eine Sauerstoffflasche befestigt war. Auch heute sieht Stella sich um, entdeckt die alte Dame aber nirgends.

Und nun, nach dem Gottesdienst, steht sie in Elizabeths Schlafzimmer, während Elizabeth in ihrem Schrank nach etwas sucht, das Stella an ihrem ersten Arbeitstag tragen kann.

»Es ist ein Abendkurs am College. Da musst du dich nicht wahnsinnig schick machen«, sagt Elizabeth. »Wie wäre es mit dem Kleid da, mit den Schleifen an der Seite? Das mit den korallenfarbenen Rosen.«

»Das will ich nicht tragen. Vielleicht kaufe ich mir einfach was Neues.«

»Nein, ich bin mir ziemlich sicher, dass ich hier drin irgendwas habe, das genug *Strafverfolgung* für dich ausdrückt«, erwidert Elizabeth trocken. Sie schiebt ein paar der Metallbügel über die Holzstange und zieht dann ein Kleid aus dem Schrank. »Hier ist was.«

Ein kastanienfarbenes gefüttertes Kleid mit leicht ausgestelltem Rock, was Stella nur recht ist. Ihre Tage der Bleistiftröcke und eng anliegenden Etuikleider sind vorbei, bis sie die Depression in den Griff bekommt, die nur dann ein wenig abebbt, wenn sie isst. Das Kleid ist zwei Nummern größer, als sie früher getragen hat, als ihr Stoffwechsel noch so schnell gearbeitet hat, dass sie selten satt wurde. Jetzt ist sie sich nicht sicher, ob sie da reinpasst.

»Probier es mal an«, fordert Elizabeth sie auf.

»Jetzt?«

»Ja, jetzt. Ich gehe auch raus.«

Das Kleid passt, aber sie spart sich die Mühe, den Reißverschluss bis ganz nach oben zu ziehen.

Elizabeth wartet in der Küche auf sie. »Sieht gut aus.«

»Das habe ich dich noch nie tragen sehen«, meint Stella.

»Es ist ein bisschen zu … Ich meine, ich mag es schon, aber ich weiß nie, was ich dazu tragen soll. Ein Blazer passt nicht zum Schnitt des Rocks.«

»Ein Pullover könnte passen.«

»Nur dass ich auf der Arbeit selten Pullover trage.«

»Okay. Also ich würde es mir gerne ausleihen, wenn es dir nichts ausmacht.« Stella streicht die Vorderseite glatt. »Auch wenn sich das jetzt irgendwie komisch anfühlt.«

»Wenn ich aussehen würde wie du, könnte ich alles tragen, Stella. Es liegt nicht am Kleid, sondern an mir.«

Stella ist in Gedanken bei diesem Kommentar, während sie sich für ihren ersten Arbeitstag fertig macht. Elizabeth tut so, als würde sie die Kilos nicht bemerken, die Stella zugelegt hat, und wie die Trauer so ziemlich alles negativ beeinflusst, von ihrer Persönlichkeit über ihr Erscheinungsbild bis hin zu ihrer Intelligenz.

Sie föhnt sich die Haare und bringt sie dann mit dem Lockenstab in Form. Beim Schminken schafft sie es dank der vielen Stunden, in denen sie Frauen auf YouTube zugeschaut hat, und ein bisschen Übung sogar, einen vernünftigen Schwung mit dem Eyeliner hinzubekommen. Sie schlüpft in bequeme Schuhe mit flachen Absätzen und damit ist sie fertig.

Stella hat solche Angst, zu spät zu kommen, dass sie viel zu früh vor Ort ist, und sucht sich einen Parkplatz, für den sie einen Campus-Ausweis braucht. Dann macht sie sich mit Unterstützung des Lageplans auf ihrem Handy auf den Weg und liest die E-Mail von Mallory noch ein paarmal durch, um sicherzugehen, dass sie auch das richtige Gebäude, den richtigen Raum und den Namen des richtigen Professors sucht. Als sie schließlich dort ankommt, bleiben ihr nur noch zehn Minuten bis zum Beginn. Ihre Hände sind schwitzig und ihr kommt wieder das Gespräch mit Dr. Barrett über Dissoziation in den Sinn. Sie weiß, dass das mehr schadet als nützt, aber im Moment klingt es eigentlich ganz gut.

Als sie gerade hineingehen will, vibriert ihr Handy und zeigt ihr eine Nachricht von Elizabeth an:

Viel Glück heute Abend! Du weißt mehr über Strafverfolgung als jeder andere Mensch, den ich kenne. Niemand ist eine größere Expertin auf dem Gebiet als du.

Stella lächelt. Dann kommt noch eine weitere Nachricht hinterher:

Na ja, außer mir.

»Frechheit«, murmelt Stella, muss jedoch lächeln. Sie wirft das Handy zurück in ihre Tasche.

Dann geht sie einen langen Gang entlang und öffnet die Tür zu einem großen Hörsaal mit nach hinten ansteigenden Sitzreihen. Im vorderen Teil steht ein Tisch mit vier Stühlen neben einem Whiteboard und einer Leinwand. Und zwei Männer, die sich miteinander unterhalten. Die beiden drehen sich zu ihr um.

»Bin ich hier richtig?«, fragt sie.

»Sie müssen Stella Carter sein«, erwidert einer der Männer. »Ich bin Professor Paul Arenella.«

Sie geht zu ihm, um ihm die Hand zu schütteln. »Vielen Dank für die Einladung.«

»Ich danke Ihnen! Stellvertretende Staatsanwälte können wir nur sehr selten bei uns begrüßen.«

»Ehemalige«, erinnert sie ihn.

»Auch das nicht.« Er deutet auf den anderen Mann. »Das ist unser Dekan Max Clauser und wir warten noch auf Assistant Sheriff Olmstead und jemanden vom Sozialamt.«

Stella geht zu ihrem Platz am Tisch – vier Namensschilder wurden entsprechend aufgestellt – und stellt ihre Sachen ab. Sie beobachtet, wie die Studierenden langsam eintrudeln und sich setzen. Eigentlich hatte sie junge Leute im Grundstudium erwartet, aber da die Fakultät für Kriminologie der UCLA zum juristischen Teil des Colleges gehört, sind die meisten der Anwesenden Erwachsene, die aussehen, als würden sie gerade nach Feierabend ihres ganz normalen Vollzeitjobs herkommen. Der Sozialarbeiter kommt fünf Minuten zu spät und sieht müder aus als alle anderen.

Professor Arenella stellt die Redner mit einem kurzen Abriss ihres Lebenslaufs vor. Stella, die am Ende des Tischs sitzt, ist als Letzte dran.

»Stella Carter war Beraterin von staatenübergreifenden Behörden, darunter auch die CIA, hat als Staatsanwältin für den Staat Tennessee gearbeitet und fünf Jahre das Morddezernat des LAPD verstärkt. Zuletzt hat sie als stellvertretende Staatsanwältin in L.A. gearbeitet. Wir sind wirklich *sehr* froh, heute Abend jemanden von ihrem Kaliber bei uns zu haben. Ich bitte um einen Applaus für unsere vier Gäste.«

Stella lächelt und versucht, sich zu fühlen, als würde sie hierhergehören. Der Beschreibung würdig kommt sie sich nicht vor, aber sie weiß, dass ihr Lebenslauf beeindruckend auf andere Menschen wirkt.

Der Kurs dauert zweieinhalb Stunden. Die Studierenden gehen eine Reihe verschiedener Fälle durch, zu denen die Redner Fragen beantworten. Es läuft gut. Jeder der Gäste hat einen anderen Blickwinkel. Cops beurteilen Dinge anders als Anwälte, Sozialarbeiter anders als Cops.

Die Fälle wirken auf den ersten Blick unkompliziert, doch jeder hat ein Element, das die Sache erschwert, wie den Verstoß gegen ein selten angewandtes oder fast vergessenes Gesetz, einen Vorfall in einem gemeindefreien Bereich des Countys oder Ähnliches. Am Ende des Semesters werden Stella und die anderen Gäste noch einmal herkommen, um die gleichen Fälle erneut durchzusprechen und die echten Ergebnisse mit denen zu vergleichen, die die Studierenden erarbeitet haben.

Max Clauser spricht bereits seit zehn Minuten über die Rechtsvorschriften bei einem der Fälle. Er scheint sich gerne selbst reden zu hören.

»Sehen Sie das nicht auch so?«, fragt er schließlich an die Diskussionsrunde gewandt.

»Oh, ich glaube, dass man eher um Vergebung als um Erlaubnis bitten sollte, wenn es darum geht, einen Fall aufzuklären und einen Serienmörder zu fassen«, antwortet Stella.

Clauser zieht die Augenbrauen hoch. Ein paar der Studierenden tuscheln.

»Ich weiß, dass ich hier mit einem Raum voller angehender Anwälte spreche, von denen die meisten in Privatkanzleien arbeiten werden, aber wenn es um die Sicherheit der Allgemeinheit geht, muss die oberste Priorität für die Strafverfolgungsbehörden darin liegen, Serienvergewaltiger oder -mörder daran zu hindern, noch mehr Schaden anzurichten. Als Staatsanwältin habe ich gesehen, dass Polizisten ihr Bestes tun, um sich an alle Vorschriften zu halten. Aber manchmal muss man schnell Entscheidungen treffen und tun, was man für richtig hält, um die Allgemeinheit zu schützen. Den Rest können Anwälte im Anschluss klären.« Sie lässt den Blick über die Gesichter der Studierenden schweifen. »Und das wären dann Sie.«

Der ganze Kurs lacht.

Am Schluss bedankt sich Arenella noch einmal bei ihr. »Ich bin so froh, dass Mallory Sie an Bord geholt hat. Das war großartig.«

»Es war mir ein Vergnügen«, entgegnet sie, zieht den Pullover über und greift nach ihrer Handtasche.

Sheriff Olmstead fängt sie vor der Tür ab. »Ich hatte gehört, dass Sie weg vom Fenster sind.« Seine Uniform betont seine breiten Schultern und seine Marke glänzt im Licht. »Im Ruhestand.«

»Nicht ganz«, sagt Stella. »Ich habe nur eine Pause eingelegt.«

Er weiß wahrscheinlich ganz genau, was Ron zugestoßen ist. Es ging durch die Presse, also gibt es sicher niemanden in der Strafverfolgung von L.A., der das nicht mitbekommen hat.

»Na dann«, sagt er. »Willkommen zurück.«

Sie ruft Elizabeth auf dem Weg nach Hause aufgedreht an und redet viel zu schnell. Das Handy ist via Bluetooth verbunden und Elizabeth bittet sie ständig, sich zu wiederholen.

Irgendwann reicht es ihr. »Komm einfach vorbei. Passt es dir gerade?«

»Okay«, willigt Stella sofort ein. »Bin auf dem Weg.«

Es ist schon spät, fast zehn Uhr. Elizabeth muss am Morgen sicher zur Arbeit.

Stella hat sie seit Sonntag nicht mehr gesehen, seit sie ihr das Kleid geliehen hat, und sie haben nur ein paarmal miteinander gechattet. Über Elizabeths Albtraum oder Stellas Panikattacke haben sie nicht mehr gesprochen – und schon gar nicht eine weitere Nacht im selben Bett verbracht.

Vielleicht ist es besser so.

Stella parkt einen Block von Elizabeths Wohnhaus entfernt auf der Straße und plötzlich ist sie müde. Das Adrenalin des Abends flaut ab und sie fragt sich, ob sie nicht lieber hätte nach Hause fahren sollen. Allerdings wird sie wieder munter, als sie Elizabeth im Eingangsbereich entdeckt, die dort lächelnd auf sie wartet.

»Ich dachte, ich hole dich ab.« Sie trägt schwarze Leggings, einen langen moosgrünen Pullover und Hausschuhe. Ihre Hauskleidung. Außer ihnen ist niemand im Eingangsbereich, im Aufzug oder in dem langen Gang im zwölften Stock.

Stella erzählt ihr alles. Dass nur Männer mit ihr in der Diskussionsrunde saßen, dass sie die qualifizierteste Person vor Ort war, dass das geliehene Kleid tatsächlich gut zum Anlass gepasst hat und wie gut es sich angefühlt hat, wieder etwas tun. Nicht nur Geld zu verdienen, sondern etwas Sinnvolles beizutragen.

Elizabeth setzt Stella an den Tisch und stellt ihr dann ein Stück warmen Apple Pie à la mode vor die Nase.

»Für mich?«

»Hmhm.«

Stella verspeist den Kuchen und das Eis in Windeseile.

Und dann sagt Elizabeth ganz nebenbei: »Warum bleibst du nicht über Nacht? Ich sage Addie Bescheid.«

Stella schlüpft aus ihrem geliehenen Kleid und in den Schlafanzug, den Elizabeth ihr rausgelegt hat. Es ist spät, sie ist müde und zum ersten Mal seit langer Zeit zufrieden.

Dieses Gefühl genießt sie ungemein.

Obwohl Elizabeth jetzt schon ein paarmal bei Stella übernachtet und sogar eine eigene Zahnbürste bei ihr im Bad hat, fühlt es sich andersherum komisch an. Stellas Haus ist einfach und unkompliziert. Elizabeths Wohnung fühlt sich sehr erwachsen an. Sauber. Sie passt zu ihr und ist sehr bewusst eingerichtet. Stella kommt sich ein bisschen fehl am Platz vor, aber Elizabeth ist eine gute Gastgeberin. Sie holt ihr eine Zahnbürste, deckt das Bett auf und sagt Stella, auf welcher Seite sie liegen soll.

Stella weiß, dass es noch ein zweites Schlafzimmer gibt, Joshs Zimmer, und er wieder am College ist, aber es fällt kein Wort darüber, dass sie dort schlafen kann.

Sie putzt sich die Zähne, wäscht sich das Gesicht und bindet sich dann die Haare zusammen. Sie tupft sich ein bisschen von Elizabeths teuer aussehender Bodylotion aufs Gesicht.

Elizabeths Schlafzimmer ist mit weichem Teppich ausgelegt und gedimmt beleuchtet. Vom Fenster aus sieht man die Lichter der Stadt. Sie sitzt mit der Brille auf der Nase im Bett und liest. Stella fährt ein Stich in die Brust, so intensiv, dass sie sich unwillkürlich an die Rippen fasst.

Elizabeth legt das Buch auf den Nachttisch. »Wann ist dein nächster Auftrag für Mallory?«

Ihre Frage macht es Stella einfach, neben ihr ins Bett zu steigen und den Kopf aufs Kissen zu legen. Sie ruft Mallorys E-Mail auf ihrem Handy auf und liest das Datum ab.

»Gerichtsverhandlungen bringen das echte Geld«, sagt Elizabeth. »Sobald die Leute mitbekommen, dass sie dich als Sachverständige anheuern können, wirst du richtig viel zu tun bekommen.«

»Ich habe früher schon ab und zu für die Staatsanwaltschaft als Sachverständige ausgesagt«, meint Stella.

»Da haben sie es ausgenutzt, dass du dort gearbeitet hast. Wenn ihnen jetzt klar wird, dass sie dich praktisch kaufen können, wirst du dich vor Arbeit nicht mehr retten können.«

Stella hat einen guten Teil ihres Berufslebens im Staatsdienst verbracht, obwohl sie schnell gemerkt hat, dass das eigentlich nicht richtig zu ihr passt. Sie hat Überstunden für das Wohl der Allgemeinheit geschoben und wenig Geld verdient. Aber sie ist geblieben – für das regelmäßige Gehalt und die Jobsicherheit – und hat die glamourösen Kanzleien hinter sich gelassen. Die Vorstellung, weniger für mehr Geld zu arbeiten, ist ... verlockend.

»Werde ich mir damit selbst untreu?«, fragt Stella und spielt nervös mit dem Saum des Lakens.

»Ich finde nicht. Fühlt es sich für dich so an?«

Stella schüttelt den Kopf. »Ich musste mein Leben lang aufs Geld schauen, und ... es wäre schon schön, mal ein bisschen mehr zu verdienen. Wenn das denn alles klappt.«

Elizabeth lächelt. »Warum sollte es nicht?«

Stella fühlt sich vom warmen Licht, dem weichen Bett, der intimen Atmosphäre eingehüllt. Sie gähnt.

»Kann ich das Licht ausmachen?«, fragt Elizabeth.

»Wenn du so weit bist.«

Elizabeth knipst die Lampe aus, dreht sich auf die Seite und atmet langsam aus. »Ich schlafe in letzter Zeit nicht gut«, gibt sie zu.

»Albträume?«

»Und Schlafstörungen. Wenn ich bei dir übernachte, ist es ein bisschen besser. Manchmal.«

»Du kannst jederzeit zu uns kommen«, bietet Stella an.

»Vielleicht sollten wir uns ein großes Haus kaufen und zusammenziehen.«

»Ja, vielleicht. Können wir uns einen Hund anschaffen?«

»Einen kleinen«, stimmt Elizabeth zu. »Einer, der nicht in meinem Garten buddelt.«

»Eine große Badewanne?«

»Gerne. Wie wäre es mit einem eingebauten Weinregal?«

Stella lächelt. »Jetzt kommen wir der Sache schon näher.«

Und sie schlafen mit den Träumen über ihr imaginäres Haus ein.

Stella wacht während der ganzen Nacht kein einziges Mal auf.

Als sie die Augen aufschlägt, strömt helles Sonnenlicht ins Zimmer. Elizabeth ist schon weg. Stella wandert in die Küche. In der Maschine steht eine Kanne Kaffee. Auf der Arbeitsplatte liegt ein Schlüssel mit einer handschriftlichen Notiz.

Schließ ab, wenn du gehst.
E.

Kapitel 13

Der Sommer bleibt ihnen auch im September erhalten. Es fühlt sich nicht viel anders an, weil die Hitzewelle nicht nachlässt und Addie keine Collegekurse belegt hat. Sie arbeitet harte, viel zu lange acht Schichten an sechs Tagen.

Aber Stella hat sich mittlerweile in ihrem eigenen Leben ein bisschen Routine etabliert. Freitags arbeitet Addie bis spät in die Nacht und Elizabeth kommt nach der Arbeit vorbei. Manchmal bringt sie was zu essen mit oder Stella bestellt. Sonntags bleibt Stella nach der Kirche den Rest des Tages bei Elizabeth. Sie übernachtet bei ihr, wacht am Montag auf, wenn Elizabeth schon weg ist, und fährt dann irgendwann wieder nach Hause.

Am Donnerstag hat Addie frei und Stella kümmert sich um die Rechnung an Mallory. Addie hat ihr dabei geholfen, ein einfaches Formular auf Basis einer Vorlage aus dem Internet zu erstellen. Nachdem das erledigt ist, gehen sie brunchen. Unter der Woche ist weniger los und die Leute sind auch weniger abgehoben als am Wochenende. Addie erkennt einen Schauspieler.

Stella hat keine Ahnung, wer das ist oder wo er mitgespielt hat. Popkultur war noch nie ihr Ding, aber inzwischen fühlt sie sich noch unwissender als früher.

Addie bestellt sich eine Kaffeespezialität, ein Glas Orangensaft, Avocado-Toast und Müsli mit Joghurt. Sie war schon immer schlank, aber inzwischen ist sie regelrecht dünn. Ihre Handgelenke sind knochig, ihre Schlüsselbeine treten deutlich sichtbar hervor und ihr Gesicht wirkt eingefallen.

»Wie wäre es mit Waffeln? Oder French Toast«, schlägt Stella vor. »Wenn deine Mutter dich sehen könnte, müsste ich mir einen Vortrag anhören, dass ich dir nicht genug zu essen gebe.«

»Apropos, sie wollen mich besuchen kommen. Und dich. Uns.«

»Thom und Joyce wollen herkommen?« Ihr Bruder hat das schon ein paarmal angesprochen, aber es überrascht sie, dass er es auch tatsächlich tun will. »Wann?«

»In zwei Wochen.«

»Zwei Wochen?«

»Ja«, antwortet Addie geduldig.

»Thom und Joyce kommen uns in zwei Wochen besuchen?«

»Brauchst du einen Neustart?« Addie schnippt mit den Fingern in die Luft. »Ist das okay für dich? Ja oder nein.«

»Du brauchst meine Erlaubnis nicht, Addie. Es ist auch dein Haus.«

»Okay. Ich wünschte nur, sie hätten mir früher Bescheid gesagt …« Sie verstummt abrupt, als der Kellner ihnen die Getränke bringt.

Stella greift nach der Kaffeesahne und dem Zucker, bevor sie das Gespräch wieder aufnimmt. »Zwei Wochen ist schon in Ordnung. Das reicht, um zu putzen. Wo sollen wir sie unterbringen?«

»Darüber habe ich auch schon nachgedacht.« Addie beobachtet, wie Stella in ihrem Kaffee rührt. »Vielleicht könntest du ja in der Zeit bei Elizabeth unterkommen.«

»Wie lange wollen sie denn bleiben?«

»Eine Woche.«

»Ich weiß nicht recht, Schätzchen. Das ist ziemlich lange«, sagt Stella.

»Es würde ihr nichts ausmachen. Du bist sowieso ständig bei ihr.« Addie trinkt ihren Orangensaft zur Hälfte aus. »Mama und Daddy können in meinem Bett schlafen und ich in deinem.«

»Ich bin nicht ständig bei ihr«, protestiert Stella. Hitze kriecht ihr den Nacken hinauf. Sie und Addie haben bisher nicht über die Übernachtungen gesprochen. »Einmal die Woche, höchstens.«

Addie zuckt mit den Schultern.

»Wie beschäftigst du die beiden denn die ganze Woche?«

»Mit Touristenkram, denke ich. An den Strand fahren. Vielleicht ins Guggenheim- oder Huntington-Museum.«

Stellas Bruder Thom arbeitet als Mechaniker und seine Frau als Empfangsmitarbeiterin einer Arztpraxis. Ehrliche Arbeit, ehrliche Leute, bodenständig und so weiter, aber Stella kann sich Thom nicht mal in der Nähe von Kunst vorstellen. Ihr Bruder Brick, sicher, der hatte schon immer Interesse an Kunst und Literatur. Aber Thoms Bedürfnisse sind eher einfacher Natur. Er wollte immer einfach nur heiraten, Kinder haben und am Sonntag Football schauen. Er wusste mit einer intelligenten Tochter wie Addie nichts anzufangen, die immer mehr gegen den langweiligen Alltagstrott rebellierte, je älter sie wurde.

»Disneyland könnte deinem Vater besser gefallen.«

»Bitte zwing mich nicht, mit meinen Eltern ins Disneyland zu gehen. Gott. Das überlebe ich nicht.«

Stella versucht, sich zu erinnern, ob ihre Brüder zu Rons Beerdigung hergekommen sind. Brick möglicherweise, aber sie weiß es einfach nicht mehr.

Am nächsten Freitag nimmt Addie sich den Abend frei.

»Du bist ja zu Hause!«, meint Elizabeth, als sie hereinkommt. »Das ist ja eine schöne Überraschung.«

»Ich habe die Schicht getauscht«, erklärt Addie. »Ich habe mal einen Freitagabend für mich gebraucht. Wie ein normaler Mensch.«

Addie macht Steaks mit Kartoffeln und Spargel und wirkt dabei sehr entspannt in der Küche. Elizabeth viertelt die Kartoffeln und hat dann ein Auge auf sie, während sie kochen.

Stella hat mittlerweile so viel Zeit allein mit Elizabeth verbracht, dass sie ganz vergessen hat, wie selbstverständlich Addie mit ihr umgeht. Sie behandelt Elizabeth, als wäre sie ihre Tante und Stella ihre ziemlich durchgeknallte Vermieterin. Die beiden plaudern und lachen miteinander und schubsen sich immer mal wieder spielerisch mit der Hüfte an. Dabei versucht sie wirklich, sich nicht selbst zu bemitleiden und sich darüber zu freuen, dass die beiden Menschen, die ihr am wichtigsten sind, sich auch sehr mögen.

»Hast du Addie von unserem Traumhaus erzählt?«, fragt Elizabeth, als die Kartoffeln schließlich fertig und abgegossen sind. Addie gibt etwas Sahne, Butter und Salz zu ihnen in die Schüssel.

Stella hat Addie nichts von ihrem Traumhaus erzählt, weil ihr das ein bisschen peinlich ist. Inzwischen ist es ein kleiner Insider zwischen

Elizabeth und ihr. Jedes Mal, wenn sie einkaufen gehen oder zu Hause Fernsehen schauen und etwas Hübsches sehen, sagt eine von ihnen: »Das kommt ins Traumhaus.« Als könnten sie es sich leisten, mal eben viertausend Dollar für ein High-End-Sofa auszugeben.

Sie wissen beide, dass es ein Witz ist. Elizabeth verkauft ihre Eigentumswohnung nicht und Stella kann sich keine schönen Dinge leisten. Außerdem tun sich Freunde in ihrem Alter nicht mehr zusammen, um Kosten zu sparen. Das kommt ihr kindisch und albern vor.

Also antwortet Stella nur: »Nope.«

»Wir haben beschlossen, dass wir in einer perfekten Welt den Bungalow und die Wohnung verkaufen und uns ein riesiges Anwesen anschaffen würden. Du könntest da wohnen und Josh und wir könnten … na ja …« Zu spät scheint Elizabeth zu realisieren, dass das mit dem Traumhaus außerhalb des Schlafzimmers irgendwie merkwürdig klingt.

»Wenn Geld keine Rolle spielen würde«, fügt Stella hinzu.

Aber das stimmt auch nicht wirklich, weil die Idee nicht so entstanden ist. Alles hat mit dem Traum angefangen, ihre Immobilien zu verkaufen und sich ein größeres Haus anzuschaffen. Aber die eigentliche Fantasie, die darunter lebt, so wie die Bienen, die unter Stellas Haut summen, ist das Zusammenleben.

Elizabeth nimmt den Einwurf jedoch dankbar auf. »Travertinfliesen, jedes Schlafzimmer hat sein eigenes Bad, ein Swimmingpool, den jemand anderes für uns sauber hält.«

»Begehbare Kleiderschränke für ihn und sie«, sagt Addie. »Oder in diesem Fall wohl sie und sie.«

Stella wirft ihr einen finsteren Blick zu.

Addie formt mit den Lippen ein *Was?* hinter Elizabeths Rücken, widmet sich dann aber dem Stampfen der Kartoffeln.

Das Wetter ist so schön, dass sie im Garten essen. Warm, aber nicht mehr drückend heiß. Die untergehende Sonne taucht den Himmel erst in Orange und Rot, dann in Violett.

»Mama und Daddy kommen uns demnächst besuchen«, sagt Addie, nachdem sie alle satt sind.

»Ah ja?«, fragt Elizabeth. »Das wird sicher schön. Waren sie schon mal hier?«

Addie schüttelt den Kopf.

»Sie hatten es schon vor ein paar Monaten vor, aber da war das Haus noch nicht bereit für Besuch.« Stellas Formulierung ist sehr diplomatisch.

»Wenigstens müssen sie sich kein Hotel nehmen.« Addie stützt das Kinn auf eine Hand. Ihr Gesicht wird vom Schein der nach Zitrusfrüchten duftenden Kerze auf dem Tisch erhellt. »Damit können sie eine ganze Woche bleiben anstatt nur ein paar Tage.«

»Eine ganze Woche mit meinem Bruder. Toll.« Stella meint das allerdings nur halb im Scherz.

Vielleicht haben sie und Thom nie eine gute Beziehung zueinander aufbauen können, weil sie nur achtzehn Monate auseinander waren. Oder möglicherweise würde es auch keine Rolle spielen, welcher Bruder bei ihnen einfallen würde. Familienbesuche waren noch nie Stellas Stärke.

»Du kannst gerne jederzeit zu mir kommen, wenn es euch hier zu eng wird«, sagt Elizabeth zu ihr. »Wenn es dir zu viel wird oder so.«

»Vielen Dank. Das ist wirklich nett von dir.« Stella ignoriert Addies triumphierenden Gesichtsausdruck. Sie sollte ablehnen, bringt es aber nicht fertig. Wenn sie in Elizabeths Bett aufwacht, geht es ihr am besten, und dessen will sie sich nicht berauben. »Vielleicht für ein paar Nächte oder so.«

Elizabeths Handy klingelt und sie zieht es aus der Tasche ihrer Strickjacke. »Oh nein. Das ist Detective Morris.«

Stella rutscht vom Tisch weg und fängt an, das Geschirr einzusammeln. In Los Angeles ist jemand gestorben und Elizabeth muss hinfahren. Sie wird bis zum Morgengrauen arbeiten und nur nach Hause gehen, um zu duschen und sich umzuziehen. Kein Gottesdienst dieses Wochenende. Keine Übernachtungen. Sonntag und Montag werden miteinander verschwimmen.

»Kein Problem«, sagt Stella, nachdem Elizabeth aufgelegt hat und sich entschuldigt.

Elizabeth gibt Addie einen Kuss auf die Stirn und drückt Stellas Hand. »Bis dann!«

Sie zieht die Tür hinter sich zu.

Der Flieger landet um vier Uhr nachmittags an einem Freitag, mitten in der Rushhour. Pendler kriechen in beiden Richtungen über die Straße. Addie fährt den SUV und hat sich für eine Strecke entschieden, die den Freeway komplett umgeht.

Stella merkt, wie nervös sie ist. »Du erinnerst mich an mich selbst. Ich habe jedes Mal eine Panikattacke bekommen, wenn meine Eltern zu Besuch kamen.«

»Weswegen warst du denn nervös? Du hattest dein Leben voll im Griff.«

»Das ist wohl Ansichtssache.« Stella lacht leise. »Daddy war da anderer Meinung.«

»Grandpa hat dich sehr geliebt. Er hat ständig mit dir angegeben.«

»Grandpa hat mir gerne mal Briefe geschickt, in denen er seine Enttäuschung zum Ausdruck gebracht hat«, hält Stella dagegen. »Offensichtlich liegt es bei den Carters in der Familie, die unerreichbar hohen Erwartungen der Eltern zu enttäuschen.«

»Sie wollen, dass ich wieder nach Hause ziehe.«

»Süße, du tust, was du für richtig hältst. Du bist eine erwachsene Frau. Und es gibt nichts, was sie dagegen machen können.«

Thom und Joyce haben ihr Gepäck schon abgeholt, als Stella und Addie am Flughafen ankommen. Thom steigt auf dem Beifahrersitz ein, Joyce hinten bei Stella. Ihre Handtasche behält sie auf ihrem Schoß. »Oh du lieber Himmel.« Sie starrt gebannt aus dem Seitenfenster.

»Warst du schon mal in Kalifornien?«, fragt Stella.

»In den Achtzigern bin ich mal in San Francisco gewesen.« Joyce sucht in ihrer Tasche nach Handdesinfektionsmittel.

»Ach, dann bist du hier ja praktisch zu Hause.«

Joyce wirft ihr einen verwirrten Blick zu.

»Nicht so wichtig«, murmelt Stella mehr zu sich selbst.

Sie sind schon beinahe zu Hause, als Stellas Handy klingelt.

»Das ist Elizabeths Klingelton.« Addie sucht im Rückspiegel Blickkontakt zu ihr. »Lad sie doch zum Essen ein.«

»Sie arbeitet an einem wichtigen Fall, Schätzchen ... Verdammt, wo ist das Ding denn?« Endlich findet sie das Handy in ihrer Handtasche und nimmt den Anruf an. »Hallo?«

»Sind sie schon da?«

»Oh, hi!«, erwidert Stella munter. »Hmhm. Ja, Ma'am!«

»Wie schlägt sich unsere Addie?«

»Da bin ich mir gerade nicht so sicher, kann ich dir aber später sicher mehr erzählen.«

»Wir haben den Fall abgeschlossen, wenn ich also für euch …«

»Heute Abend? Aber natürlich! Komm gerne vorbei. Ja. Ja, wäre toll«, unterbricht Stella sie. »Dann bis nachher.«

Elizabeth lacht leise. »So schlimm? Okay, dann bis heute Abend.«

Stella legt auf und steckt das Handy zurück in die Handtasche.

»Wer war das?«, fragt Joyce.

»Elizabeth, eine Freundin von uns. Du wirst sie mögen, Mama. Sie ist vernünftig.«

»Ah.« Joyce zieht die Ellenbogen eng an den Körper und neigt die Knie von Stella weg, als würde sie sich schützen wollen. Als hätte Stella sich in dem Jahrzehnt in Kalifornien irgendwann die Tollwut eingefangen.

»Über vier Dollar für Sprit ist ja kriminell«, meint Thom.

»Wir waren schon bei fast fünf«, sagt Addie.

»Jetzt verstehe ich, warum hier so viele einen Hybrid fahren.« Thom schüttelt den Kopf. »Was kostet eine Tankfüllung bei dem Ding hier?«

»Fünfzig Dollar an guten Tagen.« Stella fährt immer noch nicht viel. Jetzt, wo sie Aufträge von Mallory übernimmt, vielleicht ein bisschen mehr.

»Warum zum Geier kaufst du dir dann so ein großes Auto?«, will Thom wissen.

»Habe ich nicht. Das war Rons.«

Den Rest der Fahrt bringen sie schweigend hinter sich.

Addie hat ihr Zimmer für ihre Eltern vorbereitet. Stella hat ihr eigenes angeboten, aber Addie war der Meinung, dass sie sich in ihrem wohler fühlen. Zwei Tage lang haben sie das Haus auf Vordermann gebracht. Jedes Handtuch, alles Bettzeug und jedes schmutzige Kleidungsstück gewaschen. Sie haben gesaugt und die Böden gewischt. Aufgeräumt und einen Platz für fast alles gefunden, was so herumlag. Der Rest wurde in eine Schublade gestopft. Addie hat Lichterketten auf der Terrasse aufgehängt und Polster für die Gartenstühle besorgt.

Und sie waren einkaufen. So voll war Stellas Kühlschrank noch nie.

»Und das Haus gehört dir?«, fragt Thom.

Sie stehen im Garten, nachdem sie die Koffer in Addies Zimmer gebracht und einen Rundgang durch den Bungalow gemacht haben, der mit seinen zwei Schlafzimmern, dem einen Bad und keinem separaten Esszimmer auf einmal sehr klein wirkt. Zum Abendessen müssen sie sich zu fünft um den Küchentisch im Garten quetschen.

»Ja«, antwortet Stella. »Ich habe in dem Viertel gewohnt, als ich nach L.A. gezogen bin, aber es war zu weit weg von Rons Arbeit, deswegen sind wir weiter in die Stadt gezogen. Als ich die Möglichkeit hatte, bin ich wieder hierhergekommen.«

»Wie viel hast du dafür bezahlt?«

»Thomas Carter!«

»Ich bin doch nur neugierig.«

»Sechshundertdreißig«, sagt Stella. »Na ja, sechshundertneunundzwanzig neun.«

»Für drei Zimmer und ein Bad?« Er nimmt sein Basecap ab, um sich am Kopf zu kratzen, bevor er es wieder aufsetzt. »Weißt du, was du in Hendersonville für so einen Batzen Geld bekommst?«

»Ich will nicht in Hendersonville wohnen.«

»Einen Palast, Stella Anne.«

»Ich brauche keinen Palast.« Stella massiert sich die Schläfe. »Den müsste ich nur putzen.«

Thom schiebt die Hände in die Hosentaschen. »Addison scheint es gut zu gehen.«

»Sie ist zufrieden hier, denke ich. Sie ist eine tolle junge Frau.«

»Joyce findet, dass sie zu dünn aussieht«, meint Thom.

Stella vermutet, dass Addie nur zu viel arbeitet und deswegen Mahlzeiten auslässt. Aber sie isst genug. Stella war auch immer sehr schlank, auch wenn sich das jetzt langsam ändert.

»Und blond.«

»Pass auf, was du sagst.«

Er schenkt ihr ein schiefes Grinsen. »Wie geht's dir denn? Du lässt ja nie von dir hören.«

Es wäre so einfach, zu lügen, aber darin sieht sie dieses Mal einfach keinen Sinn. »Es war ein hartes Jahr, Thom.«

»Hätten wir dich früher besuchen sollen?« Auf seinem Gesicht zeigt sich die gleiche Mischung aus Mitgefühl und Erleichterung, die Stella während des letzten Jahrs so oft bei anderen Menschen gesehen hat. Der Ausdruck, der sagt: *Gott sei Dank hat es nicht mich getroffen.*

»Nein, das ist es nicht. Wir haben nur erst Mama verloren und dann Daddy. Auf den Verlust von Ron war ich nicht vorbereitet.« Sie spricht gar nicht mehr über Ron, schon gar nicht mehr seit dem Ende der Therapie. Sie wischt sich mit dem Handrücken übers feuchte Gesicht.

»Das wäre doch niemand.«

»Ich glaube, das Schlimmste habe ich überstanden. Ich arbeite sogar wieder ein bisschen, das ist gut.«

»Das ist sogar sehr gut!«, meint er. »Als was?«

»Beraterin. Das heißt, ich gehe irgendwohin und erzähle, was ich früher als Juristin so gemacht habe.« Sie verdreht die Augen, was ihn zum Lächeln bringt.

Die Tür hinter ihnen wird geöffnet und sie drehen sich um.

»Ach, da seid ihr«, sagt Joyce.

»Hier sind wir, Baby«, erwidert Thom. »Was steht an?«

Elizabeth kommt rein, als Addie gerade das Abendessen nach draußen bringt. Joyce scheint es zu überraschen, dass sie nicht klingelt, doch Elizabeths herzliches Lächeln ist entwaffnend. »Sie müssen Addisons Mutter sein.« Sie greift mit beiden Händen nach Joyce'. »Es freut mich so sehr, Sie kennenzulernen.«

Stella stellt sie Thom vor, der sich noch von Rons Beerdigung an sie erinnert. Und Stella wird niemandem erzählen, dass sie sich nicht an seine Anwesenheit dort erinnert.

Elizabeth singt ein Loblied auf Addison, bis diese sie anfleht, damit aufzuhören. Doch mittlerweile mögen Thom und Joyce Elizabeth lieber als alle anderen Personen im Raum. Sie bringt Leute dazu, schnell mit ihr warm zu werden, und kann genauso gut Situationen runterkühlen. Stella hat beides schon erlebt.

Die Lichterketten, die Addie aufgehängt hat, gehen während des Abendessens an und tragen zur angenehmen Atmosphäre bei. Stella sitzt neben Elizabeth. Ihre Stühle stehen so dicht beieinander, dass ihre Armlehnen sich berühren und sie sich immer wieder mit den Ellenbogen anstoßen.

Als Stella mit dem Essen fertig ist, entschuldigt sie sich. Eigentlich will sie sich um das schmutzige Geschirr kümmern und ein bisschen Zeit für sich haben, um der Überforderung entgegenzuwirken, die die plötzliche Anwesenheit so vieler Menschen in ihrem Haus auslöst. Doch im Spülbecken stapelt sich alles, in den Töpfen und Pfannen sind noch Essensreste und das ist alles zu viel. Also schleicht sie sich in ihr Schlafzimmer.

Durch das offene Fenster hört sie die anderen draußen laut und deutlich. Sie lehnt sich mit dem Rücken gegen die Wand. Addie erzählt gerade von der Arbeit.

Joyce fragt nach ihren Kollegen und dem Essen des Restaurants. Wie ein Maschinengewehr, immer drei Fragen auf einmal. Nach der dritten Runde schreitet Thom schließlich ein. »Jojo.« Seine Stimme ist leise, der warnende Unterton jedoch unüberhörbar.

Keiner von Stellas Verwandten mag Kalifornien. Keiner von ihnen versteht, warum sie damals den Job hier angenommen hat, warum sie danach geblieben ist und warum sie immer noch hier wohnt, obwohl sie nun keinen Mann mehr hat, der sie hält. Und jetzt hat sie auch noch ihre geliebte Addison hierhergelockt, Addie, der klügste Stern am Familienhimmel seit … nun ja, seit Stella.

Als sie in Addies Alter war, hat sie den Abschluss an einer renommierten Uni gemacht und eine Praktikumsstelle bei einer erstklassigen Kanzlei bekommen. Addie dagegen kellnert und geht nicht mehr aufs College. Und aus irgendeinem Grund ist Stella daran schuld.

»Zählt es denn gar nichts, dass ich eine gute Kellnerin bin?« Addie klingt entnervt und ihre Stimme ist höher als sonst. »Ich verstehe ja, dass euch nicht gefällt, was ich mache, aber ist es denn wenigstens was wert, dass ich es gut mache?«

In diesem Augenblick kommt Elizabeth zu Stella ins Schlafzimmer, schaut sich suchend um und entdeckt sie im Halbdunkel neben dem Fenster. Stella legt einen Finger an die Lippen und greift nach Elizabeth – eigentlich, um sie neben sich an die Wand zu bugsieren. Doch stattdessen zieht sie sie an sich. Plötzlich sind sie einander nah genug, um sich in die Arme zu nehmen.

Einen Moment lang rühren sie sich nicht. Dann verstärkt Elizabeth ihren Griff und schmiegt sich fester an Stella. Stella dreht den Kopf ein wenig zur Seite und atmet den Duft von Elizabeths Haaren ein. Elizabeths Atem streicht über ihren Nacken.

»Natürlich finden wir es gut, dass du das toll machst.« Joyce' Worte sind wohlwollend, aber sie klingt verärgert.

»Aber es spielt keine Rolle, ob ich zufrieden bin.«

Elizabeth streichelt mit einer Hand über Stellas Rücken und lässt sie dann unter den Saum ihres locker sitzenden T-Shirts gleiten, um auf ihrer bloßen Haut weiterzumachen. Die unerwartete Berührung lässt Stella den Atem stocken und eine Mischung aus Panik und Euphorie steigt in ihr auf. Ihre Hände zittern, aber sie könnte sich nicht mal bewegen, wenn sie es wollte. Nichts könnte sie dazu bringen, Elizabeth in diesem Augenblick loszulassen, kein Erdbeben, kein Feuer und nicht mal eine Herde heranpreschender Nashörner.

»Ich weiß, dass du dich um deine Tante Stella kümmern willst, aber du bist nicht für sie verantwortlich, Darling«, sagt Thom.

Elizabeth streicht mit der Nase über die Stelle hinter Stellas Ohr und Stella vergräbt eine Hand in Elizabeths Haaren und kratzt mit den Fingernägeln sacht über ihre Kopfhaut. Elizabeth gibt einen Laut von sich, der beinahe wie ein Wimmern klingt.

»Glaubt ihr im Ernst, dass ich nicht schon vor Onkel Rons Tod aus Tennessee wegwollte?«, fragt Addie.

Elizabeth streichelt weiter über Stellas Rücken und verlagert das Gewicht ein wenig, sodass sie einen Oberschenkel zwischen Stellas drängen kann. Jetzt kann Elizabeth sich mit dem Fuß an der Wand abstützen.

Stella entspannt sich unter Elizabeths Körper. Der Raum dreht sich ein wenig um sie.

»Schätzchen …«

»Ihr wisst überhaupt nichts über mein Leben hier. Und außerdem bin ich lieber hier eine Kellnerin als irgendwas anderes zu Hause.« Addie versagt die Stimme. »Ich war so gelangweilt und einsam und ihr habt das nicht mal gemerkt!«

Elizabeth verlagert das Gewicht erneut, bis sie die Hände frei hat und sie in Stellas Haare schieben kann. Und Stella weiß, dass Elizabeth sie nun endlich küssen wird. Elizabeth befeuchtet sich die Lippen. Stellas Puls rast, aber sie hat keine Angst. Sie will, dass Elizabeth sie langsam und sinnlich küsst, während sich ihre Verwandtschaft auf der anderen Seite der Wand streitet. Sie ist bereit. Bereit, herauszufinden, ob die Realität so ist, wie sie es sich vorgestellt hat, oder ob sie getrennte Wege gehen sollten, bevor sie sich noch weiter verstricken.

Doch anstatt sie zu küssen, schaut Elizabeth sie nur mit sehnsüchtigem Gesichtsausdruck an. Sie atmen beide abgehackt, versuchen aber, kein Geräusch dabei zu machen. Dann schließt Elizabeth die Augen und lässt den Kopf nach vorne auf Stellas Schulter sinken. Stella hält ihn dort mit beiden Händen zärtlich fest.

Als Elizabeth nichts weiter tut, beschließt Stella, den Bann zu brechen. Bestimmt hat sie sich die Sehnsucht auf Elizabeths Gesicht nur eingebildet. »Wir sollten sie retten«, flüstert sie.

Elizabeth nickt, ohne den Kopf zu heben, löst sich dann aber einen Moment später von ihr. Stella schiebt sie leise nach draußen auf den Gang.

Elizabeth bleibt noch auf ein Stück Kuchen und verabschiedet sich dann. Kurz bevor sie geht, sagt sie noch zu Stella: »Bis nachher?«

Stella nickt, auch wenn sie sich da noch nicht so sicher ist. Sie hat sich erfolgreich eingeredet, dass das nur eine Umarmung war, dass sie übertreibt und dass sie mal wieder anhänglich und albern ist. Aber die Vorstellung, die Nacht in Elizabeths Bett zu verbringen, ist pure Folter. Bei Addie zu schlafen, wäre vielleicht klüger.

Thom und Joyce gehen um neun ins Bett, erschöpft von der Zeitverschiebung und dem langen Reisetag. Stella und Addie räumen die Küche auf. Stella spült die Töpfe und Pfannen, während Addie die Reste verpackt und alles dahin bringt, wo es hingehört. Sie machen die Spülmaschine an.

»Fährst du noch zu Elizabeth?« Addie zieht sich auf die Anrichte hoch und schaut Stella erwartungsvoll an.

»Ich weiß nicht recht. Ich will ihr nicht auf die Nerven gehen.«

Addie verdreht die Augen. »Wo wart ihr denn nach dem Essen?«

»Ach, ich habe nur einen Moment für mich gebraucht. Sie ist nachgekommen und hat mich umarmt. Das ist alles.«

»Hat das deine Nerven beruhigt?« Addie zieht einen Mundwinkel zu einem wissenden Schmunzeln nach oben.

Ganz im Gegenteil. Stellas Herz hat danach eine ganze Weile gebraucht, um wieder normal zu schlagen. Als hätte sie einen Stromschlag abbekommen. Als wäre sie um den Block gerannt. Hitze im Nacken, zittrige Hände.

»Addison«, warnt Stella sie etwas entnervt.

»Oh, oh.«

»Elizabeth ist wundervoll, aber sie ist hetero. Ich kann dir gegenüber – und *nur* dir gegenüber – zugeben, dass ich in dieser Hinsicht gerade eine Phase durchmache, aber es ist Elizabeth gegenüber nicht fair, sie in eine Rolle zu zwingen, die sie nicht spielen will.«

»Hat sie dir gesagt, dass sie hetero ist?«, fragt Addie unschuldig.

»Was?«

»Habt ihr darüber gesprochen?«

»Nein, aber …«

»Dann weißt du es also nicht.«

»Sie war immer nur mit Männern zusammen.«

»*Du* warst immer nur mit Männern zusammen. Wie kannst du dir bei ihr so sicher sein?«

Stella starrt sie unverwandt an. »Was hat sie dir erzählt?«

»Oh nein.« Addie verschränkt die Arme vor der Brust. »Ich plaudere nichts aus, was du mir im Vertrauen erzählt hast, da werde ich sicher nicht bei ihr damit anfangen.«

Stella lässt sich Addie gegenüber nieder. »Du sitzt hier ziemlich zwischen den Stühlen, nicht wahr, Schätzchen? Tut mir leid.«

»Muss es nicht. Gib einfach nur nicht auf.«

Und wie aufs Stichwort piept Stellas Handy und zeigt ihr eine Nachricht von Elizabeth an: *Kommst du bald?*

»Oh mein Gott, jetzt fahr schon los.« Addie hüpft von der Anrichte und holt sich eine Cola light aus dem Kühlschrank. »Aber wehe, wenn du morgen zum Frühstück nicht wieder da bist.«

»Bin ich, versprochen.«

Elizabeth empfängt Stella im Schlafanzug und Bademantel. Ihr Gesicht glänzt sauber, die Haare hat sie nach hinten gesteckt. Stella hat eine kleine Stofftasche mit Schlafzeug, einer Yogahose für den heutigen Abend und einem T-Shirt dabei, das sie morgen anziehen möchte. Eine Zahnbürste wartet hier schon auf sie.

Sie zieht sich direkt um, weil Elizabeth aussieht, als wollte sie ins Bett gehen. Stella mag Elizabeths Bett. Wenn sie darin schläft, kommt sie sich wie in einem teuren Hotel vor.

»Stella«, sagt Elizabeth, nachdem das Licht aus ist.

»Hmm?«

»Das vorhin tut mir leid.«

»Was? Dass du vorbeigekommen bist? Sie finden dich großartig.«

»Nein, ich meine das in deinem Schlafzimmer.« Elizabeths Stimme zittert ein wenig.

»Das war doch nur eine Umarmung. Die haben wir beide gebraucht. Mehr nicht.« Sie gibt Elizabeth die gleiche Ausrede, die sie sich zuvor erlaubt hat.

»Ich weiß gar nicht mehr, wann mich das letzte Mal jemand umarmt oder überhaupt berührt hat und irgendwie habe ich das Gefühl, dabei zu weit gegangen zu sein. Ich wollte nicht, dass es dir unangenehm wird.«

»Ist es nicht.«

Elizabeth seufzt erleichtert auf. »Du bist nicht sauer?«

»Nein.« Es ist ein bisschen enttäuschend, dass Elizabeth sie nur umarmt hat, weil sie sich so sehr nach einer Berührung gesehnt hat und nicht weil das Verlangen sie überwältigt hat, Stella anzufassen – aber vielleicht ist es auch besser so. Sie kann Gefühle für Elizabeth haben, die diese auf andere Art erwidert.

Irgendwann döst Stella ein, eingehüllt vom Duft der Bettlaken und von Elizabeths Haaren. Sie spielt ein gefährliches Spiel mit sich selbst, aber heute Abend ist es das wert. Das Gefühl von Elizabeths Körper an ihrem lässt das wütende Summen in ihrem Körper zu einem angenehmen Kribbeln zusammenschrumpfen.

Kapitel 14

Stella wacht am nächsten Morgen in Elizabeths Armen auf und stellt fest, dass heute der Todestag ihres Ehemanns ist. Was hat Dr. Barrett gesagt? Dass es nicht immer die großen Jahrestage sind, die wehtun, sondern die kleinen ersten Male. Ein ganzes Jahr ist vergangen, aber in diesem Moment ist ihr warm und sie liegt bequem neben Elizabeth.

Stella dreht sich zu ihr um, sehr darauf bedacht, sich nicht aus ihren Armen zu lösen. Kuscheln war eigentlich nie ihr Ding – Männer strahlen gerne mal viel Wärme ab und sie hasst es, verschwitzt aufzuwachen –, aber das hier ist in Ordnung. Elizabeths Arme und Beine sind leicht und zierlich, ihre Umarmung sanft.

Was würde Ron von dem Leben halten, das sie jetzt führt? Während der letzten zwölf Monate hat sie ihn ganz bewusst aus ihren Gedanken verbannt. Vielleicht ist es jetzt an der Zeit, ihm wieder ein wenig Platz einzuräumen. Ron konnte verständnisvoll sein, wenn er wollte. Jetzt ergibt es auch mehr Sinn, warum es zwischen ihnen immer so schwierig war. Warum sie so oft aneinandergeraten sind. Warum sie nie wirklich glücklich waren. Ron schien immer zufriedener als sie selbst, aber er konnte sicher nicht mit der Hälfte von ihr glücklich gewesen sein, die so viel gearbeitet hat, damit sie sich nicht mit der Leere ihres gemeinsamen Lebens auseinandersetzen musste.

Sie denkt an ihre vergangenen Beziehungen zurück, an all die Jungs, die sie während der Highschoolzeit geküsst hat, ihre festen Freunde auf dem College, ihre Ehemänner. Alle, die sie je geliebt hat, haben sich zuerst in sie verliebt. Sie machten ihr den Hof, bis sie schließlich nachgab.

Und sie hat mitgespielt, weil Frauen das eben so machen. Elizabeth ist der einzige Mensch, in den sie sich von sich aus verliebt hat.

Sie kann sich nicht mehr selbst belügen. Sie ist in Elizabeth verliebt. Und ihre Gefühle werden mit absoluter Sicherheit nicht erwidert. Stella streicht Elizabeth ein paar Haarsträhnen aus dem Gesicht. Betrachtet die Fältchen um ihre Augenwinkel, ihre Stupsnase, den Schwung ihrer Lippen. Lange schaut sie Elizabeth einfach nur an, als wäre sie am Verhungern, weil sie seit Tagen nichts gegessen hat. Und dann schlüpft sie vorsichtig aus ihren Armen und aus dem Bett.

Stella merkt, dass Addie weiß, welcher Tag heute ist, aber ihre Nichte ist klug genug, es nicht anzusprechen, und Stella sagt auch nichts dazu. Sie zeigen Thom und Joyce ein paar Sehenswürdigkeiten, angefangen beim Venice Beach. Nashville ist zwar gar nicht so weit von der Küste entfernt – höchstens eine Tagesfahrt –, aber der Pazifik unterscheidet sich gravierend vom Atlantik. Sie quetschen sich in Addies Auto, weil sie die Hoffnung haben, mit dem kleineren Wagen leichter einen Parkplatz zu finden, aber der Strand ist rammelvoll und sie finden nirgendwo eine Lücke. Der Plan war eigentlich, in West Hollywood Mittagessen zu gehen, aber nachdem Joyce verkündet, dass ihr der Venice Beach zu freizügig ist, entscheiden sie sich dafür, über den Pacific Coast Highway Richtung Malibu zu fahren.

Sie kommen an einem Restaurant vorbei, das Sitzplätze auf einer Terrasse mit Blick aufs Meer hat. Die einzigen anderen Gäste außer ihnen sind eine Familie und ein älteres Paar, das Zeitung liest.

Während des Essens vibriert Addies Handy. »Es ist Josh.« Sie nimmt den Anruf an. »Hallo?«

Joyce räuspert sich missbilligend.

»Oh, du bist in der Stadt?«, fragt Addie.

Man kann die Stimme am anderen Ende hören, versteht jedoch nicht, was er sagt.

»Die Gerüchte stimmen. Sie sind zu Besuch.« Addie hält das Mikrofon mit einer Hand zu. »Er würde euch gerne kennenlernen.«

»Wer denn?«, will Joyce wissen.

»Josh ist Elizabeths jüngster Sohn«, erklärt Stella.

»Wir sind gerade in Malibu. Ich schreibe dir eine Nachricht, wenn wir wieder zu Hause sind.« Addie legt das Handy auf den Tisch und wirft ihrer Mutter einen entschuldigenden Blick zu. »Er hat vorgeschlagen, dass wir heute Abend zusammen essen.«

»Er klang nett.« Thom wackelt mit den Augenbrauen.

»Oh, ich bin absolut nicht sein Typ«, erwidert Addie. »Und außerdem wohnt er ziemlich weit weg.«

»Santa Cruz«, wirft Stella ein. »Gute sechs Stunden mit dem Auto.«

Auf dem Heimweg läuft Stellas Hirn auf Hochtouren. Wenn Josh zu Besuch ist, wäre es merkwürdig, wenn Stella auch bei Elizabeth übernachtet. Alle außer Addie nehmen an, dass sie in Joshs Zimmer schläft, wenn sie dort ist. Aber sie wacht gerne mit Elizabeth zusammen auf. Und auch, wenn sie dann noch im Schlafanzug mit ungemachten Haaren in der Küche sitzen und Kaffee trinken. Sie tut gerne so, als hätte sie ein richtiges Leben.

»Alles okay?«

Stella schaut auf und merkt, dass Addie sie im Rückspiegel beobachtet. »Ja, Schätzchen. Alles gut.«

»Ich frage nur, weil ich weiß, was heute für ein Tag ist.«

»Darüber müssen wir nicht sprechen.«

»Über was?«, fragt Thom.

»Heute vor einem Jahr ist Ron gestorben«, antwortet Stella.

»Oh, Liebes …«, sagt Joyce mitfühlend. »Warum hast du denn nichts gesagt?«

»Damit wir alle traurig sind? Ich unternehme lieber was mit euch, als zu Hause Trübsal zu blasen.«

»Ich wette, dass Josh deswegen gekommen ist«, meint Addie. »Damit Elizabeth nicht allein ist.«

»Was hat Elizabeth mit deinem Ehemann zu tun?« Thom runzelt die Stirn, als würde er versuchen, ein Rätsel ohne Hinweise zu lösen.

»Sie war dabei, als es passiert ist. Sie hat ihn sterben sehen, Thom.«

»Oh mein Gott. Kein Wunder, dass ihr so dicke miteinander seid.«

»Na ja, ich kenne Elizabeth schon lange, aber es hat unsere Freundschaft verändert.«

»Das kann ich mir nicht mal vorstellen.« Joyce dreht sich zu Stella um. »Es geht einfach nicht.«

»Ich hoffe, dass du es nie erleben musst«, sagt Stella. »Den Ehemann zu verlieren oder jemanden sterben zu sehen, kann ich beides nicht empfehlen.«

»Stella«, mahnt Addie.

Den Ton kennt Stella. Es ist eine Bitte, damit aufzuhören. »Wir müssen Elizabeth auch nicht noch mal einladen. Ich sehe sie oft genug.«

»Wenn es euch beiden an einem Tag wie heute hilft, wenn ihr zusammen seid, würde ich gerne ihren Sohn kennenlernen«, sagt Thom.

Stella sollte eine engere Beziehung zu Thom haben, sich mehr Mühe bei ihm geben. Er ist kein schlechter Bruder. Sie legt ihm eine Hand auf den Arm. »Danke.«

Sie verabreden sich mit Elizabeth und Josh bei ihrem Lieblingsmexikaner zum Essen. Die beiden sitzen bereits an einem großen runden Tisch, als die Carters einfallen. Addie und ihre Mutter zanken sich und Thom, der ein bisschen angeheitert ist, weil er den ganzen Tag Bier getrunken hat, redet lauter, als es nötig wäre. Stella hat Mitleid mit Addie. Normalerweise ist sie so ausgeglichen, freundlich und nichts bringt sie aus der Ruhe, was es noch schwerer macht, sie in Gegenwart ihrer Eltern so gestresst zu sehen.

Thom hat Joyce direkt nach der Highschool geheiratet, da waren die beiden gerade mal achtzehn. Stella kennt ihre Schwägerin also praktisch ihr ganzes Leben lang, aber so richtig grün waren sie sich nie. Sie waren einfach schon immer grundverschieden. Stella hatte große Pläne für ihr Leben nach ihrem Abschluss und Joyce wollte einfach nur ihren Highschoolfreund heiraten und eine Wagenladung Kinder bekommen.

Letztendlich blieb es bei Addie und selbst sie entstand erst nach Jahren voller Arztbesuche und Tausenden von Dollar für Fruchtbarkeitsbehandlungen. Warum sie Stellas Lebensentscheidungen schlechtmachen und dann überrascht sind, dass sie nicht wieder in ihre Heimatstadt ziehen will, wird Stella nie verstehen.

Elizabeth winkt ihnen zu. Sie steht auf, um sie zu begrüßen, und stellt Josh vor. Dann sagt sie zu Stella: »Komm, setz dich zu mir. Wir machen Platz für dich.«

Selbst in der gedimmten Restaurantbeleuchtung sieht sie wunderschön aus. Unter dem Tisch tasten sie nach der Hand der anderen und drücken sie kurz. Es muss auch für Elizabeth ein schwerer Tag gewesen sein.

Josh unterhält gut gelaunt die Runde, indem er Gerichte von der Speisekarte empfiehlt und erklärt, was lecker ist und was man nicht zwingend probieren muss. Joyce und Stella tauschen einen Blick miteinander, als Thom sich eine Margarita bestellt, aber Addie und Elizabeth schließen sich ihm an. Joyce und Stella bleiben bei Softdrinks.

Josh schwärmt von seinen Journalistikkursen und Joyce, die früher an der Schülerzeitung mitgewirkt hat, lauscht ihm ehrlich interessiert.

»Addie hat einen Abschluss«, sagt Thom. »Nicht, dass sie irgendwas damit macht.«

»Thomas«, ermahnt Joyce ihn.

»Danke, Dad«, sagt Addie. »So einen gemeinen Kommentar hört man doch gerne.«

»Ich bin nicht gemein, Kleines. Ist nur 'ne Tatsache.«

Die Bedienung bringt ihre Getränke. Joyce nimmt Thom die Margarita weg und schiebt ihm dafür ihre Cola light zu.

»Baby …«

»Hör auf, dich selbst zu blamieren«, antwortet Joyce leise.

Unangenehmes Schweigen breitet sich aus. Josh hält den Blick auf die Tischplatte gesenkt, Elizabeth schaut ins Leere. Addie wirkt, als würde sie am liebsten im Boden versinken.

»Addie«, durchbricht Stella schließlich die Stille. »Ich habe mein Handy im Auto vergessen und weiß nicht mehr, wo wir geparkt haben. Könntest du mitkommen?«

»Klar.«

»Bestell was für mich, wenn die Bedienung kommt. Mir egal, was«, sagt Stella zu Elizabeth. »Entschuldigt uns kurz.«

Sie eilt mit Addie dicht auf den Fersen aus dem Restaurant. Draußen angekommen dreht Stella sich zu Addie um. Tränen rinnen ihrer Nichte über die Wangen.

»Was zum Teufel sollte das denn?«, fragt Stella. »Oh, Schätzchen.«

»Er ist einfach ein Arsch, wenn er was getrunken hat. Wie alle Väter.«

Das ist eine Aussage, über die sie später noch sprechen sollten. Sie schließt Addie in die Arme. »Du verschwendest dein Leben nicht. Im Gegenteil, du schlägst dich hervorragend. Es ist schwer, so weit wegzuziehen, wie du es gemacht hast. Aber du hast einen guten Job und du wurdest befördert! Du trägst finanziell zu unserem Haushalt bei und du gibst mir einen Grund, morgens aufzustehen. Ich hab dich so unglaublich lieb, Schätzchen. Wirklich.«

»Vielen Dank.« Addie löst sich von ihr. »Ich wollte nicht, dass sie zu Besuch kommen. Sie sind nie zufrieden mit mir.«

»Sie sind einfach dumm und du bist wundervoll. Ich bin so stolz auf dich, als wärst du meine eigene Tochter.«

Addie nickt und wischt sich mit dem Ärmel ihrer Kapuzenjacke übers Gesicht.

»Geht's denn? Du könntest bei Elizabeth und Josh übernachten«, bietet Stella an. »Ich rede mit Thom.«

»Schon okay. Ich muss morgen arbeiten, das gibt dir mehr als genug Zeit, ihnen die Hölle heißzumachen.«

Stella lacht leise, was Addie ebenfalls lächeln lässt.

»Hast du wirklich dein Handy im Auto vergessen?«

»Nein, das ist in meiner Handtasche.«

Sie gehen zurück ins Restaurant. Josh und Elizabeth sind auf der Toilette. Thom wirkt verlegen, als hätte seine Frau ihn schon zurechtgestutzt.

»So, das Handy ist sicher«, sagt Stella, als sie sich wieder an den Tisch setzt. »Wie wäre es, wenn wir unsere Familie nicht weiter vor unseren Freunden blamieren, hm?« Sie versucht, locker zu klingen, aber die Warnung schwingt deutlich hörbar in ihrer Stimme mit.

»Du klingst wie deine Mutter, Stella Anne.« Joyce schenkt ihr ein angestrengtes Lächeln.

Als Elizabeth und Josh zurückkommen, benehmen sich alle anständig und sie beschränken sich beim Essen auf Small Talk. Stella schmeckt das Gericht, das Elizabeth für sie ausgesucht hat und als sie sich einen Schluck von Elizabeths Margarita stibitzt, wird das nicht weiter kommentiert.

Sie verabschieden sich auf dem Parkplatz. Elizabeth umarmt Stella und flüstert ihr ins Ohr: »Bis später?«

»Ich weiß noch nicht«, antwortet Stella. »Vielleicht.«

Elizabeth nickt niedergeschlagen. Auf dem Heimweg muss Stella immerzu an ihren Gesichtsausdruck denken.

Stella schläft bei Addie, anstatt zu Elizabeth zu fahren, weil ihr das richtig erscheint. Addie braucht die Unterstützung und Stella gibt sie ihr gerne.

Am nächsten Morgen steht Addie eine Stunde früher auf, um so schnell wie möglich aus dem Haus zu kommen, und Stella darf ihren Bruder und ihre Schwägerin heute alleine babysitten.

»Wollt ihr mit zur Messe gehen?«, fragt sie, als sie beim Kaffee am Küchentisch sitzen.

»Du gehst in eine katholische Kirche?«, fragt Thom überrascht.

»Elizabeth geht da hin, also begleite ich sie.«

»Wirklich?« Thom wirft Joyce einen Seitenblick zu.

»Meine Therapeutin hat mir nahegelegt, Routinen zu entwickeln«, sagt Stella. »Mit Elizabeth einmal die Woche zur Messe zu gehen ist eine Routine und inzwischen habe ich mich irgendwie daran gewöhnt.«

»Aber eine katholische Kirche?«, hakt Joyce nach.

»Nicht meine erste Wahl. Aber wenn man katholisch erzogen wurde, ist man wohl katholisch fürs Leben.«

»Geh ruhig«, meint Joyce. »Wir beschäftigen uns hier derweil selbst.«

»Wie wäre es, wenn ich euch den SUV dalasse? Elizabeth holt mich normalerweise ab. Ihr habt doch sicher noch was auf eurer Liste, das ihr euch anschauen wollt. Addie kommt erst am späten Nachmittag wieder.«

Thom nickt. »Das wäre gut.«

»Okay. Ist es für euch okay, wenn ich zuerst dusche?«, fragt Stella.

Sie nimmt das Handy mit ins Bad, dreht das Wasser in der Dusche auf und ruft dann Elizabeth an.

»Gehst du heute zur Kirche?«

»Rufst du von unter der Dusche an?«

»Nein. Na ja. Ich stehe daneben«, gibt Stella zu.

»Versteckst du dich gerade im Bad?«

»Rette mich bitte vor meiner Familie. Addie ist arbeiten und wenn ich ihnen das Auto gebe, können sie irgendwo allein hinfahren.«

»Wir hatten es eigentlich nicht vor, aber ich schicke Josh zu dir und dann entscheiden wir zusammen, was wir heute machen.«

»Vielen Dank. Gib mir eine halbe Stunde zum Fertigmachen.«

Sie springt schnell unter die Dusche. Es ist noch warm genug für ein Sommerkleid und Sandalen. Sie schminkt sich ein wenig. Ein bisschen Foundation, Puder und Blush. Wimperntusche und Lipgloss. Ein bisschen Farbe, um sich lebendig zu fühlen.

Josh schreibt ihr eine Nachricht, als er da ist. Nachdem sie sichergestellt hat, dass Thom und Joyce alles haben, was sie brauchen, eilt sie nach draußen.

»Oh mein Gott, dich schickt der Himmel«, meint sie zu Josh. »Danke für die Rettung.«

»Kein Problem.« Er fährt zügig los.

»Es ist wirklich nett von dir, dieses Wochenende zu Besuch zu kommen. Du kümmerst dich gut um deine Mutter.«

»Ich muss dir wohl nicht sagen, wie schlecht es ihr nach dem Vorfall ging.« Josh wirft ihr einen Seitenblick zu, aber seine Worte tun nicht mehr so weh, wie sie es noch vor einiger Zeit getan hätten. Sie kann inzwischen öfter über Ron reden, ohne dass ihr die Tränen kommen.

»Ich verstehe. Es ist schwer, jemanden sterben zu sehen.« Schwer genug, wenn es ein Mörder ist, aber bei einem Kollegen oder jemandem, den man lange kennt, ist es noch schlimmer. Ron war Elizabeths Vorgesetzter und sie pflegten ein freundschaftliches Arbeitsverhältnis, in dem Stella keine Rolle spielte. »Aber du hast auch den Eindruck, dass es ihr gut geht, oder? So alles in allem?«

»Ja«, antwortet Josh. »Sie wirkt … Ich wage es ja kaum zu sagen, aber sie wirkt glücklich.«

»War sie das vorher nicht? Ich meine, bevor wir Ron verloren haben.«

»Das dachte ich eigentlich. Zumindest manchmal. Ihr Job ist natürlich hart. Aber diese Beziehungssache mit Sam war irgendwie schräg. Sie hat erst gar nicht richtig gecheckt, dass sie mit ihm zusammen war und als ihr es dann klar geworden ist, hat sie es beendet.«

Könnte Elizabeth vielleicht Stella ähnlicher sein, als ihr bislang klar war? War sie ihr Leben lang nur deswegen mit Männern zusammen, weil die sie gefragt haben? Oder projiziert sie gerade ihre eigenen Gefühle? Dennoch ist es beruhigend, dass Elizabeth Lieutenant Warren nicht hinterhertrauert.

»Es ist sowieso keine gute Idee, was mit Arbeitskollegen anzufangen.«

»Aber wo soll sie denn sonst jemanden kennenlernen?«, fragt er. »Ich versuche schon ewig, sie auf einer Dating-App anzumelden, aber sie will es nicht mal ausprobieren.«

»Vielleicht findet sie sich zu alt dafür.«

»Wenigstens hat sie jetzt dich. Als ich ausgezogen bin, hatte sie niemanden mehr – keinen Mann, keine Freunde, niemanden auf der Arbeit, der ihr nahesteht, und meine Geschwister melden sich nie. Sie redet ständig über dich. Sie ist wirklich froh über eure Freundschaft.«

»Bin ich auch.«

Stella riecht Bacon, kaum dass sie durch die Wohnungstür kommt. Elizabeth trägt ihre schwarze Yogahose und ein hellblaues Hemd, dessen Ärmel sie bis zu den Ellenbogen hochgekrempelt hat. Die Haare hat sie mit einer Spange hochgesteckt, damit sie ihr nicht ins Gesicht fallen. Sie rollt gerade den Teig für Biscuits aus und grinst, als sie Stella und Josh bemerkt.

»Danke für die Rettung«, sagt Stella.

»Machen wir gerne«, erwidert Elizabeth. »Mach es dir bequem. Du weißt ja, wo alles ist.«

Stella holt sich einen Kaffee und Josh verkündet, dass er wieder ins Bett geht, bis das Essen fertig ist.

»Du kannst die Biscuits ausstechen, während ich mich um die Soße kümmere. Hier.« Elizabeth reicht ihr eine runde Ausstechform.

»Da kann ich wohl nicht viel falsch machen.«

Stella wäscht sich die Hände und tritt dann neben Elizabeth, um sich Anweisungen abzuholen. »Der Teig ist schon fertig ausgerollt. Du solltest acht oder neun Biscuits rausbekommen. Das reicht locker für uns. Es ist nicht …« Sie verstummt abrupt, als Stella sie versehentlich mit der Hüfte anstößt, und räuspert sich. »Es ist, hm, nicht so gut, wenn man den Restteig noch mal ausrollt.«

»Okay.« Stella schubst sie noch einmal mit der Hüfte, dieses Mal mit Absicht.

Elizabeth erwidert die Geste und dann bleiben sie so aneinandergelehnt stehen.

Stella greift nach der Ausstechform und positioniert sie so dicht wie möglich über dem Rand des Teigs. »So?«

»Genau so.«

Sie drückt den Metallring tief in den Teig und zieht ihn dann wieder raus. Das Innere bleibt hängen und Stella muss es mit einem Finger herausdrücken. »Das klebt ganz schön.«

»Hmhm«, sagt Elizabeth. »Mach mal ein bisschen Mehl auf den Ausstecher.« Sie öffnet den Mehlbehälter. Stella taucht den Ring hinein und bestäubt ihn. Der nächste Biscuit lässt sich leichter ausstechen.

»Du bist so klug.«

Elizabeth gibt einen erfreuten Laut von sich und macht sich an eine Mehlschwitze mit dem Baconfett für die Gravy. Die Mischung muss konstant gerührt werden, während sie andickt, und Elizabeth reicht ihr den Schneebesen dafür.

Die Biscuits sind im Ofen, der Bacon steht unter Alufolie warm und Elizabeth schneidet Honigmelone in perfekte Spalten.

Die gleichförmige Rührbewegung lullt Stella ein und ihre Gedanken begeben sich auf Wanderschaft. Sie stellt sich vor, wie sie sich umdreht und Elizabeth in die Ecke drängt, die die beiden Arbeitsplatten formen. Sie stellt sich vor, wir ihre Körper sich aneinanderschmiegen und sie die Lippen auf Elizabeths drückt. Elizabeth erwidert den Kuss und zieht sich dann auf die Anrichte hoch, um die Beine um Stellas Hüften zu schlingen. Stella zieht ihr die Spange aus den Haaren, sodass ihr die Strähnen über die Schultern fallen. Elizabeth zieht den Rock von Stellas Kleid bis über die Hüften nach oben.

»Stella?«

»Hm? Was?« Stellas Gesicht ist heiß. Die roten Wangen kann sie sicher auf die Hitze schieben, die der Herd abstrahlt.

»Ich habe dich gefragt, wie sie aussieht.«

»Wie was aussieht?«, fragt Stella.

»Die Soße. Dickt sie an?«

»Oh. Hm, ja, ich denke schon.«

»Du warst gerade ganz woanders.«

»Ich habe nur übers Frühstück nachgedacht. Sorry. War eine seltsame Woche.«

»Deine Verwandtschaft macht einen netten Eindruck.«

»Ach ja? Sie haben sich gestern nicht gerade von ihrer besten Seite gezeigt.«

»Ich weiß, dass Addie sich schwer mit ihnen tut, aber du warst sehr diplomatisch«, meint Elizabeth.

»Ich weiß wirklich nicht, wie ich das noch vier Tage durchhalte. Mir ist vollkommen schleierhaft, was ich mit Besuch anfangen soll.«

»Was hast du denn mit deinen Eltern gemacht, wenn die hergekommen sind?«

»Gearbeitet«, erwidert Stella. »Manchmal haben sie mich zum Gericht begleitet.«

»Du hast dir nie Urlaub für sie genommen?«

»Ich habe es ja versucht, aber dann hat irgendwer ein Verbrechen begangen. Sie haben sich daran gewöhnt und mein Team besser kennengelernt. Ron ist mit ihnen zum Sightseeing, aber nach ein paar Jahren gibt es halt auch nicht viel Neues mehr zu entdecken.« Stella seufzt. »Ich war damals schon eine schlechte Tochter und jetzt bin ich eine schlechte Schwester.«

»Nein, bist du nicht.«

»Schlechte Tochter, schlechte Schwester, schlechte Ehefrau. War ich eine gute Staatsanwältin? Wer weiß ...« Der Schneebesen trifft laut auf den Topfrand.

Elizabeth wischt sich die Hände an einem Geschirrtuch ab, macht den Herd aus und dreht Stella zu sich herum. »Du bist nicht schlecht. Niemand ist eine perfekte Tochter, Schwester oder Ehefrau. Wir tun einfach, was wir in der jeweiligen Lebenssituation können.«

»Ich weiß.«

»Und du warst eine sehr, sehr gute Staatsanwältin. Darum wollte ich dich damals in meiner Abteilung haben.«

Stella presst die Lippen zusammen, um ihr Lächeln zu verbergen. »Aber Captain Murphy, *ich* wollte doch ins Morddezernat versetzt werden.«

»Hm. Dann war es wohl Schicksal.« Ihre Hand ruht noch immer auf Stellas Arm und jetzt kommt sie noch näher, legt ihr einen Arm um die Taille und zieht sie seitlich an sich.

Stella drückt sie ebenfalls kurz. Dann wird daraus eine richtige Umarmung.

»Es wird besser und dann schlechter und dann besser und dann wieder schlechter«, sagt Stella leise und legt das Kinn auf Elizabeths Schulter.

Elizabeth gibt einen mitfühlenden Laut von sich und schlingt die Arme enger um sie. Sie wiegen sich ein wenig von Seite zu Seite, halten einander fest, bis der Ofentimer piepst und sie sich wieder voneinander lösen.

Kapitel 15

Addie ruft Stella während der Mittagspause an. »Wie läuft's?«

»Oh, wunderbar. Ich bin zum Frühstück zu Elizabeth gefahren und noch immer hier«, antwortet Stella. Sie hat es sich nach einem gemütlichen, entspannten Essen auf der Couch bequem gemacht, nachdem sie zusammen die Küche aufgeräumt haben. Josh sitzt mit seinem Laptop am Esstisch, Elizabeth ist im Schlafzimmer und Stella schaut fern ohne Ton. Eigentlich hat sie den Fernseher nur angemacht, weil sie sich komisch vorkommt, wenn sie einfach nur so herumsitzt.

»Was ist mit Mama und Daddy?«, fragt Addie.

»Ich habe ihnen den SUV dagelassen, damit sie sich was anschauen können, wenn sie wollen. Sie denken, dass ich in die Kirche gegangen bin, aber wir sind dann doch hiergeblieben.«

»Du hast sie allein gelassen?«

»Ja. Warum nicht?«

»Weil sie rumschnüffeln werden! Oh mein Gott, Stella!«

Stella setzt sich erschrocken auf. »Was zum Henker hast du denn in deinem Zimmer? Du weißt, dass ich nichts gegen ein bisschen Gras habe, aber wenn du harte Drogen im Haus versteckst, ist das nicht in Ordnung.«

»Du verstehst nicht«, sagt Addie. »Du musst nachschauen, ob sie wirklich nicht mehr zu Hause sind. Bitte!«

»Okay, Schätzchen. Aber es würde wirklich helfen, wenn ich wüsste, was los ist.« So panisch hat Stella ihre Nichte noch nie erlebt.

»Ich erkläre dir später alles, versprochen.«

»Okay, Schatz. Ich schreibe dir, wenn ich da bin.« Sie legt auf und stemmt sich vom Sofa hoch. »So ein verdammter Mist!«

Josh sieht von seinem Computer auf. »Was ist denn mit ihr?«

»Ich habe keinen blassen Schimmer. Sie will auf keinen Fall, dass ihre Eltern sich allein in unserem Haus aufhalten.« Stella sieht sich suchend nach ihren Schuhen um. Unter dem Couchtisch sind sie nicht, unter dem Esstisch auch nicht und in der Küche ebenfalls Fehlanzeige. Schließlich entdeckt sie sie neben der Wohnungstür neben allen anderen. Elizabeth muss sie eingesammelt und dort abgestellt haben.

Sie wühlt in ihrer Handtasche nach ihrem Schlüsselbund, erinnert sich dann aber, dass sie nicht mit ihrem Auto hergekommen ist. Kurzerhand geht sie zu Elizabeths geschlossener Schlafzimmertür und klopft leise an. Als Elizabeth nicht reagiert, dreht sie den Knauf. Sie hört die Dusche im Bad rauschen.

»Shit«, flucht sie und kehrt in den Wohnzimmerbereich zurück. »Meinst du, deine Mutter hat was dagegen, wenn ich mir ihr Auto leihe?«

Josh überlegt einen Moment. »Nein. Wir können es ja jederzeit bei dir holen, wenn es sein muss.«

»Wenn sie nicht zu Hause sind, komme ich direkt wieder her.« Dann fügt sie leiser hinzu: »Ich weiß ja nicht mal, wonach ich suchen soll.« Elizabeths Handtasche steht neben der Tür und darin findet sie die Autoschlüssel. »Kannst du ihr erklären, was los ist?«

»Ja, ja. Notfall, irgendeine Frauensache. Kriege ich hin.« Seine Aufmerksamkeit ist schon wieder auf den Computerbildschirm gerichtet.

Stella fährt mit dem Aufzug in die Tiefgarage und geht dann zu Elizabeths Auto, mit dem Josh sie heute Morgen abgeholt hat. Das LAPD-Fahrzeug, das Elizabeth für die Arbeit nutzt, steht direkt daneben. Das Stella nicht nehmen sollte. Offiziell. Nur dass die Schlüssel, die sie aus Elizabeths Handtasche genommen hat, zum LAPD-Wagen gehören.

»Ach, scheiß drauf.« Kurzerhand steigt sie in die unauffällige silberne Limousine. Eine Viertelstunde später steht sie vor ihrem Haus. Auf der Fahrt hofft sie die ganze Zeit über inständig, dass Thom und Joyce tatsächlich einen Ausflug machen. Wenn die beiden zu Hause sind und Stella nichts Verdächtiges findet, muss sie ihnen erklären, warum sie plötzlich auftaucht und direkt wieder geht. Und wenn sie irgendwas Komisches machen, muss sie sich auch damit auseinandersetzen.

Was könnte Addie verstecken, von dem sie solche Angst hat, dass man es findet? Wenn sie Drogen nehmen würde, hätte Stella das gemerkt. Und sie ist ein bisschen zu alt für eine Panikattacke, nur weil ihre Eltern einen Vibrator finden. Alkohol darf sie auch legal konsumieren.

Was Stella jedoch viel mehr zu schaffen macht: Was immer Addie vor ihren Eltern versteckt, versteckt sie auch vor ihr.

Der SUV ist weg und sie verspricht Gott oder wer immer da oben zuhört, dass sie nicht mehr in der Kirche sitzen und darüber sinnieren wird, wie langweilig und nervig Katholizismus ist. Zumindest während der nächsten fünf Gottesdienste. Oder wenigstens drei.

Kurz spielt sie mit dem Gedanken, einfach wieder umzudrehen und zu Elizabeth zu fahren, aber sie kann sich wenigstens umziehen, wenn sie schon mal hier ist. Dann muss sie nicht im Kleid auf Elizabeths Couch sitzen. Schlabberklamotten tun es dafür auch.

»Thom? Joyce?«, ruft sie zur Sicherheit, nachdem sie die Tür geöffnet hat. Als sie keine Antwort bekommt, geht sie in ihr Schlafzimmer, schlüpft aus dem Kleid und zieht sich eine saubere Jogginghose, ein schwarzes Tanktop und ihren Lieblingspullover an. Sie ist schon auf dem Weg zur Haustür, als sie eine Eingebung doch noch mal umdrehen und zu Addies Zimmer gehen lässt.

Stella wirft einen Blick hinein. Abgesehen von dem großen Koffer am Fußende des Betts sieht alles aus wie immer. Sie geht hinein und öffnet die Nachttischschublade. Darin befinden sich nur eine Packung Haargummis, Schmerztabletten, ein paar Kassenzettel, vier verschiedene Lippenbalsame und ein kaputtes Handyladegerät.

Also kein problematischer Vibrator. Und selbst wenn da normalerweise einer wäre, hätte Addie ihn wohl vor dem Besuch ihrer Eltern weggeräumt. Stella ist sich nicht mal sicher, ob sie einen besitzt, weil die Wände des Hauses so dünn sind, dass es hier eigentlich keine Geheimnisse gibt.

Sie schaut sich nachdenklich im Raum um. In Addies Kommode hat Stella schon oft genug auf der Suche nach sauberer Kleidung, die sie sich ausleihen kann, gewühlt. Die Schranktür steht halb offen und gibt den Blick auf einen Haufen Schuhe und Addies Kleider und Jacken frei. Wie Stellas hat auch dieser Kleiderschrank zwei Schiebetüren, die auf einer Schiene übereinanderlaufen. Die beiden Schrankteile sind durch eine Spanplatte voneinander getrennt.

Eine Schrankseite ist offen, die andere geschlossen. Vor der geschlossenen Tür steht ein kleiner Kartonstapel. Wieso ist ihr das vorher nie aufgefallen? Sie öffnet den obersten. Er ist voller alter Lehrbücher, was seltsam ist, weil sie eigentlich der Auffassung war, dass Addie alles schon im ersten Monat nach ihrem Umzug ausgepackt hat.

Vorsichtig schiebt sie die Kartons beiseite und öffnet die andere Schrankseite.

Darin findet sie eine Installation mit professioneller künstlicher Beleuchtung in Form eines großen, viereckigen Spiegels und eines Ringlichts auf einem hohen Stativ. In einer der Ecken stehen zahlreiche Stoffrollen in verschiedenen Farben. Den Rest des kleinen Raums nehmen verschiedene Kisten ein. Auf einer steht *Maybelline*. Die darunter ziert das Logo von *Wet n Wild*. Die dritte wurde von *NYX Professional Make-up* an Addie an eine Postfachadresse geschickt. Eine teuer aussehende Kamera mit einem ebenso teuer aussehenden Objektiv liegt auf den gestapelten Kisten.

Stella schickt Thom und Joyce eine Nachricht. Wie sich herausstellt, sind die beiden nach Anaheim gefahren, um sich ein Baseballspiel anzusehen, das erst um eins beginnt, also werden sie noch einige Stunden weg sein. Stella und Elizabeth haben sich bereits zehn Videos in Addies YouTube-Kanal vorgearbeitet, als Addie die Haustür aufschließt. Sie kommt früher von der Arbeit nach Hause. Stella drückt den Pause-Knopf auf der Fernbedienung.

Addie kommt mit ihrer Handtasche über der Schulter und großen Augen ins Wohnzimmer. »Ich kann das erklären.«

»Ich weiß nicht so recht, was es da zu erklären gibt.« Stella wirft die Fernbedienung auf den Couchtisch. Der Fernseher zeigt eine Großaufnahme von Addie. Eins ihrer Augenlider ziert schimmernder goldener Lidschatten.

»Tante Stella.«

»Du hast über dreihunderttausend Abonnenten. Laut Josh kann man das schon als erfolgreich bezeichnen«, sagt Elizabeth.

»Er hat auch gesagt, dass du mit so vielen Abonnenten sicher nicht mehr kellnern gehen musst«, fügt Stella hinzu. »Stimmt das?«

Addie stellt ihre Handtasche ab. Sie wirkt, als würde sie jeden Moment in Tränen ausbrechen. »Hast du es Daddy erzählt?«

»Nein, Addison, habe ich nicht«, sagt Stella. »Und das werde ich auch nicht, weil es deine Sache ist, wem du es erzählst. Ich verstehe nur wirklich nicht, warum du das Gefühl hast, es vor mir verheimlichen zu müssen.«

»Oder vor mir!«, sagt Elizabeth.

»Na ja, ich … Wo sind Mama und Daddy?«

»Sie schauen sich ein *Angels*-Spiel an«, antwortet Stella.

Tränen rinnen Addie über die Wangen.

»Schätzchen …«, meint Stella.

»Ich mach nur eben …« Addie dreht sich um und geht den Flur hinunter in ihr Zimmer. Die Tür fällt mit einem leisen Klicken hinter ihr ins Schloss.

»Ich bin gerade wirklich verwirrt.« Stella greift nach der Fernbedienung und macht den Fernseher aus. »Warum ist ihr das peinlich?«

»Ich habe keine Ahnung. Josh sagt, dass die jungen Frauen mit diesen Beauty-Videos eine Menge Geld verdienen und sogar noch mehr, wenn sie bestimmte Produkte darin erwähnen.«

»Wir schauen uns ständig solche Videos an. Zusammen! Sie hatte unzählige Gelegenheiten, mir davon zu erzählen.«

»Ich habe wirklich keine Ahnung«, wiederholt Elizabeth.

»Sollte ich zu ihr gehen?«

»Geben wir ihr fünf Minuten.« Elizabeth legt Stella eine Hand aufs Knie. »Du machst das gut.«

»Ich habe gerade eher das Gefühl, etwas falsch gemacht zu haben. Sie hätte es mir doch erzählt, wenn ich mich mehr bemüht hätte oder so.«

»Vielleich war sie sich einfach nur nicht sicher, ob aus der Sache was wird.«

Stella massiert sich die Schläfen. Sie bekommt langsam Kopfschmerzen. »Vielleicht war ich so mit meinen eigenen Problemen beschäftigt, dass sie das Gefühl hatte, nicht mit mir reden zu können.«

»Am Anfang möglicherweise. Aber sie hat es mir auch nicht erzählt.«

Stella vermutet schon lange, dass Addie Elizabeth mehr anvertraut als ihr – oder zumindest in der Zeit kurz nach ihrem Umzug. Das zu akzeptieren, war ihr erst schwergefallen, aber mittlerweile war sie froh, dass Addie in Elizabeth jemanden gefunden hatte, auf den sie sich verlassen konnte, da Stella in ihrer Trauer so unberechenbar war.

Sie hat gerade eine Flasche Wein aufgemacht und drei Gläser eingeschenkt, als Addie aus ihrem Zimmer kommt. Sie hat sich umgezogen und ihre Augen sind rot und geschwollen. In der Hand hält sie ein zerknülltes Taschentuch. Sie setzt sich in den Sessel neben dem Sofa.

»Ich bin nicht sauer auf dich, Addie. Wir halten dir auch keinen Vortrag«, sagt Stella. »Wir sind nur verwirrt, Schätzchen.«

»Ich weiß.« Addie schnieft leise. »Wie viele Videos habt ihr euch angeschaut?«

»Ein paar. Das mit den Smokey Eyes und das mit der Cut Crease.«

»›Was habe ich in meiner Tasche?‹ und die ›Morgenroutine‹«, fügt Elizabeth hinzu. »Wir sind nicht sehr weit gekommen.«

Addies seufzt tief. »Ich habe im letzten Highschooljahr mit YouTube angefangen. Gott, das ist so peinlich.«

»Warum?«, fragt Elizabeth. »Josh meint, dass viele Leute heutzutage Videos machen.«

»Keine Ahnung. Es hat alles mit Coversongs angefangen, die ich auf der Gitarre und mit meinen Freunden aufgenommen habe. Einfach nur zum Spaß. Und dann habe ich mich ab und zu geschminkt. Und dann wurde es immer mehr Make-up und weniger singen. Aber auf dem College war es schwer, dranzubleiben, deswegen gibt es aus der Zeit nicht so viele. Und es ist schwierig, mehr Reichweite zu bekommen, wenn man nicht regelmäßig neue Videos hochlädt.« Sie nippt an ihrem Wein. »Aber dann bin ich die Sache ernsthafter angegangen. Ich habe mit einen Zeitplan gemacht und es sogar auf ein paar PR-Listen geschafft.«

»Was sind PR-Listen?«, will Stella wissen.

»Firmen schicken ihr Make-up gratis an Leute«, erklärt Elizabeth.

»Und dann habe ich immer mehr Abonnenten bekommen. Eigentlich waren es nur ein paar Videos, die einen Haufen Aufrufe hatten und dann ist der Kanal irgendwie … Keine Ahnung, es ist immer größer geworden. Als ich die hunderttausend Abonnenten geknackt habe, waren alle Pläne weg, wieder aufs College zu gehen. Ich wollte unbedingt nach L.A. ziehen. Du und Onkel Ron wart hier, aber ich wusste auch, dass ich Mama und Daddy nie hätte überzeugen können, mich gehen zu lassen. Aber als Onkel Ron gestorben ist …« Sie beginnt erneut zu weinen.

»Als Ron gestorben ist, hattest du eine gute Ausrede, um herzuziehen«, beendet Stella den Satz für sie.

»Ich habe es dir nicht erzählt, weil ich nicht wollte, dass du glaubst, ich hätte dich dafür benutzt. Ich weiß, wie das aussieht, aber du hast jemanden gebraucht und ich musste aus Tennessee weg. Es war einfach Zufall.« Addie weint nun so heftig, dass sie nicht mehr sprechen kann. Sie vergräbt das Gesicht in den Händen.

Stella schaut hilfesuchend zu Elizabeth, weil sie nicht weiß, was sie tun soll. Doch Elizabeth stehen ebenfalls Tränen in den Augen.

»Selbst wenn du nur für deine beruflichen Ambitionen hergezogen wärst, würde ich dich nicht weniger lieben oder mich weniger für dich freuen«, sagt Stella. »Wünsche ich mir, dass du von Anfang an ehrlich zu mir gewesen wärst? Natürlich. Aber ich war ja auch nicht immer ehrlich zu dir.«

»Amen«, murmelt Elizabeth.

Stella wirft ihr einen Seitenblick zu, bevor sie fortfährt. »Aber jetzt mache ich mir Sorgen um dich, weil du dieses Geheimnis so lange mit dir herumgeschleppt und bis zur Erschöpfung gearbeitet hast.«

»Hast du … Ich will nicht alles noch schlimmer machen, aber arbeitest du tatsächlich in dem Restaurant?«, fragt Elizabeth.

»Ich habe euch bedient, als ihr da gegessen habt«, antwortet Addie.

»Ich meine immer noch.«

»Ja! Na ja, heute bin ich früher gegangen. Ich habe ihnen gesagt, dass es mir nicht gut geht. Aber ja, ich arbeite noch im Restaurant. Allerdings vier Tage die Woche, nicht sechs«, gibt sie zu.

Sie tupft sich mit dem Taschentuch über die feuchten Augen. Stella will aufstehen, um ihr die Taschentuchbox zu holen, doch Elizabeth ist schneller und nimmt die von der Küchenanrichte. Sie nimmt sich selbst eins und reicht die Box dann an Addie weiter. Stella weint nicht. Eigentlich war sie nie nahe am Wasser gebaut. Bis ihr Ehemann es sich hat einfallen lassen, plötzlich zu sterben, gab es bei ihr nur Tränen, wenn sie ihren Willen bekommen wollte.

»Was machst du an den anderen Tagen?«, fragt Stella.

»Normalerweise filme ich in einem Studio in der Innenstadt.« Addie zieht die Ärmel ihres Kapuzenpullovers über ihre Hände. »Das nutzen wir mit mehreren Leuten. Hier zu filmen ist schwierig.«

»Weil ich immer zu Hause bin.«

»Ja. Manchmal schaffe ich es mitten in der Nacht, aber die Videos sehen nicht so gut aus.«

Stella lenkt das Gespräch wieder auf das ursprüngliche Problem. »Warum willst du es deinen Eltern nicht erzählen?«

»Sie verstehen das nicht!«, erwidert Addie vehement. »Sie wussten von den Coversongs und das fanden sie furchtbar. Für sie war es Zeitverschwendung und das stimmt vielleicht sogar, und wenn schon? Sie haben mich gedrängt, aufs College zu gehen, aber ich habe mich nie für eine Fachrichtung begeistern können und es gefühlt auch nur mit Ach und Krach geschafft. Und dann hieß es, dass mein Abschluss nicht reicht, dass ich weiterstudieren muss und ich schaffe das einfach nicht!«

»Liebes, niemand kann dich dazu zwingen, noch einen Abschluss zu machen. Du bist eine erwachsene Frau.« Elizabeth ist mal wieder die Stimme der Vernunft. »Vor allem nicht deine Eltern, die am anderen Ende des Lands wohnen und die das Studium auch nicht finanzieren würden.«

»Echt?« Addie klingt überrascht, vielleicht, weil ihr das so noch nie jemand gesagt hat. Sie ist so klug und verantwortungsbewusst und nett, dass Stella gerne mal vergisst, dass sie erst vierundzwanzig ist.

»Ja. Sag deinen Eltern die Wahrheit oder lass es. Das ist allein deine Entscheidung. Aber deine Tante und ich unterstützen dich, egal, was du tust. Du musst uns nicht anlügen. Wir sind deine Familie und wir lieben dich bedingungslos.«

Addie schnieft erneut und wirft sich dann Elizabeth in die Arme. Als sie sich wieder von ihr löst, umarmt sie auch Stella.

»Ich habe eine Idee«, sagt Stella. »Warum buchen wir deinen Eltern nicht ein Hotelzimmer in Anaheim und fahren morgen zu ihnen?«

»Wofür?«

Stella seufzt. »Um ins Disneyland zu gehen.«

»Oh, ich weiß nicht recht.«

»Na ja, was sollen wir hier mit ihnen machen? Wir müssen sie irgendwie beschäftigen«, wendet Stella ein. »Sie sollen hier ja nicht rumschnüffeln.«

»Sie haben gar nichts zum Übernachten dabei«, sagt Addie.

»Das bringen wir ihnen morgen mit. Wir fahren einfach früh los.«

Addie schaut zu Elizabeth. »Kommst du mit? Und Josh auch?«

»Oh, Liebes«, sagt Elizabeth. »Es ist so nett von dir, dass du an uns denkst. Nein, auf gar keinen Fall.«

Addie und Stella bringen Thom und Joyce zum Flughafen. Auf der Rückfahrt reden sie kein Wort miteinander, so erschöpft sind sie beide. Addie versteckt sich unter ihrer Kapuze. Stella hat sich seit dem Ausflug ins Disneyland die Haare nicht mehr gewaschen und will jetzt einfach nur noch schlafen.

Aber bei ihr steht eine Aussage als Sachverständige in einem Prozess an, was bedeutet, dass sie sich morgen früh in der Stadt mit den Anwälten zur Vorbereitung treffen muss. Sie hoffen auf eine Einigung im Schiedsverfahren, werden aber vor Gericht gehen, falls das scheitert. Am Ende der Woche hat sie einen Termin im Sheriffs Department, um bei der Verbesserung der Ausbildungsrichtlinien zu helfen.

Auch wenn die Woche alles andere als leicht war, ist Stella doch froh, nun über Addies Geheimnis Bescheid zu wissen, und Addie wirkt auch entspannter. Tatsächlich redet sie sogar davon, den Job im Restaurant zu kündigen, nachdem die Katze nun aus dem Sack ist. Als Stella sie gefragt hat, warum sie den so lange behalten hat, erklärt Addie, dass es einfacher war, unter diesem Deckmantel zu arbeiten, als offen zu lügen. Außerdem hat sie vor dem Umzug nach L.A. noch nicht annähernd so viel mit den Videos verdient wie jetzt.

Stella vermisst Elizabeth. Sie hat sie seit Sonntag nicht mehr gesehen. Und wie es der Zufall will, ertönt in diesem Moment Elizabeths Klingelton im Autolautsprecher.

Addie nimmt den Anruf an. »Hi, Elizabeth.«

»Hi, Liebes. Ist deine Tante in der Nähe?«

»Ich bin da«, antwortet Stella. »Du bist auf Lautsprecher.«

»Habt ihr es überlebt?«

»Offensichtlich«, sagt Stella.

»Wir sind so müde«, ergänzt Addie.

»Das kann ich mir vorstellen.« Elizabeth zögert, als würde sie noch etwas hinzufügen wollen, entscheidet sich dann aber offenbar anders. »Okay. Ich wollte nur kurz hören, wie es euch geht. Ich rufe nachher noch mal an, in Ordnung? Nach der Arbeit?«

»Klingt gut«, sagt Stella. »Bis dann.«

Addie tippt auf den Touchscreen, um den Anruf zu beenden. Erneut breitet sich Schweigen im Auto aus, bis Addie fragt: »Wann sagst du ihr, wie du für sie empfindest?«

»Wann sagst du deiner Mutter, dass dir 324.000 Fremde im Internet zuschauen, wie du dich schminkst?«

»Touché.«

Stella steckt zwei Tage lang in der Vorbereitung, dann bekommt Elizabeth einen neuen Fall auf den Tisch, was es ihnen schwer macht, Zeit miteinander zu verbringen. Stella soll bei einer Zivilklage zwischen einem ehemaligen Polizisten und der Familie eines Manns aussagen, der unrechtmäßig eine Gefängnisstrafe verbüßen musste. Es ist ein wichtiger Fall, aber nicht so interessant wie ein Mord.

Beim Treffen mit den Anwälten diskutieren sie über Formulierungen des Strafgesetzes. Stella kann die Polizeirichtlinien besser runterbeten als die meisten Cops – es sei denn, es handelt sich bei dem Cop um Elizabeth Murphy, natürlich. Bevor Elizabeth zum Captain befördert wurde und das Morddezernat übernommen hat, war sie eine ziemliche Bürokratin.

Stella ist versucht, den Anwälten zu erklären, dass sie die Frau kennt, die die Statuten entworfen hat – oder die zumindest für die letzte große Umstrukturierung verantwortlich war – und ihnen anzubieten, Elizabeth anzurufen und sie zu fragen, was sie genau damit gemeint hat. Aber sie lässt es. Sie wird ja inzwischen pro Stunde bezahlt.

Als Addie den Restaurantjob tatsächlich kündigen will, flehen ihre Vorgesetzten sie an zu bleiben, also geht sie auf drei Schichten pro Woche runter. Es ist schön, dass sie da ist, wenn Stella nach Hause kommt, und noch schöner, wenn sie was zu essen kocht.

»Ich wollte Elizabeth heute zum Essen zu uns einladen«, sagt Addie. »Aber sie muss länger arbeiten.«

»Wie schade.«

»Ich habe ihr gesagt, dass sie gerne zum Nachtisch vorbeikommen soll, auch wenn es spät wird, aber sie wollte nichts versprechen.«

»Ich muss sowieso früh aufstehen«, sagt Stella. »Was hast du morgen vor?«

»Ich muss ein Produktvideo schneiden, das ich für eine neue Herbstkollektion gedreht habe.« Addie schließt die Augen, um Stella ihren Lidschatten zu zeigen.

»Das sieht wirklich gut aus. Ich kann es immer noch nicht fassen, dass du mich Make-up hast kaufen lassen, wo du doch in Gratisproben ertrinkst.«

»Man muss die Lüge glaubhaft leben, das weißt du doch.«

Stella ist nicht nachtragend. Addie lässt sie inzwischen alles benutzen, was sie will, und ihr Schminktisch ist besser ausgestattet als jeder Drugstore. Und *überall* liegen Schminksachen herum, seit Addie die Produkte nicht mehr verstecken muss, die sie zugeschickt bekommt.

Sie hat es bisher immer so schnell wie möglich an Arbeitskolleginnen verschenkt oder an Frauenhäuser gespendet, aber jetzt behält sie alles ein bisschen länger, einfach nur weil sie es kann.

Nach dem Essen verpackt Addie die Reste. Stella räumt den Geschirrspüler ein und verabschiedet sich dann ins Bett. Sie ist müde und hat einen langen Tag vor sich. Nach dem Schiedsverfahren muss sie direkt zum Sheriffs Department.

Um halb zehn kann sie kaum noch die Augen offen halten und macht das Licht aus. Zwei Arbeitstage ohne Pause und sie ist vollkommen erschöpft. Wie soll sie jemals wieder eine Vierzig-Stunden-Arbeitswoche durchhalten? Oder wenn Mallory ihr ein normales Auftragsvolumen zukommen lässt? Wird sie für den Rest ihres Lebens todmüde sein?

Ein Klopfen an der Tür weckt sie und sie schaut sich desorientiert um. Addie kommt normalerweise einfach ohne Vorwarnung rein, nachdem sie nun neun Monate als eine Mischung aus Mutter und Tochter und besten Freundinnen zusammengelebt haben. Stella schaut auf die Uhr. 11:37.

Sie versucht, im Halbdunkel etwas zu erkennen. Da steht nicht Addie vor der Tür. Sondern Elizabeth.

Sie trägt noch ihre Arbeitskleidung, eine Seidenbluse, Stoffhose und Absatzschuhe. Die Brille hat sie sich in die Haare geschoben. Stella ist barfuß und hat nur ihren Schlafanzug an. Sie blinzelt ein paarmal.

Elizabeth öffnet den Mund zum Sprechen, doch Stella schlingt ihr die Arme um den Nacken und zieht sie ins Schlafzimmer. Zieht sie weiter, bis die Tür leise hinter ihr ins Schloss fällt, bis die Dunkelheit sie einhüllt und sie sich umarmen, fest und zärtlich und allein.

Kapitel 16

Vielleicht fühlt sich alles an, als würde sie träumen, weil sie aus dem Tiefschlaf gerissen wurde. Ihr Schlafzimmer ist gerade dunkel genug. Elizabeth riecht genau so, wie sie riechen sollte. Ihr Duft wird durch den langen Tag noch intensiver und durch die Nähe deutlich wahrnehmbarer. Stella drückt die Nase an Elizabeths Hals, hinter ihrem Ohr, knapp unterhalb ihres Haaransatzes.

Elizabeths Atem stockt einen Moment und dann gleich noch einmal. Sie schlingt die Arme fester um Stellas Taille.

»Ich glaube, ich habe gerade von dir geträumt«, flüstert Stella. Die Einzelheiten entgleiten ihr – sie kann die Bilder in ihrem Kopf nicht festhalten –, aber sie weiß, dass es um Elizabeth ging.

Elizabeth gibt einen leisen Laut von sich.

Stella streckt sich ein wenig, sodass ihre Lippen Elizabeths Ohr berühren. »Willst du hier übernachten oder bist du nur für den Nachtisch gekommen?«

Das ist eine vollkommen legitime Frage, auch wenn sie zweideutig klingt. Addie hat Elizabeth was zu naschen versprochen, wenn sie vorbeikommt.

»Stella«, bringt Elizabeth gequält hervor. Sie löst sich von ihr und macht einen Schritt nach hinten, um Abstand zwischen sie zu bringen. Ihr Atem geht ein wenig schwerer. »Was machen wir hier?«

»Was meinst du?«

»Ich muss dir was sagen.«

Die Traumblase platzt.

»Ich will die Freundin sein, die du brauchst, aber ich habe Angst.« Elizabeth zupft am Kragen ihrer Bluse, als bräuchte sie mehr Raum zum Atmen. »Ich habe Angst, dass eine von uns verletzt wird.«

Stella spürt, wie ihr das Blut in den Kopf rauscht und ihre Ohren klingeln. Sie weiß, was Elizabeth als Nächstes sagen wird. Dass sie

Katholikin ist. Dass sie auf Männer steht, weil sie hetero ist. Und ist Stella nicht auch hetero?

Sie weiß es nicht mehr. Sie bezweifelt es stark.

»Es tut mir leid. Ich hätte nicht …«

»Du musst dich für nichts entschuldigen. Ich habe damit angefangen«, sagt Elizabeth.

Sie stehen einen halben Meter voneinander entfernt und flüstern beide. Vielleicht sollte Stella das Licht anmachen, aber sie möchte sich der Abfuhr lieber nicht bei voller Beleuchtung stellen.

»Ich habe um etwas gebeten, um das ich nicht hätte bitten sollen«, fährt Elizabeth fort. »Weil ich es wollte. Aber das ist dir gegenüber nicht fair.«

Stella schüttelt den Kopf. Was meint Elizabeth damit?

»Du hast deinen Mann verloren. Es ist nicht fair, von dir zu erwarten …«

Plötzlich merkt Stella, dass Elizabeth weint.

»Was zu erwarten?«, fragt sie.

»Ich habe so was noch nie gemacht.« Elizabeth vergräbt das Gesicht in den Händen.

Stella weiß nicht, was sie zu einer weinenden Elizabeth sagen soll, die ihr offenbar nicht erklären kann, warum sie weint. Vielleicht sollte sie Addie holen. Ihre Nichte scheint ja zu wissen, was da im Busch ist. Aber Stella sollte durchaus in der Lage sein, das selbst herauszufinden. Sie war mal ein menschlicher Lügendetektor. Und sie geht zwar nicht davon aus, dass Elizabeth lügt, aber hier scheint etwas im Verborgenen zu schwelen, das sie aufdecken muss.

Sie berührt Elizabeth sacht an der Schulter. »Komm. Setzen wir uns.« Sie führt sie zum Bett. »Okay. Fangen wir noch mal von vorne an.«

Elizabeth lächelt unter Tränen. Feuchte Wimperntusche sammelt sich unter ihren Augen. »Haben wir doch. Wir haben von vorne angefangen. Und jetzt sind wir Freundinnen.«

»Ich brauche dich zu sehr. Das weiß ich.« Egal, um was es hier geht, Stella will die Verantwortung dafür übernehmen, damit Elizabeth aufhört zu weinen.

Elizabeth schüttelt den Kopf. »Das beruht auf Gegenseitigkeit.«

»Wir können einen Schritt zurückgehen, wenn dir das lieber ist. Keine Übernachtungen mehr.«

»Ich mache mir Sorgen, dass wir nicht die gleiche Intention haben«, meint Elizabeth.

»Ich habe dich in eine unangenehme Situation gebracht. Tut mir leid.«

»Mir tut es leid, Stella. Ich habe dein großes Herz ausgenutzt.«

Als großherzig hatte Stella noch nie jemand bezeichnet. Und wie genau hatte Elizabeth das ausgenutzt? »Ich … ich weiß gerade nicht so richtig, worüber wir eigentlich reden.«

»Das ist mir klar.«

»Warum bist du heute hergekommen?«, fragt Stella.

»Weil ich dich sehen wollte. Und Addie.«

»Ich dachte, dass du vielleicht eine Art … Berührungstherapie wolltest.«

»Das stimmt, aber es ist nicht fair, dich darum zu bitten.« Elizabeth versagt die Stimme mit einem weiteren Schluchzen. »Es ist grausam.«

»Grausam?«

»Dir gegenüber. Mir selbst gegenüber vielleicht auch. Gott, ich weiß es nicht.«

»Hey, ich weiß, dass du einen Haufen Gründe hast, warum du … Du bist katholisch und so. Das weiß ich. Ich würde nie erwarten, dass du … Verdammt, was versuche ich hier eigentlich zu sagen? Ich würde nie von dir erwarten, dass du dich auf etwas einlässt, was dir deine Religion verbietet. Und wenn das hier zu weit für dich geht …«

»Für mich?«, unterbricht Elizabeth sie.

»Mir ist klar, dass manche Frauen nichts gegen eine etwas körperlichere Beziehung haben«, sagt Stella. »Andere aber schon.«

»Und du?«, fragt Elizabeth. »Hast du was dagegen?«

Stella schüttelt den Kopf. »Für mich ist es okay, solange es das für dich auch ist.«

»Oh.« Ihre Stimme klingt jetzt ruhiger. Sie reibt sich erneut übers Gesicht.

»Ist es denn für dich okay?«, fragt Stella.

»Ich will nichts tun, das sich falsch für dich anfühlt. Ich will nicht zu weit gehen.«

Stella vermutet, dass ihr »zu weit« ein paar Meilen über Elizabeths Definition hinausgeht. »Was ist zu weit für dich? Sind wir schon darüber hinaus? Hast du mich deswegen aufgehalten?«

»Ich weiß nicht, was zu weit geht«, flüstert Elizabeth. »Ich habe so was noch nie gemacht.«

»Ich auch nicht«, erinnert Stella sie. Sie zieht Elizabeth vorsichtig die Brille vom Kopf. Legt sie auf den Nachttisch. Legt Elizabeth eine Hand aufs Knie. »Ist das zu weit?«

Elizabeth schüttelt den Kopf.

Stella fährt mit einem Finger am Rand von Elizabeths Bluse entlang und streicht dabei hauchzart über ihren Hals. »Zu viel?«

»Nein«, erwidert Elizabeth atemlos.

Stella schiebt die Finger in Elizabeths Haare, lässt die Handfläche an ihrem Hinterkopf ruhen. Sie greift etwas fester zu und zieht ihren Kopf ein wenig nach hinten. »Und jetzt?«

»Nein«, antwortet Elizabeth. »Das ist gut.«

Stella lehnt sich zu ihr und schmiegt das Gesicht an Elizabeths Hals. Eine Hitzewelle durchläuft ihren Körper. »Zu weit?«

Elizabeth atmet zittrig aus. »Nein.«

Stella drückt die Lippen auf Elizabeths Hals und fängt dann ihr Ohrläppchen mit den Zähnen ein. Elizabeth gibt einen sehnsüchtigen Laut von sich und neigt den Kopf zur Seite, um Stella besseren Zugang zu gewähren. Sie beißt ein wenig fester zu, gibt das Ohrläppchen dann aber wieder frei.

»Habe ich eine Grenze überschritten?«

»Nein«, bringt Elizabeth mühsam hervor.

Und dann versteht Stella. Es ist, als hätte sie gerade ein Geständnis errungen, als hätte sie einen Mörder in seinem eigenen Lügennetz gefangen. Die Puzzlestücke gleiten an ihren Platz. Erinnerungen blitzen auf, wie Addie sagt: »Ihr wollt beide das Gleiche« und »Sie akzeptiert es langsam« und »Oder in diesem Fall wohl sie und sie«.

Stella fährt mit der Zunge über die seidenweiche Haut von Elizabeths Hals und hinterlässt dabei eine feuchte Spur.

»Oh *Gott*«, entfährt es Elizabeth offenbar unbeabsichtigt.

Stella setzt sich rittlings auf Elizabeths Schoß. »Langsam glaube ich, dass es gar kein Zuweit gibt.«

Sie umfasst Elizabeths Gesicht mit beiden Händen und drückt die Lippen genau wie in ihrer Traumvorstellung auf ihre. Dann öffnet sie den Mund und Elizabeths Zunge sucht nach ihrer. Elizabeth zieht sie fester an sich. Ohne zu zögern.

Es ist über ein Jahr vergangen, seit Stella zum letzten Mal jemanden geküsst hat und sie kann sich an keinen Kuss wie diesen erinnern. Verzweifelt und heiß. Ron war der letzte Mensch, mit dem sie Sex gehabt hat, und ihr Liebesleben ist mit der Zeit eher Routine geworden, ihre Küsse flüchtig. Befriedigender als die Wäsche zu machen oder das Geschirr zu spülen, aber trotzdem nur eine Pflicht.

Als Elizabeth sich schließlich wieder von ihr löst, um keuchend nach Luft zu schnappen, drückt Stella kleine Küsse auf ihre Wange, ihre Schläfe und kehrt dann zu diesen wunderbar weichen Lippen zurück. Elizabeth schiebt eine Hand unter Stellas Schlafanzugoberteil und fährt über ihren Rücken nach oben, bevor sie sie mit einem Arm umschlingt, sodass ihre Finger unter Stellas Brüsten ruhen. Stella gibt einen sehnsüchtigen Laut von sich.

Sie tastet nach dem obersten Knopf von Elizabeths Bluse und öffnet ihn hastig. Dann den zweiten und den dritten. Sie zieht die Stoffhälften auseinander und streicht über die Rundung von Elizabeths Brüsten über dem Spitzensaum ihres BHs. »Fass mich an«, flüstert sie ihr ins Ohr, nachdem sie ihr einen Kuss auf den Kiefer gegeben hat.

Hat das nicht genau damit angefangen? Elizabeth, die ihr die Haare geflochten hat, während Stella zwischen ihren Beinen auf dem Boden saß. Die Umarmungen. Das nächtliche Kuscheln. All das hat zu diesem Moment geführt. Stella, die mit der Zunge Elizabeths Ohr liebkost, und Elizabeth, die Stellas Brüste streichelt.

Stella denkt an den Moment zurück, als sie Captain Murphy zum ersten Mal gesehen hat. Sie hatte sie sich als langweilig und spießig und, na ja, alt vorgestellt. Captain des Morddezernats, das eiskalte Miststück, die regelversessene Bürokratin, die sich mehr darum sorgte, Gesetze wortgetreu zu befolgen, als Fälle zu gewinnen und Verbrecher hinter Gitter zu bringen.

Ihr von Angesicht zu Angesicht gegenüberzustehen, war wie vom Blitz getroffen zu werden. Elizabeth war damals wie heute eine wunderschöne Frau mit langen roten Haaren, die immer maßgeschneiderte Businesskleidung und Absatzschuhe trägt. Stella versuchte, die Oberhand zu gewinnen, indem sie Herzlichkeit vortäuschte, doch das ging spektakulär schief. Elizabeth durchschaute es sofort und fühlte sich von dem Theater beleidigt. Anschließend brauchten sie Jahre, um halbwegs angenehm miteinander zu arbeiten.

Aber jetzt fühlen sich Elizabeths Finger, ihre Lippen und ihr Atem heiß auf Stellas Haut an. Und Stella schmilzt praktisch dahin.

»Ich hatte ja keine Ahnung«, sagt Elizabeth. »Ich dachte, dass nur ich so empfinde.«

»Ich weiß«, gibt Stella stöhnend zurück. »Ich weiß, Honey.«

Elizabeth zittert. Stella steigt von ihrem Schoß und zieht sie mit sich aufs Bett. Elizabeth tritt sich die Schuhe von den Füßen und Stella schlingt die Arme um ihren bebenden Körper. Die Geste ist inzwischen fast selbstverständlich nach den vielen gemeinsamen Nächten.

»Es tut mir leid«, murmelt Elizabeth. »So leid.«

»Nein, nein. Nicht doch.«

Stella will ihr so viel sagen. Dass Elizabeth die schönste Frau ist, die sie je gesehen hat, wie sie ihr Leben eigentlich leben will und dass das ein Gefühl ist, von dem sie gedacht hat, es nie wieder zu empfinden. Dass sie sich verliebt hat. Dass sie sich absolut sicher ist, dass sie sich verliebt hat. Aber sie sagt nichts, sondern streichelt nur über Elizabeths Haare, bis ihr Atem sich wieder beruhigt hat.

Dann dreht Elizabeth sich um, um Stella ansehen zu können. »Ich kann nicht über Nacht bleiben.« Das Bedauern ist ihr deutlich anzuhören. »Wir müssen beide früh aufstehen.«

»Ich weiß.«

Elizabeth lächelt und gibt Stella noch einen zärtlichen Kuss.

»Sehen wir uns am Freitagabend?«, fragt Stella. Das machen sie ja schon eine ganze Weile regelmäßig.

»Definitiv.«

Stella verfolgt vom Bett aus, wie Elizabeth ihre Schuhe anzieht, sich die Bluse wieder zuknöpft und dann auf die Suche nach ihrer Brille geht.

Sie fährt sich mit einer Hand durch die Haare, um ein wenig Ordnung hineinzubringen, doch das ist hoffnungslos.

Elizabeth schaut ihr noch einmal fest in die Augen. »Bis Freitag dann.«

»Ja, Freitag«, bestätigt Stella.

Elizabeth verlässt den Raum und schließt die Tür hinter sich, doch Stella sieht, dass in der Küche noch Licht brennt. Addie schneidet wohl noch Videos – offenbar nimmt das den Löwenanteil ihrer Arbeitszeit ein.

Stella ist unruhig und aufgedreht. Ihr Herz hämmert immer noch wie wild und zwischen ihren Beinen spürt sie Feuchtigkeit. Der Zwickel ihres Slips klebt unangenehm an der Haut. Sie zieht sich die Schlafanzughose aus und wirft sie achtlos zu Boden.

So aufgeheizt wird sie kein Auge zumachen. Sie muss etwas dagegen tun. Also stellt sie sich vor, wie sie Elizabeth küsst und Elizabeth sie überall anfasst und innerhalb von wenigen Minuten sinkt sie bebend auf die Matratze zurück.

Sie dreht sich auf die Seite und umarmt ihr Kissen. Tränen steigen ihr in die Augen. Dr. Barrett hat sie gewarnt, dass sich das erste Mal Sex emotional anfühlen könnte und das heute Abend fällt für Stella durchaus in diese Kategorie, auch wenn sie es bei einem heftigen Vorspiel belassen haben und Stella die Sache allein zu Ende gebracht hat. In diesem Moment geht ihr auf, dass die Depression sie im vergangenen Jahr so heftig in den Klauen hatte, dass ihr Körper auf sexuelle Stimulation ohnehin nicht reagiert hätte. Es ist schön, sich wieder lebendig zu fühlen, etwas zu begehren. Jemanden.

Vielleicht sollte sie die Sitzungen mit Dr. Barrett doch wieder aufnehmen.

Stellas Wecker klingelt um halb sechs und als sie verschlafen in die Küche schlurft, sitzt Addie da immer noch am Tisch.

»Addie!«, schimpft sie. »Du hast durchgemacht.«

»Ich bin fast fertig.« Ihre Nichte hat dunkle Ringe unter den Augen. Sie hat die Kapuze ihres Sweatshirts über den Kopf gezogen, doch ihre Beine sind nackt, abgesehen von den Boxershorts, in denen sie immer schläft.

»Geh schlafen.« Stella tätschelt ihr auf dem Weg zur Kaffeemaschine das Knie.

»Elizabeth ist ganz schön spät gegangen«, meint Addie. »Ihr wart ziemlich lang in deinem Zimmer.«

Stella versucht, das Lächeln zu unterdrücken, das sich auf ihren Lippen ausbreitet. »Mach dir keine Gedanken.«

»Habt ihr …?«

»Wir, hm, haben uns ein bisschen geküsst«, gibt Stella zu. »Offenbar sind wir tatsächlich ganz auf einer Wellenlänge, Addison.«

»Halleluja, na endlich!«

»Du hättest es mir sagen können.« Stella löffelt Kaffee in den Filterbehälter. »Das hätte uns allen Zeit gespart.«

»Man geht nicht einfach hin und outet andere Leute. Du wolltest am Anfang ja noch nicht mal mit ihr befreundet sein.«

»Ja, weil ich sie anziehend fand!«

»Unglaublich.« Addie klingt nachsichtig. »Das war vielleicht eine Achterbahnfahrt. Es war wirklich toll, mitzubekommen, wie ihr euch ineinander verliebt, aber Alter! Du hattest echt ein massives Brett vorm Kopf.«

Stella schaltet die Maschine ein und setzt sich dann Addie gegenüber. »Ich glaube, das ist alles ein bisschen viel auf einmal für sie. Sie war kurz ziemlich überfordert.«

»Na ja, sie hat sich dir praktisch an den Hals geworfen, während du ihr ständig uneindeutige Signale geschickt hast. Sie war echt verwirrt.« Addie wirft einen Blick auf den Laptopbildschirm. »Oh, Gott sei Dank. Der Upload ist endlich fertig.« Sie klappt das Gerät mit Schwung zu. »Ab ins Bett.«

»Was, jetzt? Ich muss darüber reden«, sagt Stella. »Du kannst doch jetzt nicht gehen.«

»Ich bin so müde«, jammert Addie.

»Moment mal! Ich habe ihr keine uneindeutigen Signale geschickt. Ich habe versucht, ihre Wünsche zu respektieren.«

»Du konntest ihre Wünsche gar nicht respektieren, weil du überhaupt nicht gewusst hast, wie die aussehen. Du hast sie nie gefragt«, sagt Addie. »Das war zum Aus-der-Haut-Fahren.«

»Das stimmt nicht!«

»Warum hast du die Therapie abgebrochen?«, fragt Addie. »Du hattest noch eine kostenlose Sitzung und es ging dir besser. Ich glaube, die Therapeutin hat dir eine Frage gestellt, für deren Beantwortung du noch nicht bereit warst, also hast du Panik bekommen und die Kurve gekratzt.«

Stella starrt sie mit offenem Mund an. »Sie wollte über Elizabeth reden. Ich glaube, sie wusste es.«

Addie schnappt sich eine Banane aus dem Obstkorb und deutet damit auf sie. »Du solltest dich bei der Seelenklempnerin entschuldigen. Und sie fragen, ob sie weiter mit dir arbeitet.« Sie schiebt die Banane in die Tasche ihres Kapuzenpullovers. »Ich gehe ins Bett.«

Die Kaffeemaschine piept. Stella gießt sich eine Tasse ein und nimmt sie mit ins Bad. Den Rest des Morgens steht sie ein bisschen neben sich.

Das Schiedsverfahren scheitert, also kommt der Fall vor Gericht. Das juristische Team muss eine neue Strategie entwickeln, also wird Stella für eine Weile nicht gebraucht. Sie fährt zum nächsten Meeting ins Sheriffs Department. Vermutlich wird das eher eine Vorprüfung als ein Beratungsgespräch. Eigentlich wollte die Behörde ja Mallory anheuern und die hat ihnen stattdessen Stella angeboten. Deswegen wolle sie ihr wahrscheinlich auf den Zahn fühlen, ob sie ihr Handwerk auch versteht.

Der Termin ist erst in eineinhalb Stunden. Nicht genug Zeit, um nach Hause zu fahren, und zu viel, um irgendwo in der Innenstadt herumzusitzen. Sie überlegt, ob sie in der Polizeiverwaltung bei Elizabeth vorbeischauen soll. Da war sie seit Rons Tod nicht mehr. Aber sie will nicht einfach unangekündigt und ohne Einladung hineinschneien, nur weil sie sich geküsst haben.

Sie denkt über das nach, was Addie am Morgen gesagt hat. Was Addie seit Monaten sagt und darüber, wie sie und Elizabeth zum Thema Therapie stehen.

Sie könnte zu Dr. Barretts Praxis fahren. Die ist nur zehn Minuten von hier entfernt. Sie muss ja nicht hineingehen. Sie kann einfach auf dem Parkplatz im Auto sitzen bleiben. Auf der anderen Seite wäre es schön, Dr. Barrett wiederzusehen – nicht, weil sie wegen Elizabeth recht hatte, sondern weil Stella ihr zeigen könnte, wie gut es ihr geht. Stella war vielleicht nicht die beste Patientin, aber sie hat aus den sieben Sitzungen mitgenommen, was sie konnte, und die Tipps von Dr. Barrett so gut wie möglich umgesetzt.

Verglichen mit dem ersten Mal auf dem Parkplatz geht es ihr heute zweifellos besser. Sie trägt ein Kleid und einen passenden Blazer anstatt Kleidung von ihrer Nichte. Sie arbeitet und verdient Geld. Ja, sie ist immer noch manchmal traurig, aber nicht mehr so depressiv und sie hatte schon lange keine Panikattacke mehr.

Und sie hat einiges über sich selbst gelernt, das sie andernfalls womöglich nie genauer unter die Lupe genommen hätte. Sie wäre mit Ron verheiratet geblieben, weil sie Veränderung noch mehr hasst als eine Beziehung, die eigentlich gar keine mehr ist. Er wäre bei ihr geblieben, weil er ein Problem mit Niederlagen hatte.

Vielleicht geht sie ja nur mal kurz in die Praxis.

Die Empfangsmitarbeiterin ist nicht die gleiche wie sonst. Hinter dem Tresen sitzt eine deutlich jüngere Frau mit langen rotblonden Haaren, die Stella anlächelt, als sie ans Fenster tritt.

»Hallo. Haben Sie einen Termin?«

»Nein, aber ich bin hier Patientin. Oder war es für eine Weile.« Sie zögert und weiß einen Moment lang nicht weiter.

Die Empfangsmitarbeiterin wartet, dass Stella fortfährt.

»Ich konnte meinen letzten Termin nicht wahrnehmen, weil … Ich hatte Gründe«, beendet sie den Satz schwammig. »Aber ich würde den gerne nachholen.«

»Natürlich. Das ist kein Problem. Haben Sie Ihre Versicherungsdaten oder einen Ausweis mit Foto dabei?«

Stella holt ihre Versicherungskarte und den Führerschein aus dem Geldbeutel. Die Frau gibt etwas in ihren Computer ein.

»Oh!«

»Stimmt etwas nicht?«

»Es gibt einen Vermerk in Ihrer Akte, in dem steht, dass Sie ursprünglich nur noch einen Termin zur Verfügung hatten. Dr. Barrett hat angewiesen, dass drei weitere von der Versicherung übernommen werden, wenn Sie zurückkommen.«

»Es werden mehr übernommen? Warum?«, fragt Stella.

Die Frau zuckt mit den Schultern. »Ärztliche Anordnung. Wann würde es Ihnen denn zeitlich passen?«

Im ersten Moment will sie sagen, dass sie jederzeit kommen kann, aber das stimmt nicht mehr. Sie hat jetzt wieder einen Terminkalender. Sie holt ihr Handy heraus und ruft die Kalender-App auf.

»Wann ist der nächste Termin frei?«

»Nächsten Montag um elf wäre noch eine Lücke. Passt Ihnen das?«

Stella geht den Terminplan durch. »Ja, das klappt. Ich versuche, ihn dieses Mal nicht abzusagen.« Eigentlich hat sie das beim letzten Mal schon nicht. Sie ist einfach nur nicht aufgetaucht.

»Wenn Ihnen etwas dazwischenkommt, sagen Sie uns bitte mindestens achtundvierzig Stunden vorher Bescheid«, sagt die Empfangsmitarbeiterin. »Möchten Sie eine Erinnerung via E-Mail oder Textnachricht bekommen?«

»Nachricht aufs Handy bitte.«

»Wunderbar. Dann sehen wir uns am 7. Oktober um elf. Ich bin übrigens Lana.«

»Schön, Sie kennenzulernen.«

»Dann bis dann.«

Dieses Mal fällt es Stella viel leichter. Sie weiß schon fast nicht mehr, warum sie beim letzten Mal so große Probleme damit hatte, dass sie es nicht mal aus dem Auto geschafft hat. Bis Addie und Elizabeth ihr wieder auf die Füße und aus der Trauer geholfen haben, hat sie quasi gar nichts auf die Reihe bekommen.

Gott, sie hat die beiden so lieb.

Sie macht sich auf den Weg zu ihrem nächsten Termin, fest entschlossen, nicht zu weinen. Über ihr Leben kann sie auch später noch sinnieren und außerdem hat sie die Nase voll vom Heulen.

Addie arbeitet freitagabends weiterhin im Restaurant, also wird Stella ein paar Stunden allein zu Hause sein, bis Elizabeth eintrifft. Der Großteil des Tages war sie angespannt und sie fühlt sich unvorbereitet darauf, Elizabeth wiederzusehen. Bevor Addie geht, setzen sie sich zusammen an den Tisch im Garten und besprechen ein paar Dinge.

»Lass uns das Ganze mal als Venn-Diagramm betrachten«, meint Addie und formt mit Daumen und Zeigefinger zwei Kreise, die sie ein Stück übereinanderschiebt. »Wenn sich der Hetero- und der Homo-Kreis überlappen, entsteht dieses Oval, das man Bisexualität nennt. Ich vermute, dass Elizabeth und du da reinfallt.«

»Aber eigentlich haben wir beide noch nie …«

»*Eigentlich* spielt keine Rolle, Tante Stella. Es zählt nur, was man fühlt. Zu wem man sich hingezogen fühlt, egal, ob man dem gefolgt ist oder nicht.«

»Na ja, ich kann eine schöne Frau bewundern, aber ich wollte noch nie mehr wie mit Elizabeth.«

»Dann wäre das vielleicht demisexuell«, sagt Addie. »Dabei fühlt man sich erst zu Menschen sexuell hingezogen, wenn man eine emotionale Verbindung zu ihnen aufgebaut hat.«

»Aber ich fand sie schon anziehend, bevor ich sie richtig kannte.«

»Ja, das ist für mich bisexuell. Es bedeutet auch nicht, dass es fünzig-fünfzig geteilt ist. Du kannst Männer zu neunundneunzig und Frauen nur zu einem Prozent bevorzugen und bist immer noch bi.«

Stella wandert unruhig durchs Haus und ihre Gedanken kreisen immer wieder um das Gespräch, während sie auf Elizabeth wartet. Vielleicht ist es in ihrem Fall eher zehn Prozent Frauen. Maximal zwanzig. Aber eigentlich fand sie Arbeit immer am besten. Männer haben es irgendwie in den kleinen Raum geschafft, den Stella sich abseits ihres Jobs zugestanden hat. Wenn es ihnen wichtig genug war, passten sie sich an. Wenn das eine schöne Frau früher getan hätte, wäre ihr dann die aktuelle Midlife-Crisis erspart geblieben?

Möglicherweise.

So oder so macht sie sich mehr Sorgen um den körperlichen Aspekt. Was, wenn sie einfach nicht gut im Sex mit einer anderen Frau ist? Was, wenn sie sich ungeschickt anstellt und Elizabeth die Geduld verliert. Was, wenn sie es versuchen und es nicht gut ist? Was, wenn sie es nach alldem nicht mögen?

Und was, wenn Elizabeth zu dem Schluss kommt, dass es ihr nicht gefällt und Stella ihre Gefühle wieder in die Freundschaftsschublade stopfen muss? Auch das würde sie hinbekommen, weil sie Elizabeth lieber als platonische Freundin in ihrem Leben hätte als gar nicht. Aber es würde ihr nicht leichtfallen, wieder zurückzugehen.

Elizabeth schreibt Stella, dass sie Abendessen mitbringt, also ist sie nicht mehr im Büro. Stella hat sich Sorgen gemacht, dass kurzfristig noch ein Fall reinkommt, aber Elizabeth hat schon gesagt, dass sie heute fast nur Papierkram erledigt hat.

Stella fühlt sich wie ein Tiger im Käfig. Sie sucht nach etwas, um die angestaute Energie loszuwerden und ihr Blick fällt auf einen kleinen Berg Blush-Dosen, die Addie fotografiert hat. Mit einer Handbewegung schiebt sie den Haufen in die Schublade, in der sich alles Mögliche sammelt. Sie leert das Abtropfgestell, räumt schmutzige Löffel und Tassen in den Geschirrspüler, rückt die Stühle um den Tisch zurecht.

Dann zündet sie alle Kerzen an. Die meisten sind schon halb runtergebrannt und riechen nach nichts. Addie kauft normalerweise immer nur eine Duftkerze, weil sie es nicht mag, wenn unterschiedliche Gerüche sich mischen. Jetzt im Oktober kann man ruhig mal Kerzen anmachen.

Irgendwann hebt Stella dann aber nur noch Sachen auf, um sie gleich wieder abzustellen, ohne sie aufzuräumen. Als sie Elizabeths leises Klopfen hört, bevor sie die Tür öffnet, steht sie gerade mit einer ungeöffneten Schachtel Trocknertücher in der Hand in der Waschküche. Eilig wirft sie sie zurück auf das Regal über dem Trockner.

»Ich war bei Oleego!«, ruft Elizabeth. »Ich hoffe, das ist okay für dich.«

Oleego ist ein Koreaner in der Nähe von Elizabeths Arbeit.

»Klingt fantastisch«, sagt Stella beim Betreten der Küche. »Vielen Dank.«

Die Atmosphäre fühlt sich ein bisschen steif an. Stella hat sich vorgestellt, dass sie sich umarmen und vielleicht sogar küssen, aber Elizabeth hat noch die Handtasche über der Schulter und die Hände voller Tüten mit Essen. Damit geht der Moment der Begrüßung zwischen Auspacken und Tellern unter.

»Ich bin am Verhungern«, sagt Elizabeth.

»Wir können direkt essen, Addie arbeitet noch.«

Elizabeth stellt ihre Teller auf den Couchtisch, an dem sie normalerweise essen, wenn sie nur zu zweit sind. Stella holt eine Flasche Wein.

»Hast du das Mittagessen ausgelassen?«, fragt Stella, weil Elizabeth schon isst, bis sie den Korkenzieher gefunden hat und sie sonst eigentlich immer wartet.

»Ich habe es nicht ausgelassen. Es hat nur ohne mich stattgefunden.«

Stella schnaubt amüsiert und gießt ihnen ein. Dann macht sie den Fernseher an. »Worauf hast du Lust? Ich habe Addie versprochen, dass wir uns ihre Videos nicht ohne sie anschauen.«

»Was? Warum?«

»Sie macht so eine große Sache daraus. Man sollte meinen, dass es schlimmer ist, wenn wir sie gemeinsam schauen, aber wenn es nach ihr ginge, würden wir sie uns gar nicht ansehen.«

»Daraus wird schon mal nichts.«

»Weil du sie schon durchhast?«

Elizabeth grinst. »Die, in denen sie singt, sind wirklich süß.«

Stella isst ein paar Bissen, bevor sie erneut nach der Fernbedienung greift. »Ich richte mich nach dir.«

»*Jeopardy* geht doch eigentlich immer. Gibt's inzwischen auf Netflix.«

»Meine Familie hat ein offizielles Verbot für mich erlassen«, sagt Stella. »Offensichtlich bin ich eine Klugscheißerin und ein kleines bisschen zu ehrgeizig.«

»Hm. Dann ein andermal.«

Stella zappt durch die Kabelkanäle und bleibt an einer Renovierungsshow hängen. Dafür braucht man nicht viel Hirnkapazität und es überbrückt das Essen und eine halbe Flasche Wein. Als sie sich ans Aufräumen machen, fühlt sich Stella wesentlich entspannter. Es ist ja auch nur Elizabeth. Sie verbringen ständig Zeit miteinander.

»Möchtest du, hm, hier übernachten?«, fragt Stella beiläufig.

»Ja, wenn das für dich okay ist. Deswegen habe ich die große Handtasche dabei.« Sie deutet darauf. »Wechselklamotten.«

»Finde ich gut.«

Es ist noch nicht mal neun. Zu früh, um ins Bett zu gehen. Aber Stella will nichts mehr, als Elizabeth ins Schlafzimmer zu bugsieren.

Sie setzen sich einander zugewandt auf die Couch.

»Wie geht's dir mit der ganzen Sache?«, fragt Elizabeth, nachdem sich das Schweigen ein bisschen zu lang ausdehnt. »Mit neulich Abend?«

»Ich habe ein gutes Gefühl«, sagt Stella. »Nur ein bisschen verwirrt.«

»Verwirrt?«

»Oh, nicht in Bezug auf dich«, versichert Stella ihr. »Nur wegen … hm … der Logistik.«

»Oh.« Elizabeth nickt. »Ja, das macht mich auch ein wenig nervös.« Sie schenkt Stella ein kleines Lächeln.

»Ich glaube, das gehört zu den Dingen, die wir einfach üben müssen.« Stella schaut Elizabeth bewusst nicht an.

Als jedoch keine Antwort kommt, schaut sie auf. Elizabeths helle Haut ist gerötet.

»Da hast du wahrscheinlich recht.«

»Ich … ich weiß, dass es noch früh ist, aber willst du vielleicht … also … jetzt damit anfangen?« Ihr Blick fällt auf Elizabeths Mund, bevor sie ihr wieder in die Augen schaut.

Elizabeth nickt.

Kapitel 17

Elizabeth geht zuerst ins Bad, dann Stella und schließlich treffen sie sich im Schlafzimmer. Stella schließt die Tür hinter sich und plötzlich platzt vor Nervosität alles aus ihr heraus, was so lange ungesagt zwischen ihnen stand.

»Wir müssen uns nicht kopfüber in irgendwas reinstürzen. Eigentlich müssen wir gar nichts machen. Wir können auch jederzeit aufhören. Sag mir, wenn dir was nicht gefällt. Ich will, dass es für uns beide schön wird und ich mache mir Sorgen, dass …«

»Halt die Klappe, Stella. Küss mich einfach.«

Sie lacht angespannt. »Ich will nur, dass du dich wohlfühlst.«

»Das weiß ich zu schätzen, aber du kannst davon ausgehen, dass ich das hier wirklich will.« Elizabeth zieht sie fest an sich.

Und trotzdem plappert Stella weiter. »Du hast deutlich gesagt, dass du so was noch nie gemacht hast und ich auch nicht. Das muss ich noch mal klarstellen.«

»Ich weiß.«

»Und ich will nicht …«

Doch dann berühren Elizabeths Lippen ihre. Sie küssen sich zärtlich, bis Elizabeth offenbar Stellas Zurückhaltung bemerkt und sich wieder von ihr löst. »Was willst du nicht?«

»Ich will dich nicht enttäuschen.«

»Das ist unwahrscheinlich. Aber wenn *du* dafür noch nicht bereit bist, müssen wir nicht …«

»Ich bin bereit!«, entfährt es Stella.

»Dann wäre das ja geklärt.« Elizabeth lächelt. »Wir wollen das beide.«

Sie macht einen Schritt zurück und öffnet die Knöpfe ihrer Bluse, bevor sie den Stoff mit einem Ruck aus dem Rockbund zieht und ihn dann zu Boden fallen lässt. Dann greift sie nach hinten, um den Reißverschluss des Rocks hinunterzuziehen. Sie tritt heraus und streift sich dann die

Feinstrumpfhose von den Beinen. Ihre Haut ist hell und bildet einen herrlichen Kontrast zu dem schwarzen Baumwoll-BH und Slip. Und sie ist unglaublich sexy. Sie ist mutig, so mutig, denkt Stella bei sich und beschließt, ebenfalls mutig zu sein.

Sie reißt sich ihr eigenes Oberteil so hastig vom Leib, dass Elizabeth leise auflacht, und schiebt dann schnell ihre Hose nach unten. Gerade will sie nur ins Bett und sehen, wohin die Nacht sie führt.

Sie setzen sich auf die Kante des ungemachten Betts und küssen sich sinnlich, bevor sie sich hinlegen und sich aneinanderschmiegen. Es dauert nicht lange, bis sie den Dreh raushaben und langsam und zärtlich völlig konzentriert aufeinander sind.

Das Gefühl von Elizabeths Haut an ihrer ist berauschend und keine Droge, die Stella je probiert hat, kann dem das Wasser reichen. Alles an Elizabeth ist glatt und samtweich.

Jedes Mal, wenn Elizabeth sie berührt, entlockt sie Stella damit ein leises Keuchen oder Stöhnen. Von außen sieht es bestimmt albern aus, wie sie sich fast schon verzweifelt aneinander reiben, aber Stella hat den Punkt längst überschritten, wo sie das kümmert.

Stella bleibt auch nicht untätig. Seit Jahren machen sie Elizabeths rotbraune Haare wahnsinnig und jetzt hat sie nach Herzenslust Zugriff darauf. Eine Hand vergräbt sie in den dichten Strähnen, die andere lässt sie über Elizabeths Rücken und ein Bein hinunterwandern. Sie umfasst die Kniekehle und zieht das Bein nach oben über ihre Hüfte. Elizabeth stöhnt auf.

Während sie über die Rückseite von Elizabeths Oberschenkel streichelt, merkt sie, wie Elizabeth ihren BH öffnet, ihn nach unten schiebt und damit Stellas Brüste entblößt. Sie streift ihr die Träger über die Schultern und nimmt dann eine von Stellas Brustwarzen in den Mund. Stella wimmert, als die Berührung ihr einen Lustblitz direkt zwischen die Beine schickt. Elizabeth neckt den Nippel sacht mit den Zähnen, was Stella nach Luft schnappen lässt.

Sie streicht über Elizabeths Bein nach oben bis zu ihrem Schritt. Ihr Slip fühlt sich feucht an. Elizabeth stockt der Atem, also wiederholt Stella die Bewegung mit etwas mehr Druck und gibt Elizabeth einen Kuss auf den Hals.

Sie streicht erneut über die Stelle, noch ein wenig fester, bis Elizabeth sich in ihrem Griff windet und Stellas Lippen den Kontakt zu ihrem Hals verlieren.

»Weg damit«, keucht sie. »Zieh alles aus.

Elizabeth setzt sich auf und schlüpft aus ihrem BH. Ihre Brüste sind kleiner als Stellas und die Schwerkraft hat ihnen nicht so sehr zugesetzt. Ihre elfenbeinfarbene Haut ist so glatt. Mit ihren geröteten Wangen und dem rosigen Hauch, der sich bis zu ihren Brüsten und auf dem oberen Teil ihrer Oberschenkel ausbreitet, sieht sie aus wie einem präraffaelitischen Gemälde entsprungen.

Die Temperatur im Raum steigt spürbar an, also steht Stella auf und schaltet den Deckenventilator ein. Elizabeth fasst ihre Haare zusammen, um ihren Nacken zu kühlen. Als sie bemerkt, dass Stella sie beobachtet, lächelt sie. Sie lässt ihre Haare wieder los, legt sich zurück auf die Matratze und streckt eine Hand nach ihr aus. »Komm wieder her.«

Stella war nie ein großer Fan von langweiligem Vorspiel und mehr am Hauptevent interessiert. Sex mochte sie immer. Tatsächlich hatte sie den besten Sex entweder mit Männern, die sie gerade erst kennengelernt hatte, oder mit denen, die sie nicht besonders leiden konnte. Ron war ein gutes Beispiel für beides. Am Anfang hatte er viel mehr Interesse an ihr als umgekehrt. Sie fand ihn überheblich, ein bisschen arrogant und für ihren Geschmack wusste er zu sehr, wie attraktiv er war. Sie ging mit ihm ins Bett lange, bevor sie Gefühle für ihn entwickelte, von Liebe mal ganz zu schweigen.

Der Sex war gut genug, um zu bleiben, und für Stella ging es beim Sex oft um Penetration – sie wollte den Höhenflug, den Orgasmus und die Sache sollte möglichst schnell über die Bühne gehen. Es war für sie immer erregender, jemanden in sich zu spüren und dabei selbst Hand anzulegen, als einen Mann ungeschickt an ihr rumfummeln zu lassen auf der Suche nach etwas, das nun wirklich nicht schwer zu finden sein sollte.

Aber jetzt scheint keine von ihnen Interesse daran zu haben, auf die Ziellinie zuzupreschen. Wenn es kein bestimmtes Hauptevent gibt, wird alles zum Hauptevent. Jede Berührung, jedes Fleckchen Haut. Man könnte argumentieren, dass Orgasmen zum Hauptziel werden, aber wenn beide Beteiligten ohne großen Aufwand mehrere haben können, spielt das dann noch eine so große Rolle?

Stella schlüpft aus ihrem Slip und kehrt zum Bett zurück. Sie schiebt eine Hand unter den Bund von Elizabeths Höschen und zieht es ihr dann komplett aus und lässt es zu Boden fallen, als Elizabeth die Hüften anhebt.

Jetzt spüren sie nur noch Haut, als sie sich wieder aneinanderschmiegen. Sie küssen sich lange, fühlen die Brüste der anderen, wie ihre Beine sich ineinander verschränken und ihre Hüften sich bewegen. Elizabeth streichelt ihr über den Rücken, fährt die Kurve von Stellas Wirbelsäule nach.

Ein Teil von Stella will dieses langsame, entspannte Tempo beibehalten, aber der Rest von ihr wird ungeduldig und hungrig. Sie versucht, sich zurückzuhalten, aber kurze Zeit später tastet sie sich wieder zwischen Elizabeths Beine vor. Dieses Mal ist kein Stoff im Weg und sie spürt die Feuchtigkeit direkt auf ihren Fingern. Elizabeths Keuchen ist berauschend.

Stella streicht über Elizabeths Schamlippen, spielt mit Druck, bevor sie weiter nach oben gleitet bis zur Klitoris. Ein Beben durchläuft Elizabeths Körper und ihr stockt der Atem.

Als Stella aufschaut, bemerkt sie, dass Elizabeth sie beobachtet, und grinst sie breit an. Mutiger geworden schiebt sie erneut einen Finger in Elizabeth und hält dann für einen Moment inne. Das Gefühl der weichen, engen Hitze ist unglaublich. Dann bewegt sie ihre Hand, erst vorsichtig, dann tiefer und härter, bis sie den Winkel etwas nach oben korrigiert und damit das gewünschte Ergebnis erhält. Mit der freien Hand streicht sie über Elizabeths Bein und Hüfte.

Stella dreht die Finger in ihr und entlockt Elizabeth damit einen Laut zwischen Aufschrei und Japsen. Darauf hatte Stella gehofft. Ihr gefällt das Wimmern, das leise Stöhnen, das schwere Atmen, aber sie will Elizabeth animalische, unfreiwillige Laute abringen. Vielleicht kann sie sie sogar zum Fluchen bringen.

Stella hält die Bewegungen ihrer Hand aufrecht, erst langsam, wird dann immer schneller. Sie hält nichts von Atempausen, hat nur Interesse daran, Elizabeth größtmögliche Lust zu bereiten, und wird nicht aufhören, bis sie genau das erreicht hat.

Elizabeth hat die Augen geschlossen und ihre Haut schimmert im Licht der Lampe.

»Gott, du bist so schön.« Stella hat schon eine Weile lang nichts mehr gesagt, will aber, dass Elizabeth das weiß.

Elizabeth verspannt sich um ihre Finger, vielleicht versucht sie auch, etwas zu sagen, aber dann kommt ihr nur ein lautes Seufzen über die Lippen.

Als ihr Handgelenk anfängt zu schmerzen, ändert Stella ihre Taktik. Sie lässt die Finger, wo sie sind, schiebt sich aber über Elizabeth und leckt über die Stelle zwischen ihren Brüsten, knabbert an ihrem Schlüsselbein. Küsst sie und beißt ihr sacht in den Hals. Dann wandert sie wieder nach unten und schiebt zwei Finger tief in Elizabeth. Mit der freien Hand reibt sie erneut über ihre Klit.

Elizabeth zuckt zusammen. »Oh, ich …«

Sie schreit leise auf und ihr Becken zuckt nach oben. Dann packt sie Stella am Handgelenk und presst sie gegen sich, reibt sich an ihr, während der Orgasmus sie überrollt. Ihre Atemzüge werden von abgehacktem Stöhnen begleitet.

Stella bewegt die Hand weiter, wenn auch nicht mehr mit der gleichen Intensität. Sie schiebt die Finger in Elizabeth, zieht sie langsam wieder heraus und wiederholt die Bewegung, während sie dem Beben um sie nachspürt.

»Gott …« Erst jetzt öffnet Elizabeth die Augen wieder.

»Ja?«

»*Gott*«, wiederholt Elizabeth. Sie versucht, sich auf die Ellenbogen hochzustemmen, überlegt es sich dann aber anders. »Ich brauche einen Moment.«

»Wir haben die ganze Nacht.« Stella legt sich neben sie.

Elizabeth dreht den Kopf, um sie anzusehen. »Du überraschst mich immer wieder, Stella Anne Carter.«

»Ach ja?«

»Hm. Normalerweise kann ich nicht … Lass es mich so ausdrücken: Im Allgemeinen fällt es mir ziemlich schwer …«

»Zu kommen?«, beendet Stella den Satz für sie, als Elizabeth zögert.

»Nein. Also ja. Nicht, wenn ich allein bin. Nur mit …«

»Männern.« Stella grinst. »Es war mir eine Ehre, Ihnen einen Orgasmus zu verschaffen, Captain.«

Elizabeth lacht, tief und kehlig und voller Lebensfreude. »Das Vergnügen war ganz meinerseits.«

Jetzt ist Stella dran und sie ist angespannter als zuvor, weil sie nicht einschätzen kann, wie es andersrum ist. Sie fühlt sich unwohl in ihrer Haut. Sie will weitermachen und sehnt sich nach Befriedigung. Sie ist aufgeheizt und mehr als bereit. Aber sie will Elizabeth nicht enttäuschen – oder sich selbst.

Sie setzen sich einander gegenüber. Elizabeth greift an Stella vorbei, um die Lampe auszumachen. Dunkelheit hüllt sie ein und mit ihr kommt die Erleichterung. Sie hat keine Ahnung, wie Elizabeth auf diese Idee gekommen ist, aber Stella fühlt sich definitiv wohler so.

Sie küsst Elizabeth leidenschaftlich, streichelt ihr über den nackten Rücken und spürt das Beben, das sie durchläuft. Elizabeths Hände sind überall und als sie sich zwischen Stellas Oberschenkel vorwagt, weicht Stella ihr nicht aus und zieht sich auch nicht in ihren eigenen Kopf zurück. Sie will alles fühlen.

Die Position ist gut. Elizabeth hat mehr Halt, als Stella vorhin mit ihr auf dem Rücken liegend. So bietet Elizabeth ihr Widerstand mit der Hand, gegen die Stella sich drängen kann. Sie bewegt sich auf ihren Fingern vor uns zurück und reibt ihre Klitoris dabei an Elizabeths Handballen.

Elizabeth beißt Stella sanft in die Unterlippe, während sie die Finger ein wenig dreht. Stella mag es rau und sie spürt den Höhepunkt schon herannahen, wie er sich hinter ihren Augen aufbaut, ihren Rücken hinabrinnt und ihre Fingerspitzen und Zehen kribbeln lässt. All die Metaphern – das Feuerwerk, die Welle, die einen überrollt, den Gipfel, den man erklimmt –, sie alle passieren gleichzeitig. So lange ist sie schon geraume Zeit nicht mehr in dem Moment kurz davor gehangen. Und ist das Kurz-davor nicht genauso gut wie der Orgasmus selbst?

Elizabeth stöhnt an Stellas Schulter. Sie reiben sich aneinander, die Beine ineinander verschlungen und die kühle Luft vom Ventilator streicht über ihre Rücken und durch ihre Haare. Ein Zittern ergreift Stellas Körper, ein sicheres Zeichen, dass sie sich nicht mehr zurückhalten kann. Elizabeths Hand in ihrem Schritt macht sie wahnsinnig.

Elizabeth hat bisher ihre Finger beobachtet, wie sie sich in Stella bewegen, doch nun schaut sie auf und merkt, dass Stella sie ihrerseits beobachtet.

Und dann treffen sich ihre Blicke und Elizabeth erkennt wohl, dass Stella es nicht mehr aushält. »Ist okay«, sagt sie leise, als wüsste sie genau, was Stella gerade empfindet. Als könnte sie die Lust und den Schmerz von ihrem Gesicht ablesen und als würde sie ihr die Erlaubnis geben, die Beherrschung zu verlieren.

Ein Beben durchläuft Stella und als der Höhepunkt sie überwältigt, sackt sie in Elizabeths Armen zusammen und schmiegt das Gesicht an ihre Schulter. Sie schlingt die Arme fest um Elizabeth und ihre inneren Muskeln verspannen sich um ihre Finger. Ihr Orgasmus kommt in Wellen und sie erzittert immer wieder mit jeder neuen Empfindung, die Elizabeths Hand ihr verschafft.

Erst als die letzte Welle verebbt, merkt sie, dass sie das Stöhnen und Wimmern, das sie zuvor gehört hat, von ihr selbst kommen. Elizabeth streicht ihr über die Haare, als sie den Kopf hebt, in dem es immer noch wie wild summt. Die Finger von Elizabeths anderer Hand hinterlassen eine feuchte Spur auf ihrem Oberschenkel.

»Fuck.« Mehr bringt Stella gerade nicht heraus.

»Alles okay?«, fragt Elizabeth.

»Mehr als okay. Danke.«

»Das war wundervoll.«

Stella versucht immer noch, wieder zu Atem zu kommen. »Ich kann nicht fassen, dass wir das wirklich getan haben.« Und das, obwohl sie es sich beide wohl schon eine ganze Zeit lang vorgestellt haben. Sie leckt sich über die Oberlippe und schmeckt das Salz ihres eigenen Schweißes. »Wie fühlst du dich?«

»Zum ersten Mal seit Jahren habe ich mich nicht zum Sex mit jemandem überreden müssen.« Elizabeth sieht ihr fest in die Augen. »Ist das nicht armselig?«

»Nein«, versichert Stella ihr. »Nein, Honey.«

»Ich dachte, dass ich mehr Angst haben würde. Und ich war nervös, aber es hat sich gut und richtig angefühlt.«

»Ich habe mir uns beide vorgestellt, wie wir das hier tun, noch bevor ich dich überhaupt leiden konnte«, sagt Stella. »Das habe ich einfach für eine dieser wilden Fantasien gehalten, die man eben manchmal hat, und die sowieso nie wahr werden.«

»Wirklich? Selbst als du nicht wolltest, dass Addie Kontakt zu mir hat?«

»Sogar noch davor. Eigentlich seit ich dich zum ersten Mal gesehen habe.«

Elizabeth schüttelt den Kopf. »Das kann nicht sein. Du warst verheiratet und immer furchtbar zu mir.«

»Ich würde gerne zu Protokoll geben, dass wir beide furchtbar zueinander waren. Was sollte ich denn sonst machen? Und nach Rons Tod haben wir uns angefreundet und es war in Ordnung für mich, mich zu dir hingezogen zu fühlen, aber nichts in die Richtung zu unternehmen. Außerdem war ich mir sicher, dass du hetero bist.«

»Tja, ich auch. Da haben wir uns wohl beide geirrt.«

Sie duschen zusammen. Danach will Elizabeth sich eigentlich wieder anziehen und nach Hause fahren, aber es ist schon später und sie tut es dann doch nicht. Sie machen das Licht aus und kuscheln sich immer noch nackt ins Bett.

Stella ist schläfrig und zufrieden. Ihre Hand ruht auf Elizabeths Oberschenkel, als sie einschläft.

Als Stella aufwacht, zieht sich Elizabeth gerade ein Shirt über. Die Morgendämmerung dringt durchs Fenster. Stella setzt sich auf, wobei sie sich das Laken an die Brust drückt. »Hey.«

Elizabeth schenkt ihr ein Lächeln und fasst ihre Haare mit einer Plastikspange zusammen. Ihre Bluse vom Vortag hat sie in die große Handtasche gestopft, die neben ihren Füßen auf dem Boden steht.

»Ich schleiche mich nicht weg, um nicht mit dir reden zu müssen«, sagt Elizabeth leise. »Ich will nur Addie nicht begegnen.« Elizabeth legt sich die Handtasche über die Schulter. »Es war wirklich schön mit dir.«

»Ich würde dich gerne wiedersehen«, erwidert Stella trocken. »Bekomme ich deine Nummer?«

»Erzähl Addie, was immer du ihr erzählen willst, ohne …«

»Du brauchst nichts zu erklären.«

Elizabeth holt noch ihre Brille vom Nachttisch und schiebt sie sich in die Haare. Plötzlich fühlt sich Stellas Brust ganz eng an, doch sie kann das Gefühl nicht benennen. Dann geht ihr auf, dass es etwas anderes als der inzwischen vertraute Schmerz ist.

Das passiert, wenn Verlangen und Freude sich miteinander vermischen und wie eine hell flackernde Kerze die Dunkelheit vertreiben.

Stella trifft sich mit Mallory in dem gleichen Starbucks wie beim ersten Mal. Der Auftrag vom Sheriffs Department ist eine große Nummer. Sie wollen ihre Hilfe bei der Überarbeitung aller Trainingseinheiten für die Ermittlungsarbeit und sie soll außerdem Mitarbeiter ausbilden, die das Wissen dann in Zukunft vermitteln können.

»Sind Sie sich da sicher?«, fragt Stella. »Das werden sicher über hundert Arbeitsstunden.«

»Genau solche Aufträge hätte ich sonst absagen müssen«, sagt Mallory. »Ein gutes Projekt, das viel Geld einbringt, das ich aber durch meine anderen Verpflichtungen nicht gestemmt bekomme. Solange Sie an Bord sind, würde ich es machen. Wie viele Angestellte hat das Sheriffs Department? Fünfzehntausend?«

»Zwanzig«, sagt Stella. »Zweiundzwanzig, glaube ich.«

»So ein Stammkunde wäre gut.«

»Ich könnte um den Gerichtstermin herumarbeiten, der für den anderen Auftrag angesetzt wurde.« Stella sollte sich über ein so umfangreiches Projekt freuen, aber es fühlt sich wie echte Arbeit an. Wenn sie diesen Auftrag annimmt, macht sie einen echten Schritt in Richtung

Zukunft. Das zusammen mit Elizabeth in ihrem Bett … Damit lässt sie Ron zurück.

»Wenn sie den Job schnell erledigt haben wollen würden, wären sie zu Citygate oder LD Consulting gegangen. Aber sie haben explizit nach Ihnen gefragt«, meint Mallory. »Ich denke, dass uns allein Ihr Ruf eine Menge Aufträge bescheren wird.«

Stella ist von ihrem Ruf nicht so überzeugt. Sie hat die Staatsanwaltschaft nach Rons Tod quasi geghostet. Aber sie begreift immer mehr, dass Menschen Trauer nachvollziehen können, weil das etwas ist, das jeder irgendwann erlebt. Das macht nachsichtig, wofür Stella sehr dankbar ist.

»Ich schaffe das«, sagt sie und scrollt durch den Kalender auf ihrem Handy, um die Daten noch einmal zu überprüfen. »Mein Ruf eilt mir wohl voraus.«

»Machen Sie das denn gerne?« Mallory nippt an ihrem Kaffee. »Beratungen?«

»Es ist schön, meinen Terminkalender selbst gestalten zu können. Und die Bezahlung ist deutlich besser als vorher.« Sie erhält regelmäßig Schecks von Marco, ein bisschen Miete von Addie (weil ihre Nichte darauf besteht) und eine kleine Rente vom Los Angeles County. Doch im letzten Jahr hat sie mehr ausgegeben, als reinkam, und ein Großteil von Rons Lebensversicherung ging für das Haus drauf. Es ist angenehm, nicht mehr ständig Geldsorgen zu haben.

»Wenn wir so weitermachen, muss ich vielleicht bald Büroräume anmieten und jemanden für den Empfang einstellen«, sagt Mallory.

»Warten wir erst mal ab, wie es läuft.« Stella wirft einen Blick auf ihre Armbanduhr. »Ich muss leider los. Ich habe noch einen Termin.«

Stella will Mallory versichern, dass sie es ernst meint, aber sie kann noch keine Versprechungen machen. Sie hat auf die harte Tour gelernt, dass niemand in die Zukunft schauen kann.

»Kein Problem«, sagt Mallory. »Rufen Sie mich an, wenn Sie irgendwas brauchen oder Fragen haben. Egal weswegen. Sie machen das wirklich gut. Ich glaube, diese Partnerschaft kommt uns beiden entgegen.«

Vielleicht stimmt das sogar. Stella hat keine Tage mehr, an die sie sich nicht erinnert. Sie wacht nicht spätabends auf und weiß nicht mehr, was sie tagsüber gemacht hat. Sie weint nur noch sehr selten. Sie sieht keine Fremde mehr im Spiegel und es fühlt sich nicht mehr an, als würde sie neben sich stehen und sich selbst im Fernsehen beobachten.

»Vielen Dank«, erwidert Stella.

Lana, die fröhliche neue Empfangsmitarbeiterin in Dr. Barretts Praxis, trägt heute einen Pferdeschwanz. Sie schaut auf, als Stella hereinkommt.

Stella hat sich die Haare mit einer Spange hochgesteckt und die Frisur spannt auf ihrer Kopfhaut. Auf dem Weg hierher war auf den Straßen ziemlich viel los und sie hat befürchtet, zu spät zu kommen. Oder vielleicht ist sie auch einfach nur generell nervös. Normalerweise kommt sie nirgendwo mit eingekniffenem Schwanz wieder angekrochen, aber hierfür macht sie eine Ausnahme.

Lana bucht sie in den Computer ein und Stella hat sich kaum hingesetzt, als Dr. Barrett auch schon die Tür zu ihrem Behandlungszimmer öffnet.

»Kommen Sie, Stella.«

Stella nimmt ihre Handtasche und folgt ihr mit dem Gefühl, ins Büro des Direktors gerufen zu werden. Sie setzt sich in den gleichen Sessel, betrachtet die gleichen Kunstdrucke, lauscht dem Ticken der gleichen Wanduhr. Dr. Barrett sieht auch noch aus wie immer, nur ihre Haare sind etwas kürzer.

»Okay«, sagt Stella.

»Okay.« Um Dr. Barretts Augen bilden sich kleine Fältchen, als sie lächelt. »Willkommen zurück.«

Kapitel 18

Als Stella nach Hause kommt, ist die Küche hell beleuchtet, eine Kamera steht auf einem Stativ und auf der Anrichte liegen ein paar Dutzend kleine orangefarbene Kürbisse. Die Kamera ist auf den Ofen gerichtet und Addie kauert daneben.

»Was um Himmels willen ist denn hier los?«, fragt Stella und stellt ihre Handtasche auf den Tisch. »Und was riecht hier so gut?«

»Ich filme, wie ich Pumpkin Bread backe.« Sie trägt eine leichte Kittelschürze, deren Träger sich auf dem Rücken überkreuzen. »Das Rühren habe ich schon aufgenommen und gerade mache ich einen Zeitraffer vom Backen.« Sie wirft Stella einen Blick zu. »Wo warst du denn?«

»Ich ...« Stella fährt mit dem Finger durch die Mehlschicht auf der Arbeitsplatte. »Ich hatte eine Therapiesitzung.«

»Was?« Addie steht auf. »Oh mein Gott! Warum jetzt doch?«

Erst will Stella lügen, doch so kurz nach der Sitzung kommt ihr das falsch vor. »Elizabeth und ich hatten Sex.« Hitze steigt ihr in die Wangen. Das wollte sie Addie eigentlich nicht so direkt sagen, sondern erst mit Elizabeth darüber sprechen, aber jetzt kann sie irgendwie nicht anders.

»*Was?*« Addie dreht vor Begeisterung eine kleine Pirouette und wirft dabei beinahe das Stativ mit der Kamera um. »Verarschst du mich gerade?«

»Nein, tue ich nicht.«

Addie entfährt ein Quietschen und sie rennt im Überschwang eine Runde durchs Haus. »Wie fantastisch war es?«

»Beruhig dich«, sagt Stella. »Wahrscheinlich können dich sogar die Nachbarn hören.«

Addie ignoriert den Kommentar. »Ich muss unbedingt Liz anrufen!«

»Das lässt du mal schön bleiben!«

»Warum?« Addie stützt sich auf den Knien ab, um wieder zu Atem zu kommen. »Hat es ihr nicht gefallen?«

»Na ja, ich …« Stella verschränkt die Arme. »Ich meine, es war für uns beide angenehm.«

»Nur angenehm? Mehr nicht? War es schlecht?«

»Nein. Es war … Ich will nicht weiter ins Detail gehen.« Doch, eigentlich will Stella das schon.

Der Ofentimer piept.

»Shit«, flucht Addie. Sie macht die Kamera aus und lehnt sich dann über das Stativ, um auch den Ofen auszuschalten. »Lauf ja nicht weg. Ich will mehr wissen, vor allem über die Therapie.«

»Ich ziehe mich nur eben um«, sagt Stella.

Inzwischen verbringt sie wieder mehr Zeit in richtiger Kleidung, nachdem sie ein Jahr lang in Jogginghosen und übergroßen T-Shirts gelebt hat, und sie vermisst das legere Gefühl, wenn auch nicht die Dauermüdigkeit und lähmende Trauer.

Sie zieht sich ein Shirt und ihre alte schwarze Jogginghose über. Als sie in die Küche zurückkommt, filmt Addie dort gerade das Pumpkin Bread, das sie umgeben von einer kleinen Armee aus kunstvoll arrangierten Mini-Kürbissen präsentiert.

Stella wartet geduldig.

»Du kannst ruhig reden.« Addie dreht einen der Scheinwerfer zurecht. »Ich mache sowieso hinterher ein Voiceover.«

»Oh. Okay.« Stella tut so, als wüsste sie, was das bedeutet.

»Du hast die Sitzung also nachgeholt.« Addie hat sich offenbar wieder beruhigt und konzentriert sich auf ihre Arbeit.

»Ja. Ich bin vor ein paar Wochen in Dr. Barretts Praxis vorbeigefahren und habe einen Termin ausgemacht.«

Addie schaut auf. »Gott, ich bin so stolz auf dich.«

»Vielen Dank, Schätzchen.«

»Hast du vor, mit der Therapie weiterzumachen?«

»Ja. Ich habe noch drei Sitzungen und dann entscheide ich, ob ich auf eigene Kosten weitermache.« Stella lehnt sich gegen die Anrichte, weil sie Addie nicht im Weg stehen will.

Addie ist zum Fotografieren übergegangen. »Hast du über Elizabeth gesprochen? Also … deine Therapie geht mich natürlich nichts an, aber …«

»Ja«, sagt Stella. »Zu beidem.«

»Weiß Elizabeth schon, dass du wieder hingehst?«

»Noch nicht. Ich habe sie nicht mehr gesehen, seit … Du weißt schon.«

»Seit ihr Sex hattet.« Addie grinst. Sie richtet die Kamera auf Stella und macht so schnell ein Foto von ihr, dass Stella gar keine Zeit zum Reagieren hat.

»Addison!«

»Warum lädst du sie nicht auf ein Stück Pumpkin Bread ein?«, fragt Addie und wischt damit die drohende Standpauke vom Tisch.

»Es ist Montagabend. Sie hat wahrscheinlich was anderes zu tun.«

»Habt ihr seitdem überhaupt miteinander gesprochen?«

»Wir haben ein bisschen gechattet, aber sie bearbeitet doch seit Samstag einen neuen Fall«, erinnert Stella sie. Sie waren nicht beim Gottesdienst und leider waren ihre Pläne für den Rest des Vormittags damit nicht aufgegangen – nachdem sie eine Stunde wie zwei brave Mädchen auf der Kirchenbank verbracht hätten.

»Ich frage sie einfach.« Addie holt ihr Handy aus der Schürzentasche. »Ich verspreche auch, dass ich weder die Therapie noch den Sex erwähne.«

Stella vergräbt das Gesicht in den Händen. »Ich will nicht, dass du dir zu viel Hoffnung machst.«

»Tante Stella, für mich klingt das gerade echt, als wäre der Sex schlecht gewesen.«

»Es war nicht schlecht. Wirklich nicht. Es war sehr erhellend für uns beide, aber wir sind alt und diese Veränderung ist nicht einfach.«

»Ich glaube, es ist nicht ungewöhnlich, dass Leute – vor allem Frauen – ein spätes Coming-out haben.« Addie tippt flink mit den Daumen auf ihrem Handy.

Aber Stella ist noch nicht bereit, ihren Platz in diesem speziellen Wagen auf einer CSD-Parade einzunehmen. »Genau das meine ich ja! Niemand spricht von einem Coming-out! Und was Elizabeth und ich miteinander tun, wenn wir alleine sind, sollte keine Auswirkungen auf irgendwas haben. Nur weil wir … Du weißt schon …«

»Weil ihr den Horizontaltango getanzt habt?«, schlägt Addie vor.

»Nur weil wir *miteinander geschlafen haben*, sind wir noch lange kein Paar. Vielleicht hätte ich es dir lieber nicht erzählen sollen.«

»Alles wird gut. Versprochen.«

»Ich habe Angst davor«, gibt Stella zu. »Dr. Barrett sagt, dass jede Veränderung nach so einer langen Trauerphase schwierig ist. Und jetzt gibt es da nicht nur diesen neuen Menschen in meinem Leben, ich hatte auch zum ersten Mal Sex mit einer Frau. Allein sie zu küssen war schon ein großer Schritt.«

»Hast du dir das vorher schon mal vorgestellt?« Addie schiebt ihr Handy zurück in ihre Schürzentasche. »Eine Frau zu küssen?«

»Na ja, das hat vermutlich jeder schon mal, aber das heißt ja nicht, dass man es auch in die Tat umsetzt. Machst du das bei allem, was du dir so vorstellst?« Stella runzelt die Stirn. »Warum grinst du so?«

Addie zuckt mit den Schultern. »Ich habe mir noch nie vorgestellt, eine Frau zu küssen.«

»Oh.«

»Ich glaube, wenn du in meinem Alter wärst, hättest du wahrscheinlich nicht gewartet, bis du über fünfzig bist. Und Elizabeth auch nicht, wenn sie nicht katholisch erzogen worden wäre. Ihr seid Kinder eurer Generation, eurer Zeit, aber ich hoffe, dass euch diese Hindernisse jetzt nicht mehr im Weg stehen, weil Elizabeth dich wirklich mag und du bis über beide Ohren in sie verliebt bist, Tante Stella.« Addie lächelt. »Ich liebe euch beide, als wärt ihr meine eigenen Kinder.«

»Irgendwie war es netter, als du was vor mir versteckt hast und nicht so viel Zeit hattest, um frech zu mir zu sein.« Doch dann umarmt Stella ihre Nichte fest. »Kröte.«

Addies Handy vibriert und sie löst sich aus der Umarmung, um aufs Display zu schauen. »Sie kommt vorbei.«

Stella ist angespannt und glücklich zugleich. Natürlich will sie Elizabeth sehen, aber sie ist wahrscheinlich müde von dem durchgearbeiteten Wochenende. Außerdem hatte sie nun Zeit, um über alles nachzudenken, und es sich vielleicht anders überlegt. Wenn Elizabeth sich jedoch nur halb so gut gefühlt hat wie Stella, wird sie es wahrscheinlich wiederholen wollen.

Zwanzig Minuten später trifft Elizabeth ein, was ein bisschen überraschend ist. Entweder läuft der Fall gut oder sie warten auf Laborergebnisse. Addie hat das Pumpkin Bread noch mit einer Glasur versehen und macht noch mehr Fotos davon.

Stella kommt in die Küche und winkt Elizabeth mit einer albernen Handbewegung zu.

»Das sieht hervorragend aus«, meint Elizabeth mit einer Kopfbewegung in Richtung des Pumpkin Breads. »Kleine Meisterbäckerin.«

»Die Leute lieben Videos mit Herbstthema«, erwidert Addie. »Als wenn es in diesem Bundesstaat so was wie einen Herbst geben würde.« Der einzige Hinweis auf Herbst ist hier die Tatsache, dass die Temperaturen nicht mehr über dreißig Grad klettern.

»Ich wusste gar nicht, dass sie backen kann.«

»Ich glaube, sie kann alles«, meint Stella stolz.

»In Mathe bin ich schlecht«, gibt Addie amüsiert zurück. Sie legt die Kamera auf die Mikrowelle und bringt die kleinen Kürbisse in mehreren Touren nach draußen in den Garten.

»Wie läuft's auf der Arbeit?«, fragt Stella Elizabeth.

»Ganz okay.« Elizabeth lehnt sich gegen die Anrichte und zieht ihre High Heels aus. »Hast du dich heute mit Mallory getroffen?«

»Ja. Wir nehmen den Auftrag vom Sheriffs Department an.«

»Ah ja? Das freut mich sehr. Die brauchen dringend frischen Wind. Ich kenne die Kontaktperson zum LAPD ganz gut, also sag Bescheid, wenn ich euch zusammenbringen soll.«

»Mache ich vielleicht.« Es war schon schwer genug, ihre Hilfe anzunehmen, als sie noch nicht miteinander geschlafen haben. Ist es jetzt überhaupt noch moralisch vertretbar?

Als Addie wieder hereinkommt, stehen sie auf gegenüberliegenden Seiten des Raums. »Wollt ihr Kaffee? Tee? Heroin?«

»Ich hätte gerne eine Tasse Tee.« Elizabeth lächelt, aber ihr Tonfall ist scharf. Sie stellt ihre Schuhe neben die Tür.

»Ich koche eine Kanne voll«, bietet Stella an, weil sie etwas zu tun braucht.

Sie holt den Wasserkocher aus dem Schrank, wo sie ihn zusammen mit dem Tee aufbewahren. Elizabeth macht ihr Platz. Stella zieht den Stecker der Mikrowelle, damit sie Strom für den Wasserkocher bekommt.

Erst jetzt fällt ihr auf, dass all die hübschen, gemütlichen Kleinigkeiten, die Addie seit ihrem Einzug im Haus verteilt hat, nicht nur ihrem guten Geschmack geschuldet sind, sondern auch ihrem Online-Leben dienen. Stella profitiert einfach davon.

Addie bringt die letzte Fuhre Kürbisse nach draußen. Sobald sie weg ist, streicht Elizabeth Stella übers Handgelenk.

»Hi«, flüstert sie.

Stella zieht scharf Luft ein und wirft Elizabeth einen Seitenblick zu. Kleine Fältchen haben sich um ihre Augen gebildet und das Lächeln ist echt.

»Hi«, erwidert Stella. »Ich bin froh, dass du gekommen bist.«

»Ich auch.« Elizabeth senkt den Blick auf ihren Mund. »Ich …« Sie verstummt, als Addie wieder hereinkommt.

Stella füllt den Wasserkocher und schaltet ihn ein. »Hattest du schon Abendessen?«

»Nur ein spätes Mittagessen.«

»Wann hast du heute angefangen?«

»Oh, so gegen sechs.«

»Du hättest auch nach Hause fahren können.«

Elizabeth zuckt mit den Schultern. »Ich mag Pumpkin Bread wirklich gerne.«

Vielleicht ist Pumpkin Bread ja ein Euphemismus. Oder vielleicht ist das einfach nur Stellas Wunschdenken. Sie schaut kurz zu Addie, die sie verträumt beobachtet. Als sie Stellas finsteren Blick bemerkt, widmet sie sich wieder dem Kuchen, den sie mit einem Tortenglätter aus der Form löst.

Sie setzen sich ins Wohnzimmer. Das Pumpkin Bread schmeckt gut, es ist saftig und die Gewürze ausgewogen. Elizabeth und Stella loben Addie ausgiebig.

»Ich dachte, dass du nur Schminkvideos machst«, sagt Elizabeth.

»Mache ich eigentlich auch. Aber ein bisschen Abwechslung ist gut und Lifestyle-Content kommt immer gut an. Die Leute wollen sehen, wie man sein Leben lebt, selbst wenn es nicht echt ist. Niemand lebt tatsächlich so durchgeplant. Ich mache immer einen Spagat, weil ich authentisch sein will, aber gleichzeitig Inhalte zeige, die interessant und unterhaltsam sind.« Sie wendet sich an Stella. »Was hast du denn heute so gemacht, Tante Stella?«

Ihre Zufriedenheit löst sich in Luft auf. »Was soll das, Addie?«

»Hättest du es mal für dich behalten.«

Elizabeth schaut zwischen ihnen hin und her. »Was ist los?«

Stella seufzt. »Ich hatte eine Therapiesitzung.«

Elizabeth blinzelt erstaunt. »Wirklich? Das ist großartig.«

»Ich war da wohl zu stur.«

»Hat Dr. Barrett das gesagt?«, fragt Elizabeth.

»Nein, das habt ihr beide«, meint Stella. »Und ihr hattet recht.«

»Wow«, sagt Elizabeth.

»Wow«, stimmt Addie ihr zu.

»Haltet die Klappe«, murrt Stella.

»Komm mit zu mir«, bittet Elizabeth sie und mehr Überredung braucht Stella nicht. Und als Elizabeth ihr dabei zusieht, wie sie ihre Übernachtungstasche packt, fragt sie: »Addie weiß es, oder?«

»Ja«, gibt Stella zu.«

»Hm. Ich glaube, das ist gut.«

»Ich habe ihr keine Einzelheiten erzählt.« Stella versichert sich mit einem Blick, dass Elizabeth nicht sauer auf sie ist. »Es hat sich komisch angefühlt. Aber sie hat sich für uns gefreut.«

»Machst du deswegen mit der Therapie weiter?«

»Ja.« Stella nimmt ein Kleid aus dem Schrank, das die Nacht in der Tasche halbwegs knitterfrei überstehen wird. »Also, den Termin habe ich schon vor einiger Zeit gemacht, es war nicht, weil wir …«

Elizabeth schnaubt amüsiert.

»Wenn ich ganz ehrlich sein soll: Ich habe die Therapie abgebrochen, weil sie mich dazu bringen wollte, über dich zu reden. Und ich wusste, dass sie rausbekommt, was ich für dich empfinde, wenn ich erst mal damit anfange und dafür war ich noch nicht bereit.« Stella zieht den Reißverschluss der Tasche zu. »Tut mir leid.«

»Was tut dir leid?«, fragt Elizabeth sanft.

»Ich glaube, du hast es dir früher eingestanden als ich.«

»Ah. Habe ich das? Hast du mir nicht erzählt, dass du deine Lieblingsfeindin vögeln wolltest, als wir uns kennengelernt haben?«

Stella bleibt der Mund offen stehen. Sie ist ein bisschen entsetzt von Elizabeths Wortwahl, aber es macht sie auch an. »Wir müssen los. Sofort. Zieh seine Schuhe an.«

Elizabeth steht auf und schlüpft in ihre High Heels.

»Moment.« Stella schließt die Tür. »Ich will …«

Nur einen Kuss. Elizabeth tut ihr den Gefallen. Sie setzt ihre Zunge so geschickt ein, als würden sie sich schon seit Stunden, seit Jahren küssen. Damit aufzuhören, ist pure Folter.

»Gehen wir«, sagt Elizabeth leise.

Stella nickt.

Sie fahren mit zwei Autos. Stella hat am nächsten Morgen um neun ein Meeting im Sheriffs Department, aber Elizabeth muss früh auf dem Revier sein, potenziell sogar noch früher als sonst. Wahrscheinlich ist es sogar besser so. Stella nutzt die Fahrtzeit, um sich zu beruhigen. Sie will Elizabeth nicht anspringen, sobald die Wohnungstür hinter ihnen ins Schloss fällt. Sie will sich mit ihr über den Arbeitstag unterhalten und dafür sorgen, dass sie mehr isst als das Pumpkin Bread – wie ein normaler Mensch.

Sie schafft es ohne Zwischenfall durch die Tür. Elizabeth zieht ihre High Heels aus. Stella stellt ihre Flipflops daneben. Elizabeth hängt ihre Handtasche an einen Haken neben der Tür und wirft den Schlüsselbund in eine Keramikschale auf dem schmalen Beistelltisch.

Stella will gerade ihre Tasche ins Schlafzimmer bringen, doch dann ist ihr Elizabeth plötzlich ganz nah und drängt sie nach hinten gegen die Tür. Sie küsst sie erneut, genau wie in Stellas Schlafzimmer, aber dieses Mal leidenschaftlicher, nachdrücklicher. Elizabeth weiß ganz genau, was sie will. Stella lässt die Tasche los, die mit einem dumpfen Geräusch auf dem Boden landet.

Elizabeths Schlafzimmer ist ihr Ziel, um eine Ecke, den Flur hinunter und durch eine Tür. Elizabeth wird irgendwo unterwegs ihren Blazer los und Stella ihre Kapuzenjacke.

Elizabeth schubst Stella mit dem Gesicht nach unten auf das ungemachte Bett und kriecht über sie, bis ihre Hüften sich berühren. »Ich habe das ganze Wochenende an dich gedacht.«

Sie zieht Stella das Shirt aus der Jogginghose und entblößt damit ihren unteren Rücken. Mit beiden Händen streicht sie über die nackte Haut. Stellas Selbstbeherrschung ist nicht existent, also dreht sie sich mit ein bisschen Mühe um und schlingt die Beine um Elizabeths Hüften. Sie gibt einen zustimmenden Laut von sich, während sie versucht, Elizabeths Bluse aufzuknöpfen, ohne sie einfach aufzureißen. Das Bustier schiebt ihre Brüste ein wenig nach oben und Stella küsst die mit Sommersprossen übersäte Haut mit jedem Zentimeter, den sie freilegt.

Elizabeth schiebt die Hände in Stellas Jogginghose und ihren Slip. Die Berührung lässt Stella aufstöhnen und die Beine etwas weiter auseinanderschieben, bevor sie sich ein wenig aufrichtet, damit Elizabeth mehr Spielraum bekommt. Elizabeth gibt ihr einen Kuss aufs Dekolleté, knapp über dem V-Ausschnitt ihres Shirts, während ihre Finger über Stellas empfindsamste Stelle streichen und die Feuchtigkeit verteilen.

Und dann zieht sie ihre Hand zurück und gibt Stella einen Klaps auf die Hüfte. »Beweg dich.« Sie steht vom Bett auf und gibt Stella noch einen Klaps, etwas kräftiger diesmal. »Dreh dich um. Auf die Knie.«

Sie spricht leise, aber Stella erkennt einen Befehl, wenn sie einen hört und sie gehorcht hastig.

»Rühr dich nicht«, weist Elizabeth sie an. Oder ist das Captain Murphy?

Elizabeth zieht ihr die Jogginghose und den Slip über die Hüften nach unten bis zu den Knien. Stella ist komplett entblößt und verletzlich.

Ihr entfährt ein Wimmern und sie wappnet sich innerlich gegen das, was nun folgt. Elizabeth streichelt zärtlich über ihren Hintern, widmet sich dann den Innenseiten ihrer Oberschenkel und den Knien, die sie weiter auseinanderschiebt. Stella spreizt die Beine so weit, wie ihre Kleidung es zulässt. Sie ist versucht, einen Blick über die Schulter zu werfen, aber Elizabeths Anweisung war sehr deutlich und hallt noch in ihren Ohren wider.

Elizabeth gibt Stella einen Kuss auf die nackte Pobacke und fährt dann mit einem Finger zwischen ihren Schamlippen entlang, bevor sie sich weiter vorwagt und die Feuchtigkeit weiter verteilt. Stella zwingt sich, stillzuhalten, obwohl sie sich unbedingt Elizabeths Hand entgegendrängen will. Sie lässt den Kopf hängen und schließt die Augen.

Jetzt schiebt Elizabeth zwei Finger in sie und Stella entfährt bei jedem Stoß ein Wimmern. Mit der freien Hand verwöhnt sie Stellas Klit, aber es reicht nicht. Stella will mehr, härter, mehr Druck, weil sie ganz kurz davor ist, ihr Ziel zu erreichen, es aber so noch nicht schafft.

Vielleicht ist genau das allerdings Sinn und Zweck des Ganzen.

Sie hebt den Kopf und schaut über die Schulter nach hinten. Elizabeth trägt noch ihr Bustier und ihren Rock. Ihre Brille hat sie nach oben geschoben und hält sich damit die Haare aus dem Gesicht. Zwischen ihren Augenbrauen hat sich eine kleine Konzentrationsfalte gebildet.

Stella räuspert sich und Elizabeth fixiert sie mit einem strengen Blick. »Nicht bewegen, habe ich gesagt.« Sie zieht ihre Finger zurück, bewegt den Daumen jedoch weiter.

Stella schnauft und dreht sich wieder nach vorn. Schnappt sich ein Kissen und drückt es sich an die Brust. Möglicherweise wird es ihr später peinlich sein, wie sie den Hintern in die Höhe gereckt hat, aber im Moment will sie einfach nur wieder Elizabeth in sich spüren.

Doch dann fühlt sie etwas Heißes, Feuchtes und ihr geht auf, dass Elizabeth sie mit der Zunge verwöhnt. »Oh Gott«, stöhnt sie. »Oh mein Gott. Das musst du nicht machen.«

Elizabeth zieht sich ein wenig zurück. »Oh doch. Und wie.« Dann senkt sie den Kopf wieder und saugt an Stellas Klit.

Das Kissen schluckt Stellas Ächzen.

Elizabeth überrascht sie immer wieder aufs Neue. Stella ist die Sture, die sich um jeden Preis durchsetzen will und durch jedes Hindernis einfach durchprescht. Elizabeth kommt ihr dagegen diplomatischer, zurückhaltender, konservativer und bescheidener vor.

Aber offensichtlich ist sie in sexueller Hinsicht deutlich mutiger, als Stella sich je hätte träumen lassen. Wovon Stella jetzt mehr als lustvoll profitiert.

Als Elizabeth erneut mit der Zunge in sie eindringt, vergräbt Stella das Gesicht im Kissen, damit sie nicht das ganze Haus darüber informiert, wie unfassbar erregt sie gerade ist. Elizabeth stützt sich mit beiden Händen an Stellas Hüften ab und gleitet mit der Zunge tiefer zu ihrer Klitoris.

Das Kissen bekommt ganz schön viel Spucke ab, weil Stella die Zähne hineingräbt. Sie bekommt wieder dieses zittrige Gefühl, das Beben, das sie durchläuft, wenn sie kurz vor dem Orgasmus steht. Sie versucht es zurückzudrängen und sich darauf zu konzentrieren, wie sehr ihre Knie protestieren und ihr Rücken von der Position schmerzt, in der sie sich schon zu lange befindet. Dass sie ihre Jogginghose immer noch halb anhat und wie ihr Wimmern wohl klingt. Warum kann sie beim Sex nicht leise sein? Wie machen andere Leute das?

Elizabeth leckt und saugt abwechselnd an Stellas Klit und ist dabei so geschickt, dass der Höhepunkt Stella wie ein Güterzug überrollt und sie das Gesicht ins feuchte Kissen presst. Elizabeth hält sie weiter an den Hüften an Ort und Stelle.

Sie verbrennt von innen heraus. Ihr entfährt ein erstickter Aufschrei ins Kissen und sie muss den Kopf heben, um atmen zu können. Sie stöhnt erneut.

Elizabeth saugt und leckt weiter, bis Stella von einer weiteren Welle erfasst wird, ein zweiter Orgasmus, der dem ersten auf den Fersen ist. Als dieser schließlich abklingt, ist sie verschwitzt, ihr Speichel benetzt ihr Gesicht und sie weint ein bisschen.

Vorsichtig bugsiert Elizabeth sie auf die Matratze und streichelt ihr über den Rücken. »Alles gut. Ich pass auf dich auf.« Sie zieht Stella die Jogginghose über die Unterschenkel und lässt sie aus dem Bett fallen.

Stella ringt keuchend nach Atem. Sie betrachtet Elizabeth, die in ihrem Bustier und dem Rock neben dem Bett steht und die Hände in die Hüften gestützt hat. Die Brille hält noch immer ihre Haare zurück, nur ihr Lippenstift ist ein wenig verschmiert und ihr Kinn glänzt feucht.

»Okay«, sagt sie. »Ich würde das mal als Erfolg verbuchen.«

Es ist schon spät, aber sie können einfach nicht die Finger voneinander lassen. Sie dösen eine Weile, können aber der nackten Haut der jeweils anderen nur schwer widerstehen und Stella findet noch mehr Stellen, die sie berühren, mit der Zunge verwöhnen oder erforschen will.

»Wir sollten damit aufhören«, flüstert sie, während Elizabeth sich an ihrem Oberschenkel reibt.

»Nein. Hör nicht auf.« Elizabeth klingt lusttrunken. »Hör nie damit auf.«

Stella streckt die Hand aus, doch in diesem Moment klingelt es an der Tür.

Sie tauschen einen perplexen Blick miteinander, bevor Elizabeth sich vom Bett rollt. »Wie spät ist es?«

»Nach zwei«, sagt Stella und streicht sich die Haare aus dem Gesicht.

Elizabeth eilt ins Bad und kommt in ihrem Bademantel wieder heraus, dessen Gürtel sie gerade zubindet. Erneut klingelt es an der Tür. Sie fährt sich durch die Haare, doch der Versuch, ihre Frisur zu richten, ist sinnlos.

Stella zieht sich die Jogginghose über und huscht dann hinaus, um die Kleidung aufzusammeln, die sie im Gang verteilt haben. Sie schlüpft in ihre Kapuzenjacke und schließt den Reißverschluss über ihren Brüsten, stellt sich aber im Flur so, dass man sie von der Tür aus nicht sehen kann. Sie hört, wie Elizabeth aufmacht und dann eine Männerstimme, versteht jedoch die Worte nicht. Vorsichtig arbeitet sie sich etwas näher heran.

»In meiner Handtasche. Ich habe es nicht gehört«, sagt Elizabeth.

»Wir haben dich dreimal angerufen. Ich habe mir Sorgen gemacht. Du gehst sonst immer ran.«

Jetzt erkennt Stella die Stimme.

»Es geht mir wirklich gut, Sam. Ich habe nur mein Handy nicht klingeln hören. Bring mich auf den neuesten Stand.«

»Wir haben den Bruder des Manns festgenommen«, erwidert Lieutenant Warren. »Wir behalten ihn über Nacht in Gewahrsam und versuchen morgen früh, ihn zu knacken.«

»Okay. Gute Arbeit.«

»Bist du dir sicher, dass es dir gut geht? Du bist ganz rot und hast einen riesigen Kratzer am Hals.«

»Ja, absolut sicher. Das ist nichts.«

»Lass mich mal sehen.«

»Nein, Sam, ich ...«

Stella umrundet die Ecke. »Es geht ihr gut, Lieutenant«, sagt sie und kehrt dabei die strenge Staatsanwältin raus.

Elizabeth wirft ihr einen Seitenblick zu und schließt dann die Augen.

Warren schaut sie perplex an. »Stella?«

»Wir haben das Handy nicht gehört«, wiederholt Stella Elizabeths Worte. »Aber wie Sie sehen, geht es ihr gut.«

Warren starrt sie mit offenem Mund an, dann huscht sein Blick zurück zu Elizabeth im Bademantel, ihren geröteten Wangen, dem Kratzer, den zerzausten Haaren und es dämmert ihm wohl, dass sie für zwei Uhr morgens enorm wach aussieht. »Oh.«

»Gute Nacht, Lieutenant«, sagt Stella.

Warren schaut wieder zu ihr. »Okay. Also … okay.«

»Wir sehen uns morgen.« Elizabeth greift an ihm vorbei und öffnet die Wohnungstür.

»Ja«, sagt er. »Nacht, Captain.«

»Gute Nacht.« Elizabeth schließt die Tür hinter ihm und dreht sich dann zu Stella um. »Das hättest du nicht tun sollen.«

»Ich weiß.«

Elizabeth reibt sich die Stirn. »Fuck.«

Stella zuckt zusammen. Und dann noch einmal, als Elizabeth an ihr vorbei ins Bad marschiert und die Tür hinter sich zuknallt.

Kapitel 19

Stella überlegt, ob sie gehen soll. Dass Elizabeth wütend ist, ist offensichtlich. Wenn Ron wütend auf sie war, wollte er immer, dass sie sich vom Acker machte, weil er ihren Anblick kaum ertrug. Aber sie will nicht den Rest der Nacht, den nächsten Tag oder irgendeine Zeitspanne mit der Frage verbringen, wie sie nun zueinander stehen.

Es war so schön zwischen ihnen.

Sie wartet fünf Minuten und klopft dann leise an die Badezimmertür. »Elizabeth?« Ihre Stimme klingt unsicher und zittrig. »Komm bitte raus und rede mit mir.«

Eigentlich erwartet sie nicht, dass ihre Bitte erhört wird. Dafür hat sie zu viele Streits mit Ron durch geschlossene Türen geführt, wenn er sich im Gästezimmer oder im Bad verschanzt hat.

Wenn er dann irgendwann wieder rauskam, ist er oft direkt zu einem Treffen der Anonymen Alkoholiker gegangen. Dann saß sie allein herum und hat darauf gewartet, dass er nach Hause kam. In der Regel war er auch dann noch wütend. Sie hasste diese Streits, wenn sie mal wieder eine seiner unausgesprochenen Regeln gebrochen hatte, von deren Existenz sie nichts wusste, und dann auf Vergebung hoffen musste, die oft lange auf sich warten ließ.

Aber Elizabeth öffnet die Tür. Sie hat offenbar geweint.

»Es tut mir leid«, sagt Stella. »Ich konnte den Gedanken nicht ertragen, dass er dich anfasst.«

Elizabeth wirft sich ihr in die Arme. »Mir tut es auch leid. Ich schäme mich nicht für dich, Stella. Auch nicht für das mit uns.«

Stella ist überrascht, drückt sie aber fest an sich. Es ist ihr gar nicht in den Sinn gekommen, sich dafür zu schämen.

»Das weiß ich. Aber ich hätte nicht einfach so … Es ist deine Sache, wie du es deinem Team sagen willst.« Sie zögert, fügt dann aber hinzu: »Oder ob du es ihnen überhaupt sagen willst.«

Elizabeth lehnt sich ein wenig zurück, um Stella anzusehen. »Ich habe Sam sehr wehgetan, weil er viel mehr Gefühle für mich hatte als ich für ihn. Ich habe wirklich gerne Zeit mit ihm verbracht und wollte mich so in ihn verlieben wie er sich in mich, aber es ging einfach nicht.« Ihr versagt die Stimme. »Jedes Mal, wenn Sam mich berührt hat, habe ich überhaupt nichts empfunden. Ich hatte einfach kein Interesse an ihm und das war nicht fair. Also musste ich mich zurückziehen, aber ich konnte ihm den Grund nicht sagen.«

Stella wischt ihr die Tränen mit dem Daumen weg, bevor sie ihr einen zärtlichen Kuss gibt. »Sam ist ein guter Mann. Er wird nicht überall herumerzählen, was er gesehen hat.«

Elizabeth nickt, schnieft jedoch immer noch. »Ich habe mir solche Sorgen gemacht, als er angeschossen wurde. Er hat gedacht, dass ich unserer Beziehung noch eine Chance geben will. Aber da waren meine Gefühle für dich schon so stark, auch wenn ich davon ausgegangen bin, dass daraus nie etwas wird. Niemand außer dir kam für mich infrage.«

Jetzt steigen Stella Tränen in die Augen. »Niemand außer dir«, wiederholt sie. »Das verstehe ich so gut.«

Elizabeth umarmt sie erneut.

»Lass uns schlafen gehen«, meint Stella. »Ein paar Stunden sind besser als nichts.«

Sie kriechen wieder ins Bett. Elizabeth macht das Licht aus und schläft fast sofort ein. Stella kuschelt sich an sie, liegt aber noch etwas länger wach und denkt über den Schmerz nach, den Elizabeth ertragen musste. Weil sie ihr ganzes Leben lang gegen etwas angekämpft hat und versucht hat, jemand zu sein, der sie nicht ist. Warum hat sie so lange gewartet?

Und was ist so besonders an Stella, dass sie dem Wunsch bei ihr nachgegeben hat?

Egal, was es ist, Stella ist froh, dass sie zueinandergefunden haben, froh, jetzt hier zu sein, Haut an Haut. Sie beobachtet, wie das Licht der aufgehenden Sonne den Raum immer heller werden lässt.

Addie kommt am Samstagvormittag mit zwei großen Taschen voller Päckchen von der Post zurück. Alles Produkte, die Firmen ihr zuschicken.

Stella setzt sich mit ihrem Kaffee auf die Couch und schaut ihr dabei zu, wie sie alles in beschriftete Plastikboxen sortiert und dabei ab und zu Dinge auf ihren Armen testet. Als darauf kein Platz mehr ist, nutzt sie Stellas hellere Haut und postet dabei das Video oder Foto direkt von ihrem Handy aus.

Ein paar Minuten später vibriert ihr Smartphone. Addie grinst. »Sie wollen wissen, wer du bist.«

»Wer will das wissen?«

»Meine Abonnenten.« Sie hat kürzlich den Meilenstein von einer halben Million erreicht. »Sie wissen, dass das nicht mein Arm ist. Darf ich ein Foto von dir machen?«

»Oh nein. Auf keinen Fall.« Es war eine lange Woche. Am Dienstag hat sie sich ein wenig von der durchgemachten Nacht bei Elizabeth erholt und dann ein paar Dinge für das neue Projekt vorbereitet. Am Mittwoch, Donnerstag und Freitag standen Meetings an. Heute hat sie ausgeschlafen und trägt nun immer noch ihren Schlafanzug.

»Wir machen einfach einen Filter drüber. Komm schon.«

Sie stellen sich vors Fenster und gehen die verschiedenen Filter durch, bis sie einen finden, der ihnen Katzenohren und Schnurrhaare verpasst. Ihre Gesichter werden dabei glatt und rund und ihre Augen sind riesig.

Nachdem Addie das Foto gepostet hat, hört ihr Handy gar nicht mehr auf zu vibrieren, und rutscht dabei fast vom Tisch. »Es gefällt ihnen. Sie meinen, dass wir uns ähnlich sehen.«

»Wissen Sie nicht, dass du bei mir wohnst?«

»Doch schon, aber inzwischen ist es eine echt große Sache, weil dich noch nie jemand gesehen hat«, erklärt Addie. »Ich habe versucht, dein Leben da rauszuhalten.«

»Danke. Das ist jetzt wohl vorbei.«

»Na ja, du bist nicht mehr so traurig. Es geht dir viel besser.«

»Das stimmt.«

»Wie läuft es denn mit Elizabeth?«

Stella hat ihr erzählt, was passiert ist und dass sie Elizabeth zum Weinen gebracht hat. Dass sie wusste, was richtig gewesen wäre, dann aber anders gehandelt hat. Wie Elizabeth ihr verziehen hat.

Ein Zwischenfall wie dieser hätte in ihrer Ehe ewig vor sich hin gebrodelt und es fühlt sich immer noch an, als würde jeden Moment eine Katastrophe über sie hereinbrechen. Aber Elizabeth hat sie diese Woche jeden Tag angerufen und holt sie später zum Abendessen ab. Gerade ist sie in ihrer Wohnung mit Hausarbeit beschäftigt, die sie am vorherigen Wochenende vernachlässigt hat, wie einkaufen gehen, Wäsche waschen und Rechnungen bezahlen.

»Okay, denke ich. Sie hat mit Sam geredet und er hat gesagt, dass er es versteht.«

»Es liegt nicht an dir, sondern an mir.« Addie öffnet die Verpackung eines neuen Blushs. »Der Klassiker.«

»Manchmal stimmt es eben.« Stella hat angeboten, Lieutenant Warren selbst anzurufen und die Sache auszubügeln, aber Elizabeth hat abgelehnt, weil das ihrer Meinung nach nicht hilfreich wäre.

Addie macht ein weiteres Foto mit ihrem Handy. »Käme es für dich vielleicht infrage, dich auf meinem Kanal zu zeigen?«

»Was?« Stella packt gerade noch den Kartonstapel, der sich gefährlich zur Seite neigt. »Warum?«

»Weil du mir wichtig bist.«

»Na ja, was müsste ich denn tun?«

»Ich würde dich schminken. Ich habe Hoffnung, dass Elizabeth sich auch bereit erklärt.«

»Hast du sie schon gefragt?«

»Noch nicht.« Addie begutachtet einen Haufen einzeln verpackter Lidschattenfarben. »Wir schauen ja eine Menge Make-up-Videos zusammen, oder?«

Stella nickt.

»Die meisten meiner Abonnenten sind irgendwo zwischen zwanzig und Mitte dreißig. Sie finden es bestimmt cool, Frauen in anderen Altersklassen und Schminktechniken bei unterschiedlichen Generationen zu sehen.«

Stella lacht. »Das war sehr diplomatisch ausgedrückt. Du kannst ruhig alte Haut sagen.«

»*Reife* Haut nennt die Kosmetikindustrie das.«

»Du weißt, dass wir alles für dich tun«, sagt Stella. »Also mache ich, was immer du willst.«

Addie schaut auf ihr Handy. »Was hast du heute vor?«

Stella duscht und richtet ihre Haare, bevor sie sich ewig nicht entscheiden kann, was sie anziehen soll. Addie schlägt etwas Schlichtes vor, in einer kräftigen Farbe, aber Stella hat nur Kleidung in Schwarz, Weiß oder mit pinkem Blumenmuster im Schrank. Sie ruft Elizabeth an.

»Hi«, begrüßt Stella sie. »Pass mal auf, Addie hat mich gefragt, ob sie mich für eins ihrer Videos schminken darf, und ich habe Ja gesagt.«

Elizabeth schnaubt leise. »Ach ja? Warum?«

»Weil ich sie lieb habe! Du kannst dich später über mich lustig machen, aber ich habe nichts zum Anziehen. Es darf nichts mit Musterdruck sein, möglichst einfarbig. Irgendwie beschreibt sie da eher den Inhalt deines Kleiderschranks.«

»Ah, okay. Zieh das blaue Kleid mit den kleinen Goldknöpfen an. Das mit dem maritimen Look.«

»Wirklich?« Stella holt das Kleid aus dem Schrank. »Ist das nicht zu dunkel?«

»Ich finde dich sehr hübsch darin.«

»Okay, ich vertraue dir. Ach, du bist übrigens als Nächste fällig. Addie entkommt niemand.«

»*Ha!* Sie kann es ja mal versuchen«, sagt Elizabeth. »Bis nachher, Stella Anne.«

Sie zieht das Kleid an. Eigentlich hat sie es mit Absicht länger nicht getragen, weil der Stoff kaum nachgibt und sie so lange so viel Junkfood gegessen hat, aber jetzt passt es gut. Der Reißverschluss lässt sich problemlos schließen.

Addie wartet schon, als Stella zu ihr ins Zimmer kommt. Die eine Hälfte des Raums ist als Filmset vorbereitet, die andere sieht durch die Berge von Kleidung, Make-up und Schuhen aus wie im Schlussverkauf eines ziemlich exklusiven Warenhauses.

»Oh, das sieht gut aus«, sagt Addie und mustert Stella von oben bis unten. Stella fühlt sich dabei, als hätte sie eine Klassenarbeit mithilfe von Elizabeths Unterrichtsmitschriften bestanden.

Auf einem Fernsehtablett stapeln sich Schminkutensilien und alle Scheinwerfer sind eingeschaltet. Als Nächstes bekommt Stella die Grundlagen erklärt, zum Beispiel dass sie in die Linse und nicht auf den Sucher oder Bildschirm schauen soll. Was unverfängliche Themen sind, falls das Gespräch ins Stocken gerät. Und Addie zeigt ihr eine Liste mit Fragen, die sie Stella stellen will.

»Ich verspreche auch, dass ich den heißen Lesbensex nicht erwähnen werde, den du neuerdings hast.«

Stella verdreht die Augen. »Ja, das weiß ich zu schätzen. Danke.«

»Ich zeige dir das fertige Video dann vor dem Upload und wenn dir was nicht gefällt, schneiden wir es raus, okay?«

Stella nickt. Sie stand früher im Gericht immer mal vor Kameras und der Trick besteht darin, diese zu ignorieren. Vermutlich ist es mit dem Gefühl, beobachtet zu werden und Leute zu unterhalten, genauso.

Addie sorgt innerhalb kürzester Zeit dafür, dass Stellas Nerven sich beruhigen, indem sie einen munteren Redefluss am Laufen hält und über die Produkte spricht, die sie verwendet. Sie trägt einen Primer auf Stellas Gesicht auf und mischt dann zwei Foundations miteinander, um einen Ton zu bekommen, der besser zu Stellas Haut passt als alles, was sie sich je im Drugstore gekauft hat.

Das Gefühl des feuchten Schwämmchens, mit dem Addie ihre Haut betupft, ist entspannend. Das macht es ihr leichter, über sich selbst zu sprechen. Sie beantwortet die Small-Talk-Fragen darüber, wo sie aufgewachsen ist und studiert hat, welches Beauty-Produkt sie am liebsten nutzt und was die drei wichtigsten Dinge in ihrer Handtasche für sie sind.

»Kaugummi«, sagt sie. »Mein Handy und ein Notfall-Schokoriegel.«

Aber Addie nutzt ganz schön viel Make-up: Primer, Foundation, Concealer, Puder, Bronzer zum Konturieren und Blush. Allein das dauert eine Stunde.

Sie machen eine Pause, damit Stella aufs Klo gehen und sich etwas zu trinken holen kann. Sie wäscht sich die Hände im Bad und mustert sich im Spiegel. Es fühlt sich an, als würde sie eine Maske tragen, aber ihre Haut sieht makellos und wunderschön aus, insbesondere weil sich die Schminke noch nicht in den Fältchen um ihre Augen abzeichnet.

Zurück vor der Kamera fragt Addie: »Was magst du am meisten am Zusammenleben mit mir?«

»Genau das: dass wir zusammen leben. Es ist wundervoll, wenn wir Zeit miteinander verbringen können, auf der Couch sitzen und YouTube schauen oder etwas spielen oder uns einen Drink im Garten genehmigen. Ich habe dich einfach lieb. Und du hast dieses Haus so viel mehr zu einem Zuhause gemacht. Du hast ein Händchen für die kleinen Dinge, wie Kerzen oder Dinge so hinstellen, dass es hübsch aussieht, oder ab und zu mal frische Blumen mitbringen.«

Addie lächelt. »Danke.«

»Sehr gern, Schätzchen.«

»Okay, was ist das Schlimmste am Zusammenleben mit mir?«

»Na ja, da ich *monatelang* nichts von diesem Kanal wusste, würde ich sagen: deine Geheimnisse.«

»Oh, du möchtest über Geheimnisse sprechen?«, fragt Addie.

»Wir reden gerade über dich.« Stella lacht.

»Diese Frau hat ein paar richtig gute Geheimnisse, Leute«, sagt Addie in die Kamera. »Aber das heben wir uns für ein anderes Video auf.«

Addie schminkt sie mit drei verschiedene Lidschatten, lässt aber den Eyeliner weg, weil Stella so tief liegende Augen hat, dass man den sowieso nicht sehen würde, sobald die künstlichen Wimpern angeklebt sind.

Nachdem das Make-up fertig ist, filmen sie ein paar Glamour-Shots, wie Addie sie nennt, bei denen Stella auf ihrem Stuhl sitzt und den Kopf kokett von einer Seite zur anderen dreht. Das fühlt sich furchtbar gestellt an, aber danach muss Stella schon zugeben, dass sie wirklich gut aussieht – auch wenn der Prozess bis zu diesem Ergebnis über zwei Stunden gedauert hat.

»Wie lange brauchst du zum Schneiden?« Sie streicht mit einem Finger über die künstlichen Wimpern. Sie fühlen sich schwer und ungewohnt an.

»Ein paar Stunden. Ich kann heute Abend damit anfangen.«

»Und wie lange brauche ich, um das Zeug wieder loszuwerden?«

Addie wirft ihr einen entsetzten Blick zu. »Du kannst dich nicht abschminken, bevor Elizabeth dich sieht! Ich schicke ihr ein Foto.«

»Schätzchen, sie hat zu tun. Lass sie in Ruhe.«

»Setz dich.« Addie deutet auf den Stuhl. »Nur eben hier ein bisschen …« Sie zupft Stellas Haare zurecht. »Okay. Jetzt schau nach unten und dann wieder hoch, wenn ich es sage, okay?« Sie schnappt sich ihr Handy und geht auf die andere Seite des Zimmers. »Mach dein Gesicht locker.«

Stella entspannt die Lippen und hört auf, die Zähne zusammenzubeißen.

»Jetzt! Hochschauen!«

Sie zieht eine Augenbraue nach oben und neigt den Kopf ein wenig zur Seite beim Aufschauen.

Addie macht ein Foto von ihr. »Oh Mann. Das ist perfekt.«

»Lass mich das sehen, bevor du es wegschickst«, verlangt Stella, doch Addie tippt bereits auf dem Display herum.

»Zu spät. Jetzt kannst du es sehen.«

Sie hält ihr das Handy hin, aber als Stella ihre Brille aufsetzen will, kollidiert diese mit den künstlichen Wimpern. Sie nimmt Addie das Gerät aus der Hand und zoomt das Bild mit zwei Fingern größer.

Tatsächlich ist die Aufnahme ziemlich gut geworden.

Und Elizabeth antwortet, während Stella das Handy noch in der Hand hat. Als Absender der Nachricht wird *Tante Liz* quer im oberen Teil des Displays angezeigt und der Inhalt ist eine lange Reihe von Emojis mit Herzchenaugen.

»Möchtest du mit uns essen gehen?«, fragt Stella. Sie hat das blaue Kleid gegen Jogginghose und Pullover eingetauscht und steht nun vor dem geöffneten Kühlschrank. Der ist ziemlich leer. Stella hat heute schon zwei Maschinen Wäsche gewaschen und die Küche aufgeräumt. Vielleicht hätte sie auch einkaufen gehen sollen, aber sie geht nie ohne absolute Notwendigkeit an einem Samstag in einen Supermarkt.

»Ich muss um acht auf ein Event«, antwortet Addie.

»Was für eins?«

»Milani Cosmetics stellt neue Produkte vor.«

»Kellnerst du nicht normalerweise am Wochenende?« Stella schließt die Kühlschranktür wieder.

»Ich habe den Job im Restaurant vorletzte Woche gekündigt.«

»Wirklich? Warum hast du mir das nicht erzählt?«

»Du und Elizabeth, ihr habt gerade genug um die Ohren. Außerdem war es auch nicht weiter wichtig.«

»Mir ist es wichtig. Ich will wissen, was in deinem Leben passiert«, schimpft Stella sie liebevoll. »Warum hast du dich jetzt doch dafür entschieden?«

»Ich musste jedes Mal andere Events sausen lassen, wenn ich die Wochenendschicht hatte, und irgendwann habe ich mir die Frage gestellt, warum ich Leuten schlechte Steaks serviere, wenn ich doch zu Veranstaltungen gehen könnte, die mir deutlich mehr Geld einbringen. Dann haben mich neulich abends ein paar Mädchen erkannt und wollten Fotos mit mir machen. Da habe ich entschieden, dass der Zeitpunkt gekommen ist.«

»Oh mein Gott! Du bist berühmt!«, neckt Stella sie.

»Nein, die waren vierzehn oder so.«

»Schätzchen, wenn das so weitergeht, solltest du ernsthaft darüber nachdenken, deinen Eltern von deinem richtigen Job zu erzählen.«

»Lalala.« Addie hält sich die Ohren zu. »Darüber will ich gerade nicht reden.«

»Glaub mir, ich habe den Großteil meines Lebens schwierige Gespräche mit meinen Eltern aufgeschoben und vieles wäre glatter gelaufen, wenn ich ihnen einfach die Wahrheit gesagt hätte, anstatt zu warten, bis es mich in den Hintern beißt.« Ron hat so was ständig gesagt und es ist genau die Art von Ratschlag, den sie in Addies Alter ignoriert hätte.

Wahrscheinlich hatte Ron recht.

»Ich lasse es mir gründlich durch den Kopf gehen. Pfadfinderehrenwort«, sagt Addie.

»Okay.« Stella macht eine wegwerfende Handbewegung. »Aber davon mal abgesehen, ist dein Schmink-Ding doch erst um acht, also kannst du vorher mit uns essen gehen.«

»Nein, ihr habe euer Date …«

»Wir können danach noch Date-Sachen machen. Ich will, dass du Zeit mit Elizabeth verbringen kannst und sie freut sich immer auf dich.«

Addie gibt nach. »Okay.«

»Mit wem gehst du heute Abend auf das Event?«

»Mit niemandem. Ich will auch nicht lange bleiben, also husche ich nur rein, hole mir meine Gratistüte ab, genehmige mir einen Drink und fahre dann wieder nach Hause.«

»Du gehst allein?« Stella zieht die Augenbrauen nach oben. »Ist das denn sicher? Wo findet die Sache statt?«

»Mach dir keine Sorgen. Im Carondelet House, zwischen dem Wilshire und Rampart Boulevard.«

»Wir könnten zum Essen nach Westlake fahren, das ist ganz in der Nähe deines Events. Dann setzen wir dich ab und sammeln dich anschließend wieder ein.«

»Ihr könnt mich gerne absetzen, aber ich nehme mir einen Lyft nach Hause«, sagt Addie. »Ich muss mich fertig machen.«

Elizabeth kommt früh zu ihnen. Stella trägt noch ihre Jogginghose und den Pullover. Elizabeth grinst, als sie sie sieht. »Ich musste unbedingt mit eigenen Augen sehen, wie hübsch du gerade bist.«

»Es fühlt sich an, als würde ich eine Totenmaske tragen«, meint Stella. »Das ist nichts für jeden Tag.«

»Nein, aber du siehst wirklich gut aus.«

»Vielen Dank.«

»Kann ich … Ich meine, ich will deinen Lippenstift nicht verschmieren.« Sie wartet auf Erlaubnis, hat die Hand aber schon ausgestreckt.

»Oh, das ist einer von denen, die nicht abfärben. Mach ruhig.« Sie küssen sich kurz, dann noch mal länger und zärtlicher.

Schließlich löst Elizabeth sich wieder von ihr. »Wo möchtest du essen gehen?«

»Würde es dir was ausmachen, wenn wir Addie mitnehmen? Sie muss um acht auf eine Veranstaltung und wir können sie absetzen. Das ist nicht gerade romantisch, aber …«

»Addie will mitkommen? Oh, toll!«

»Aber offensichtlich ist das okay für dich«, beendet Stella ihren Satz trocken. »Westlake ist nicht weit weg.«

Elizabeth wirft einen Blick auf ihre Uhr und holt dann ihr Handy aus der Tasche. »Lass mich kurz telefonieren und hören, ob es zu spät für eine Reservierung ist.«

Sie trägt eine dunkle Jeans mit einer elfenbeinfarbenen Bluse und schwarzen Absatzschuhen. Damit passt sie in ein schickes Restaurant, aber es wäre auch nicht abwegig, wenn sie sich nur irgendwo was zu essen mitnimmt.

Addie kommt zurück. Sie hat sich für ein schwarzes, mit Spitze besetztes Cocktailkleid und High Heels entschieden.

»Na toll«, murmelt Stella und schlurft in ihr Schlafzimmer.

Elizabeth folgt ihr ein paar Minuten später, doch sie steht nur schon wieder unschlüssig vor ihrem Kleiderschrank. »Wir haben einen Tisch im Pacific Dining Car in einer halben Stunde und … Was ist los?«

»Ihr beide seid so hübsch und ich sehe neben dir wie ein Autounfall aus!«, murrt Stella.

»Wir haben uns gerade eben darüber unterhalten, wie attraktiv du bist«, erwidert Elizabeth. »Ich trage Jeans.«

»Alles in meinem Schrank ist furchtbar!«

»Das blaue Kleid sah gut aus. Zieh das wieder an.«

Stella runzelt die Stirn. »Findest du das im Vergleich zu euch nicht zu altbacken?«

»Nein. Und damit hast du zumindest eine Garantie auf Sex nachher.«

»Wie geht es Ihnen?«, fragt Dr. Barrett.

Stella rutscht auf ihrem Sessel herum. »Okay. Gut.«

»In unserer letzten Sitzung haben wir über Elizabeth gesprochen«, sagt Dr. Barrett mit einem Blick auf ihre Notizen.

»Ja. Endlich.«

Dr. Barrett lächelt. »Wie läuft es denn mit ihr?«

»Wirklich gut. Aber ich glaube, wir hatten einen Streit.«

»Sie glauben?«

»Nein, anders. Ich habe einen Fehler gemacht«, korrigiert Stella sich. »Ich bin zu weit gegangen, aber ich habe mich dafür entschuldigt und sie hat mir verziehen.«

»Hat Sie das überrascht?«, fragt Dr. Barrett. »Dass Ihre Entschuldigung angenommen wurde?«

»Ron war nicht … Na ja, man soll ja nicht schlecht über Tote sprechen, aber er war nicht der Typ Mensch, der leicht vergibt. Er war oft nachtragend.« Stella zuckt mit den Schultern. »Und die Ehe mit mir war nicht leicht.«

»In diesem Raum können Sie über Ihren verstorbenen Mann sagen, was immer Sie wollen. Ich finde nicht, dass Sie schlecht über ihn reden. Sie sind nur ehrlich.«

Stella nickt. »Okay.«

»Und Sie und ich wissen beide, dass die schwierigen Aspekte Ihrer Ehe nicht verschwinden, nur weil Sie trauern.«

»Sie meinen also, dass ich ihn ein Arschloch nennen und ihn trotzdem vermissen kann.«

»Elizabeth ist nicht nachtragend?«

Darüber denkt Stella einen Moment lang nach. »Elizabeth ist sehr … Wie nennt man das … beherrscht trifft es vielleicht. Selbst wenn sie wütend ist, bleibt sie ruhig. Ich hatte erwartet, dass sie mir die kalte Schulter zeigt, aber das hat sie nicht getan.«

»Das ist gut, oder nicht?«

»Ja, aber es bleibt diese vage Vermutung, dass sie nur wartet, um es mir heimzuzahlen.« Stella glaubt nicht wirklich, dass Elizabeth irgendetwas dergleichen tun wird, aber sie kann die Worte trotzdem nicht zurückhalten.

Dr. Barrett schreibt etwas auf.

»Ich erwarte das eigentlich nicht, aber ich werde dieses Gefühl einfach nicht los, das mir im Nacken sitzt.«

»Sie haben letztes Mal erzählt, dass Elizabeth auch schon einmal verheiratet war. Mit einem Mann?«

»Ja«, sagt Stella. »Und laut ihren Erzählungen mit einem Mann, neben dem Ron wie ein charmanter Prinz aussieht.«

»Wie war ihre Ehe?«, hakt Dr. Barrett nach. »Soweit Sie wissen.«

»Na ja, zum einen war er Alkoholiker. Das war Ron auch, aber er hat ungefähr zu der Zeit mit dem Trinken aufgehört, als wir uns kennengelernt haben. Elizabeths Ex-Mann hat außerdem gespielt und sie schließlich mit drei kleinen Kindern sitzen lassen.«

»Oft tragen wir noch das Echo unserer vorherigen Beziehungen in uns, wenn wir eine neue eingehen, und die meisten von uns haben einen bestimmten Typ Mensch, zu dem sie sich hingezogen fühlen. Aber jede Partnerschaft ist anders und ich glaube, Ihre Vorahnung rührt daher, dass Sie von Elizabeth erwarten, dass sie wie Ron reagiert.«

Stella nickt. »Sie ist nicht Ron.«

»Nein.«

»Das mag ich an ihr. Ron war immer ruhig und hat einen kühlen Kopf bewahrt – bis er einen Aussetzer hatte. Als wir uns kennengelernt haben, war er so attraktiv und charmant, dass ich nicht mit einem cholerischen Charakter gerechnet habe.« Sie schaut auf Dr. Barretts Hände, die sie im Schoß gefaltet hat. »Sie sind verheiratet?«

»Ja. Seit acht Jahren.«

»Zum ersten Mal?«

Dr. Barrett lacht leise. »Bis jetzt, ja.« Sie mustert Stella freundlich. »Das ist die erste persönliche Frage, die Sie mir stellen.«

»Seelenklempner sollen doch nicht über sich selbst reden, oder? Sollen Sie nicht nur zuhören?«

»Manche Leute zeigen großes Interesse an ihren Therapeuten«, sagt Dr. Barrett. »Insbesondere Menschen mit Ihren Fähigkeiten. Leute, die die menschliche Natur studieren. Die ihren Lebensunterhalt damit verdienen, andere einzuschätzen. Tatsächlich hatte ich deswegen ein wenig Bedenken. Sie schienen keinerlei Interesse an mir oder dem zu haben, was wir hier gemeinsam erarbeiten.«

»Das stimmt nicht! Ich bin zwar nicht mehr zu Ihnen gekommen, habe aber viele der Techniken angewendet, die Sie mir beigebracht haben. Ich habe Ihre Stimme ständig in meinem Kopf gehört. Und ich habe bemerkt, dass Sie die Haare kürzer tragen. Beweis erbracht.«

»Beweis erbracht«, wiederholt Dr. Barrett grinsend.

»Ich habe nur das Gefühl, als hätte ich lange geschlafen und würde nun langsam aufwachen und wieder auftauen. Ich dachte, dass ich nichts habe, für das sich das Aufwachen lohnt, aber jetzt gibt es so viele schöne Dinge in meinem Leben und ich habe Angst, dass ich sie vielleicht nicht verdiene.« Sie wischt sich über die Augen. »Weil ich schon ein paar nicht so tolle Dinge getan und ein paar dumme Entscheidungen getroffen habe. Und jetzt bin ich hier, glücklich und verliebt? Wie kann das fair sein?«

Dr. Barrett lehnt sich nach vorn. »Jeder verdient Liebe, Stella. Und das Leben ist nicht fair. Auf diese beiden Dinge können Sie sich immer verlassen.«

Stella verschränkt die Arme und schnieft leise. »Haben Sie noch Hausaufgaben für mich?«

Dr. Barrett lehnt sich wieder zurück und überlegt einen Moment. »Wie wäre es, wenn Sie Elizabeth die Entscheidung überlassen, ob Sie ihrer Liebe würdig sind? Wenn Sie sie Ihnen schenken will, dann sind Sie würdig.«

»Wissen Sie noch, als meine Hausaufgabe darin bestand, das Haus zu verlassen?«, fragt Stella. »Das war einfach.«

»Das war eine Hausaufgabe für die schlafende Stella. Jetzt sind Sie wach.«

»Ja«, stimmt Stella ihr zu. »Das stimmt wohl.«

Kapitel 20

»Weißt du was? Ich werde ihnen einfach eine E-Mail schicken«, sagt Addie am Montag vor Thanksgiving.

Die Gerichtsverhandlung für den Fall der unrechtmäßigen Inhaftierung findet heute endlich statt und Stella ist beim Fertigmachen ein wenig unter Zeitdruck. Sie muss nur ihre professionelle Meinung dazu abgeben, wie die Polizei die Gesetzeslage interpretiert hat, aber Pünktlichkeit ist dabei Pflicht.

»Wem willst du deine E-Mail schicken?« Sie sucht unter dem Couchtisch nach ihren Schuhen.

»Mama und Daddy. Wegen meines YouTube-Kanals.«

Stella fährt zu ihr herum, stößt sich dabei aber prompt den Kopf am Tisch. »Au! Verdammt!«

Addie eilt zu ihr. »Alles okay?«

Stella betastet die Beule an ihrem Hinterkopf und richtet sich langsam auf. »Es blutet nicht.« Aber es tut weh und wird wahrscheinlich mit Kopfschmerzen enden. »Ist das mit der E-Mail wirklich die beste Lösung?«

»Ja.« Addie klingt jedoch alles andere als selbstsicher. »Weil ich zu Thanksgiving nicht nach Hause fahre. Damit haben sie bis Weihnachten Zeit, sich an den Gedanken zu gewöhnen.«

»Das können sie auch, wenn du sie anrufst«, sagt Stella. Plötzlich fällt ihr wieder ein, wo ihre Schuhe sind. Neben Elizabeths in deren Wohnung. Offenbar ist sie in Flipflops nach Hause gefahren. Shit.

»Sie sind schon sauer auf mich, weil ich sie zu Thanksgiving nicht besuche. Und ich habe auch schon angefangen, die E-Mail zu formulieren.«

Stella geht in ihr Schlafzimmer, um sich ein anderes Paar Schuhe zu holen. In vier Minuten muss sie los.

Addie folgt ihr. »Soll ich dir vorlesen, was ich schon habe?«

»Schätzchen, ich muss zur Arbeit.«

»Nicht jetzt natürlich«, murmelt Addie.

Stella fasst sie an den Schultern. »Hör mal zu, Kleines. Ich hab dich lieb und möchte das mit dir besprechen, aber ich muss los. Und ich vermute, dass du schon um halb acht auf bist, weil du nicht geschlafen hast. Also geh ins Bett und wir reden darüber, wenn ich wieder zu Hause bin.«

»Na gut.«

Stella gibt Addie einen Kuss auf die Wange und hinterlässt dabei einen Lippenstiftabdruck. Ihre Nichte sieht ohne Make-up so jung aus. Stella macht sich Sorgen um sie. Ihr Kanal läuft gut, aber sie arbeitet praktisch rund um die Uhr, filmt, bereitet Aufnahmen vor oder schneidet Videos. Und jetzt, wo sie nicht mehr im Restaurant arbeitet, hat sie auch kaum noch Freunde.

Thanksgiving wird ihr guttun. Immerhin kommt Josh zu Besuch, mit dem Addie reden kann. Elizabeths ältester Sohn Michael hat sich auch angekündigt und bringt seine Freundin mit.

Auf dem Weg zum Gericht denkt sie an Elizabeth, die gerade voll im Herbstdeko-Modus aufgeht. Ein Kranz aus roten und gelben Blättern an der Tür. Kleine Kürbisse überall in der Wohnung. Eine Türmatte mit einem typischen Thanksgiving-Füllhorn. Eine Keramikvogelscheuche auf dem Esstisch. Sie hat sogar ihre Bettwäsche gegen rostbraun-orange karierte Laken und eine waldgrüne Tagesdecke plus Dekokissen in Kürbisform ausgetauscht.

»Oh«, hat Stella gesagt, als sie das letzte Mal bei ihr übernachtet hat. »Sehr festlich.«

»Ich liebe die Feiertage.« Elizabeth klang ein bisschen verträumt.

Dieser Satz hat in Stella ein Gefühl ausgelöst, das sie am Anfang ihrer Zusammenarbeit mit Captain Murphy oft hatte: Stella war sich nie sicher, ob sie ihr eine reinhauen oder mit ihr schlafen wollte. Vielleicht ein bisschen von beidem.

Auf die Feiertage hat Stella sich nie besonders gefreut. Sie mag Halloween wegen der Süßigkeiten, aber Thanksgiving und Weihnachten waren für sie immer unliebsame Pflichtveranstaltungen, insbesondere seit dem Umzug ans andere Ende des Lands. Noch nie hat sie alles stehen und liegen gelassen, um zu ihrer Familie zu fliegen.

Und dabei geht es auch nicht um Ron. Sie hat schon eine Feiertagssaison ohne ihn durchgestanden, auch wenn sie absolut keine Ahnung hat, wie sie das letzte Weihnachten verbracht hat.

Elizabeth spricht über Thanksgiving, als wäre es für sie selbstverständlich, dass Stella zu ihr kommt, aber sie haben bis jetzt nicht darüber gesprochen, was sie ihrer Familie erzählen oder ob jemand außer Sam Warren von ihrer Beziehung weiß. Es sollte keine große Sache sein und für Stella ist es das auch nicht, für Elizabeth jedoch schon. Stella hat sich bei dem Zwischenfall mit Sam nicht gut verhalten und sie will nicht noch einmal in dieses Fettnäpfchen treten.

Den ganzen Weg zum Gericht grübelt sie darüber nach.

Aber wenigstens ist sie pünktlich da.

Michael ist ein Name, der in Elizabeths Familie traditionell häufig vorkommt – durchaus verständlich. Bei Addison ist es in Stellas auch so. So was machen viele Familien. Elizabeths Vater, der erst vor ein paar Jahren gestorben ist, hieß Michael. Aber Stella versteht wirklich nicht, warum Elizabeths Sohn von allen möglichen Spitznamen ausgerechnet Mickey bekommen hat und Elizabeth ihn auch jetzt noch so nennt, obwohl er inzwischen erwachsen ist.

Am Mittwoch vor Thanksgiving klingelt Elizabeths Handy, während diese unter der Dusche steht. Stella schaut aufs Display: *Mickey Murphy.*

Sie überlegt, ob sie rangehen soll, weil es wichtig sein könnte, entscheidet sich dann aber dagegen. Vielleicht hat Elizabeth sie ihrem Sohn gegenüber als Freundin oder ehemalige Kollegin erwähnt. Oder sie hat ihm gesagt, dass sie eine Freundin zum Feiertagsessen eingeladen hat. Oder vielleicht hat Mickey auch noch nie von einer Stella gehört. Sie wird Elizabeth sicher nicht *noch mal* outen, bevor sie selbst dazu bereit ist.

Das Handy klingelt erneut. Dieses Mal ist es Josh.

Stella nimmt den Anruf an. »Elizabeths Handy, hier ist Stella.« Sie rutscht vom Barhocker, um ihre Tasse zum Spülbecken zu bringen.

»Sortierst du Anrufe für sie?«, fragt Josh. Es klingt, als wäre er im Auto, was bedeutet, dass Mickey und seine Freundin ihn schon abgeholt haben.

»Sie duscht gerade und ich kenne ihn nicht, also wollte ich nicht einfach rangehen.« Stella ist sich nicht sicher, ob Josh von ihrer Beziehung weiß. Sicher vermutet er es zumindest.

»Wir fahren gerade in Santa Cruz los, also sind wir so gegen drei da.«

»Wir freuen uns auf euch«, sagt Stella. »Fahrt vorsichtig, ja?«

»Bis nachher.« Damit legt Josh auf.

Stella geht ins Schlafzimmer und klopft leise an die Tür des angrenzenden Bads, bevor sie den Kopf hineinstreckt. »Die Jungs haben angerufen. Sie sind um drei da.«

»Wunderbar.«

Stella betrachtet Elizabeths Silhouette hinter der Milchglasschiebetür. Elizabeth öffnet sie gerade weit genug, um Stella anzusehen. Ihre Haare kleben ihr nass am Kopf. »Stimmt was nicht?«

»Wer soll ich bei dem Essen sein?«, fragt Stella.

Elizabeth blinzelt ein paarmal und neigt den Kopf zur Seite. »Wie meinst du das?«

»Möchtest du, dass ich nur eine Freundin bin? Willst du … Wissen deine Kinder von uns? Ich will nicht, dass du meinetwegen Stress mit ihnen bekommst.«

»Oh, ja. Ich dachte, dass wir es ihnen vielleicht zusammen sagen könnten.«

Stella starrt sie perplex an. »Zusammen. Warum muss ich … Mein Kind weiß es doch schon.«

Elizabeth mustert sie eingehend. »Es wäre hilfreich für uns, wenn wir als geeinte Front auftreten, Stella Anne.«

»Nenn mich nicht so! Das ist böse.«

Elizabeth lächelt. »Willst du mit unter die Dusche?«

Stella schnauft, seufzt dann aber nur erneut. »Ja.«

Sie zieht sich aus, bindet sich die Haare zu einem hohen Dutt zusammen und tritt in die mit Dampf gefüllte Duschkabine. Elizabeth schlingt die Arme um sie und zieht sie fest an sich. Stella entspannt sich in der warmen Umarmung.

»Ich kann das nicht ohne dich«, murmelt Elizabeth ihr ins Ohr. »Ich kann ihnen das nicht allein sagen.«

Stella *weiß*, dass sie gerade manipuliert wird. Elizabeth meint das sicher ernst, aber die Art und Weise, wie sie Stella darum bittet, ist ziemlich durchtrieben. »Ohh, ich hasse dich!« Doch ihren Worten fehlt es an Schärfe und Nachdruck.

»Ich liebe dich auch.« Elizabeth dreht sich mit ihr herum, sodass das warme Wasser nun auf Stellas Rücken prasselt.

Stella lehnt sich ein wenig zurück, um sie anzusehen. »Tust du das? Du liebst mich?«

»Oh, Honey. Ja, tue ich. Ich liebe dich.« Sie gibt Stella einen Kuss auf die Wange, dann auf die andere und schließlich auf die Lippen. »Ist das okay?«

Stella nickt, ihre Lippen zittern. Ihr entfährt ein Schluchzen und sie vergräbt das Gesicht in den Händen. Elizabeth drückt sie fest an sich. Das Wasser rinnt immer noch über ihren Rücken.

Ron hat sie vermutlich auf seine Weise geliebt, doch die Ehe war schwierig und manchmal sogar gefährlich. Sie haben einander wie Konkurrenten behandelt, nicht wie Partner. Nach seinem plötzlichen Tod ging Stella davon aus, dass sie den Rest ihres Lebens allein verbringen würde. Von Elizabeth Murphy geliebt zu werden – ihrer Erzfeindin, widerwilligen Verbündeten, Freundin, Geliebten –, erscheint ihr wie ein Wunder.

Sie versucht, das Geständnis zu erwidern, doch die Worte verlieren sich auf Elizabeths nasser Haut.

»Ich weiß, Honey«, sagt Elizabeth. »Ich weiß.«

Stella fährt nach Hause, bevor die Jungs ankommen. Sie ist angespannt und Elizabeth kann nicht still sitzen. Sie bügelt Servietten, rückt die Deko auf dem Esstisch zurecht und schreibt noch eine Einkaufsliste, obwohl sie am Vortag schon im Supermarkt waren und ihr Kühlschrank brechend voll ist.

»Komm zum Abendessen wider her!«, ruft sie Stella nach.

Zu Hause backt Addie gerade Pies für das Feiertagsessen am nächsten Tag und dokumentiert das Ganze mit Fotos. Alle Fenster stehen offen, weil es in der Küche durch den Backofen furchtbar warm ist. Sie trägt eine Schürze über ihrem Schlafanzug, ist jedoch schon komplett geschminkt. Sich zu den unmöglichsten Tageszeiten in Schale werfen wird langsam Normalität.

»Ich konnte nicht schlafen«, erklärt sie. »Also bin ich aufgestanden, habe den Teig vorbereitet und dann Fotos gemacht, während er durchkühlt.

»Du brauchst Urlaub, Schätzchen.«

»Ja.« Addie seufzt. »Ich wurde neulich zu einer Influencer-Reise eingeladen. Vielleicht sollte ich das annehmen.«

»Was ist das?«

»Das Unternehmen nimmt ein paar von uns an irgendein tropisches Reiseziel mit, um dort ein neues Produkt vorzustellen. Im Gegenzug begleiten wir das Ganze mit Vlogs und reden ständig über das Produkt. Es ist immer noch Arbeit, aber entspannter. Angeblich soll es dieses Jahr nach Fidschi gehen.«

»Wow. Und du musst nur den Flug bezahlen?«

»Ich glaube nicht, dass ich irgendwas zahlen muss.« Sie legt zwei Backformen mit Pie-Teig aus. Sie mustert Stella zurückhaltend. »Hast du geweint?«

»Nein«, lügt Stella.

»Doch, hast du. Deine Augen sind rot. Was ist los?«

»Nichts. Elizabeth will, dass wir ihren Kindern erzählen, dass wir …«

»Dass ihr lesbisch seid?«, führt Addie den Satz zu Ende, als Stella es nicht kann.

»Das wir verliebt sind oder so.«

»Ha!«, ruft Addie. »Josh wird das sicher nicht überraschen, aber keine Ahnung, wie seine Geschwister reagieren.«

»Ihr älterer Sohn und seine Freundin kommen. Ihre Tochter ist dieses Mal nicht da.«

»Es ist seltsam, dass sie noch zwei Kinder hat, die wir nicht kennen«, meint Addie nachdenklich. »Als hätte sie noch ein Leben irgendwo anders.«

»Ja.«

»Möchtest du denn, dass sie es wissen?« Addie kippt Kürbisfüllung in eine der ausgelegten Backformen.

»Ich richte mich nach Elizabeth. Aber ich habe Angst, es wieder zu vermasseln.« Sie beobachtet, wie Addie den Pie in den Ofen manövriert. »Was meinst du damit, dass es Josh nicht überraschen wird?«

»Gleich und gleich gesellt sich gern. Außerdem hat er nach dem Abendessen mit meinen Eltern gesagt, dass ihm aufgefallen ist, wie nah ihr euch steht, und dass es toll wäre, wenn ihr einen auf *L Word* macht.«

»Er hat *was* gesagt?«

»Ihr habt einen auf *L Word* gemacht, was soll ich denn noch dazu sagen?«, fragt sie. »Oh Gott, will ich wirklich einen Kirsch-Pie mit Teiggitter machen? Wer mag überhaupt Kirsch-Pie? Warum will Elizabeth einen Kirsch-Pie haben? Hasst sie mich so sehr?«

Addie ist genauso überdreht wie Elizabeth, also macht Stella sich davon. Sie geht mit ihrem Laptop in den Garten und stellt ihn dort auf den Tisch. Addie hat einen Verstärker eingebaut, wodurch man nun auch hier draußen WLAN-Empfang hat.

Sie muss das aktuelle Feedback noch in die Unterlagen fürs Sheriffs Department einarbeiten und kann dann bei dem Projekt erst mal Pause machen, bis die eigentliche Ausbildung vor Ort beginnt. Allerdings steht noch ein zweiter Besuch an der juristischen Fakultät der UCLA an und eine Kurseinheit an der Loyola Marymount vor den Abschlussprüfungen. Und dann ist sie noch für einige Sachverständigenaussagen gebucht, genau wie Elizabeth vorhergesagt hat.

Stella erstellt die Rechnungen für den Monat und schickt sie an Mallory, die ihr direkt antwortet und sie dafür tadelt, dass sie so kurz vor einem Feiertag noch arbeitet. In einer zweiten E-Mail bekommt Stella eine Immobilienanzeige für ein kleines Büro in der Innenstadt und Mallory möchte ihre Meinung dazu hören.

Also hat Mallory es ernst gemeint, als sie sagte, dass sie das Unternehmen ausbauen will. Es wäre schön, wieder ein Büro zu haben. Und es macht einen besseren Eindruck bei potenziellen Kunden, wenn man sie im eigenen Büro empfängt, anstatt sich mit ihnen in Coffeeshops zu treffen.

Sie schaut sich die Anzeige an. Zwei Büros, ein Konferenzraum und ein Empfangsbereich. Bodentiefe Rundbogenfenster. Ein älteres

Gebäude mit Backsteinfassade. Ganz anders als das durchgestylte Verwaltungsgebäude der Polizei oder die Räume der Staatsanwaltschaft, die dringend saniert werden müssten.

Stella kann sich vorstellen, dort zu arbeiten. Sie antwortet Mallory, dass es ihr gefällt.

Als Stella und Addie mit je einem Pie in der Hand zur Tür reinkommen, platzt Mickeys Freundin direkt heraus: »Moment mal. Dich kenne ich.«

»Oh nein«, murmelt Addie.

»Du hast dieses Meerjungfrauen-Schminkvideo gemacht, in dem du mit einer Netzstrumpfhose die Schuppen gemacht hast. Meine kleine Schwester folgt dir«, sagt die junge Frau grinsend.

Addie lächelt steif. »Wir haben Pie mitgebracht.«

Elizabeth stellt sie einander vor. »Das ist Sabrina.« Sie deutet auf Mickeys Freundin. »Stella, und Addie kennst du ja offensichtlich schon.« Sie nimmt Addie den Pie ab. »Und das ist Mickey.«

Josh und Addie umarmen sich. »Sei nicht so aufdringlich, Sabrina«, sagt er nachdrücklich.

Elizabeths ältester Sohn ist groß und attraktiv und hat die roten Haare und hohen Wangenknochen seiner Mutter geerbt. Selbst ihre Zähne ähneln sich. Er schüttelt Stella höflich die Hand, doch die Frage steht ihm deutlich ins Gesicht geschrieben: *Warum sind Leute, die nicht zur Familie gehören, zum Abendessen vor Thanksgiving eingeladen?* Sie hätten das morgen machen sollen, aber Elizabeth will vor dem Feiertag reinen Tisch machen.

Stella stellt ihren Pie auf die Küchenanrichte neben den anderen. Elizabeth wirkt angespannt und Stella würde sie am liebsten küssen, wagt es jedoch nicht.

Zum Abendessen wird gegrillt und die Beilagen sind als kleines Buffet aufgebaut. Mickey hat sich um Spareribs gekümmert und Elizabeth hat Burger und eine große Schüssel Kartoffelsalat vorbereitet. Reichlich Essen für sechs Personen.

»Sie kocht, wenn sie nervös ist«, flüstert Addie Stella zu, als sie mit gefüllten Tellern zum Tisch gehen.

Josh und Elizabeth sitzen sich an den Stirnseiten gegenüber. Addie nimmt zwischen Elizabeth und Stella und Sabrina gegenüber Platz.

Stella wendet sich mit Small Talk an Mickey. »Deine Mutter hat erzählt, dass du arbeitstechnisch viel um die Ohren hast?«

Mickey schluckt runter, bevor er antwortet. »Oh, ja. Genau.«

»Er ist Techniker«, sagt Josh, als Mickey es dabei belässt.

»An der UC in Berkeley«, fügt Elizabeth stolz hinzu, als wäre er dort Professor oder der Dekan.

»Beeindruckend«, meint Stella. »Arbeitest du auch an der Berkeley, Sabrina?«

»Ich bin Kindergärtnerin.«

»Oh, ich liebe kleine Kinder«, sagt Addie.

»Ja, sie sind wirklich süß«, erwidert Sabrina. »Entzückende kleine Petrischalen. Sehr freigiebig mit ihren Bazillen.«

Stella vermutet, dass Sabrina noch nicht lange mit Elizabeths Sohn zusammen ist. Das schließt sie aus der Körpersprache der Anwesenden und Sabrina scheint sich ein bisschen unwohl zu fühlen.

»Die Spareribs sind wirklich hervorragend«, sagt Addie.

»Danke«, erwidert Mickey.

Sie essen schweigend weiter, bis Sabrina schließlich fragt: »Und, Stella, was machst du beruflich?«

»Ich bin juristische Beraterin.« Weiter geht sie nicht darauf ein.

Elizabeth wirft ihr einen finsteren Blick zu, aber Stella hat keine Lust, mehr über sich selbst zu erzählen oder von dem Gespräch abzulenken, um das sie gerade herumlavieren.

»Wir haben früher zusammen gearbeitet.« Elizabeth greift nach ihrem Wasserglas und schmeißt es dabei beinahe um. Sie bekommt es gerade noch zu fassen und lächelt angespannt.

»Oh«, sagt Mickey. »Stimmt, Stella. Sie waren die Staatsanwältin, oder?«

»Vor langer Zeit.«

»Und jetzt seid ihr Freunde.«

»Ja«, sagt Elizabeth. »Also, apropos …«

Stellas Beinmuskeln zucken und ihre Urinstinkte drohen, die Kontrolle zu übernehmen. Jede Faser ihres Körpers schreit ihr zu, die Flucht zu ergreifen. Addie packt ihren Unterarm unter dem Tisch, was ihren Sprint zur Tür unterbindet.

Alle warten darauf, dass Elizabeth fortfährt, doch sie sieht aus wie ein Reh im Scheinwerferlicht.

»Was denn?« Mickey schaut zu seiner Mutter.

Addie drückt ihren Arm und als Stella zu ihr rübersieht, deutet sie mit dem Kopf auf Elizabeth, als wollte sie sagen: *Hilf ihr!*

Elizabeth fasst sich ein Herz. »Ich dachte, das wäre vielleicht ein guter Moment, um euch zu sagen, dass … hm … dass …«

»Oh mein Gott!«, entfährt es Josh. »Ist das dein Ernst?«

»Halt die Klappe, Josh«, weist Addie ihn leise zurecht.

»Aber …«

Addie bringt ihn mit einem finsteren Blick zum Schweigen. »Überlass das den beiden.«

»Um was geht es hier eigentlich?«, fragt Mickey.

»Ich …«, setzt Elizabeth erneut an, sieht jedoch aus, als hätte sie ihre Zunge verschluckt.

Verdammt, jetzt muss Stella das wohl doch übernehmen.

Sie räuspert sich. »Deine Mutter und ich sind nicht nur Freundinnen. Wir sind ein Paar.« Sie schaut zu Elizabeth, die leichenblass geworden ist. Dann fixiert sie Mickey, als wäre er ein Zeuge im Kreuzverhör. Seine nächsten Worte entscheiden darüber, wie gut sie sich in Zukunft verstehen werden. Sie hofft um seinetwillen, dass er sich richtig entscheidet.

»Ja«, sagt Elizabeth leise.

»Hä?«, fragt Mickey.

»Alter, sie sind lesbisch!« Josh schnippt mit den Fingern vor Mickeys Nase. »Du weißt schon, homosexuell? Es gibt homosexuelle Menschen, Mickey.«

»Ich weiß, was lesbisch heißt. Ich bin nur … überrascht.«

»Eigentlich bin ich bisexuell«, wirft Stella in die Runde.

Alle Blicke richten sich auf sie. Addie sieht ziemlich stolz aus. Immerhin ist es das erste Mal, dass Stella das ausgesprochen hat.

»Nicht, dass das gerade eine Rolle spielt. Ich habe nur … Egal, deine Mutter wollte, dass ihr es wisst. Und nun wissen wir es alle.«

»Weiß Dad es?«, fragt Mickey.

»Dein Vater und ich haben aktuell keinen Kontakt zueinander«, erwidert Elizabeth in einem Ton, den Stella nur zu gut kennt. Abweisend. Kalt.

»Ich weiß, dass du mich noch nicht kennst«, sagt Stella. »Und wenn ihr das als Familie besprechen wollt, können Addie und ich gehen und euch …«

»Nein«, unterbricht Elizabeth sie scharf. »Niemand geht, während wir essen.«

»Hast du nicht gesagt, dass sie Katholikin ist?«, flüstert Sabrina Mickey laut zu.

»Auch Katholiken können homosexuell sein, Sabrina«, antwortet Josh spöttisch.

»Ich freue mich für dich, Mom«, sagt Mickey. »Und für dich auch, Stella. Melissa und ich hatten die Hoffnung schon aufgegeben, dass Mom irgendwann wieder mit jemandem zusammenkommt.«

»Danke, Mickey«, sagt Stella.

»Ich würde eure Schwester gerne anrufen und es ihr selbst sagen«, meint Elizabeth.

Josh zieht die Schultern hoch und wedelt mit seinem Handy. »Sorry, Mom. Shit. Ich habe es schon im Geschwister-Chat gepostet.«

Elizabeth schließt die Augen und sagt leise: *»Josh!«*

»Tut mir leid! Ich freue mich nur so! Ich weiß ja, wie hart ein Coming-out ist und hatte eigentlich erwartet, dass ihr es ewig vor euch herschiebt.«

»Moment mal. Du hast es gewusst?«, fragt Mickey.

»Du bist schwul?«, fragt Sabrina.

»Ich habe es nur vermutet. Und ja, Sabrina, ich bin schwul. Homosexuelle Menschen existieren.«

»Okay«, sagt Elizabeth. »Okay. Na gut.«

Auf der anderen Seite des Raums klingelt Elizabeths Handy. Sie rutscht vom Tisch weg und geht in den Küchenbereich, um den Anruf anzunehmen. Schweigen breitet sich am Tisch aus. »Liebes, niemand wollte dir dieses Gefühl vermitteln«, sagt sie auf dem Weg ins Schlafzimmer.

»Wir sollten gehen«, meint Stella angespannt.

»Wie wäre es, wenn wir stattdessen verschwinden?«, schlägt Addie vor. »Wir gehen was trinken, damit du und Elizabeth Zeit habt, den Rest für morgen vorzubereiten. Ich kenne da eine tolle Bar. Und bei einem netten Drink unterhalten wir uns darüber, wie der Tag morgen für eure Mutter laufen wird.« Das klingt wie eine Drohung.

Josh steht auf. »Super Idee.«

Stella reicht Addie die Schlüssel für den SUV, woraufhin ihre Nichte die anderen zur Garderobe und dann durch die Wohnungstür hinausscheucht.

»In meinem Geldbeutel sind ein paar Zwanziger«, bietet Stella ihr an.

Addie verdreht die Augen. »Ich verdiene mehr als du. Ich bezahle schon seit fünf Monaten oder so deine Hausrate und es ist dir nicht mal aufgefallen.«

Und dann sind sie weg.

Stella kann vernünftig mit Geld umgehen, schaut aber nicht gerade oft auf ihren Kontostand. Es ist also vollkommen im Bereich des Möglichen, dass Addie die Wahrheit sagt. Ron dreht sich gerade entweder im Grab um oder lacht sich auf seiner Wolke kaputt.

Stella fängt an, das praktisch unangetastete Essen wegzuräumen und stellt das schmutzige Geschirr in die Spülmaschine. Ihren eigenen Teller lässt sie für später gefüllt auf der Anrichte stehen.

Als sie gerade Spülwasser ins Becken einlässt, kommt Elizabeth wieder aus dem Schlafzimmer.

»Wo sind denn alle hin?«

»Addie hat sie auf einen Drink eingeladen«, antwortet Stella. »Kluges Mädchen. Wie ist das Telefonat gelaufen?«

»Oh, ganz gut. Es wäre mir lieber gewesen, wenn ich es ihr hätte selbst beibringen können, aber sie war sehr verständnisvoll. Nur ein bisschen sauer, weil ich es ihr verschwiegen habe.«

Stella dreht das Wasser ab und fängt an, das Kochgeschirr zu spülen. »Du hast es dir selbst gegenüber ja auch ziemlich gut verschwiegen.«

»Es tut mir leid. Ich dachte, dass der Abend anders laufen wird.«

»Bin ich zu weit gegangen? Ich hatte den Eindruck, dass du Schwierigkeiten damit hattest, es auszusprechen.«

»Das stimmt«, gibt Elizabeth zu. »Ich war plötzlich wie erstarrt.«

»Veränderungen so spät im Leben sind nicht einfach.«

»Bei dir sieht es so einfach aus«, meint Elizabeth.

»Ach ja? Im letzten Jahr war nichts einfach für mich, außer mich in dich zu verlieben.«

Elizabeth legt sich eine Hand aufs Herz. »Das ist so süß von dir.«

»Was ist mit morgen, Elizabeth? Was ist mit Marco? Kommt er auch?«

»Marco weiß es schon.«

»Du hast es ihm erzählt?«, fragt Stella überrascht.

»Na ja ...« Elizabeth wischt sich die Hände am Geschirrtuch ab und angelt sich den Rest von Stellas Abendessen. »Er hat gemerkt, dass etwas zwischen Sam und mir nicht stimmt. Hat mich danach gefragt. Ich habe es abgetan.« Sie steckt sich eine Gabel voll Kartoffelsalat in den Mund. »Und dann hat er was in die Richtung gesagt wie: ›Hat Lieutenant Warren herausgefunden, dass Sie eine Affäre mit Stella Carter haben?‹ Mein Gesichtsausdruck hat mich dann wohl verraten.«

Stella schnaubt amüsiert.

»Dabei war es nur ein Witz! Er hat mich immer damit aufgezogen, weil er ja weiß, wie schlecht wir am Anfang miteinander auskamen und wie nahe wir uns jetzt stehen.« Elizabeth lacht. »Er macht Witze darüber, wenn du mich auf der Arbeit anrufst oder ich erwähne, dass wir uns später noch treffen und es ist irgendwie zu einem Running Gag zwischen uns geworden. Aber dann war das zwischen dir und mir plötzlich sehr echt.«

»Marco wird keine große Sache daraus machen.«

»Nein, tut er nicht. Er war sehr nett. Er mag dich.«

»Was ist mit dem Rest der Einheit?«

»Ich werde es nicht offiziell verkünden. Das würde ich auch nicht tun, wenn ich mit einem Mann zusammen wäre.«

»Aber würdest du ihn vor den anderen verstecken?«, fragt Stella. »Ihm verbieten, dich im Büro zu besuchen?«

»Es ihm verbieten? Stella, du darfst mich jederzeit auf dem Revier besuchen. Ich dachte, dass du nicht hinkommst, weil dir schon das Betreten des Gebäudes schwerfällt.«

»Das stimmt ja auch.«

Elizabeth verdreht die Augen. »Du weißt, dass du dort jederzeit willkommen bist. Das Team würde dich gern mal wiedersehen.«

»Ihr habt doch jemand Neues von der Staatsanwaltschaft bekommen. Ich bezweifle, dass die Einheit mich vermisst.«

»Wenn du dich da mal nicht täuschst.« Elizabeth greift nach einem Stück Spareribs. »Du warst absolut einzigartig, Staatsanwältin Carter.«

Stella verdreht die Augen, doch ihr wird ganz warm ums Herz.

Addie setzt Mickey und Sabrina an ihrem Hotel ab und Josh dann bei Elizabeth. Stella hat noch nie hier übernachtet, während Josh am anderen Ende des Flurs geschlafen hat, weswegen sie ihn auch etliche Male fragt, ob das für ihn wirklich in Ordnung ist.

»Ja, natürlich«, versichert er ihr. *»Mi casa es su casa.«*

Stella und Elizabeth schließen die Schlafzimmertür hinter sich und machen sich extraleise bettfertig. Dann kriechen sie unter die Laken und schalten das Licht aus. Elizabeth stellt den Wecker auf fünf Uhr, damit sie den Truthahn rechtzeitig in den Ofen schieben kann.

Aber dann kniet sie plötzlich über Stella und tastet sich mit der Zunge in ihren Mund vor. Sie küssen sich, bis Stella ein bisschen schwindelig ist, bis sie die Hände nicht mehr bei sich behalten kann und sie unter die Decke greift, um Elizabeths langes T-Shirt nach oben zu ziehen. Darunter trägt sie nichts.

Elizabeth löst den Kuss. »Oh, das sollten wir nicht machen.«

»Daran hättest du vorher denken sollen«, flüstert Stella zurück.

Elizabeth gibt sofort nach, setzt sich auf, sodass sie rittlings auf Stella sitzt, und streift sich das Shirt über den Kopf, was den Blick auf ihren nackten Körper freigibt. Stella streicht mit beiden Händen über ihre Brüste.

Elizabeth fühlt sich heiß und feucht auf ihren Beinen an. Stella dreht eine ihrer Brustwarzen zwischen den Fingern und lässt die Hände dann wieder nach unten zu Elizabeths Hüften gleiten.

»Rutsch hoch«, fordert sie Elizabeth auf.

»Was?«

»Du hast mich schon verstanden.«

»Wir müssen leise sein und du willst, dass ich mich auf dein Gesicht setze?«, flüstert sie lauter als nötig.

»Pscht.« Stella zieht sie zu sich. »Du schaffst das.«

Elizabeth rutscht vorsichtig weiter nach oben und schiebt die Knie wieder auseinander, damit Stella sich etwas Richtung Bettende bewegen kann. Sie hält sich am Kopfteil fest.

Stella verwöhnt Elizabeth erst mit den Fingern, bereitet sie ein bisschen vor und stellt sicher, dass sie feucht genug ist. Eine Weile umkreist sie ihre Klit mit dem Daumen, bis Elizabeth ein lang gezogenes, leises Seufzen entfährt.

Stella hebt den Kopf und reckt den Hals ein wenig. Streicht mit der Zunge über Elizabeths feuchte Hitze. Elizabeth stöhnt verhalten auf und lässt sich etwas nach unten sinken, während sie die Arme auf dem Kopfteil des Betts verschränkt und die Stirn darauflegt. Das dämpft ihre Laute und leitet sie direkt zu Stella um. Jetzt kann sie alles hören, was Elizabeth von sich gibt, und sie liebt es so sehr, wenn Elizabeth die Beherrschung verliert.

Wie immer ist Elizabeth im Schlafzimmer viel mutiger, als Stella von ihr erwartet. Sie ist normalerweise diejenige, die sich sofort auf Neues einlässt und Sachen ausprobiert und die sich nie für etwas schämt, das sie miteinander tun und teilen und fühlen. Stella versteht das. Sie sind beide zu alt, um sich wie schüchterne, jungfräuliche Schulmädchen zu verhalten. Es gibt ein paar Dinge, die sie beide noch nie versucht haben, aber Sex an sich ist keine große Unbekannte und sie wissen beide, wann es besser ist, die Scham vor der Tür zurückzulassen und mit offenen Armen zu empfangen, was sich gut anfühlt. Aber Stella vermutet, dass es für Elizabeth noch weitergeht, weil sie so lange auf etwas gewartet hat, das sie sich so sehnlich gewünscht hat.

»Oh«, sagt Elizabeth, als Stella einen Finger in sie schiebt.

Sie neckt Elizabeths Klitoris mit der Zunge in der Hoffnung, sie schnell und heftig zum Orgasmus zu bringen.

»Ja«, keucht Elizabeth. »Das ist so gut. Fuck.«

Stella verwöhnt sie eine Weile leidenschaftlich mit der Zunge. Elizabeth bewegt die Hüften rhythmisch gegen ihren Mund und Stella macht ihre Zunge flacher, um ihr mehr Widerstand zu bieten. Sie zieht den Finger ein Stückchen zurück und schiebt ihn dann mit einem harten Ruck wieder nach vorn.

»Fuck! Gott.« Elizabeth versucht gar nicht mehr, leise zu sein.

Stella summt leise und hält sich mit Geräuschen nicht zurück, weil sie weiß, wie sehr Elizabeth das mag. Dann lässt sie die Zähne sacht über die Unterseite ihrer Klit gleiten, bevor sie die Stelle mit der Zunge wieder beruhigt.

»Oh mein Gott«, entfährt es Elizabeth. Sie wirft den Kopf in den Nacken und drängt sich gegen Stellas Mund. Stella schaut nach oben und sieht, wie Elizabeth lusttrunken ihre eigenen Brüste umfasst.

Stella saugt fest an Elizabeths Klitoris und umspielt sie wieder und wieder mit der Zunge, um sie schnell zum Höhepunkt zu bringen, damit sie nicht zu laut wird.

Elizabeth schlägt sich eine Hand vor den Mund, die ihr Stöhnen etwas dämpft. Die andere krallt sie in Stellas Haare, bis der Orgasmus sie nach vorne sinken lässt. Stella spürt, wie sich ihre Muskeln um den Finger in ihr zusammenziehen. Mehr Feuchtigkeit breitet sich auf ihrer Zunge aus.

Elizabeth lässt Stellas Haare los, steigt von ihr runter und lässt sich dann auf die Matratze fallen, sodass sie keuchend mit dem Kopf neben Stellas Füßen liegt.

Stella setzt sich auf, um sie anzusehen. »So viel zum Thema leise sein«, flüstert sie. »Vielleicht denkt Josh ja, dass wir eine Runde zu Gott beten.«

»Also ich habe das«, erwidert Elizabeth leise mit heiserer Stimme.

Stella dreht sich um, um sich neben Elizabeth zu legen. Sie gibt ihr einen Kuss zwischen die Brüste und greift nach ihrer Hand. Die Haut ziert ein halbmondförmiger Zahnabdruck, wo Elizabeth sich gebissen hat, um nicht laut zu werden. Stella küsst auch diese Stelle.

»Meine Oberschenkelmuskeln brennen.«

Stella beugt sich über Elizabeths zitternde Beine und verteilt dort kleine Küsse, wobei sie eine feuchte Spur auf ihrer Haut hinterlässt. Wahrscheinlich ist ihr ganzes Gesicht nass. Sie rollt sich aus dem Bett.

»Geh nicht.«

»Ich wasche mir nur eben das Gesicht.« Stella schlüpft ins Bad. Sie sucht sich ein Abschminktuch, weil sie zu müde ist, um sich richtig zu waschen. Dann bleibt sie im Türrahmen stehen und betrachtet Elizabeth, die immer noch auf dem Bett liegt und sich die Hüfte reibt.

An jedem anderen Abend würde Stella sich über die befriedigte Elizabeth hermachen und ihr noch einen Orgasmus entlocken. Würde sie zum Kommen bringen, bis sie aufschreit, bis sie heiser ist, bis Elizabeth sie anfleht, damit aufzuhören. Elizabeth verdient all die Lust, die sie so viele Jahre nicht erleben konnte. Aber nicht heute.

»Komm schon, Schönheit«, sagt sie, als sie wieder zum Bett zurückkommt. »Unter die Decke mit dir.«

Elizabeth dreht sich um und krabbelt unter die Tagesdecke. Stella zieht sie mitsamt dem Laken über sie.

»Moment«, murmelt Elizabeth. »Du bist noch nicht fertig.«

»Nein, Honey, ist schon in Ordnung. Wir müssen schlafen.«

Stella ist erregt, aber nicht so sehr, dass es sie wachhält. Elizabeth hat damit nach einem so anstrengenden Tag sowieso keine Probleme. Und morgen wird sie ebenso müde und gestresst sein.

Stella kuschelt sich mit einem zufriedenen Seufzen an sie.

Kapitel 21

Addies E-Mail an ihre Eltern kommt nicht gut an. Stella hat sie gewarnt, dass nicht mal ein Anruf so gut wäre wie ein Gespräch von Angesicht zu Angesicht. Also hat Addie vor, über Weihnachten nach Nashville zu fliegen. Sie hat Stella angebettelt, sie zu begleiten, aber Stella hat das rundheraus abgelehnt. Sie will nicht zum Puffer zwischen Addie und ihren Eltern werden und weder Zeit mit Thom noch mit Brick oder sonst irgendwelcher Verwandtschaft verbringen.

Sie versucht, Addie klarzumachen, dass auch sie nicht nach Nashville fliegen muss. Niemand kann sie dazu zwingen. Sie könnte die Feiertage mit Stella und Elizabeth verbringen, doch Addie hat abgelehnt, auch wenn sie sich nicht gerade auf die Zeit mit ihren Eltern freut.

Sie fahren schweigend zum Flughafen und Addie schmollt immer noch, als sie dort ankommen. Sie knallt die Beifahrertür des SUVs zu und wirft ihren Koffer praktisch auf den Gehweg.

»Bis dann.« Sie wendet sich zum Gehen.

»Hey!«, ruft Stella ihr nach. »Komm her!« Nachdem Addie sich ein Jahr lang um sie gekümmert hat, ist es nun an der Zeit, dass Stella ihren Teil tut und sich wie eine Erwachsene verhält.

Addie dreht sich zu ihr um.

»Ich hab dich lieb.« Stella holt sie ein und zieht sie fest in die Arme. »Hab einen guten Flug.«

»Hab dich auch lieb«, murmelt Addie.

Wieder zu Hause angekommen wirft Stella ihren Schlüsselbund in die Schale neben der Tür und stellt ihre Handtasche ab. Die Lichter am Weihnachtsbaum, den Addie am Tag nach Thanksgiving aufgestellt hat, tauchen das Wohnzimmer in warmes Licht und schaffen eine gemütliche Atmosphäre.

Sobald der Baum stand, hat Addie davon Videos gedreht. Sie hat Stella aus dem Haus verbannt, weil sie zu viel Krach macht – wenn sie

Kaffee mahlt oder die quietschende Schiebetür zum Garten öffnet oder ans Telefon geht –, was Addies Aufnahmen ruiniert.

»Geh zu Elizabeth«, hat Addie gesagt. »Ich sage dir Bescheid, wenn du wieder nach Hause kommen kannst.«

Seit einiger Zeit hat Stella das Gefühl, in Addies Haus zu leben und nicht umgekehrt. Addie zahlt einen Großteil der Rechnungen, inklusive Stellas Hausraten. Sie ist der Meinung, dass die Miete für ein Apartment in der Stadt sie das Doppelte von dem kosten würde, was sie hier für das Leben in Stellas kleinem Bungalow ausgibt. Aber Addies YouTube-Kanal ist ihr dritter Mitbewohner und nimmt so viel Raum ein, dass Stella langsam zu dem Schluss kommt, dass ihr Zusammenleben auf lange Sicht nicht mehr möglich sein wird.

Als sie diese Sorge Elizabeth gegenüber zum Ausdruck gebracht hat, hat sie nur die Schultern gezuckt. »Dann zieh hier ein. Gib ihr das Haus.«

Wenn sie mit Elizabeth zusammenziehen würde, könnte Addie eins der Schlafzimmer zum Filmset machen. Sosehr Stella es auch schätzt, immer die neuesten Make-up-Utensilien und die beste Hautpflege zu bekommen, liegt einfach viel zu viel von dem Zeug überall im Haus herum.

Bei Elizabeth einzuziehen wäre eine gute Lösung, aber Stella hat Angst, dass sie das womöglich nur macht, weil es einfach ist und nicht weil sie es wirklich will.

Sie ist mit Ron zusammengezogen, weil er ihr so lange in den Ohren gelegen hat, wie viel Geld sie beide dadurch sparen würden und dass sie nicht genug Zeit miteinander verbringen und dass er wenigstens ab und zu mal ein bisschen Aufmerksamkeit von ihr bekommen würde, wenn sie zusammenwohnen würden. Irgendwann hat sie nachgegeben und versucht, die Partnerin zu sein, die er brauchte, aber sie kam dabei immer zu kurz und letztendlich war keiner von ihnen damit glücklich.

Elizabeth versucht nicht, sie zu überreden. Sie hat es nur einmal vorgeschlagen und Stella erinnert sich selbst immer wieder daran, dass Elizabeth nicht Ron ist.

Heute ist es schön, das Haus mal für sich allein zu haben. Sie schaltet die Abendnachrichten ein, macht die Waschmaschine an und nimmt dann einen Korb mit sauberer Wäsche mit ins Wohnzimmer, um sie zu sortieren und zu falten. Als die Nachrichten vorbei sind, schaltet sie den Fernseher wieder aus und loggt sich in Addies Spotify-Account ein. Vor einer Weile hat Addie eine Playlist mit jedem Song für sie erstellt, den Stella je positiv erwähnt hat, und die spielt sie nun ab.

Dann geht sie zum Kühlschrank, um sich etwas zu essen zu holen. Es gibt nicht nur die üblichen überfälligen Reste vom Chinesen, sondern auch ein bisschen rohes Huhn, das dringend verarbeitet werden muss, Milch und Butter. Die Reste wirft sie weg, das Huhn landet im Ofen, wo es durchgart, damit sie es in den nächsten Tagen aufbrauchen kann. Zum Abendessen gibt es Mac and Cheese.

Sie setzt sich an den Küchentisch und scrollt eine Weile auf ihrem Handy, dann bringt sie den Müll raus, damit es morgen nicht nach vergammeltem Essen vom Asiaten riecht.

Inzwischen ist es acht Uhr und Fernsehen langweilt sie, Hausarbeit langweilt sie, Musik langweilt sie und sie geht sich selbst auf die Nerven.

Sie ruft Elizabeth an. »Willst du vorbeikommen?« Sie klemmt das Handy zwischen Ohr und Schulter ein, während sie weiter Kleidung faltet. »Du könntest hier übernachten.«

Als Elizabeth auftaucht, trägt sie Jeans und ein grünes Karohemd, das ihre Augen betont und ihre ohnehin schon fantastischen, rotbraunen Haare perfekt zur Geltung bringt. »Ich habe gerade Geschenke eingepackt«, meint sie beim Reinkommen. »Aber das kann warten.«

Stella hat sich ewig mit der Frage gequält, was sie Elizabeth zu Weihnachten schenken soll, bis sie schließlich eine Halskette bei einem Juwelier gefunden hat. An den filigranen Gliedern hängt ein wundervoll funkelnder Smaragd, genau auf der Höhe ihrer Schlüsselbeine. Vielleicht ist das zu viel. Aber das wird sie wohl bald herausfinden, weil Weihnachten vor der Tür steht. Einer der Feiertage, die Stella am wenigsten leiden kann, und etwas, auf das sie sich seit Jahren nicht mehr gefreut hat. Aber jetzt ist sie aufgeregt.

Stella macht ihnen heiße Schokolade und sie setzen sich mit ihren Tassen an den Tisch.

»Mickey und Sabrina haben sich getrennt«, informiert Elizabeth sie.

»Gut.«

Elizabeth schnaubt leise. »Ich war am Telefon sehr mitfühlend.«

»Du bist eine gute Mutter«, sagt Stella. »Heißt das, Mickey kommt zu Weihnachten?«

»Ja!« Elizabeth strahlt übers ganze Gesicht. »Alle drei Kinder werden Weihnachten mit mir verbringen. Das kommt nicht mehr oft vor.«

»Wer hat Schluss gemacht?«

»Sie, aber er war erleichtert.«

»Denkst du … Ich meine, sie haben hoffentlich nicht das Gefühl, dass ich mich in eure Familienzeit reindränge?« Stella erwartet eine heftige Reaktion von Elizabeth, aber Dr. Barrett hat sie ermuntert, ihre Ängste zu überwinden und Elizabeth ihre Gefühle mitzuteilen. Dass es ihren Ängsten mehr Macht über sie verleiht, wenn sie sie nicht ausspricht. Dass sie besser verinnerlicht, dass Elizabeth nicht wie Ron reagiert, wenn sie es sich immer und immer wieder beweist.

»Nein, ich glaube nicht«, meint Elizabeth nach kurzem Nachdenken. »Aber sie müssen sich so oder so daran gewöhnen.«

Stella nippt an ihrer Schokolade und genießt einen Moment lang die Süße auf der Zunge. »Elizabeth?«

»Hm?«

»Hast du es ernst gemeint, dass wir zusammenziehen sollten?«

»Wir sollten darüber reden. Aber ja, ich habe es ernst gemeint.«

»Ich glaube langsam, dass Addie hier mehr Platz braucht. Wenn ich bei dir einziehen würde, müssten wir auch nicht mehr unser Zeug von einer Wohnung in die andere schleppen.«

»Ich verstehe.« Elizabeth wischt einen Tropfen vom Rand der Tasse. »Du willst tun, was für Addie das Beste ist.«

»Nein! So habe ich das nicht gemeint. Ich will sie nur nicht einfach so sitzen lassen.«

»Josh hat erzählt, dass es dieses lesbische Klischee gibt, dass man direkt zusammenzieht.« In Elizabeths Augen steht ein amüsiertes Funkeln. »Er wird uns damit aufziehen.«

»Ich glaube, Frauen sind anders gestrickt. Das Zusammenziehen mit Männern ist mir wahnsinnig schwergefallen: Wie sie riechen, sie sind unordentlich, lassen Haare im Waschbecken liegen. Und haben hässliche Möbel. Dazu musste ich mich lange überreden. Du und ich leben praktisch schon zusammen und das ziemlich gut, oder?«

Elizabeth grinst. »Bis jetzt schon, aber ich mache mir Sorgen um Addie, wenn sie ganz allein lebt.«

»Ach, jetzt willst *du* also nur das Beste für Addie«, sagt Stella. »J'accuse!«

»Pscht. Ich meinte damit, dass ich mir Sorgen mache, dass sie dann nur noch arbeitet und sich keine Auszeit mehr gönnt und du dann nicht mehr da bist, um sie da mal rauszuziehen. Warum pflegt man ein tolles Leben online, wenn das alles doch nur Show ist und man es mit niemandem teilt?«

»Sie will im Januar eine Influencer-Reise mit anderen Leuten wie ihr machen. Vielleicht findet sie da ja ein paar Freunde. Ich glaube, es ist schon eine große Sache, dass sie überhaupt zugesagt hat.«

»Okay. Aber was ist mit deinem Haus? Ich weiß, dass es dir wichtig war, wieder in dieses Viertel zu ziehen. Bist du schon bereit, es wieder zu verlassen?«

»Ich mag es immer noch«, gibt Stella zu. »Aber es ging für mich eher darum, wieder in das Leben zurückzukehren, das ich vor Ron hatte. Als könnte ich damit den Schmerz einfach verschwinden lassen. Was mir jetzt irgendwie albern vorkommt.«

Elizabeth nickt.

»Aber ich will das Haus gar nicht verkaufen. Und wenn Addie irgendwann umzieht, können wir es vermieten oder dann immer noch verkaufen.«

»Und vielleicht das Traumhaus kaufen, von dem wir immer reden.«

»Ja, vielleicht«, sagt Stella.

Mallory unterschreibt kurz nach Neujahr den Mietvertrag und zur Monatsmitte können sie einziehen. Dann diskutieren sie darüber, jemanden für den Empfang einzustellen. Anrufe können sie problemlos auf ihre Handys umleiten, aber wenn sie in den Büroräumen Kunden empfangen wollen, wäre es besser, wenn die jemand begrüßt.

Stella versucht, sich aus dem Einstellungsprozess herauszuwieseln, aber Elizabeth weist sie darauf hin, dass Mallory dann vielleicht jemanden einstellt, der ihr auf die Nerven geht und Stella sich dann nicht darüber beschweren kann, weil sie vorher nicht geholfen hat.

Also kämpft sie sich durch Lebensläufe und Mallory grenzt die Auswahl weiter ein. Schließlich blockt Stella zwei Tage in ihrem Terminkalender.

»Ich hasse Vorstellungsgespräche«, meint sie zu Mallory, als sie ins Büro kommt.

»Hast du nicht früher mal deinen Lebensunterhalt damit verdient, Leuten Fragen zu stellen?«, fragt Mallory amüsiert.

»Das ist *nicht* das Gleiche«, erwidert Stella. »In diesem Kontext jemanden einschätzen ist schwer, weil sich alle von ihrer besten Seite zeigen. Sie könnten dabei lügen wie gedruckt. Das würde mir nicht auffallen und die paar Fragen, mit denen ich es herausfinden würde, sind illegal.«

»Es ist ein Teilzeitjob am Empfang«, sagt Mallory. »Der Großteil der Bewerber sind Collegestudenten.«

Collegestudenten und ein paar alleinerziehende Mütter. Plus zwei Männer, die einen Großteil ihrer Gesprächszeit damit verbringen, auf eine Vollzeitstelle zu verhandeln, obwohl in der Stellenanzeige ganz klar nur zwanzig Stunden pro Woche stehen. Es bereitet Stella großes Vergnügen, ihre Lebensläufe zu schreddern.

Letztendlich stellen sie Angie ein, eine alleinerziehende Mutter Mitte vierzig mit zwei Kindern. Das ist ihr Zweitjob, was die Terminplanung manchmal zu einer Herausforderung macht, aber sie ist die gelassenste Kandidatin, hat viel Erfahrung und wirkt klug.

Der Einzug ins Büro hat den privaten Umzug aufgeschoben. Elizabeth und Stella haben sich darauf geeinigt, gemeinsam in der Eigentumswohnung zu leben, aber es gibt keinen fixen Termin und sie hat nicht einmal angefangen, ernsthaft zu packen. Aber nachdem Angie angefangen hat und das Büro vernünftig läuft, wird Stellas Arbeitsalltag um einiges einfacher. Geregelter. Angie sortiert potenzielle Kunden vor, kümmert sich um ihre Terminkalender, nimmt Anrufe entgegen und kocht sogar morgens Kaffee.

Doch als Stella eines Abends nach Hause kommt, findet sie im Wohnzimmer Addie mit ein paar anderen sonnengebräunten, wirklich hübschen jungen Frauen vor. Und da wird ihr bewusst, dass der Zeitpunkt für den Umzug gekommen ist.

»Zieh deine Schuhe nicht aus«, sagt Elizabeth, sobald Stella durch die Tür kommt. Das ist seltsam, weil Elizabeth sonst immer vehement darauf besteht, dass sie als Erstes genau das tut.

Sie bleibt wie angewurzelt stehen. »Was ist los?«

»Ich will dir was zeigen«, sagt Elizabeth. »Stell deine Handtasche ab, aber nimm deine Schlüssel mit.«

Sie gehen zum Aufzug und Elizabeth drückt den Knopf für den dreizehnten Stock. »Wir schauen uns oben eine Wohnung an. Die Eigentümer haben noch was vor, deswegen müssen wir uns ein bisschen beeilen. Du bist später dran, als ich erwartet hatte.«

»Es gab wohl einen Unfall auf der Strecke. Der Verkehr war furchtbar. Warum schauen wir uns eine Wohnung in dem Gebäude an, in dem wir schon wohnen?«

»Weil ein größeres Apartment im obersten Stock zum Verkauf steht.« Elizabeth scheucht sie aus dem Aufzug. »Das kommt nicht so oft vor.«

»Du willst drei Stockwerke weiter nach oben ziehen?«

»Ich will mir die Wohnung ansehen. Mehr nicht.« Sie klopft an die Tür und eine Frau macht ihnen auf. »Danke, dass Sie auf uns gewartet haben.«

»Kein Problem«, erwidert die Frau. »Aber Larry und ich müssen los, also ziehen Sie die Tür einfach hinter sich zu, wenn Sie gehen.«

»Vielen Dank, Aimee«, sagt Elizabeth. »Und noch mal danke, dass wir sie uns anschauen dürfen.«

Sie geben die Tür frei, damit das Paar die Wohnung verlassen kann, und gehen dann hinein.

»Woher kennst du die beiden?«, fragt Stella. Es überrascht sie nicht sonderlich. Elizabeth scheint immer die richtigen Leute zu kennen. Sie ist gut im Netzwerken, was Stella nie gemeistert hat. Und weil sie darin so schlecht ist, hat sie es auch nie für wichtig gehalten. Elizabeth überzeugt sie langsam vom Gegenteil.

»Na ja, wir sind ja Nachbarn. Aber Larry hat vor etwa fünfzehn Jahren in der gleichen Kanzlei wie mein Ex-Mann gearbeitet.«

Die Wohnung ist größer und schöner, aber von der Aufteilung und Ausstattung nicht viel anders als ihre jetzige. Es gibt auch die gleichen Schränke, den gleichen Holzfußboden. Außerdem gibt es auch noch ein kleines, drittes Schlafzimmer und das Gästebad ist geräumiger. Nur die Küche ist deutlich größer und hat eine Kochinsel und eine Frühstücksecke.

Sie machen einen Rundgang, sagen aber nichts, bis sie wieder an der Tür stehen.

»Können wir uns das überhaupt leisten?«, fragt Stella.

Elizabeth neigt den Kopf zur Seite. »Vielleicht. Ich denke schon. Meine Wohnung ist jetzt mehr wert als beim Kauf. Du hast Ersparnisse dank Addie und deinem neuen Job. Wir könnten das hinbekommen.«

Sie fahren wieder nach unten.

»Ist das bisschen mehr Platz den Aufwand eines Umzugs wert?«

Elizabeth zuckt mit den Schultern. »Wir haben zusammen vier Kinder. Das würde uns die Feiertage leichter machen.«

»Wir reden ständig davon, uns ein richtiges Haus zu kaufen«, meint Stella.

»Das stimmt. Ich sage ja auch gar nicht, dass du direkt wieder deine Sachen packen sollst. Ich wollte dir nur eine Möglichkeit zeigen.«

»Vielleicht sollten wir darüber nachdenken.«

Elizabeth nickt. »Das sehe ich auch so. Lass uns drüber schlafen.«

Aber dann fängt Elizabeth an, ihr weitere Immobilienanzeigen zu schicken. Ein Haus mit fünf Zimmern und Pool in Sherman Oaks. Ein Reihenhaus mit vier Zimmern in Culver City. Eins in Stellas altem Viertel mit einem zweiten Schlafzimmer und einer Einliegerwohnung. Mit jeder Anzeige wächst die Anspannung in Stella. Die Vorstellung eines Traumhauses ist nicht mehr angenehm, sie hängt nun wie eine Gewitterwolke über ihr.

Inzwischen geht sie nicht mehr regelmäßig zu Dr. Barrett, kann aber jederzeit einen Termin vereinbaren, wenn sie die Notwendigkeit verspürt. Also macht sie genau das und bringt die Therapeutin auf den neuesten Stand – dass Addie allein im Bungalow wohnt und Stella bei Elizabeth.

»Ich bin zufrieden«, sagt Stella. »Ich habe auch nicht das Gefühl, dass ich wieder in eine Depression rutsche, aber die Vorstellung eines Umzugs macht mich … Ich weiß nicht, wovor ich eigentlich solche Angst habe.«

»Das wäre für jeden eine große Veränderung«, sagt Dr. Barrett.

Ihr Rat ist der gleiche wie immer: Elizabeth ihre Gefühle mitzuteilen. Elizabeth wissen zu lassen, dass sie Angst hat.

Sie spricht das Thema noch am selben Abend an. Elizabeth sitzt mit einer Fallakte auf dem Schoß ans Kopfteil gelehnt im Bett. Sie klappt die Mappe zu und schaut Stella über den Rand ihrer Brille hinweg an.

»Ich dachte, dass du dich vielleicht wohler fühlst, wenn wir irgendwo zusammen neu anfangen, anstatt in einer Wohnung zu leben, die mir gehört und in die du zugezogen bist«, erklärt sie.

»Irgendwann vielleicht«, sagt Stella. »Aber ich glaube, dazu bin ich noch nicht bereit.«

»Okay. Dann geben wir der Sache ein Jahr und sehen, wie es läuft.« Elizabeth lehnt sich zu ihr rüber und gibt ihr einen Kuss. »In einem Jahr kann sich immerhin viel ändern.«

Ihr Lächeln weckt in Stella den Wunsch, laut aufzulachen und zugleich zu weinen. Doch sie tut nichts von beidem, sondern nimmt Elizabeth die Akte ab und setzt sich auf ihren Schoß.

Elizabeth besteht darauf, dass Stella zu ihr aufs Revier kommt, um allen Hallo zu sagen. Es ist Abendessenszeit, also sind die meisten Leute ausgeflogen, aber Maria wischt gerade das Whiteboard sauber, auf dem sie ihre aktuellen Fälle festhalten und Lieutenant Esposito sitzt noch an seinem Schreibtisch und liest konzentriert etwas im Licht der kleinen Lampe.

Stella klingelt, damit sie jemand reinlässt.

Esposito dreht sich um und grinst, als er sie erkennt, bevor er eilig die Tür öffnet. »Das ist ja mal eine schöne Überraschung, Frau Staatsanwältin.«

»Ich arbeite nicht mehr für die Behörde, Lieutenant«, erwidert sie und umarmt ihn kurz. Er ist kleiner, als sie ihn in Erinnerung hat, und sie hat auch das Gefühl, dass er schlanker geworden ist. »Schön, Sie zu sehen.«

»Sie können gern öfter vorbeikommen.«

»Oh, na ja …« Sie schiebt sich ein paar Haarsträhnen hinters Ohr. »Es ist immer ein bisschen seltsam … keine Ahnung. Ich will nicht, dass sich jemand unwohl fühlt.«

»Ich glaube nicht, dass sich hier jemand *unwohl* fühlt«, sagt Esposito.

Elizabeth kommt aus ihrem Büro und zieht sich im Gehen den Blazer über. Die Smaragdkette, die Stella ihr zu Weihnachten geschenkt hat, glänzt an ihrem Hals.

»Danke fürs Abholen«, sagt sie gelassen, obwohl sie doch diejenige war, die darauf bestanden hat. Und dann lehnt sie sich zu Stella und gibt ihr einen Kuss auf den Mund.

Es ist kein Geheimnis, dass Stella bei ihr eingezogen ist, aber Elizabeth spricht nie über ihr Privatleben und bezieht ihre Mitarbeitenden nie in Dinge ein, die sie nichts angehen. Stella so offen als Partnerin zu präsentieren, ist ein gewaltiger Schritt für sie, auch wenn es nur vor Maria Castillo und Tony Esposito ist, die es sicher schon wissen.

»War schön, Sie zu sehen, Carter«, verabschiedet sich Esposito, als sie sich zum Gehen wenden. Stella hätte schwören können, ein amüsiertes Funkeln in seinen Augen zu sehen, aber vielleicht war das auch nur die Spiegelung des Deckenlichts.

Beim Gottesdienst am Sonntag informiert der Priester die Gemeinde, dass Dorothy Northcott gestorben ist und Stella fühlt sich merkwürdig leer und beraubt. Elizabeth fragt sie, ob Stella Dorothy überhaupt kannte.

»Ja, natürlich«, sagt Stella. »Wir haben einmal miteinander gesprochen. Als ich dich zum ersten Mal begleitet habe. Während du die Kommunion empfangen hast. Sie wusste lange vor uns, dass wir mehr als Freundinnen sind.«

Elizabeth wirkt verblüfft. »Ach ja?«

»Ich möchte zu ihrer Beerdigung gehen.«

»Okay.«

Sie kannte die Frau im Grunde nicht, aber jede Person, die in Stella in dieser Lebensphase etwas anderes als Trauer geweckt hat, ist es wert, dass man ihr die letzte Ehre erweist.

Stella wird klar, dass sie in Bezug auf den Tod nicht ganz rational reagiert. Ihr kommt es so vor, als würde jedes Mal, wenn sie den Tod eines geliebten Menschen – ihre Mutter, ihr Vater, ihr Ehemann –, gerade überwunden hat, direkt ein weiterer folgen. Und eines Tages wird auch Elizabeth sterben.

Das ist was, was ihr wirklich Angst macht, oder?

Elizabeth ist über sechzig und so wunderschön sie auch ist, Stella sieht trotzdem die fortschreitende Zeit in ihrem grauen Ansatz, ihren schlechter werdenden Augen und in der erschlaffenden Haut auf den Innenseiten ihrer Arme. Die Zeit können auch Addies teure Cremes nicht aufhalten.

Außerdem ist Elizabeth immer noch im aktiven Außendienst, hat mit Mördern und anderen Kriminellen zu tun. Wie oft hat sich jemand einen Faustschlag oder eine Kugel im Verlauf eines Falls eingefangen, den Stella mitbetreut hat? Oder ist bewaffnet und wütend bei ihr zu Hause aufgetaucht?

Jetzt versteht sie Rons permanente Besorgnis über die Gefahren ihres Jobs besser als damals, als er noch am Leben war. Sie versteht, dass er sie wirklich geliebt hat, auch wenn sie nie gut zusammengepasst haben. So verführerisch es ist, Elizabeth in den Ruhestand zu drängen, die gefährlichsten Aspekte ihrem Team zu überlassen, ab und zu mal zu Hause zu bleiben, so tut sie es doch nicht, weil sie weiß, wie wichtig Elizabeth ihre Arbeit ist.

Am Tag von Dorothys Beerdigung schließt Elizabeth den Reißverschluss auf dem Rücken von Stellas schwarzem Kleid und streicht mit einer Hand über ihr Rückgrat. Hebt ihre Haare an und gibt ihr einen Kuss auf den Nacken.

Im Leben gibt es Wichtigeres als den Tod. Zum Beispiel Addie, die genau zum richtigen Zeitpunkt aufgetaucht ist, um Stella aus dem Abgrund zu ziehen, in dem sie versunken ist. Oder Mallory und ihre neue berufliche Partnerschaft. Wenn Stella zurückblickt, sieht sie

Trauer, Depression und Verlust. Aber wenn sie nach vorn blickt, sieht sie Elizabeth. Die Bienen unter Stellas Haut, in ihrem Blut und Herzen beginnen zu summen. Sie ist wieder da und lebt ihr Leben richtig.

Vielleicht war das Gefühl einfach Hoffnung, die sich schon immer in ihr geregt hat.

Ebenfalls im Ylva Verlag erschienen

Wie ein neues Leben

Lois Cloarec Hart

ISBN: 978-3-95533-220-4
Umfang: 378 Seiten (104.000 Wörter)

Jan hat es sich zur Aufgabe gemacht, ihren an MS erkrankten Ehemann Rob zu pflegen, der sich als ehemaliger Kampfflieger nur schwer mit seinem Schicksal abfinden kann. Durch Zufall tritt eines Tages Terry in ihr Leben. In kürzester Zeit stellt die junge Postbotin, die von einer Karriere als Schriftstellerin träumt, das Leben von Rob und Jan auf den Kopf.

The Music and the Mirror – Tanz ins Glück

Lola Keeley

ISBN: 978-3-96324-687-6
Umfang: 357 Seiten (128.000 Wörter)

Für Anna erfüllt sich ein Traum, als sie in die Ballettkompanie von Victoria aufgenommen wird. Die Ausbildung ist hart, aber schnell spürt Anna, dass sie viel mehr von der schönen Victoria möchte als nur Anerkennung. Doch die beiden so unterschiedlichen Frauen haben noch einen aufregenden Weg vor sich – und das nicht nur auf der Bühne …

Ein ganz (un)gewöhnlicher Todesfall

Jess Lea

ISBN: 978-396324-782-8
Umfang: 306 Seiten (102.000 Wörter)

Bess freut sich auf ihren Neuanfang in einem australischen Küstenstädtchen, aber die Leiterin des örtlichen Schifffahrtsmuseums Margaret macht ihr das Leben schwer. Am liebsten würden sich die beiden Frauen aus dem Weg gehen, doch dann geschieht ein grausamer Mord und zwingt Bess und Margaret zusammenzuarbeiten – mit ungeahnten Folgen für ihre Herzen…

Silver Moon

Catherine Lundoff

ISBN: 978-3-96324-719-4
Umfang: 235 Seiten (81.000 Wörter)

Die Wechseljahre lösen bei Becca nicht nur Hitzewallungen aus, sondern auch Fell und Reißzähne. So wird sie auf einmal das jüngste Mitglied des örtlichen Wolfsrudels. Von einem Tag auf den anderen muss sie sich nicht nur Hitzewallungen und Kämpfen im Mondlicht stellen, sondern sich auch noch über ihre Gefühle für ihre Nachbarin Erin klar werden.

Über Emily Waters

Emily Waters ist Bibliothekarin und arbeitet in einer Kinder- und Jugendbibliothek. Vor allem aber ist sie ein Fan von allem, was mit Fandom und Popkultur zu tun hat. Außerdem liest sie gerne, schaut alte Fernsehserien, trinkt Kaffee und sagt jedes Mal »Schau! Ein Hund!«, wann immer sie einen Hund sieht.

Emily wohnt derzeit mit ihrer Familie in Nordkalifornien.

Bibliografische Information der Deutschen Bibliothek
Die Deutsche Bibliothek verzeichnet diese Publikation in der Deutschen Nationalbibliografie; detaillierte bibliografische Daten sind im Internet über www.dnb.de abrufbar.

1. Auflage

Taschenbuchausgabe 2023 bei Ylva Verlag, e.Kfr.
ISBN: 978-3-96324-840-5

Dieser Titel ist als Taschenbuch und E-Book erschienen.

Übersetzerin: Julia Schwenk
Übersetzungslektorat: Astrid Ohletz
Korrektorat: Claudia Volland
Satz & Layout: Ylva Verlag e.Kfr.
Bildrechte Umschlagillustration vermittelt durch Shutterstock LLC; iStock; AdobeStock
Coverdesign: Maria Klokow

Kontakt:
Ylva Verlag, e.Kfr.
Inhaberin: Astrid Ohletz
Am Kirschgarten 2
65830 Kriftel
Tel: 06192/9615540
Fax: 06192/8076010
www.ylva-verlag.de
info@ylva-verlag.de
Amtsgericht Frankfurt am Main HRA 46713

Printed in Poland
by Amazon Fulfillment
Poland Sp. z o.o., Wrocław

27410506R00167